读一页书　舔一口蜜

新奋斗时代

唐与桉 著

正在奋斗的你，必有一个灿烂的未来

浙江出版联合集团
浙江文艺出版社

北京读蜜文化传媒有限公司
策划

明知道这些都是无用功，还要鸡蛋碰石头。明明知道持之以恒地卖命付出，还是抵不过人家一个爹，却非得让自己当悲剧英雄。呵呵，我连悲剧英雄都不是，顶多算个悲剧。

顾筱

顾筱是和我完全不同的那种人。刚开始觉得她很可怜，也有可恨之处。但渐渐觉得，像她这样靠着自己、一步步奋斗将来的人，不都是这样的吗？他们的处境不允许他们活得清新、脱俗。

章可可

我没那么好，无法像顾筱这样，明明已经够苦哈哈了，还是学不会接受现实；也无法像章可可一样，明明有时候知道义气会带来麻烦，也不愿意明哲保身。

夏夏

"在这段时间里，你负责好好工作，我负责帮你扫清各种你不想面对的路障。"
　　"为什么要帮我？"
　　"因为好玩啊，哈哈。"

顾筱 & 章可可

[01]

在过去五年的职业生涯中，顾筱始终觉得自己是一个陀螺，被人不断抽打，每天重复转圈而停不下来。近来她却渐渐发现，沁江建设集团才是一个陀螺，自己只是陀螺边沿的一粒尘埃，承受着最大的运动半径，却永远与最顶端的骄傲无缘。

年中，是集团举办活动的高峰期。或许因为阳光尚好，或许因为这期间集团事务稍有空当，各后勤部门都拿出了"干完这一票就休假"的架势，拼命抓住这段时间搞活动、做宣传、挣表现。

这天下午，稍带辣意的阳光透过玻璃窗，斜斜照在集团顶楼的室内体育场里，第四届职工运动会乒乓球项目的男子单打决赛正在火热进行。

乒乓球项目从预赛起就竞争激烈，最终闯进决赛的是两位高手中的高手：工程管理部副经理魏燎，财务部副经理周泽阳。他们一路领先厮杀到决赛，吸引了几乎所有没有紧急事务的员工观战。

虽说运动会是由工会办公室组织，但顾筱仍毫无悬念地被拉来当工作人员，对此她早已能平和接受。如果集团琐碎打杂的事情没有想到她，她反而浑身不自在，担心是否最近得罪了哪路大神。

比赛采用的是七局四胜制，打到中段已很胶着，魏燎和周泽阳各赢了两局。第五局开场，魏燎一直领先，现在周泽阳又渐渐把比分追了上来，两人就这样紧张地你来我挡。

场外站了一圈以女性居多的热闹啦啦队，除开为体验比赛魅力和支持团队活动的寥寥数人外，剩下的都是魏、周二人的迷妹。她们有的高调地喊着加油，有的手里拿着未开封的水，期待下一秒就能派上用场。也难怪，这两人年纪轻轻就位居部门副经理，又都英挺逼人，让人很难不投射注视的目光。

顾筱站在分数牌前，不时听到身边女生在小声议论。一个说："周经理平时嘻嘻哈哈的，看起来不太正经，没想到运动起来那么有魅力啊。"另一个说："他还没女朋友，你可以加油啊。"

第五局，周泽阳艰难取胜。

休息间隙，周泽阳用毛巾擦着头，走到顾筱身边。顾筱尽量自然地递给他一瓶矿泉水，周泽阳接过一笑，趁没人注意，在顾筱屁股上拍了一下。顾筱浑身一震，再三确定没人发现后，她转过头，回了周泽阳一个为难且尴尬的眼神。

第六局就快开始，只要周泽阳再赢一场，冠军就会入囊。这时，工程管理部的郑姗姗接到电话，在魏燎耳边说了两句话。魏燎点了点头。

接下来，局势被神奇地扭转。魏燎明显增加了削球、上下旋和弧旋的打法，优势渐渐显露。有几个扣球，顾筱甚至从魏燎的眼中感觉到一丝杀气。惊呼声此起彼伏，周泽阳在连续被压之后，也慢慢失去了势在必得的斗志。

魏燎干净利落地连胜两局，尘埃落定。

赢球后的魏燎汗都没擦，披上外套匆匆离开了体育场。众人围着郑姗姗打听，郑姗姗摊了摊手："一个项目的联营方负责人来了，在办公室等他谈重要的事情。"

顾筱也还有其他事情要忙，内心对拉快进度的魏燎感激涕零，所以比赛一结束，她就立马开始收拾活动用品。周泽阳面子上有点挂不住，悻悻地退到场外，把半满的矿泉水瓶扔到顾筱正在收拾的纸盒里："妈的，昨晚没睡好，不然哪有他炫耀的份儿！"又望向顾筱，"那瓶子帮我扔一下。"

顾筱茫然地抬起头，发现周泽阳已经走远了，只好叹了口气，把瓶子捡了出来。

"小顾，我们部门还要开个会，麻烦你把东西收拾好了放回储藏室吧。谢谢。"待人群散得差不多了，工会办公室主任何小丽客气地跟顾筱说。顾筱本来性子就软，对别人的感谢和客套更没抵抗力，本想申请提前走的她只好住了嘴，乖乖整理好所有东西，分三趟搬回了集团储藏室。

待顾筱回到自己的办公室，已经到了下班时间。隔壁同部门的假小子李慕心，顶着一头刚睡醒的短发匆匆跑来："你可算回来了。主任给你打了好几个电话你都不接，她都发飙了。"顾筱掏出手机，看到有七个未接来电，立刻出了一身冷汗："刚才搬东西没听见，什么事情？"

李慕心把一个档案袋放到顾筱桌上："主任走之前让我告诉你，这份文件很重要，今天下班前一定要交给工程部的魏经理。"顾筱看了看表："都已经下班了，要是魏经理走了怎么办？"她用寻求帮助的眼神望向李慕心，却见李慕心正对着微信说："你们再嗨会儿，我刚下班，马上出门。"并没有听她说话。

顾筱瞬间清醒过来：顾筱啊顾筱，你刚才又浪费了两秒钟在指望别人上。她对李慕心说了声"谢谢"，拿着档案袋便冲出了办公室。

庆幸的是，魏燎的办公室灯还亮着，顾筱正想敲门，却隐约听见魏燎正用极其温柔的声音在打电话："我不相信你还相信谁？完事了我带你去吃好吃的……你先忙，我们回去再说。"

顾筱实在想象不出魏燎说这些话时的神情，起码没见他对集团里任何人使用过这种语气。顾筱不禁想：他的女朋友应该很幸福吧。

在城市的另一边，章可可将手机揣进兜里，再次推开了甲方公司会议室的门。里面除了潘攀阴郁的脸，还有一个没谈拢的单子。甲方负责人是个外表精明的眼镜男，他直接略过了章可可，站起来对潘攀说："行，那就这样吧，今后有可能的话，我们再合作。"

"怎……怎么就再合作了？秦总，是不是我刚才解释得还不够详细？我再给您讲一遍我的思路。"章可可赶紧迎上去，但眼镜男就像明星看到记者一样，对章可可回以官方笑脸后，立刻绕道告辞，躲之不及。

客户追不上了，章可可回过头揪住潘攀："怎么回事？你跟他说什么了？"潘攀右手搭在章可可肩上，半是安慰她半是安慰自己地说："可可，这个单子拿不下来，我们提供的样片满足不了他们的要求。没关系，找下一个客户吧。"

"什么叫拿不下来？我们的样片明明很棒啊，是他们不懂欣赏！这种情况我们就应该更详细地向他们介绍思路，去寻求他们的认同。"说着，章可可就准备再往外冲。

潘攀拽住章可可的手臂："没用的，我刚才解释半天了。这个视频是他们需要的，所以不能是我们觉得怎样好就怎么拍，没用的。"章可可深吸一口气，平息怒火，对潘攀仍有怨言："那你也不能这么快就放弃啊，起码该等我回来。""秦总是在你离开时跟我交涉的，他说你……有点咄咄逼人。"潘攀犹豫再三，还是说了出来。

章可可心火升腾，她一把抓起自己的限量版皮包，摔门而出。潘攀连忙追了出去。

[02]

直到出了公司大楼，潘攀才追上章可可。

"你松手！"章可可挣脱。"我不松！"潘攀稳住动作，脸上露出几丝赖皮的笑意。"每次你都给我捣乱，客户也是需要引导的，你却一点耐心都没有！"章可可愤愤道。"可可，你这么说对我可不太公平。"潘攀慢慢放开了手。

"怎么不公平了？"章可可倒来了兴致。"可可，你看之前这些没谈拢的业务，哪个是你自己找来的？不都是我们的长辈介绍的吗？你的创作理念不能满足别人的要求，又不愿意做调整，别人也很难办啊。况且都是熟人牵线，把关系搞僵了不是更没得做吗？"

"你的意思是全是我搞砸的咯？"章可可被戳到了痛处。"我不是这个意思，你的思路和创意都很好，但作为乙方，首先是要满足甲方的要求，不能仅凭自己的兴趣做事，我们毕竟还是要以营利为目的。咱们今后稍微灵活一点，多按对方的意愿来，一定没问题的。"潘攀边说边哄。

章可可心里通畅了些："我先回家了，明天公司见吧。""呃……"潘攀吞吞吐吐，"明天可能需要你去公司……收拾一下东西。我们已经拖欠超儿的租金半年了，他爸知道了，要把场地收回去，说是要当作员工培训场所。"

"你答应了？"章可可盯着潘攀。"反正现在没业务，而且我们做的这些事也不一定要有办公场地，要讨论工作找个地方就行了，所以……""别所以了，"章可可打断他的话，"超儿那边的确挺不好意思的，是我低估了创业的难度。你跟其他人说一下吧，这工作室我暂时不想做了，想停下来先理理思路，前期的投入我会尽快还给他们。"

"你不用担心，前期的钱我已经还给他们了。"潘攀挠着后脑勺，笑得挺得意。"什么？"章可可的大眼睛盯得潘攀有点发怵，"意思是，你们早就觉得干不下去了？你还背着我当了回老好人？"

"可可……"潘攀这才发现问题，正想解释，章可可已经走远了几步，回过身指着他骂道："潘攀你大爷的！你瞧不起我做的事就明说，背地里搞解散算什么？钱一分不会少，我这周就还你，今后你要还来找我，你就是孙子！"

华灯初上，城市已迎来了傍晚的柔和。

魏家三口分工明确，魏国安扫地，魏太太炒菜，魏燎在摆碗筷，他坚持将每双筷子都摆在碗底座右边约五厘米的位置，死磕自己，愉悦自己。

魏燎抬起头看了一眼墙上的钟，自语道："这都快七点了，怎么还不回来？"魏太太端着一盘菜走出厨房，说："不等了不等了，要不菜都凉了。"

正说着，门开了，章可可像被打蔫儿了的茄子一样站在门口。全家人都觉得有点反常，魏燎先问道："怎么这么晚？""我走路回来的。"章可可答。大家都惊讶地望着她。"怎么了？下午电话里不是还好好的吗？"魏燎又问。章可可无精打采地望向三人，可怜巴巴地说："我好饿，可以吃饭了吗？"

魏家是重组家庭，魏国安带着儿子魏燎娶，魏太太带着女儿章可可嫁，已共同生活了二十年，早已关系融洽、不分你我。魏国安对这个女儿也是万般宠爱，章可可被偏爱得有恃无恐。

"可可，是不是工作不顺利？"魏国安问。章可可点点头，继续闷头吃饭。见她不想说，大家也不强求，只是一个劲儿往她碗里夹菜，因为她的头已经快埋进饭碗里了，就连自己最爱的红烧牛肉也没发现。

晚些时候，魏燎带着一身湿润沐浴露的味道，敲开了章可可的房门，他头发擦到半截，毛巾随意地搭在宽阔的肩上。

"说吧，这么委屈，到底是为哪般啊？"魏燎望了望开门后立即坐回床边的章可可，拉开书桌前的椅子坐了下去。"哥，我的工作室可能做不下去了。"不说还好，这句话一出口，章可可的眼眶立马红了。

魏燎对妹妹做的事情以及做事的方式太了解了，一点也不觉得突然。"那你找到原因了吗？"魏燎问。"为什么我的客户总是不懂我的创意？哪怕我已经解释了那么多遍。"章可可皱起了眉头。

"今天下午这个又没谈成？""嗯，而且最可气的是，潘攀竟然背着我解散了工作室，还把前期费用全还清了，他倒是当好人了，可有没有想过我的感受？这不是明摆着向众人宣布我失败了吗？"章可可声音开始哽咽。从小到大，除了高考时因为几分之差和北大失之交臂，她从未这么难受过。

　　魏燎慌忙扯了两张纸巾塞到章可可手里："那你觉得你失败了吗？""嗯，我自己也坚持不下去了。"章可可泄气地说。

　　"首先，你认为客户不懂你的创意，那你懂他们的想法吗？"魏燎不紧不慢地问。"他们？我才是专业的呀，他们找我不就为了能拍专业的片子吗？"章可可说。

　　"拍片子这个我不懂，但是作为甲方，他们对自己要的东西也是有想法的。这个想法哪怕不够专业，但一定是他们最需要的。"

　　"我还是不太懂。"

　　空调开着，室内气温有些转凉，魏燎的目光在章可可房间里巡视了一圈，起身拿起一件放在床边的薄针织衫搭在她的肩上，又向她身前靠拢了些。

　　"可可，你从大学时就开始拿奖，今年才二十四岁，就已经在本地的行业里小有名气了，专业当然很棒。但你可能忽略了一点，你的客户找你拍片子，可不是为了拿奖的。他们要么是为了宣传产品，要么是想宣传企业，怎么样让更多人通过你的片子认可他们，为他们带来经济收益，这才是最重要的。"魏燎认真地说，"所以不要怪你的客户不懂你，你也没懂他们。要知道，除了有过硬的专业本领，满足客户的要求也是业务能力的重要部分啊。"

　　章可可沉默了。

　　从小，她考试成绩就名列前茅。大学时，视频创意和广告文案总能让业内人士连连称道，未毕业就有知名广告公司找上门来……这一切给了章可可太多的自信，以至于让她把创意和艺术性始终放在作品的第一位。哥哥的话让她突然想到大学时最崇敬的广告人大卫·奥格威提出的观点："我们做广告是为了销售产品，否则就不是做广告。"当时自己还将其推崇为行业信条，如今却在繁杂的奔忙中不知不觉忘掉了。

"哥，我有点懂了。"章可可心情好些了，魏燎也舒了口气，要知道，他这个妹妹一旦低气压，天知道要请多少顿饭才哄得回来。"开窍了就好，你好好休息几天，之后再重整旗鼓。"

"哥，我暂时不创业了。"章可可再次把头沉了下去。"为什么呢？"魏燎疑惑。"因为我还没准备好，所以想停下一段时间，好好想想接下来该干什么、怎么干，况且现在工作室也就是一个空壳。"章可可说。

魏燎顿了顿，说："行，休息下也好。"他又突然想到了什么，望着章可可："这段时间你要是钱不够花，尽管向我开口。"

提到钱，章可可突然想到还潘攀的钱还没着落，随即说："哥，你能帮我先还上潘攀的钱吗？""嗯。你需要多少？"魏燎问。

"差不多十万，主要是摄影器材和一些设备，现在都在我这儿。"章可可说。这下轮到魏燎犯难了："可可，我前两个月买房刚交了首付，现在手上没这么多，要不你等等，我找朋友借去。"

章可可内心一阵后悔，居然把哥哥刚买房这事儿给忘了。她装出没事儿人的样子说："嘿，那你还逞能，你就别管了，我有其他办法。"

[03]

再三得到章可可的肯定答复后，魏燎起身回屋，继续埋头于一堆工程报表中，看来今晚又免不了熬夜。相比于办公室有事忙、工会过节忙、财务部月底年底忙，工程管理部没有特别的忙碌周期，只要工程一直在，天天都要围着忙。

这也是为什么工程管理部经理吴宏，去年坚持把魏燎从项目部调回集团机关的原因。像沁江建设集团这样资本雄厚、嫡系庶出众多的老牌国企，不乏内部子弟，也不乏高学历，但极其缺乏学历高、业务水平高，还肯踏实做事的内部子弟。让魏燎成为自己的得力干将，一来可以满足用人之需，二来顺便向集团总经理魏国安示好，一石二鸟，这个算盘打得让吴宏自己深感得意。

两年前魏燎在全集团青年人才演讲大赛上拿了冠军，大大出了一把风头。但是二十七岁就直接从项目部调任机关部门副经理，这事还是在内部引起了不小的争议，背景论、巴结论、派别论，说什么的都有。但接下来短短一年时间，魏燎用出色的工作能力和成熟的为人处世让大多数人住了嘴，偶有好事者冒出一两句酸话，仅可当作沸水中翻滚的气泡，未触到锅顶便不攻自破。

魏燎打开了一个从公司带回来的档案袋，里面除了一份日常文件，还有一个信封，信纸很薄，但"举报信"这三个字犹如千斤压顶。十分钟后，他将信纸叠好放回信封，再把信封装回纸袋。他明白，接下来自己的一举一动都将经受来自暗处的严苛考验，没有谁能帮得了他。

自从上一任后勤干事离职后，办公室主任袁秋霞就把后勤事务也安排在文秘岗位的顾筱头上。顾筱每天的时间恨不得掰成几块用，刚把急着要发的红头文件写好，某一楼的洗手间天花板又漏水了，刚联系上了维修师傅，那边报账单又出了问题。"顾筱"已然成为主任每天使用频率最高的两个字，而这一现象已有了向部门其他人传染的趋势。

早上的闹钟还没响，顾筱便接到徐慧的电话。徐慧三十七岁，是办公室的档案干事，负责集团印章和重要资料的管理。顾筱睡得迷迷糊糊，徐慧的女高音让她简直有种被泼冰水的刺激感。

"小顾啊，还在睡吗？不好意思打扰了啊。"徐慧说。"已经起了，徐姐，什么事您说。"顾筱强打精神，尽量使声音处于正常的语调。

"是这样的，你那里有我们办公室的钥匙吧？"徐慧问。"嗯，有的。"顾筱答。综合办公室总共三间办公室，主任袁秋霞一间、车辆管理干事李慕心和徐慧一间、顾筱一间，每个办公室都放了一把钥匙在顾筱这里，几乎都是为了今天这种事而准备的。

虽然顾筱已猜到了十之八九，但还是得听下去。果不其然，徐慧憋着嗓音说："小顾啊，还请你帮个忙呢，今天李慕心休假，偏偏我老公今天出差，只有我送儿子上学了，你能不能早点到单位，帮我把办公室的门打开呀？项目部的人昨天说好要来盖章的，还麻烦你给他们盖一下哦。"

"可是，我盖章……没关系吗？""啊呀，我信得过你啦！印章就在之前那个抽屉里，没变过。""哦，那好吧……"顾筱无奈回应。"哦对了，还有……"徐慧的语气变得更加怪怪的，"如果主任问起，就说我已经到了，只是出去办点事哦。谢谢啦，改天请你吃饭。"

挂了电话，顾筱再无睡意，她揉了揉干涩的眼睛，开始机械地穿衣服。帮她开办公室门已经不是一次两次了，主任又不傻，长此以往怎么会不知道？一切只是敷衍个面子，过得去即可。既然主任都睁只眼闭只眼，她这个配合做戏的小群演又能说什么？

比平常提前二十分钟到达集团，把两间办公室门打开后，顾筱发现主任的房间已经亮灯，里面还传出模糊的对话声。

安分地回办公桌前坐好，顾筱开始查看需要处理的文件。对话声越来越近，袁秋霞和何小丽谈笑着走到顾筱办公室门口。

"小顾，来得真早啊，刚才还跟你们主任说到你，这段时间开运动会，你可要继续支援我们哦。你放心，我已经向袁姐请示过了。"

何小丽满脸笑意，袁秋霞也急忙附和着："哪里是请示啊？何主任太客气，都是一个单位的，我们当然义不容辞地支持工会的工作啊。"又转头对顾筱说："小顾，这段时间你多帮工会的忙，工作不用担心，我们都帮你分担些。"

何小丽连忙说："袁主任真是通情达理，运动会结束了我要好好感谢你们！"

如果换作五年前，主任分担工作的承诺会让顾筱感激好一阵，但现在顾筱早已在实践检验中彻底明白，主任的好心和那句话一样，说完了也就这么过去了，谁认真谁输。所以当何主任离开，主任照常给她安排只多不少的工作时，她还能得体地回以微笑。

但麻烦接踵而来。下午的游泳比赛，颁奖即将开始时，工会同事表示没有找到奖杯和证书，而这都是顾筱负责准备的。何小丽焦急地一问，顾筱才想起它们好像还在自己办公室的柜子里存放着。

事不宜迟，顾筱在众人责备的目光中冲出了体育馆。早上事务繁多，还做了两个小时的会议纪要，没想到越忙越乱，竟犯了如此低级的错误。顾筱越想越担心，害怕赶不上颁奖典礼，好几个大领导都在呢，不能让他们等自己吧，光想想都后背发凉。

回办公室找到后，顾筱抱起奖杯和证书就往电梯口冲，她头发凌乱、姿势难看、眼神慌乱。电梯门开，魏燎正斜靠在镜面墙上，眼睛微闭似乎在养神。顾筱只得硬着头皮，兜着叮叮咣咣的物品进了电梯。魏燎昨晚熬了半个通宵，所以抓住一切机会在休息，听到刺耳的碰撞声，他皱了皱眉，微微抬起眼皮，瞥见了一脸不安的顾筱。

"需要帮忙吗？"低沉的男声响起。顾筱本能地回道："不用了，我应该……啊！""可以"两字还没出口，其中一个奖杯便失去了控制，瞬间随重力滑落。

好在魏燎反应很快，机警出手接住了奖杯，否则就凭这种只能唬住眼球的材质，奖杯一定会身首异处。那样的话，顾筱把自己的头割下来装上去的心都有。

"魏经理，谢谢你啊，太险了……"顾筱心脏还在止不住地狂跳，一半惊吓一半万幸。"没事，我帮你先拿着吧，游泳比完了？"魏燎没什么表情。"嗯，刚比完，魏经理去哪里？""我去顶楼档案室找点资料。"

出了电梯，一个工会的同事已经等在那里，魏燎把奖杯递给同事，顾筱匆忙地对他说了声"谢谢"，便往体育馆方向奔去。

魏燎目送两人冲进玻璃房，想到刚才电梯里窘态十足的顾筱，心中忍不住发笑。

时间勉强赶上了，顾筱长长地舒了一口气，她捋了捋被汗水黏在额头的头发，随手拿起旁边桌上的一张包装纸板开始扇风，心跳逐渐趋于平缓。她安慰着自己：还好有惊无险，即使何主任怪罪，她毕竟也不是自己的直接上级。更何况自己只是来帮忙的。

电话开始震动，打断了顾筱的自我疏导。电话那头，顾母快喘不上气一样号道："顾筱，回来管你弟弟！我是没办法了，他闹着要离家出走！"

[04]

回到家，顾母正守着一桌饭菜叹气。"他人呢？"顾筱边换鞋边问，同时注意到客厅地板上已狼藉一片，但凡摆在明面儿上且能被摔坏的东西似乎都没逃脱厄运。

顾母见顾筱回来了，脸往下一拉，偏头指了指里屋："门一直锁着。这个兔崽子，出来看我怎么收拾他！"

"你还是先把自己的脾气控制一下吧，腾腾不是不讲道理的孩子。"顾筱太了解自己的亲妈了，不觉站到了弟弟这边。"你的意思是我不讲道理咯？"顾母一下子急了。顾筱只得安抚道："没……我的意思是，有话好好说，比如这些乱七八糟的东西，我想都不用想，就知道没一样是腾腾砸的。"

"谁让他这么可气！之前说得雄心勃勃，今天又突然说不考艺体了，一点准数都没有！"顾母越说越气，顾筱也愣住了，这个缘由是她没有想到的。

"我去找他聊聊吧。"顾筱走到顾腾的房门口，轻轻敲门，"腾腾，是我，我能进来吗？"耐心等待了快一分钟后，门锁从里面被拧开了。顾筱挡住身后跃跃欲试的顾母，把门开出一条缝，只身挤了进去。

不大的房间里充斥着正值青春的复杂味道，枕被叠放整齐是顾腾的一贯风格，书架上分类堆放着课本和各种辅导书，顾腾背朝门口坐在窗边的书桌前，面前放着本摄影杂志。

顾筱将墙角的独凳拖到书桌前，对着顾腾的侧脸笑道："好啦，妈的脾气就是这样，你又不是第一天知道。""我太受不了她了，动不动就大吼大叫。"顾腾依然埋着头。

"听说你不想考艺体了，为什么呀？你不是很喜欢摄影吗？"顾筱拿起了他面前的那本杂志，边翻边装作不经意地切入主题。"我不考了，今后上大学了再学也不迟。"顾腾说。

"既然你那么喜欢，为什么不早点开始呢？更何况大学的专业选择很重要，我不想看到你花四年时间学一个你根本不喜欢的专业。"顾筱相信这其中还有隐情。

顾腾看了看顾筱，迟疑地说："今天我陪朋友去报艺体补习班，才知道学艺体要花很多钱，这超出了我的想象。更何况如果学编导，还要买相机、买镜头，花费太大了。"

顾筱的心里一阵酸疼，她没想到让弟弟放弃梦想的竟是金钱。回到残酷的现实中，看着弟弟身上褪色厉害的 T 恤，她觉得自己这个姐姐当得实在差劲。

"妈知道原因吗？""不知道。她一听我不学就生气了，然后就开始砸东西，我只能躲进来了。"

的确，顾家条件有限。在顾筱刚上大学时，父亲就生病去世，也花光了家里的所有积蓄，这些年仅靠顾母微薄的退休金和打工工资支撑着。眼看顾筱开始工作赚钱，但国企基本工资低，而且顾筱工作五年了仍是部门小干事，生活只能算勉强凑合。如今顾腾的学业给了顾筱当头一棒，她开始意识到这样下去是不行的。

"腾腾，原来你是担心这个呀。"顾筱露出灿烂的笑容，说，"你尽管放心去学，姐姐这里有钱。"顾腾有些疑惑地看着顾筱："可是姐，我们家……"

"我工作也有五年了，存了一些钱，而且据可靠消息，我就快要升档了，所以工资也会上调的。"顾筱说。顾腾马上面露喜色："真的吗？""当然啦，所以你不要担心这些，我们家会越来越好的。倒是你，别忘了自己的梦想。"顾筱拍了拍顾腾的后脑勺，将摄影杂志塞到他胸前。

"嗯，姐，我不会忘记的。"顾腾斗志被激发。顾筱接着问："什么时候需要上培训班和买相机？现在就要吗？""现在还不用，我可以下学期开学再报名，学半年就足够了，我有信心。""哦……"顾筱点点头，稍微松了口气。

离开顾腾房间，顾筱跟顾母解释了两句，误会消除。顾母一边后悔自己的冲动，一边担忧地看着顾筱："那钱怎么办啊？""你不用担心，我来想办法。"顾筱说。

顾母叹了一口气："这不是自己亲生的，付出再多也还是隔了层什么……""妈，你说什么呢！"顾筱压低了声音，"腾腾什么都不知道，你不要乱想！""好了好了，我就随口一说，当解气了。"顾母边说边开始拿勺盛饭。怕引出顾母更多的问题，顾筱端着水杯匆匆进了自己房间。

顾筱的房间是三个房间里最小的，当年旧房改造，他们一家得以在城市边缘有了这套三居室。想到弟弟上高中后书本多，且需要安静环境，顾筱便把稍大一点的房间腾给弟弟，自己住进了这个临街的小房间。

窗外商家的叫卖声与她无关，她将窗户关上一半，坐在床边掏出手机，查看银行卡上的余额：两万。只有两万了。

顾筱已经很努力地在存钱，自己快半年没买过新衣服了，但一家三口，需要花钱的地方很多，她依然没能省下多少。

粗糙的粘连感让顾筱把注意力转移到了自己的右手上，刚才关窗时手碰到了窗沿上的灰尘，深灰色的污渍清晰可见。她出门进了洗手间，打湿的手伸到半截，发现盒里的香皂只剩一点点了，于是想在下面浴柜里拿块新的。

动作突然又停了下来，她轻叹一声，用手抓起最后一点香皂块开始涂抹，抹着抹着眼眶就红了，没忍住发出了两声啜泣。想打开水龙头掩盖自己的狼狈，两秒后也立刻关掉了，水也要花钱啊，什么都要花钱。

顾筱面对镜子做深呼吸，狠狠地盯住自己，不让肆意的情绪继续。

章可可望着自己的存款余额，也是欲哭无泪。这些钱暂且够自己平日里的小挥小霍了，但离十万还差不少。

坐在瞻春酒吧的吧台上，章可可对旁边的邱冬说："你有钱借我吗？"邱冬是章可可从小到大的闺蜜，目前在家安心学三从四德准备嫁人，她不敢相信地问："开玩笑吧？就算不创业了，你也比我这种无业游民经济宽绰吧？""我是真没钱啊……工作室之前就没怎么赚钱，还欠着潘攀小十万呢。"章可可悻悻道。

邱冬吸了一口冰冷的莫吉托，抿了抿唇上的YSL："那我也给你交个底吧，我买衣服首饰化妆品是刷我妈的卡，每月手上的零花钱是三万，但都是月光，这个月快到底了，可能还剩一万不到吧，你要的话我给你……要不我再问问孙天翔？"

孙天翔是邱冬的未婚夫，一个力争独立自强的高富帅，目前正在家族企业里练兵，为将来正式接手做着准备。他们仨还有潘攀都是同岁，是从小到大的交情。章可可和邱冬的家庭都是父亲身居要职、母亲主内的格局，而潘攀和孙天翔两家都是经商的。他们小时候，四家人住在同一个小区，直到中学时才陆续搬离。所以从幼儿园到现在，他们关系一直都很铁。上高中那会儿，这两对情侣在学校里明目张胆、飞扬跋扈，潘攀和孙天翔还被称为"妻管严兄弟"。

章可可一言难尽地望着邱冬，淡淡地说："算了，他现在正是在爹妈面前挣表现的时候，别把他也扯进来。我再想想办法吧。"

章可可几乎问遍了身边所有她愿意欠人情债的朋友，但这群人看似有钱，实则每一笔花销都被父母盯得紧紧的。这些靠自己步步打拼站稳脚跟的富一代，对借钱这事很抵触，何况听说是支援小屁孩们的小打小闹，手更是紧得像个貔貅。

第一，朋友太少；第二，都没出息。这是章可可在借钱事件中含泪得出的两条结论。思前想后，她最终决定向父母开口。

这天晚上，魏燎有事没有回家吃饭，章可可忙前忙后，勤快得好像脱胎换骨了。魏国安和魏太太虽然不解，但女儿有进步总归是好事，于是也没有急于询问。

直到吃饭时，章可可才把欲借钱一事和盘托出。魏国安和妻子对视了一眼，微笑着问："那你工作室不做了？""嗯……暂时不做了。""当时可是踌躇满志的啊，这么快就坚持不下去了？"

"不是的，爸……"章可可着急了，"只是暂停。最近受到很多打击，我也觉得一定是哪里出了问题，所以想停下来先好好总结。"

魏国安淡淡点头，朝向妻子问："你什么意见？"魏太太用责备和宠爱参半的眼神瞪了章可可一眼："我觉得她太冲动，什么事

16

都一时兴起，这说放弃又放弃。唉，这女儿我没法管。"

章可可扁起嘴，冲妈妈做了个鬼脸。

"哈哈，那好，我来管。"魏国安爽快地笑了两声。章可可心知这下有戏了，不觉暗暗大悦。魏燎开门进屋，正好撞见这一幕。

"怎么这么早回来了？"魏太太问。

"饭局取消了。"

"应该早点告诉我呀，好多做两个菜。"魏太太责怪道，边起身准备去拿碗筷。章可可见状立刻起身："妈，你别管了，我去！"说完唾唾嗖嗖地跑进了厨房。

魏燎觉察到了章可可的异常，问道："你们在说什么呢？她今天又怎么了？"

魏国安微微一笑，待章可可回到饭厅，对她说："可可，我给你十万块没有问题，但不能白给，我也是有条件的。"

"什么条件？爸您说。"章可可焦急地问。

"建设集团的综合办公室最近缺人，你答应我去应聘，如果应聘上了，就在集团待一段时间。"魏国安和颜悦色地说。

章可可愣住了，她完全不明白魏国安的意图，只得傻眼望向魏燎。魏燎同样愣住，甩给章可可一个"让你不先跟我商量，现在栽了吧"的表情。

[05]

饭桌上并没有得出什么结果，章可可表示自己要再考虑一下，而魏燎也不解爸爸为什么会想出这招。魏燎在房间里忙完已经快晚上十点了，他看见魏国安书房的灯依然亮着，于是敲了敲门。魏国安鼻梁上架着平日里不会戴的老花镜，见魏燎进来，放下了手中的行业刊物。

"找我有事？"魏国安问。"爸，下盘象棋呗。"魏燎笑道。

"好啊，很久没赢过你了，爸爸老了啊。"魏国安摘下了眼镜，起身走到茶台前坐下。

魏燎哪有心思下棋，一直琢磨着怎么对爸爸开口。倒是魏国安发现了端倪，喝了口茶，问道："你怎么心不在焉的？这可不是你的正常水平啊。""哦，可能刚才写报告有点累了。"魏燎勉强解释着。

魏国安若有所思地望着魏燎，再看看棋盘，领"車"直上，吃掉了对方的一个"炮"。"你是不是想问我，为什么要让可可进集团？"

魏燎终于从一团混乱的排兵布阵中抬起头来，点了点头："我觉得，哪怕她还没有能力创业，也不至于非进集团。您应该比我更清楚，她不适合那里，也不可能喜欢那里。"

"看来你小子这话憋了很久啊。"魏国安身体往后一躺，靠在椅背上。魏燎挠了挠后脑勺。魏国安接着问："你觉得可可创业最缺乏的是什么？""应该是迎合市场的态度吧。"魏燎答。

魏国安思忖片刻，轻轻摇摇头："在过去的二十多年里，她都过得太自由，最缺乏的是对行业规则的认可，常常武断地认为条条框框只会限制创意的发挥。""所以您想让她进入体制内，感受一下强制约束力？"魏燎问。

"没有对比，就不会有深刻体会，让她经受点打磨未必是坏事。万一最后她喜欢上，还不愿出来呢！哈哈，那你妈就高兴坏了。"魏国安笑道。魏燎暗自为章可可捏了把汗，同时也为集团捏了把汗："爸，您是知道可可脾气的，就不怕她一折腾，把单位搞得天翻地覆？"

"可可这孩子我是了解的，性格虽然执拗，但也有自己的底线。我相信她绝不会胡来，同时我也会紧密关注。"魏国安说，"另外啊，现在单位里的年轻人要么老气横秋，要么幼稚另类，实在缺乏活力，要是可可能把这汪死水给搅一搅，倒也挺有意思的。"

魏燎再次发现自己低估了父亲，这怎么看都像是一盘有预谋、有策略的棋局，原来父亲时刻都在关注可可的一举一动，并早已对她的发展进行过预判和谋划。

章可可哪里知道自己正被摆在棋盘上研究，此刻的她双手扶住前额，坐在书桌前已经有半个小时了。任她怎么想也不明白，爸爸为什么一定要让她去建设集团。她自小见惯国企内的翻云覆雨，听权谋和斗争故事全当听戏，只觉冗长复杂而毫无乐趣。她去国企？帮忙拍个宣传片还行，但在里面待几个月，估计会疯掉吧？

因为明天还要去工作室收拾东西，章可可这才没再多想，躺在床上不一会儿就沉沉睡去。

次日一早，章可可开着她的墨橘版甲壳虫出了门。她创业的工作室是高新产业园里一个宽敞明亮的大平层，是好友方超父亲的产业，由于一直闲置着，方超偷偷租给他们当办公室。工作室成立半年来，一直没有进账，方超也够意思地半年没收房租，直到被他爸发现。

工作室没有放过贵重物品，其他人的东西前两天也都陆续拿走了。为了避免和其他人碰面，她私下和方超联系，为她延后了一天收房。余下的东西杂乱无章地摆放着，垃圾篓里还有没处理掉的纸张，墨芯没用完的中性笔被遗留在桌角，写字板上还依稀留有他们为某个视频做的前期策划……似乎上一秒还在进行的事情，突然间就戛然而止，像是扎进肉里的针头，明明扎得那么深，一旦拔出来，却也能很快像什么都没发生过一样。

"等半天了吧？"方超的声音响起，章可可转过身来，看到他一身朋克打扮走了进来。"我也才到，正准备收拾呢。其实也没什么东西了，黑板什么的就继续挂在这儿吧，今后当培训教室也可以用。"章可可笑着说。

她这么一说，换成方超不好意思了："可可，对不起啊，我家老爷子厉害着呢，我真没办法。""我们都已经白占这里半年了，要抱歉也得是我们啊。"章可可赶紧说。

"那你接下来打算怎么着？""先不做了呗，走一步算一步。"

"可可，"方超的语气认真起来，"之前和潘攀聊过一些，知道你们创业不容易，也知道你对他有意见。"章可可不想谈这件事，于是勉强扬起嘴角，耸了耸肩。方超接着说："你知道的，他成年后就没向父母要过一分钱，但这次为了结清前期费用，他居然破例了。其实他私下找过我很多次，想争取留下这里，甚至愿意自己把房租先补上，是我阻止了他。"方超笑了笑，"因为我知道你不会领他的情。"

章可可听后有些触动，但也感到了一丝无奈："超儿，我们之间有些事你不知道。"方超点点头："我明白，但可可，他对你是真心的，我们都看得出来。"

把所有灯关掉，大门拉上，章可可把最后一把钥匙交到方超手上。和方超在车库告别后，她独自抱着有点沉的纸盒子走在光线昏暗的地下二层，抑制不住地想哭。就在刚才关上门的瞬间，她突然想到不久前，她甚至已亲手把工作室的装修图纸画好，一遍又一遍畅想过大门打开后，里面惊艳的设计格局。谁说年轻时的诺言是一颗坚挺的螺丝钉，分明就是一具疲软漏气的充气娃娃。

章可可刚把车开上马路，潘攀的电话就打来了。她的手已经伸到红键上方，但想了想，还是滑动了绿键。

"可可，在忙吗？"潘攀的声音清澈平静。

"对。"章可可答。

"有时间见一面吗？"

"我记得我说过，谁再找我谁就是孙子吧？"

"嗯，奶奶，是我。"

章可可没忍住笑了："有事吗？"

"你总得给我一个申诉的机会吧？"潘攀委屈地说。

章可可饶有兴趣地问："你想怎么申诉？"原本她还担心有更坏的消息，现在看来只是潘攀在走套路而已。

"姑奶奶，你愿意给机会啦？"潘攀乐开了花，生怕错失机会，"我在原样咖啡呢，你在哪里？我过去。""不用，你在那儿别走，我过去吧。"章可可挂了电话，专心开车。

原样咖啡是潘攀家亲戚开的店，章可可自然也很熟悉。到了原样，她发现潘攀正坐在靠窗的座位上看手机，桌上的美式咖啡已经少了一半。跟老板打了招呼，她在潘攀对面坐下，说："你可以开始你的陈述了。"

潘攀抬头吓了一跳："你怎么这么快就到了？""我刚从……原来的工作室那边过来。"章可可说到这里，躲开了潘攀的眼神。

"可可，我需要解释一下，首先我对你的专业能力很信任，也承认一些客户的品位很低，但我也是好意。毕竟你也是希望将情怀变现的，如果无法变现，你也会不开心对不对？另外，自作主张地解散工作室是我不对，我把事情想简单了，在这里郑重向你道歉。但我觉得这些都没必要影响我们之间的感情吧？要打要骂都随你，今后……"

"别别……别今后了。"章可可强忍着笑，打断了潘攀，"你知错了？""绝对知错了，再也不敢了。"潘攀做痛心疾首状。"行吧，这次饶你不死。""谢主子大恩大德。"潘攀双手合拢，仰面朝上感慨道，"终于哄好了……"

章可可虽然是个暴脾气，但脾气来得快去得也快，更何况从小到大的感情，潘攀实在让她恨不起来。工作室的事情，她虽然很生气，但也明白，根本问题不在潘攀，她是对自己失望。

21

两人有说有笑地走出了原样，准备再去看场电影，谁知迎面撞上了潘攀的妈妈。潘太太是一位海归设计师，虽然已经五十好几的岁数，但衣着打扮都颇讲究，神采奕奕。章可可并不喜欢潘太太，因为她总是带着一种鼻孔看人的优越感，每当潘攀听了他妈什么话，章可可就会嘲笑他是"妈宝男"。

　　"阿姨……您好。"章可可和潘攀同时愣住，她僵硬地开了口。潘太太也发现了和儿子十指紧扣的章可可，脸色微变，斜睨着两人道："这是要去哪儿啊？""妈，我们打算去看场电影。"潘攀心虚地笑着解释。

　　潘太太把视线转向了章可可，上扬着音调说："可可啊，你可真潇洒啊，工作室说不干就不干，潘攀还替你拉了不少关系呢，你倒好，亏的钱都不用负担……""妈，别说了。"潘攀面露不快，赶紧制止。

　　章可可的大脑像被丢进了一颗炸弹，"嗡"的一声响，她咬牙说："那笔钱我会还给潘攀的。""也好，"潘太太理了理自己精致的衣袖，"有点经济压力，你也能清醒一点，不然还在天上飘着呢。"

　　"你说谁在天上飘着呢？"章可可努力撑住的礼貌瞬间垮了。潘攀想先把章可可拉走再说。潘太太冷笑一声："哟，还说不得了啊，自尊心还挺强。"

　　章可可甩开被潘攀拽住的手："阿姨，我一直敬你是长辈，但你也不能为老不尊吧？我的创业、我的挫折，跟你有什么关系？你儿子的钱我不会欠一分，用你们家的钱我也别扭。"她转而对潘攀冷冷地说："你汇报得挺及时嘛，妈宝男，今后别来找我了，我会把你卖了的，你还是乖乖跟在你妈屁股后面吧。"说完她扯过潘攀帮她拎着的包，径直下楼了。

　　潘攀愣在原地半天，吐出一口浊气："这下你开心了？我先滚了。""你怎么说话呢？你好好的工作不干，非要跟她鬼混，我难道还得支持？哎！你……你干吗去？”潘太太话没说完，儿子已经没踪影了。

章可可用最快的速度找到了自己的车，坐在驾驶室里，眼圈已经红肿，但奇怪的是干涩得流不出一滴泪。潘攀的来电一直在响，她索性把车停在路边，设置了“阻止此来电号码”。再次上路，章可可努力平复心情，塞上蓝牙耳机，给魏国安去了个电话：“爸，我同意进建设集团。”

[06]

章可可并不知道做这个决定是否正确，或者，她现在已经越来越搞不明白什么才是正确的。曾经觉得坚持梦想就是正确的，于是她学好专业、努力参赛、办工作室……一开始雄心勃勃、吃苦受累、熬更守夜，就为了能把最好的创意和最棒的效果提交给客户。但现实是骨感的，她渐渐发现，自己如滔滔江水般汹涌澎湃的灵感并不能让客户拍手称赞，甚至很多时候连策划方案都过不了。就像身边人提醒的那样，她明白自己是有问题的。这个问题还不小，足以让理想和现实成为永无交集的平行线；也许这个问题也不大，一点点妥协就够了，但天知道这样的妥协有多难。

章可可很小的时候，有一个很漂亮的布娃娃，她经常坐在墙角对着布娃娃编故事，从此她爱上了编故事。布娃娃渐渐变旧了，妈妈便把旧娃娃扔掉，又重新买了新娃娃给她。她哭了很久，之后的很长一段时间都不爱说话。大家只知道她很会讲故事，却不知道她是因为那个布娃娃才爱上讲故事的。所以失去布娃娃的疼，只有她一人知道。

如今，梦想成了那个发旧的布娃娃。

她决定进建设集团，一是为了还债，二是想找一个相对安静平稳的地方，从之前疲累不堪的状态中解脱出来，让自己能藏一段时间。所以章可可向父亲提出的唯一要求是：半年试用期满后，她有权选择自己的去留。

　　六月一日，章可可穿着平生第一套职业装，挎着她的限量版手提包，踏着一双颜色低调的黑色单鞋进了沁江建设集团大楼。这是她第二次来这里，虽说爸爸和哥哥都在这里上班，但她从未在他们的同事面前露过面。

　　第一次来是因为面试，但由于是魏国安的推荐，面试变成了参观加聊天。不过之前魏国安特别提醒她，在档案里"家庭关系"那一列，只须填妈妈的信息。章可可没有多问，心想反正都是短线操作，服从安排就行。

　　哪怕隔着蛤蟆镜，她也能清楚地看到门卫小哥冲她这身打扮皱了皱眉。她索性摘下墨镜，望着门卫装作含蓄地笑了笑："请问人力资源部在几楼啊？"

　　"你找谁？"门卫淡淡地问，脖子连同脑袋却谨慎地往后挪了挪。"哦，我是新来的员工，我叫章可可，你好啊。"章可可还有一个毛病，就是爱调戏话少的人，无论那个人是初次见面还是八拜之交。

　　"我之前没见过你，你还是登记一下，打电话让人力资源的同事下来接你吧。"门卫避开章可可的眼睛，很有原则地说。

　　章可可保持微笑的同时暗暗翻了个白眼，掏出手机的同时还不忘反击回去："没关系，今后我天天都来，你别看吐了就行。"

　　她跟着人力资源部的任子琪来到三楼，走进一个宽敞的套间，外面的房间两两相对地放了四张办公桌，里面的房间是一个独立的办公室。坐着的三人都抬头瞄了瞄章可可，其中一个妆容精致、打扮靓丽的年轻女生，目光在她身上停留了相当长时间，把她从头顶扫至鞋跟。

章可可也用尖锐的眼神回瞥了那人一眼。

任子琪指导着章可可一张张地签完试用合同,把所有相关的资料放进一个文件袋里,又递给章可可一张饭卡和一个笔记本。"欢迎来到沁江建设集团,"任子琪笑笑说,"之前面试你的车经理不巧出差了,走吧,我带你见一下我们部门的龙副经理。"

任子琪轻轻敲了几下开着的房门,领着章可可进到套间靠里的独立办公室,里面放着简洁的办公桌椅和文件柜,一个戴着白框眼镜、面容和善的中年女人正在查看电脑页面。见两人进来了,她转过身含笑望着章可可。

"龙经理,这就是综合办公室新入职的员工。"任子琪介绍道。龙梅作为干了十几年人力资源工作的"老人",虽然还不清楚章可可的具体身份,但对其大致来路还是心里有数的,她始终保持着亲切的笑容:"章可可吧?你好,早听说办公室要引进一位优秀的成熟人才,没想到姑娘长得也这么标致。"

龙梅声音非常洪亮,章可可正常回应:"谢谢龙经理夸奖,我经不经得起考核,还要看这六个月的表现呢,人力资源部可是重要的一关,还请你多多关照啊。"

"太谦虚了,你一定没问题的。"龙梅又转对任子琪说,"正好过两天要组织那批新招的大学毕业生参加入职军训,把可可的名字也报上,让他们年轻人多接触接触。"

"可是龙经理,"任子琪面露难色,"车经理之前说过,入职军训只针对毕业生,不包括引入的成熟人才,要不等他出差回来,我向他询问下再报?"

龙梅的笑容僵在了脸上,但也只持续了短短一秒,她迅速收回了尴尬表情,若无其事地说:"我们再商量吧,我是看可可这么年轻,跟毕业生根本没什么区别嘛。"

任子琪和章可可刚从人力资源的办公室出去，里面的两人便开始议论起来，刚才把章可可从头盯到脚的女生叫蒋言欢，她眨了眨浓密的假睫毛，压低声音对旁边的史漫说："这女的一身洋货，知道什么来头吗？"史漫用同样隐晦的声音回道："好像是魏总的关系。"

章可可跟着任子琪上了电梯，去往五楼的综合办公室。电梯里还有两个安全管理部的男同事，安全管理部的办公室本在四楼，所以任子琪问道："你们到五楼开会啊？""哪儿啊，老板被农民工堵了。"其中一个同事说。

"哪个老板？"任子琪问。"魏总。机场项目来了几个农民工，坐在魏总办公室门口怎么都不走，一开始还砸门呢。后来民警来了，收敛了些，改静坐了，民警也没辙，交代两句就走了。"

任子琪看了章可可一眼，率先出了电梯。果不其然，五楼人声嘈杂，走廊尽头的一间办公室外蹲坐了几个穿着工装的中年男人，个个一脸不好惹的表情。安全管理部的同事上前劝了几句，没达到任何效果。农民工中的一人冲周围人嚷嚷着："反正他不出来解决问题，我们就不走了！"

让章可可诧异的是，这么不利于和谐稳定的事情，除了安全管理部姗姗来迟的两人外，在现场试图解决问题的竟然只有几个年龄各异的女性。其中年纪最大的那位面试时她见过，是综合办公室主任袁秋霞。另外几位不用想也知道，是未来的部门同事无疑了。

父亲被"围堵"，自己却袖手旁观，章可可一想也觉得挺有意思。她自然不敢冒这个头，一来这个问题自己解决不了，二来估计爸爸也不会希望一开门看到的是她。章可可心想，这等事情，爸爸应该也见怪不怪了，说不定锁在屋里正好图个清静呢。

"集团真的差他们钱？"章可可问任子琪。"领导又不傻，"任子琪回，"哪会因为这点钱搞出这样的麻烦？钱都已经给包工头了，只是包工头不往下发，这些农民工又只管找大单位，我们纯粹是背锅的。"

一个安全管理部的同事接到电话，哀叹道："什么？又来了一拨人？还让不让人消停了！"任子琪摊了摊手，指着远处的袁秋霞对章可可说："那个穿玫红色上衣的袁主任，你们应该见过了吧？你自己过去吧，我可不想被两拨人围堵。"说完就朝电梯口走去。

章可可冲她点点头，又看了看仍守在走廊的那几人，心里生出一计。

[07]

"那拨人已经上电梯了吗？大概几个人？"章可可问安全管理部同事。同事一看她是新来的，愣了一下，回道："说是还在门卫那里拦着呢，三四个人吧。"

三四个……嗯，差不多势均力敌，可以试试。

章可可坐电梯直下一楼，果然看见大门外站着几人，正和保安争论，她根据几人的神态和话语，很快分辨出谁是领头的人。

趁硝烟暂缓的间隙，章可可扯下特意梳得整整齐齐的马尾，悄悄地溜到门外，靠近领头的人，装作不经意地说了句："你也是来要钱的吧？怕是来晚了一步啊。"那人长得五大三粗，一身浓郁的汗味，看到一个年轻小姑娘过来搭讪，眼里满是疑惑："老子是来讨公道的，干什么？"

章可可冲那人诚恳地点点头："哎，我也是啊，今天他们魏总在，还以为找到领导就能解决问题了呢。"领头人来了兴趣："怎么，他们不给你解决？""魏总的面我都还没见到呢，就被轰出来了。"章可可委屈地说。

"凭什么！他们这是仗势欺人！"领头人有些激动了，唾沫星子开始往章可可脸上砸。"不是他们把我轰出来的，是另一拨来要钱的人把我赶出来的。"章可可顿了一下，看手表显示已经九点四十分了，接着说，"魏总说十点他会出面解决问题，但他待会儿还要出去开会，时间只够解决一个项目的问题。我刚才上去的时候，那一拨人正堵在门口呢，看我也是来讨说法的，生怕我抢了他们的机会，就把我轰出来了。"

"岂有此理！竟然轰一个小姑娘！"领头人愤愤道，"不行，我要去会会他们，欠我们的钱肯定比他们多！"章可可见对方气焰已经上来了，故作神秘地对他说："我今天来的时候，发现这里有一个侧门是可以进的。"

"在哪里？"领头人沉不住气了。章可可指着大楼旁边的一条小路说："从这条路过去，五十米不到的围墙后面有一段台阶，上去就是二楼了。"章可可努力回忆着魏燎曾经告诉过她的侧门坐标。

"好！谢谢你了！"领头人着急忙慌地召集其他人，被章可可一把拽住了："哎，听我一句，一定要低调，让保安发现就彻底进不去了。"

"嗯，知道了！"那人感激地望了章可可一眼。

劝走了农民工，章可可又悄悄地溜回了大厅，这次门卫没有再拦她，她迫不及待地冲进一楼的洗手间，望着镜子几乎要抓狂。她掏出湿纸巾，小心翼翼地擦拭着记忆中被喷到唾沫的地方，掏出梳子把马尾扎上，又补了补妆。

整理完毕已经过了好一阵儿，她听到外面有嘈杂的声音，走出洗手间一看，来了几个民警，直接上了电梯。大厅里有几个保安在议论着,说是楼上两拨农民工在魏总办公室门口打起来了。打架斗殴，性质升级，民警也有了抓人的理由。

章可可暗自一笑,坚持等到两拨人都被民警带走后才上了五楼。

袁秋霞站在终于安静下来的五楼走廊上哭笑不得，但无论怎样，总归闹事人已经走了。正准备回办公室，便看到了向她走来的章可可。

"你好袁主任，我来报到了。"章可可恭敬地打了招呼。袁秋霞早有准备，微笑着拍了拍章可可的肩："小章啊，我们都很期待你的到来啊。"

章可可抬头看了看眼前的这个女人，听说她已满五十岁，但保养得很好，脸色仍然红润光彩，玫红色的上衣和黑色的裤子皆为绸质，看上去品质不低。

在袁秋霞的引荐下，她先进到503室，看到了徐慧和李慕心。徐慧站起身来，柔声说："这就是我们部门新来的成熟人才吧？一看就很聪明，今后多带带我们这些老人呀。"说完看了主任一眼，立刻补了一句，"我可没包括主任啊，主任心态年轻着呢！"袁秋霞无奈地笑了笑，看上去对她这套已司空见惯。

李慕心一身中性打扮，短发如男生一样，她罩着大号耳机，沉浸在电脑屏幕上的眼睛敷衍地瞥了瞥章可可，随后，露出了惊讶的神情。章可可被她盯得有点心里发毛，心想我不认识你啊，难道你知道什么？为化解一时的尴尬，她伸出手："你好，我叫章可可。"李慕心也伸出手，很快恢复了正常。但这一细节还是被袁秋霞捕捉到了。

随后，章可可被带进了顾筱的502室。在章可可看来，这个女生比隔壁两人朴素太多，清秀的脸上估计连粉底都没搽，秀黑的中发老实地搭在肩上，甚至连眼神都透出一种弱弱的低气场。

"顾筱，这是新来的章可可，今后你负责后勤工作，文秘工作交给她做。你们一个办公室，她刚来还不熟悉，你多带带她。"袁秋霞对顾筱说。顾筱的心情一下落到谷底，却又不好反驳什么，只能乖乖应着。

即使有很多人对得过且过、简单轻松的工作向往已久，但那其中绝对不包括顾筱。之前虽然工作忙碌，但好歹有种被需要的安全感，而现在来了一个新人，把自己擅长的文秘工作分了出去，主任只让自己专职做零星琐碎的后勤工作，这让她沮丧。要知道，文秘起码能有东西拿出来，每份公文、每篇稿件后面是写有自己名字的，而后勤是真的吃力不讨好，一个失误能盖住所有苦劳，跟打杂的彻底没区别了。主任这么安排，无疑是将她往边缘化又推了一把。想到还欺骗顾腾说自己就快升职加薪了，顾筱不禁悲从中来。

章可可看出了顾筱的明迎暗防，待袁秋霞走后，她小声对顾筱说："你是不是怕我抢了你的活啊？"顾筱突然有种被窥探的尴尬，她勉强笑了笑："没有啊，你别多想，今后有什么需要我帮忙的尽管说。"匆匆说完，她便坐回电脑前频繁地点着鼠标。

李慕心对章可可的异常反应引起了袁秋霞的注意，中午在食堂吃饭时，她装作不经意间李慕心："小李啊，刚才怎么看你对新同事的到来有点惊讶呢？你们认识啊？""不认识，"李慕心说，"但是，在她进办公室前，我就见过她。上午我办事回来走到楼下，就看到章可可正在和第二拨上来的农民工说着什么。我在车库检查车辆逗留了一会儿，上来时电梯到二楼便停了下来，那伙人居然走侧门上来了。我还听其中一人说，是楼下一个小姑娘告诉他们侧门位置的。"

袁秋霞听罢，觉得这事不简单，章可可为何要这么做暂且不论，光凭她刚来就知道侧门的位置，就很值得注意。

[08]

遵照主任"多带带她"的旨意，中午吃饭时，顾筱主动叫上了章可可。集团食堂在二楼，一到中午便十分热闹。在这样的单位，除了特别孤僻的人外，都把食堂当作促进"团结友好"的重要场所。

章可可跟着顾筱走进食堂，见已经有不少人三三两两地坐在一起吃饭了，谈笑风生，出菜窗口外也排着长队。回想起冷冷清清的楼道，她觉得奇怪，便问顾筱："上午时没觉得集团里有这么多人呀。"顾筱双手拿着一个大号瓷碗和一双筷子，转过头说："有几个在建项目就在集团附近，项目人员会过来蹭……"她顿了一下，"过来吃饭。"

　　顾筱和章可可前面是一个笑意盎然的男人，据顾筱介绍，那是工程部的经理吴宏。章可可见那人五十多岁的样子，但头上已经秃出了一片"地中海"，于是问顾筱："集团的工程这么不省心啊？瞧把人给累的。"顾筱吓一跳，立刻示意章可可："小点声！"

　　阿姨打饭的速度还算快，没过一会儿就快轮到她们了。顾筱从窗台旁码好的餐盘里拿出一个递给章可可："明天你可以自己带碗来，这里的餐盘洗得不太干净。"

　　吴宏走到窗口前，里面打饭的阿姨热情地招呼他："吴经理啊，今天有你爱吃的红烧肉呢，我给你多打点儿。"说完给吴宏碗里压了满满两勺。"你们这里的阿姨真好啊。"章可可不禁赞叹说，顾筱则无声地叹了口气。很快，顾筱把自己的碗和章可可的餐盘递了进去，阿姨递出来两份"减肥餐"。

　　找到座位坐下后，章可可望着一马平川的餐盘欲哭无泪，对顾筱说："吃完还能续碗不？我为了第一次穿修身职业装，可是没吃早饭的。"也许是听惯了机关里的虚头巴脑，顾筱竟觉得说出这话的章可可很真诚，也很可爱。她端起自己的碗，分了一些饭菜在章可可的餐盘里。

　　"不用啦，我开玩笑的！"章可可不好意思了。顾筱笑笑说："正好我今天早上吃多了，现在肚子还撑着呢。"

　　午间休息时，章可可躺在办公室的柔软沙发上，感觉一切还不太真实。另一张沙发上的顾筱好像已经睡熟了，而自己却迟迟无法入睡。或许是因为从上大学起，她就停掉了午睡的习惯，生物钟对此已经很陌生了。

她环顾了一圈办公室，基本符合她对国企的想象。人均占地面积宽绰，花草众多且被打理得很好，每人桌上都放着一本没有任何字迹的台历，以及档案袋和文件夹。

下午的上班时间为一点半，但除了与领导同层的五楼外，其他楼层的办公室几乎都要到两点才会开门。入职第一天，章可可没有被安排任何工作，她坐在这把自己绝对舍不得买的皮质靠椅上，第一次有种奋斗无趣的感觉。哪怕自己坐在塑料板凳上，也曾经幸福过；而现在靠着舒适的皮椅，却又怎样呢？闲则焦躁，章可可不得不把目光投向顾筱，好奇她在做些什么。这个中午把饭菜拨进她碗里的女生，让她感受到了意料之外的温暖。

顾筱此刻可没闲着，她需要把文秘方面的所有工作整理出来，将以往资料分类归纳，并把日常工作汇总成文字资料交接给章可可。隐隐感觉到有一双眼睛在注视着自己，顾筱抬起头，与章可可的眼神撞了个正着。"嘿嘿，你干什么呢？"章可可问。"在把文秘工作相关的内容整理出来，好交接给你。"顾筱说话的同时并没有停止工作。

"文秘工作忙不忙？"章可可又问。顾筱投入工作的时候很不喜欢被人打岔，但还是耐着性子说："还好吧，有时事多，有时事少，看领导的安排。""反正就什么都是领导说了算呗？""啊……"顾筱迟疑了一下，不得不停下工作，努力思考章可可说这话的含义，生怕是自己说错了，"我不是这个意思啊，只是说事情有多有少……"章可可心想，这人真够谨慎的，不好玩儿。

正在这时，一个梳着偏分头、挑着一双桃花眼的高个子男生走进了办公室，将一沓 A4 纸随手扔在顾筱的办公桌上："帮我把这些资料复印十份。"

章可可对这样的理所应当产生了本能的厌恶。她的尖锐目光或许引起了男生的注意，他发现了章可可，愣了两秒，问顾筱："这是什么情况？"顾筱勉强笑着："这是我们部门的新同事章可可。可可，这是财务部副经理周泽阳。"

　　"你好。"章可可淡淡说了句，想到今后别人也会如此使唤自己，她心里的气止不住地往上蹿。令她始料未及的是，周泽阳在将她全身上下扫视了个遍后，换了一种殷勤的语气说道："这么年轻漂亮的成熟人才啊？想必你一定有过人之处吧。"

　　章可可听出了他话里的意味深长，很快接了一句："周经理看起来年纪轻轻，就能身居要职，想必也有过人之处吧。"

　　周泽阳没想到这姑娘这么不好惹，一时语塞，只好闲扯了几句就走了。他走后，章可可问顾筱："他干吗让你复印？办公室的文秘凭什么要当他的秘书？"顾筱的内心打了一个冷战，她知道章可可说这话实属无心，但这讽刺的定位还是让她难以消化。

　　在集团百无聊赖地待了一天，走出大楼的时候，章可可感觉整个世界都连同自己的意识一起变缥缈了。想到还要穿过好几条街才能取到车，她只觉得腿软。集团大楼的停车位控制严格，因此虽然只是魏国安一句话的事，魏太太还是坚决反对章可可享受特殊化，以免招惹是非。

　　魏燎去外地的远征项目检查工作了，魏国安晚上也有饭局，饭桌上只有母女两人用餐。魏太太免不了对女儿一通询问。

　　"第一天上班，感觉怎么样？"

　　"挺好的呀，就是太无聊。"

　　"毕竟才第一天嘛，总得先适应适应，你别心急。"

　　"我才不心急呢。"

　　"同事们怎么样？"

"个个都是扑克脸，看他们就像看戏一样，我都觉得累。"

"还是管好你自己吧。"

"不是你问我同事怎么样的吗？"

…………

魏太太看着眼前的女儿，又心疼又无奈，她夹了一块肉放进章可可碗里，语重心长地说："可可，那里不比在你的工作室，更不比在家里，一定别耍小性子，听见没？"

"没敢耍小性子，"章可可噘了噘嘴，"你放心吧，不会给爸爸和哥哥丢人的。"

魏太太叹了口气："你爸和你哥在里面待这么久了，他们已经站稳脚跟，我不担心他们。我担心的是你，我怕你会被欺负。"

"谁敢欺负我啊？"章可可不以为然地说，"再说，我又不惹事儿。"

"就怕你不惹事儿，事儿会来惹你。"魏太太说，"总之你多踏实做事，少表达观点，还有，千万不要轻易相信别人。"

"妈……"章可可实在不耐烦了，"我明白了，能不能好好吃个饭啊。"

"好好，你吃饭，记住我说的话就行。"

应付完妈妈的唠叨，章可可回屋无力地躺在床上，几分钟后手机屏幕亮了，是潘攀发来的微信："可可，听说你要去你爸的集团上班？千万别去！我们再一起重新开始好吗？不管是创业还是感情。我在你家楼下呢。"

[09]

顾筱匆匆赶到商场，由于路上堵车，她已经晚了十分钟了。环顾四周，她都没看到要见的人，正准备打电话，周泽阳的名字就在手机屏幕上亮了起来。她隔着话筒问："你在哪儿？"周泽阳回："四楼，九港茶餐厅，一直往里面走，尽头靠窗的位置。"

按照定位，顾筱找到了坐在窗边看着菜单的周泽阳。见顾筱来了，他将菜单递给服务生，喝了一口水，说："我给你点了份套餐。"顾筱放下包，点了点头。

顾筱最近有不少心事，特别是今天章可可的到来，更让她觉得有苦说不出。"你们办公室新来那个女的是什么来头？"周泽阳率先开了口。"我不知道。"顾筱如实相告。

"你怎么一点进步都没有？要是这人也能压在你的头上，你不就彻底没混头了！"周泽阳不屑地说。顾筱感到脑袋越发疼痛，原本她希望得到他的安慰，但周泽阳先发制人，冷冷的话语像一个活塞，堵住了她的喉咙，让她什么也说不出来了。

"对了，周末去看你家人，我买点什么好？"为了继续聊天，顾筱换了个话题。"这个周末啊？"周泽阳皱了皱眉，"他们要去旅游，周末还回不来。"顾筱一愣："不是说好了这周末吗？""也没说不能变啊，随时可以调整嘛。"周泽阳说。

顾筱一阵心寒，两年多来，他们的恋情一直按周泽阳的要求处于地下状态。在妈妈的多次督促下，顾筱也问过周泽阳，准备这样持续到什么时候，如果没有诚意就不要浪费大家的时间。年初的时候，周泽阳终于提出，父母想见顾筱。为了这次见面，顾母掏出积蓄给顾筱置办了一身体面的衣服。然而见面的时间却被周家一拖再拖，当时买的春装现在也已穿不上了。

"泽阳，有时候我觉得，你没有认真对待我们的感情。"待服务员上菜离开后，顾筱说道，"还是我达不到你们家的要求？"周泽阳一边往嘴里塞着烧鹅，一边抬头看了一眼顾筱："你又胡思乱想些什么啊？我要不满意，干吗还不分手？"

没有找到下家呗，顾筱心里默默想着。这曾是顾腾对自己的提醒，他说男人就是这样，在遇到一个迫不及待想结婚的妻子之前，总会经历几个舍不得分手的"妈"。当时她还无奈于弟弟极端的早熟，可是慢慢地，她发现好像真是这么回事。

吃过简单的晚饭，顾筱和周泽阳走在商场里。"今天就不送你回去了，我还有点事。"周泽阳走得略急，顾筱跟在后面。两年多来，他们在公共场合牵手的次数屈指可数，周泽阳总怕碰到熟人，顾筱则不明白他究竟在担心什么。

周泽阳突然一转身，跑进了左边的洗手间通道。顾筱正疑惑，就看见财务部一个同事正向她走来。"嗨，顾筱！"同事也发现了她。几句寒暄后，同事匆匆告别，她拿出手机，犹豫着要不要给周泽阳去个电话。就在这时，周泽阳的电话来了："还好我跑得快，应该没被看到。那我就直接走了，你回去吧，拜拜！"顾筱没说上一句话，那边已经挂断了。

归家的脚步是沉重的，顾筱知道，妈妈在得知自己和周泽阳吃饭后，一定会问到见家长的事情，免不了又一通唠叨。

果不其然，回到家还没喝口水，顾母已经靠了过来："要不你再买件夏天穿的衣服？之前那套太厚了，已经不能穿了。我出钱！"顾筱无奈地回道："不买了，这周末见不着。""为什么呀？"顾母很惊讶。"他爸妈旅游去了。"

顾母面部渐渐发紧，露出不悦的神情："我觉得他们家就是看不上你，嫌我们家条件不好，说见面说了半年都没见，这不是欺负人吗？"顾筱不想正视顾母，喝了一口水下去。

"丫头，你告诉我，你们有没有那个？"顾母很是神秘地说。

"哪个？""就是男女会做的那个。"

顾筱不明白妈妈是何意，尴尬地回："你想什么呢？都还没结婚，怎么可能！"顾母思忖片刻，说："其实，有时候你也要让男人感受到你的诚意，现在都什么年代了，我也不是完全保守的人，所以啊，你……""妈，你知道你在说什么吗？"顾筱怒不可遏，"我是你的女儿，一个男人真的比我的尊严更重要吗？"

顾母没想到女儿直接顶撞了自己，语气激动起来："尊严，一天到晚把这两个字挂在嘴边有什么用？能当饭吃吗？那你说说，如果不找个条件好的，你在建设集团还怎么混？周泽阳毕竟是个副经理，家里也有关系，嫁给他，你在单位还怕被别人欺负吗？"

顾筱感到自己的心火在燃烧，但却无力反驳。妈妈说的话句句是事实，但是，让她想不通的是：真的只有用原则去换，才能在现实中立足吗？自己的人生何时活成了这副惨淡模样。

章可可握着手机，却不想多看一眼潘攀持续发来的消息。她不想见他，不是因为有多恨他、多讨厌他，而是她不知该怎么面对，不知该说什么好。就这样持续了一个小时后，章可可回了一条："你走吧，我不可能见你。"很快回信传来："见不到你，我是不会走的。""随便你吧，我睡了。"章可可狠心发出这句后，关掉了卧室里的灯。

魏燎出差回来已经半夜了。项目部的人欲留他住一晚，他坚持当天赶了回来，多留一晚，不知道会增添多少难以回绝的招待。魏燎厌恶这些表面殷勤、实则捆绑的糖衣炮弹，但他也并不愿改变什么，毕竟每个行业的规则就像是大树的根基，有老老实实扎在土里的，也就必定会有上墙翻瓦钻水泥的，每一种都是行业赖以生存的"本源"。

毕业的时候，魏燎本有机会去甲方公司做工程开发，魏国安也完全尊重他的意愿，但他最后还是凭借自己的能力，通过考核进了身为乙方的沁江建设集团。如果说章可可对于这里是熟悉，那他的感情就称得上是亲切了。在他小的时候，沁江建设集团里大部分是和他爸爸一样勤勤恳恳、友好正直的叔叔阿姨，魏燎从小受到他们的感染。另外，集团在沁江市也算是鼎鼎大名的建筑行业国企，项目涵盖面广、工程体量大，对于工程专业毕业的年轻人而言也是很不错的练兵场。

由于是集团车辆送回，魏燎没有从地下车库直接上电梯，而是步行走到单元楼下。他看到了在一棵树下正抽着烟、一脸落寞的潘攀。

"潘攀，你在这儿干什么？为什么不上去？"魏燎问。潘攀也看到了魏燎，讶异着掐掉了燃着星火的烟头，扔进旁边的垃圾桶："魏燎哥，我来找可可，但她不肯见我。"

魏燎知道前因后果，所以对潘攀的处境很理解，他太了解妹妹的性格，猜想眼前这个男生这几天一定受了不少委屈和冷落。他抬头望了望楼上章可可的房间："你先回去吧，她房间的灯都黑了，肯定已经睡了。"潘攀摇了摇头："那灯九点就关了，她肯定没睡，只是不见我。"

"你等了这么久？"魏燎很是吃惊，"那你来见她的目的是什么呢？""我只是不想让她去你们单位上班，那不是她想要的，她一定会后悔。"潘攀往胸口拢了拢外套，夜晚的风有点凉。

"明白了。"魏燎点点头，问道，"潘攀，你还记得当时你怎么追的可可吗？"潘攀愣住了，他不解魏燎为何意。魏燎接着说："当时你追了一年多，可可还是不答应，于是你开始追另一个女生。"

"这个……我当时太生气了，一时糊涂，才……"潘攀有点语无伦次。"我没有怪你的意思，而且你追到后也并没有和那个女生在一起，但却让可可明白了她心里是有你的，这说明了什么？"魏燎继续引导。

"说明……"潘攀抓着脑门想，"说明做人要专一，不要心猿意马。"

魏燎深吸一口气，心想，大半夜的，自己吹着冷风引导半天，怎么还不明白，索性向他说白了："说明如果我们在一条路上陷入

38

了困局，其实不用继续撞得头破血流，而是可以停下来歇一歇，重新规划和考虑，或者，选择另一条路。"

"那不是三心二意、不能从一而终吗？"潘攀虽也经历了些历练，但在魏燎看来，还是单纯得像个孩子。"不不，选择另一条路的前提是，目的地并没有变，只是路径变了，殊途同归懂吗？可可现在就处在这样的阶段。"魏燎耐心解释。

潘攀有点明白了："也就是说，可可并没有放弃梦想，而只是在找另一条路？"魏燎点了点头。"哥，那我明白了。请你转告可可，不管她想走哪条路，我都是和她一路的。"

潘攀带着轻松一些的心情离开了，望着他渐渐走远的清瘦背影，魏燎笑了笑，身边有个这样的男生，妹妹还是很幸运的。

[10]

魏燎上楼进屋，走到卧室门口时，章可可的房门开了，她穿着睡衣，头发随意地散在身前。

"他走啦？"章可可幽幽问道，从她房间里透出一束暖光，照在她半张脸上。魏燎早有准备，含笑望着面前半明半暗的妹妹："有什么事好好说，还让你哥大半夜的帮你解决情感纠纷。""我们已经分手了。"章可可淡淡地说。"哦。"魏燎顿了片刻才接着说，"今天去集团怎么样？"

章可可终于展开正常的笑颜，说："你们食堂的饭菜味道还不错，就是阿姨太抠。"魏燎也笑了："那没办法，毕竟是单位免费伙食，不能拿钱说事，就只能靠数量来区分出远近亲疏了。"

"今天爸在办公室被堵了。"章可可说。"嗯，我知道，听说后面两拨人在外面打起来了……"魏燎看到章可可一脸得意的笑容，大拇指就快伸到自己鼻子上了，问："难道这事儿跟你有关系？""我只是点拨了后来那拨人几句话。"章可可得意地说。

听章可可说完，魏燎哭笑不得，妹妹能做出这种事，在他看来太正常了，但毕竟是在集团，他又随即感到一阵惴惴不安。

"你这小聪明的确解决了问题，"魏燎说，"但今后一定不要轻易动用，如果被别人知道但又不懂你的用意，很可能让自己处于被动。"

"好，我今后会注意的。"章可可向来都很听魏燎的话。

入职第二天，章可可还是接到通知，让她和新来的十几个大学毕业生一起，参加集团组织的三天入职军训。章可可很抓狂，她人生的前两次军训，都找了各种幌子：大姨妈、低血糖、胃动力不足之类的，才得以在医务室里挨过大半时间。但这次她却不敢任性妄为，不能坑自己的亲人啊。

从主任那里回到办公室，章可可不悦地瘫在靠椅上，对顾筱说："为什么入职还要军训啊？我以为这辈子都和军训没有关系了。"顾筱从屏幕前抬起头，回道："我也要去。"

"你为什么要去？"章可可从靠椅上坐起来。"毕竟有十几个人呢，又是三天脱产封闭训练，领导让我跟去负责后勤。"顾筱说。

"脱产？封闭？意思是要住在部队？""嗯。确切地说，是军训场所，不是部队。"

章可可再次叫苦连天，她没料到一进单位就收到一个下马威，这可是爸爸和哥哥没告诉她的。纵然心里有一百个不情愿，如今也只能硬着头皮上了。

入职第三天，章可可和十几个朝气蓬勃的大学毕业生一起，开始了自己的第三次军训。

初夏的阳光已经开始具有侵略性，章可可全副武装，遮阳帽、墨镜，双肩背包里护肤用品塞得满满当当。作为建筑类的企业，集团延续着男女失衡的比例，参加军训的，加上章可可共十五人，女生只有三人。在集团停车场等车的空隙，她悄悄打量起那些毕业生。

男生们多在开着无关痛痒的玩笑，讨论着游戏和专业。两个女生则躲在墙角的阴凉处，都是普通衣着，面带清爽的笑容。虽然自己也刚毕业一年，但章可可已明显感觉到自己和他们的区别。起码他们脸上那种难以掩藏的期待和憧憬，在她这里已经找不到了。

没过一会儿，顾筱作为随行人员也来了，一身简单的运动装，背一个瘪瘪的休闲包。"你带这么少的东西？"章可可问。"对呀，无非就需要一些洗漱用品嘛。"不知是否因为天气明媚，章可可觉得今天的顾筱比在办公室里要明朗很多。

顾筱看了看章可可的包，再单手掂了掂，问道："你都带什么了？这么重。"章可可神秘一笑，说："不知道了吧？我准备超充分的。这几天太阳多大啊，防晒霜、喷雾、面膜、修复水什么的我都带齐了，还带了几包卫生巾，"章可可压低了声音，"到时垫在鞋子里面。"

顾筱哑然失笑，心想你是不是把军训当成度假了，但最终也只是说了句："但愿你这些东西不会被教官收走。"

除了顾筱，机关还有一个随行人员——人力资源部的蒋言欢。章可可一眼便认出她就是人力资源办公室里对她全身扫视的那个女生，依然妆容精致，穿着粉嫩的衣裙套装，肩上斜挎一个软皮小香包，手里提着一个香奈儿的购物袋。顾筱在心里翻了个白眼，想着真正度假的人来了。章可可则冷笑了一下，心想，你的层次也不过如此嘛。

大家一坐上印有集团标识的大巴车，蒋言欢便立刻进入角色。她站在前排拿着话筒，带着标志性的微笑说："各位新员工们，大家好！欢迎加入沁江建设集团的大家庭，我先自我介绍一下，我叫蒋言欢，是人力资源部的。在接下来的三天里，就由我陪伴大家参加军训，期待大家的表现，我会为你们加油的！"

这话乍一听似乎没毛病，但章可可还是敏感地发现了问题：同是随行人员，她并没有提到顾筱。蒋言欢接着说："入职军训在集团也是头一回，未来将成为集团人才培养的重要一环，领导们非常关注，所以虽然只有三天时间，也希望大家能足够重视，我们也将对各位的表现打分，这个分数将写入你们的职业档案里。"

章可可瞥了一眼身边的顾筱，见她没有任何反应，手里正捧着一本书在读。

事实上，顾筱只是眼在书上，她当然无法对蒋言欢说的每一个字置若罔闻。她有点尴尬，车上不是新员工就是随行工作人员，如果她不出声，会不会到军训结束时大家还不知道她是做什么的？但如果突然出声，大家会不会觉得很突兀？蒋言欢会不会不高兴？顾筱感觉自己像是站在了一块水中央的大石头上，进退两难。

"你不介绍下自己吗？"顾筱还没想明白，章可可就率先发问了。顾筱不知该怎么回答，只好尴尬地笑笑："不知道该怎么开头啊。"

或许是因为从小并没有缺过什么，也或许是被武侠小说灌输了太多行侠仗义的思想，章可可自小就喜欢帮助弱者，知道对方有难处和困惑，她都本能地会去想自己能为别人做点什么。章可可并不理解顾筱的纠结，只觉得她也许生性内向，不善于在人前发言。所以，她有底气地回道："那怕什么，看我的。"

在顾筱忧心忡忡的眼神中，章可可从第二排位子上站了起来，并立刻吸引了所有目光的注视，她语气活跃地说道："大家好，我是综合办公室新入职的员工，但比你们早毕业一年，我叫章可可。因为我们综合办公室也是这次军训的组织部门，所以请原谅我的主动发言。不过这次军训组织和服务的具体工作，还要请办公室的前辈顾筱为大家说明。"

没想到，一车的新员工竟也受到了感染，稀稀落落地鼓起掌来。顾筱只好无奈地放下手中的书，僵硬地站了起来。章可可还从蒋言欢手里"抢"过话筒，递给了顾筱。顾筱接过话筒，清了清嗓子，说：

"大家好，我是综合办公室的顾筱，这次随行负责保障大家的后勤，这三天里，大家有任何问题都可以来找我，你们之前发的军训笔记本里有我的电话号码。谢谢大家。"

顾筱匆匆说完，把话筒递回去给章可可。还没等章可可转过身，蒋言欢已经站在了座位中间的过道上，她抽走章可可手中的话筒说道："那要不这样，我们所有人都先做个自我介绍吧。"

隔着不远的距离，章可可感觉到蒋言欢的脸上正散发出冷冰冰的寒意。

[11]

在蒋言欢的提议下，大家依次开始自我介绍。这十四个毕业生，学的都是建筑专业，有一个男生还是硕士毕业。而这个男生的自我介绍也让所有人印象深刻："大家好，我是总工办的新员工闫新刚，我本科是清华大学毕业的，硕士也是清华大学毕业的。"

他发言完毕后，全车一时陷入谜之静谧。过了几秒后，议论声才如蚊蝇般钻入章可可的耳朵，她嘲笑着对顾筱说："这人读书读傻了吧。"顾筱笑了笑，心里还在琢磨自己刚才的发言是否有纰漏，即使没有，她也担心蒋言欢不满。但终究她已经介绍了自己，本职工作尽到，也算是了却了一桩心事。

除了闫新刚外，另一个将入职机关的是个毕业于哈工大的女生郝佳，长得斯斯文文，说话却开朗大方。昨天晚上收拾衣物时，魏燎便拜托章可可在军训期间帮他考察一下这个即将进入工程管理部的女生，因为只听说是个学霸，其他方面一无所知。

到达训练地点，已经过去半天时间了，部队负责方先组织大家吃饭。章可可和顾筱、郝佳还有另一个女生坐在一桌，蒋言欢则去和部队的指导员以及教官等人坐在了一起。

想到任务在肩，章可可问郝佳："你一个女生，为什么学工程啊？"郝佳露出灿烂的笑容，说："是我爸给我选的专业，说现在到处都在拆了修，修了再拆，学工程好就业。"这理由让章可可无言以对。她再问："那你喜欢工程吗？""呃，谈不上喜欢吧，不过能下下项目还是挺好的，在机关起码不用风吹雨淋。"郝佳答。

章可可点点头，心想这姑娘倒是挺坦诚，说出的话都实实在在的，感觉不出有太多心眼儿。

而闫新刚再次刷新了大家对他的看法。在吃完第一碗饭后，他径直走到离饭盆最近的教官面前，说："能帮我添碗饭吗？"蒋言欢在一旁，露出尴尬的神情，一边接过碗说："我来帮你添吧。"一边心想：这小子脑袋里到底装的是什么？！今后看他在机关里怎么撞得头破血流！

从当天下午开始，十五名新员工便在一个石灰操场上开始了叫苦不迭的军训。虽说企业军训多是走个过场，但毕竟集团是第一次搞，很希望能把这个标杆树立得更挺直些，于是之前就叮嘱部队方要一切从严，军训的基本项目只多不少。

仅一个下午，章可可就感觉自己快撑不住了，站军姿、齐步走、左右转、走正步……每一个动作都要求得极其规范；擦汗要打报告，挠痒要打报告，上洗手间不仅要打报告，还要表现出痛苦难忍的样子，才能被批准。

顾筱坐在树荫下，守着矿泉水和一些基本药品，而蒋言欢则戴着墨镜和太阳帽，站在指导员旁边，热络地聊着停不下来。章可可望着她，气不打一处来，索性闭上眼睛不看她。头顶上的太阳又烈了些，章可可渐渐感到头越来越沉，像是顶了个东西，压迫着她的神经和上眼皮。

"第二排最左边的女生，你是要睡着了吗？"教官的洪亮声音吓得章可可一抖，本就脆弱的脑神经像是突然崩断，晃荡的身体一软便瘫坐在了地上。就在她上半身马上也要倒下的瞬间，旁边的郝佳跪在地上，一把扶住了她，急切地问："你没事儿吧？"

队伍里顿时起了一阵小骚动，顾筱冲了过去，蒋言欢皱了皱眉，假装客气地对指导员笑说："现在的年轻人体质太弱。"

章可可本来没什么问题，但无意中被这样围观，不得不让自己表现得更柔弱一点。"其他人不许动！"教官大声训斥道。于是大家只好纷纷恢复了刚才的站立姿势。"第二排左边第二个女生！你也赶紧站好！"教官冲郝佳喊。"可是她不舒服……"郝佳对教官说。

顾筱见教官来真格的，忙从郝佳手里扶住章可可，对郝佳说："我来吧，你继续训练。"郝佳这才站了起来。

顾筱把章可可扶到旁边的树荫里，递给她一瓶拧开的矿泉水。章可可缓过气来，喝了两口，拿纸巾擦了擦脸上的汗。蒋言欢走近问道："你怎么样？"章可可摇了摇头："没大事儿，但要歇会儿。"

指导员也走了过来，望着章可可问："怎么样，还能继续训练吗？""可以的，她刚才说歇会儿就好了，我们集团的新员工可是很能吃苦的。"没等章可可反应，蒋言欢抢着向指导员说。"好，那半个小时后继续训练！"指导员丢下一句就走了。

章可可心里不悦，"但要歇会儿"和"歇会儿就好了"意思能一样吗？她瞥了蒋言欢一眼，刚想出口反驳，但又想还是不要刚进集团就给别人留下"招事儿"的印象，只好忍忍作罢。

"代表态"一事让蒋言欢在章可可的印象里扣了分，但更让她反感的，是蒋言欢对顾筱的态度。她好像没有对顾筱好好说过一句话，一旦出口便是命令的语气："去把新员工们叫过来！""去搬一箱水过来！""把军训流程表打印二十份！"……而顾筱竟然每次都一一照做，无半句怨言。

45

她是不是傻？章可可不止一次地怀疑过顾筱：难道她有什么把柄捏在蒋言欢手里？

虽然章可可对弱者有种本能的相助欲，但前提是对方要有逆袭的决心，而顾筱……章可可在她身上看不到一丝斗志，像个软柿子一样，只有一味地妥协和屈服。所谓"自弃者，天弃之"，更何况章可可不是天，只是一个小人物，所以她对顾筱的遭遇不感兴趣，相反，她打心里瞧不起顾筱的软弱。

然而，蒋言欢接下来的举动，却迫使章可可不得不与顾筱站在了同一战线。

晚饭后，受训人员全部被带回宿舍休息，部队还给大家准备了西瓜，用车运到了大门口，让蒋言欢安排人去领，蒋言欢自然把这事推给了顾筱。顾筱问："领几个？"蒋言欢说："三个吧。"顾筱叫上另外两个男生一起到了大门口。奇怪的是，据分发的人说，指导员和蒋言欢商量的是给他们两个西瓜。顾筱没带手机，参训人员的手机上午就已被没收，她不知如何是好。

"我还要赶时间呢，你到底领不领？"分发西瓜的人催促着。"领，稍等下，"顾筱匆忙思考了下，"那就领两个吧。"

看到两个西瓜，蒋言欢立刻把怒气撒到了顾筱头上："我都跟你说明白了领三个，你不知道跟车上人说吗？""可是那人说你们商量的是两个。"顾筱说道。"他说什么你都信，为什么不打电话回来问一问？""想着要搬东西，所以我没带手机。"

蒋言欢语气越来越强硬，多起来的围观者似乎还给她助了威，她大声嚷嚷："出去办事居然不带手机，明明吩咐好的事情都不知道争取，两个西瓜这么多人怎么够吃？"

章可可实在有点听不下去了，她望着一脸尴尬的顾筱，对蒋言欢说："多大点事儿啊，至于在这儿嚷嚷吗？这么大两个西瓜，十几个人怎么就不够吃了？你是指望着西瓜顶饱吗？"

蒋言欢见竟有人站出来捣乱，本想直接骂回去，但看是章可可，她还是停顿了一下。既然已经得知章可可是魏总那边的关系，自然是惹不得的，但不顶回去又显得自己很没面子，她改变语气，说了句酸溜溜的话："哎哟，你们办公室的就会仗着人多，黑的都能说成白的，我可惹不起哦。"

章可可瞬间被点燃了，在她看来，能打一架解决的事情就绝对不要吵一架，蒋言欢的阴阳怪气让她恶心。但她更气愤的是，自己连吵一架的胜算都没有，因为自己根本不清楚事实真相，仅仅是作为劝和者就受到了这样的奚落。章可可愤怒起来是不能认真思考的，她本能地上前一步，摆出要打一架的架势。蒋言欢警惕地望着她，往后退了退。而一旁的顾筱更是万分紧张地看着她们俩。

正在这时，郝佳从人群中走了出来，指着蒋言欢说："我实在看不下去了，明明是你在电话里推辞说给两个西瓜就够了，为什么要让顾姐姐去领三个？"

[12]

空气瞬间凝固了，同时凝固的还有蒋言欢那张青白相间的脸，她的牙甚至也随着抽搐的面部肌肉一起抖动："你凭什么断定我说的是两个西瓜？"蒋言欢不想认账。但郝佳一脸的镇定自若："那待会儿问问指导员，不就知道了？"

蒋言欢气得再也说不出话来，恨恨地走了出去。顾筱和章可可对郝佳的挺身而出心怀感激，但同时也对她的这一"优点"深感担忧：毕竟她将进的是建设集团，而不是人民法院。

这件事让章可可再度坚定了对蒋言欢的判断，这类人就是典型的欺软怕硬，处处以自我为中心，大智慧没有，小伎俩无数，虽十足招人烦但双商有限。她暗暗提醒自己要提防她的诡计多端，以免脏水泼到自己身上。

之后的时间里，事实也再次证明，蒋言欢的确算是章可可在建设集团打的最小的一个"怪"了。

晚上的训练到十点就结束了，但十一点到凌晨一点，轮到章可可和郝佳站岗。说是站岗，其实就是守下操场的大门，没人会特别检查，到点后回去叫下一组来轮换就行。

闲得无聊，章可可和郝佳聊了起来："郝佳，你当众揭穿了蒋言欢的谎言，不担心她日后报复吗？"郝佳用帽子驱赶着耳边的蚊子，靠在砖墙上想了两秒："我当时没想这么多，只是觉得不能让说谎话的人得逞。""哦……"章可可点点头，"你能到建设集团的机关上班，家人一定很开心吧？"提到家人，郝佳似乎很兴奋："是啊，还专门摆了几桌请客呢，我考上大学那会儿他们都没这么高兴。"

看来她来自一个本分和睦的家庭，家人对她的稳定工作也抱有厚望。章可可暗自判断。

这时，顾筱拿着两瓶水过来了。六月的夜晚已经开始闷热，她冲完澡出来，发现这两人的水瓶都在床上放着，于是就给她们送了过来。顾筱把水递给她们，对郝佳说："谢谢你刚才帮我解围，不然我就没理说不清了。""你就是性子太软。"章可可对顾筱说，"蒋言欢明摆着想多占又不想得罪人，所以才拿你当炮灰。""但我的确没带手机呀。"顾筱闷闷地说。

"那也是因为她之前没跟你讲清楚嘛，又没人规定你必须二十四小时手机不离身。"郝佳说。"哎，对嘛。"章可可冲郝佳笑了笑，"人家刚毕业的小妹妹都比你明白。"

顾筱不说话了，她羡慕另外两人的理性和坦然，但自己夹缝中的为难又岂是理性和坦然能解决的？她何尝不明白自己已经成为专职"背锅侠"？但无背景、无靠山，谁都不敢得罪，这锅她不背谁背？

"看，郊外的星星比城里的多！而且特别亮！"郝佳指着天上的点点繁星。章可可也做出呼应："要不是来军训，我真想好好地躺在这里发会儿呆，也不知道附近有没有度假村之类的，回去我要好好查下。"

听着两个年轻姑娘的对话，顾筱内心叹了口气：估计她们在集团都有倚靠的人吧，才会如此元气满满、随心所欲。但起码，现在的她们是很好相处的，顾筱庆幸这三天有她们在自己身边。

军训场地旁边是一个坡度平缓的小山，第二天下午，教官组织了一场山地接力赛。这座山岔路很多，每个岔路口，教官都已提前在地上做好标记，指明路线。所有人被分为两队接力，率先到达终点方胜。

由于女生只有三人，为公平考虑，教官让顾筱和蒋言欢中出一个人参赛，不巧顾筱又正处于特殊时期，蒋言欢只好不情不愿地答应了。

蒋言欢虽和章可可一队，但是和郝佳同为第二棒，于是她们被带到了同一起跑点。教官走后，蒋言欢问郝佳："你跑得快吗？"郝佳愣了一下，回道："不快，但对付你应该可以了。""哼！"蒋言欢冷笑一声，"我只是入职早，其实也还年轻着呢。一点都不尊重前辈！"

郝佳瞟了她一眼，正色道："今后我们虽然是同事，但是不在一个部门，所以，你干你的事，我干我的事，最好互不干扰，互不得罪。"

蒋言欢再次冷笑了一声，这个菜鸟以为国企是什么？是监狱里密不透风的格子间吗？只怕你今天放了一个闷屁，一小时不到整栋楼里所有人都会对你避之不及。

比赛开始了，两边的队员都很卖力，这些刚出社会的年轻人，还没有退去对公平竞赛的激情。很快，跑第一棒的两个男生相距甚微地冲到了蒋言欢和郝佳的位置。蒋言欢拿到接力棒后便开始拼命往前跑，郝佳不禁疑惑："一共得跑四百米呢，她体力有这么好？"

蒋言欢所在的队伍很快到达了终点，而另一队的第三棒队员则报告说郝佳迟迟没出现，这吓坏了在场所有人：这山虽然不大，但周围和其他山脉相连，加之她没有手机，要是再有点路痴……

于是，一群人分成好几拨开始分头寻找。接近太阳落山时，大家终于在半山腰的一处灌木丛边缘找到了气喘吁吁的郝佳，若不是灌木遮挡，她还会往前走。回到训练场后，她指着蒋言欢的鼻子骂道："一定是你改了路标！我跟着路标走，越走越偏僻，一个鬼都没有！"大家都很诧异，心想如果是真的，那蒋言欢也未免太心胸狭隘了吧。

蒋言欢却是全程淡定，直到教官和指导员回来告知大家："经检查，所有的路标都是摆放正确的。"所有人又再次陷入迷惑不解中。"不可能！我又不是瞎子，绝对是跟着路标走的！"郝佳言语激动起来。

教官露出为难的神情，蒋言欢在旁说："郝佳，我知道你昨天惹了我，所以担心我会报复，但你搞清楚了，我是集团的老员工了，犯不着为这点事跟你置气。至于今天的事情，教官都已经说明白了，路标没有任何问题，我不想质疑你的眼神，但也请你尊重事实。"说完，露出了几丝得意。郝佳气得脸通红，她渐渐感觉到身边人的态度已经倒向了蒋言欢，而自己却有口难辩、无能为力。

章可可悄悄问顾筱："你相信谁？"顾筱脸上看不出情绪，低头回道："我也不知道。"章可可则愤愤地补了一句："我觉得郝佳不会撒谎，这苦肉计对她没一点好处，里面肯定有猫腻。"顾筱瞥了一眼章可可，有点不耐烦地解释："别自己臆想，起码现在她没有指证蒋言欢的证据。"

短短三天的军训结束了，章可可已感受到了国企这碗饭的难以下咽，蒋言欢的跋扈、顾筱的懦弱、郝佳的莽撞，都是她在工作中最不想打交道的类型，难道就没有一个三观正、能力强、智商情商都在线的人吗？

顾筱的担忧则来自于章可可的忽明忽暗，她有时会冒出一两句坦白得让人尴尬的大实话，而有时却迟迟不表态，若有所思地不知道在想些什么。但就如周泽阳提醒她的：在这个"重专业、轻后勤"的节骨眼还能进机关后勤部门的人，来头一定不简单。难道又是一个难搞的关系户？想到还要和她相处在同一个办公室，顾筱有点头疼。

郝佳来电话时，顾筱正准备关门离开，下班时间已经过去了半个小时，但三天没在集团，发票、纸质文件和写有各种待办事务的便利贴已经贴满了她的桌子，她不得不把几件紧急的事情处理完。

郝佳的哭腔隔着长长的耳机线，让顾筱听着有点毛骨悚然，她在那头急切又无助地说："顾姐姐，我不能留在机关了，刚刚接到通知，让我到下面项目部去。我该怎么办啊？"

[13]

章可可接到电话时，正在地下车库停车，信号时断时续，顾筱的声音不停地卡带，再不停地循环。直到开了家门，她才听明白全部内容：郝佳突然接到通知，被调去项目部。

虽然对于一些人而言，项目部享受项目津贴，且不用坐班，也是不错的选择。但离家远、环境差、日晒雨淋的建筑工地不是每个人都能消受的，尤其对于女生来说。所以，这对郝佳无疑是个坏消息。

可让章可可想不通的是：郝佳为什么不直接打电话告诉她？军训时她们之间的关系可不比与顾筱差啊。另一方面，顾筱为什么要专门打电话告诉她这件事？哪怕她们同一办公室、军训时关系不错，也远远没好到下班后还要电话互通情报的地步吧。更何况顾筱根本不像爱传播消息的人，这太反常了。

带着满脑袋的疑问进屋，看到魏燎正在厨房里张罗煮面。以往每次爸妈有事出门，魏燎都会主动负责起自己和妹妹的饮食，但他也不会做别的，只会煮面，而且一定是自己调底料，虽然不怎么好吃。章可可曾多次申请点外卖或是吃泡面，都被魏燎以不利于身体健康为由给否决了。遇到这么轴的哥哥，章可可也是痛并快乐着。

"哟，水刚开，没想到你还挺会踩点儿。"魏燎转过身看见章可可，同时展露的还有身上挂着的超人围裙。魏燎偶尔做饭，每次都要系上围裙，但魏太太的围裙是玫红色蕾丝边，魏燎穿上后画面不堪入目，章可可便果断给他买了这条专属围裙，以扶正他一贯伟岸的形象。

"哥，我刚军训回来呢，三天没吃饱了，你还让我吃面？"章可可便换了拖鞋走进厨房，看着清汤寡水的面碗说。魏燎似乎突然被提醒，用心疼夹杂赞许的目光望着妹妹，顿悟般地深深点了点头。

就在章可可雀跃地准备掏出手机点外卖时，魏燎已从冰箱里端出一盘番茄炒蛋说："我居然把这事儿忘了，你辛苦了！我刚才看到中午还剩了盘番茄炒蛋，我给你加到碗里。"章可可听后，一脸的生无可恋，索性摆摆手，坐到沙发上打游戏了。

吃面的时候，章可可一直不停歇地给魏燎讲军训时发生的事情，从蒋言欢对顾筱的跋扈，到郝佳的挺身相助，从那个自我介绍震惊四座的总工办研究生，到接力跑时郝佳迷路的匪夷所思……魏燎一直没接话，静静听着，表情却没有了煮面时的轻松。

"郝佳怎么样，就你这三天的考察而言？"魏燎淡淡开口。"还不错啊。"章可可说，"正义、勇敢、开朗，比蒋言欢好多了。"章可可又抬头瞥了瞥魏燎，露出遗憾的神情："只可惜她不能留在机关了，要下到项目部去，而且听说还是个远征项目。"

魏燎一愣，心想怎么消息传得如此之快，明明今天下午才通知。他不知该说什么，继续闷头吃面。"哥，你知道工程部为什么不要她了吗？"章可可问。"工程部人员配置有限，马上会有一个人入职，所以没有给郝佳的岗位了。"魏燎说。"可是郝佳明明已经应聘成功那个岗位了啊，怎么能说变就变？"章可可无心问道。

魏燎顿了一下，抬头对章可可笑了笑，他不太希望她一进集团就对某些方面介入太深，即使她早晚会知道，也希望她是从实践的磨炼和挫败的反省中自己悟到的。"可可，企业有它的规则，但不代表处处都会讲规则，只要人还没到岗，随时都有可能作出调整。"

章可可望着魏燎，若有所思地点点头，其实她知道哥哥不愿意告诉她更深的东西，所以她才从一开始就曲线救国，先夸郝佳一通后再看哥哥的反应。章可可想最后争取一下："又是一个厉害的关系户？"

见章可可露出了马脚，魏燎反而轻松了："你呀，才上班几天，能不能先干好自己的事？别对什么都好奇，知道太多未必是好事。"魏燎想到了什么，又问："你是怎么知道的？"

"我们办公室的顾筱跟我说的，刚挂的电话。"章可可说。魏燎想了一会儿："顾筱……她怎么会跟你说这个……""是啊，我也觉得奇怪。"章可可挑着一筷子面停在半空中说，"她不像是会八卦的人，而且我跟她还不怎么熟。"

"那你就该好好去观察分析一下，为什么她会突然告诉你这件事，而且几乎是在得知消息的同时，还这么着急。是不是为了试探你的反应？"魏燎说。

"哇，哥，你太厉害了，我也觉得奇怪，但始终无从下手，你给我指了一条明路。不过她想试探我什么反应呢……"章可可觉得这样揣摩人心很好玩。

"我又不和她一间办公室，你自己慢慢去想吧。"魏燎接着说，"不过业务上，你可以向顾筱多请教，她很有才能。"

魏燎的话再次让章可可感到意外，因为这几天，无论是同事对顾筱的态度，还是主任对顾筱岗位的调整，都让她觉得顾筱就是一个能力和背景都平平的软柿子，整个集团里除了扫地大妈和保安，似乎谁都可以使唤她。魏燎对她的夸奖会不会太重了？章可可知道要让哥哥真心夸赞一个人绝非易事。

"你说的是我认识的那个顾筱吗？502办公室里的那个？"章可可张大了嘴，说出这句话。魏燎觉得很是好笑，老实回道："是，就是她。"

此时的顾筱也正处于思来想去的苦恼中，她甚至觉得自己就是个木偶，受尽摆布却又无力扭转。自己今天过于突然的告知，会不会让章可可生疑？哪怕不生疑，一定也会让她觉得自己是个藏不住事的人吧。

在接完郝佳的电话后，顾筱在一楼大厅里见到了等她吃饭的周泽阳，本以为他是想给自己接风，不想他却另有目的。"欢欢告诉我了，你们办公室的章可可很有可能是魏总弄进来的，而工程部的这位'空降奇兵'也是魏总的关系，你在电话里不是说军训时你们三个关系挺好吗？赶紧给章可可打个电话，看看她什么反应。"还坐在车上，周泽阳便迫不及待地对顾筱提出了要求。

顾筱顿感头疼，打探消息是她最不喜欢做的事，而周泽阳就有这种能力，似乎总能准确无误地挑出她最讨厌的事情让她去做。

"她是什么态度有那么重要吗？而且你妹妹的情报也不一定准吧。"顾筱想推托。周泽阳瞥了她一眼，哼了声："我算是知道为什么谁都能欺负你了，太蠢！而且目光短浅！你想想，我们只有摸清魏国安的每一步棋，才能知道他接下来会出什么招啊。""可我不想参与你们的争斗，我只是一个小小的文员。"顾筱愣了一下，补充说，"现在连文员都不是了，只是个打杂的。"

周泽阳猛打方向盘，突然急刹将车停在路边："你下车吧，我跟你没什么共同语言。"顾筱深呼吸，收拾好一堆乱七八糟的心绪，开门下了车。

此时天色已微微暗下来，顾筱不知道这是哪里，也不知道离家有多远。望着头顶上明晃晃的路灯，她像是抓住了最后一根稻草，在自嘲的情绪翻滚下，拨通了章可可的电话。

在把消息传播之后，顾筱心里有种被异物堵住的感觉，加之这几天和妈妈闹矛盾，也并不想回家。思来想去，她去附近商场买了一套婴儿被，敲开了夏夏家的门。

夏夏是建设集团工会办公室的副主任，虽然她只有三十二岁。同时，她也是顾筱在集团唯一的朋友，她在的时候经常帮顾筱出主意，但如今休产假在家，顾筱并不想打扰她太多。

即使是一身家居服和纯素颜，也难掩夏夏不俗的气质，她曾经被集团内部评为"男人最想娶的女人"，不仅工作能力强，还能跳芭蕾，会主持，甚至有她参加的短跑比赛，别人都别指望拿冠军。

夏夏把顾筱迎了进来，顾筱发现屋里冷清清的，便问："就你一个人在家吗？宝宝睡了？""刚哄睡了，王旭在书房打游戏。"夏夏正要再说点什么，卧室传来婴儿的哭声，她连忙快步进了屋，顾筱也跟了进去。

夏夏抱起宝宝，一边温柔地哄着："宝宝乖，睡觉了啊。"一边轻轻晃着，婴儿很快停止了哭闹。待把孩子放下，夏夏招呼顾筱在床边坐下，顾筱看着熟睡的婴儿，激动地说："长得真像你，今后长大了一定是大美女！"

"美不美都可以，只愿她能快乐一点。"夏夏含笑望着孩子。顾筱环顾四周，问："你婆婆出去了吗？"夏夏点点头："嗯，跳舞去了。""那你一个人带孩子，忙得过来吗？"顾筱说。

夏夏轻吐了一口气，说："即使她在家，我也是一个人带孩子，她什么都不愿意做。上次帮我给宝宝换尿布,她看到便便直接吐了,之后这间屋都不怎么进。""那你一个人岂不是很辛苦?王旭帮你带孩子吗?"顾筱惊讶地问,因为她还记得夏夏怀孕的时候,她的婆婆承诺要带好这个孩子的。

"他就更别提了,袜子都让我给他洗。我现在真成家里的老妈子了。"顾筱望着夏夏,发现才两个月不见,夏夏的神情里已经多了一些陌生的杂质,透露着难掩的疲惫。

一时沉默后,夏夏强打起精神,问顾筱:"别说我了,你怎么样?"顾筱苦笑了一下:"还不是老样子,蒋言欢越来越过分了。还有……我们部门新来了一个女生,好像才二十四岁,但感觉不简单,让人看不透。"

顾筱将夏夏休假后,特别是章可可入职后的事情讲给夏夏听,也提到了郝佳。"你是说,魏总这段时间塞了两个人进机关,还把一个毕业生挤到了项目部?""周泽阳是这么说的,他让我去试探下章可可的反应。"顾筱答。

"不管是章可可还是郝佳,你们都才认识,所以不要马上建立信任,不妨多观察一下。特别是章可可,她既是关系户,又和你同部门,关系没处理好的话,会对你很不利。另外,你的男朋友还是一如既往地无聊啊。真不知道深入打探这些人事关系到底对他能有多大帮助。"夏夏一向对周泽阳没什么好话。顾筱无奈地点点头:"对,但我还是照他说的做了,所以我特别讨厌自己,特别瞧不起自己。"

夏夏望着顾筱,轻拍了拍她的背:"顾筱,周泽阳不是真理,他的要求你是可以拒绝的。就算是为了感谢他之前的支持和鼓励,你也做得足够了,你不欠他的。"

"我明白你的意思。但夏夏,有些习惯一旦养成,双方都会陷入死循环里……比如说我对他的一再迁就。"顾筱喃喃地说。夏夏也沉默了,过了很长一会儿才说:"你现在改变还不算晚,命运还掌握在你的手里。我真的不希望,你步我的后尘。选择跟谁过一辈子,比选择合适的工作更重要。"

顾筱没再多问，只是看到一向风光的夏夏如此辛苦，不由得泛起了浅浅的心酸。

[14]

周一早上，顾筱没有再主动提起郝佳这件事，反倒是受到魏燎点拨的章可可率先开了口："顾筱，你说为什么郝佳毫无征兆地被调到远征项目部了？""我也不知道，她那天告诉我的时候，我也很惊讶。"顾筱说。

"真是奇怪，难道工程管理部岗位不缺人了？还是说会有另一个人到岗？"章可可明知故问。顾筱只好装糊涂："这我就不知道了。"

如章可可所料，顾筱不会透露什么，于是她也不再多问。

郝佳在人力资源部办完了手续后，来到了 502 室，这也是她在机关唯一能去的地方。见两人都在忙，她闷闷地坐在沙发上，旁边放着一个大号背包和一个拉杆行李箱。她已经买好了下午的机票，要去的远征项目距离本市大约八百公里，那边已经做好了迎接她的准备。

中午，章可可提议三人去外面吃饭，就当为郝佳饯行。出门前，见另外两人都没拿包，顾筱也把包放下，只是从钱包里掏出了两张百元钞，想了一下，又掏出一张，这才出门。

建设集团位于东二环，是过去的老城区，由于并没有改造彻底，留下了拥堵的道路和低矮的旧楼，周围毫无摩登气息，但是小商家繁多，饭店档次参差不齐。

电梯里，顾筱主动提议："要不我们在兄弟餐馆吃吧，上次听徐姐说那里添了新菜，还不错。"另外两人初来乍到，都一致点头说："我们都不熟悉，就听你的吧。"

可刚走到这个位于集团附近小巷里的兄弟餐馆门口，章可可立刻反悔了："这是什么餐馆啊，那么脏，桌子挨桌子的，地砖上全是油。"顾筱面露尴尬，连忙解释说："这个餐馆味道挺好的，集团的人有时中午换口味经常会到这里……""我觉得没什么啊，我们学校附近的餐馆也这样，有的还不如这个呢。"郝佳说。

"别，别，我有洁癖。"章可可说着环顾四周，发现旁边有一家装潢颇为考究的餐馆，"要不去那里吧，看着干净些。"顾筱朝她指的方向望去，是那家"荷塘月色"中餐厅，之前部门聚餐时去过，也算是这周边中上档次的吃饭场所了。顾筱暗自后悔：手机就快没电了，早知道多带点现金了，也不知三百元够不够。

"我都可以。"郝佳开口了，顾筱进退两难，也只得答应。

三人坐定，服务员拿来菜单，顾筱率先接过开始点菜。果然不便宜啊，一个地三鲜就三十六元，荤菜更是轻轻松松上百。顾筱感觉一股凉气爬上了脑门，她是三人里面年纪最大、资历最老的，这顿饭如果不是她请客，有点说不过去，今天她注定要肉疼。

她谨慎地翻看着菜单，半天才吐出一句："一个青椒肉丝，还有……炒个凤尾，要不要再来个汤……"章可可看她这样点菜实在着急，索性抽走了顾筱手里的菜单，笑说："顾筱，你有选择困难症吧。"

章可可随意地翻着菜单："先来个干锅牛柳吧，这里还有生鱼片拼盘，但不知道新不新鲜，然后……"她突然一愣，大脑像瞬间通电似的灵光一现，猜到了顾筱为何会犹豫不决。她很快恢复了正常，对两人说："哎，好不容易请你们吃顿饭，奈何这附近没有更多选择了，你们就凑合着点吧。"郝佳今天一直笼罩在低气压中，说了句："你看着点吧，我怎么都行。"顾筱有些意外，也有些磨不开面儿，她笑笑说："别啊，这顿饭于情于理都该由我来请。"

"哪来的情和理呀？没这么多规矩，这地方是我选的，所以我请客理所应当。你们还想吃什么？顾筱你刚才点的什么？青椒肉丝吗？"章可可问。"嗯……"顾筱不知该说什么，"菜别点多了，够吃就行。"

上菜间隙，郝佳打开了话匣子，另两人也早有倾听的准备，毕竟她这样直率的性格，这么大的情绪怎么可能藏得住。"我知道是谁把我弄到项目部的。"郝佳从纸套里抽出筷子。"谁呀？"顾筱和章可可齐声问。"蒋言欢。"郝佳接过服务员倒上的茶水后，压低声音说。

章可可不明就里，集团阅历一张白纸的她，实在很难判断。而对于顾筱而言就没那么简单了，她从蒋言欢和周泽阳那里得到的消息，明明是魏总的"空降奇兵"挤走郝佳，郝佳为什么一口咬定是蒋言欢？蒋言欢和周泽阳是表兄妹，他们的背景她是知道的。究竟他们谁的消息才是正确的？而同样被传是魏总关系户的章可可，她究竟是真不知道还是故意装傻？

顾筱一阵头疼，她可悲地发现，自己在集团五年，揣摩人心和分析局势的水平没有一点进步。

"你怎么知道的？"章可可问。"我被叫去谈话之后，去上洗手间，在门锁坏掉的那个隔间里亲耳听到蒋言欢和她部门的任子琪聊天，说我军训时得罪了她，所以她给我的军训测评打了最低分，而且要让我得到教训，先去项目部吃点苦。"郝佳说。

"单凭军训测评就能把你从机关调到项目部？"章可可睁大了眼睛。"一个军训测评当然不能。"郝佳说，"但她能这么说，肯定跟她有关，说不定是向她的靠山告了状，欺负我这种无依无靠的新人。"

章可可心有疑惑，但她并没有更可信的消息来源，只能姑且这么相信着。

"郝佳，抱歉，军训时你是为了帮我出头才得罪了她。"顾筱突然说道。"顾姐姐，别这么说，我只是说了事实而已，哪知道她竟然这么心狠手辣！"郝佳愤愤地说。

"心狠手辣"这个词言重了些，但考虑到郝佳此时的心情，顾筱和章可可都由她去了。三人边吃着，边聊到郝佳即将面临的项目部的工作和生活，顾筱和章可可都提醒了她生活上的种种，而工作上的事情她们都没经验，都不便多说。

吃完饭后，郝佳拿上行李直接去了机场。她们送她到集团附近的公交站台，小身板的郝佳背着背包、拖着大箱子，说了句："我早晚会通过自己的努力回到机关的。"随后艰难地上了公交车。看着渐行渐远的公交车，章可可一阵唏嘘，对顾筱说："她要是能在机关该多好，我也能多个朋友。"

顾筱没有说话，她知道郝佳撒了谎。第一，蒋言欢和任子琪是死对头，绝不可能会有这么私密的聊天；第二，郝佳所谓的"蒋言欢的靠山"，是不具备安排、调动人员的权力的。

［ 15 ］

一个周末过去了，顾筱和周泽阳的关系依然没有缓和，冷战还在继续。如果换作以前，遇到如此蹊跷的情况，顾筱一定会第一时间告诉周泽阳，但这次她实在没有这样做的动力。想到周泽阳以及他大言不惭的"职场理论"，她甚至开始觉得恶心。

这一天，章可可收到了无数条微信，全是当时一起开工作室的朋友，诚邀她共赴晚餐。章可可心里清楚，大家除了想缓和关系外，多半也是想为她和潘攀创造沟通的机会。他们在得知她和潘攀因为工作室而闹掰后，一度集体自责。

其实根本没有必要，章可可心里明白，她和潘攀的分歧并不仅限于工作室，还在于他们都太年轻，她并不想让潘攀为自己的梦想妥协或买单。

下班回家的路上，连邱冬也打来了电话，章可可稍感诧异，难道她也来管闲事了？接通电话打开免提，邱冬谄媚的声音在车里全方位无死角地立体回响："亲爱的，下班了吗？""我不去，你别费口舌了。"章可可一招制敌。对方停顿了几秒，原形毕露道："靠，敢情我的温柔白装了。""你这哪叫温柔啊？我差点报警。"章可可哈哈笑道。

邱冬见直路不通，绕道而行："这个周末我生日你记得吧？要忘了我跟你绝交。""忘不了，礼物我都买好了。"章可可说，"所以你又想整什么幺蛾子？""到我家来轰趴呀！"邱冬甚是激动。

章可可皱了皱眉，担心碰见不愿碰面的人："都有谁啊？""你基本都认识，但你们工作室的我一个都没叫。一方面我和他们不太熟，另外怕你尴尬。我多体谅你啊！"邱冬说完，章可可松了口气。

"好，我那天一早到你家。"章可可痛快地答应了。"太棒了。"邱冬兴奋道，又语气一变，"呃，另外……""怎么了？""潘攀让我转告你，他和你是一艘船上的人，你休想把他踢到水里。"邱冬小心翼翼地说。

章可可吐出一口气，她就知道，以邱冬的懒癌性格，能发条微信说清楚的绝不会多打个电话，是自己被"体谅"冲昏了头脑："那麻烦你告诉他，我已经在水里漂着了，让他慢慢在船上晃荡吧。"

正遇上十字路口的红灯，在等待时章可可往街上随便望去，看到一个有点面熟的人。再看，周泽阳正搂着一个前凸后翘衣料清凉的性感女人进了旁边商场，这么远的距离依然能看到那对桃花眼中兴奋难掩。

"喂，亲爱的，你还在听吗？"手机里邱冬的声音高了几度，章可可收回视线，在绿灯亮起后左打方向盘，进了另一条街。"嗯，我知道了，你还有别的事没？我开车呢。"章可可说。"哦，那你专心点，别祸害其他车。"邱冬打趣道。章可可心想，东拉西扯这么久，明明是你在祸害我。

至于看到周泽阳，章可可并未多想，毕竟他只是一个自己并不感兴趣的人，做了一件自己更不感兴趣的事。

回到家，魏燎正在厨房里忙活。"妈呢？"章可可走近问魏燎。魏燎叹了口气，两眼无神地择着菜，还没等到他回话，魏太太走进厨房，兴奋地对章可可说："可可，你回来得正好，快给你哥参谋参谋。我朋友给你哥介绍了一个姑娘，刚从美国留学回来，现在是医院的儿科医生呢。"

章可可顿时明白了魏燎为何会面露难色，她坏笑着接过魏太太递过来的手机，兴奋地说："儿科医生好啊，今后孩子的健康不用愁了。长得还行，不过从美国回来的，心都玩野了吧？""谁心玩野了呀，你以为人家是你啊！人家可是正儿八经考进去的，听说还拿了奖学金。"魏太太责怪章可可道，又把手机凑到魏燎面前，"你看看，有眼缘吗？"

魏燎苦笑着说："妈，都什么年代了，这事儿我还是想自力更生。""别呀，我觉得这姑娘挺好的，和你挺般配的。"章可可说完，迎来魏燎一记犀利的眼神。

晚饭桌上，魏太太又重提了此事，把女生照片再次向全家人展示了一下。"怎么样啊老魏？你表个态。"魏太太用胳膊肘戳了戳一旁的魏国安。魏国安笑笑说："这姑娘长得倒是斯斯文文的，不过得看儿子喜不喜欢。"

"他都二十八岁了，一个姑娘都没带回来。"魏太太嘟囔道，"是不是工作太辛苦了啊？老魏，你们单位就不关心一下员工的个人问题吗？"魏国安继续一张无可奈何的笑脸。章可可说话了："妈，你急什么，我哥说不定已经有女朋友了呢，过两天没准儿就给你抱个胖孙子回来。"

魏燎一支筷子敲到章可可脑袋上："瞎说什么，吃你的饭。"转而对魏太太说："妈，我才二十八岁，不着急，难道你不想我多陪你们几年？干吗着急把我往外推？""嘿，这怎么是把你往外推呢？"魏太太急了，"男大当婚，你工作这么忙，多个人关心你，我也放心点。这个女生真不错，你看长得挺漂亮的吧？"说着把照片又给魏燎看。

"嗯嗯，挺漂亮的。"魏燎敷衍道。"那你说喜欢什么样的？我帮你留意。"魏太太说。"他喜欢我这样的。"章可可厚颜道。

魏燎瞥了一眼章可可，说："对，可可什么样，照着她的反面找就行了。"一家人都乐了。

"爸妈，我会努力的，争取明年带回，三年生俩！"魏燎放下碗筷，不走心地嬉笑着说，"我吃饱了，先去忙了，你们有空多关心下可可吧。上次她男朋友在楼下等了一晚上呢。"说完得逞地拍拍章可可的肩，迅速溜走了。

"什么？可可，你有男朋友了？""是谁？是潘攀吗？""他为什么在楼下等一晚上？"魏国安和魏太太的注意力被成功转移，你一言我一语，急切地抛出各种问题。章可可管理好表情，默默地深吐出一口气，在心里已经把魏燎捏得粉碎了。

魏燎的确没有时间再顾及其他，在最近一次的安全生产会上，分管生产和安全的集团副总经理战立主动提出将一个遗留项目——南半湾水产市场交给他负责，这个项目的时间战线拖得很长，内部关系复杂。另外，项目经理正是魏国安的老部下田志忠，两人关系有目共睹。而且据魏燎之前的了解，问题要得到解决，会触及田志忠的切身利益，所以这是一块十足的烫手山芋。

由于战立的站队一直不明确，所以魏燎很难辨别他这一举动是理性为之，还是有意安排，好看他们"窝里斗"。魏燎心里明白，爸爸一直对南半湾项目的停滞睁一只眼闭一只眼，绝不仅是因为个人私交。田志忠能说会道，拥有不少开发商和材料供应商资源，对集团来说作用重大。

进入机关以来，魏燎也遇到过不少需要审时度势的事情，但这件事似乎又上升到了新难度。如果说，协调处理具体事务是难事，那么，摸不透这里面的人物链条，不清楚对方是敌是友、用意何在，更让事情难上加难。

［16］

二十世纪九十年代，沁江建设集团的员工几乎都住在距离集团只隔一条马路的集资房里，那时的集团还是一个结构单纯的小集体。随着市场的扩大，员工很快从几十人激增到近五百人，部门设置和人员配比也越发复杂。不少人为享受独立自在的生活环境，逐渐搬出了集资房，空出来的旧房便租给集团统一管理，成为外地年轻员工的"单身宿舍"。

即使现在大部分员工已经不能再步行五分钟就可到单位，但集团"朝八晚五"的上下班时间从未因此改变，就像历任一把手都强调的那样："国企要更加明确自己在市场中应该承担的重要使命，要让社会各界看到我们沁江建设集团的精气神！"

顾筱每个工作日几乎都会在七点四十五分之前到达集团，一是由于办公室是被光顾最频繁的部门，若某位领导哪天提前到单位，涉及办公室的业务找不到人，才不会管是否已到上班时间。袁秋霞一向来得很早，就是为了避免这类事件的发生，顾筱进集团后，也很快养成了这一作息习惯。

早到单位，对顾筱而言还有一个好处，就是能避免在上班高峰期见到各种不招呼失礼、招呼了又尴尬的领导和同事。进入职场已好几年了，顾筱也并非极其内向之人，但是电梯里的各种热辣辣的夸赞还是让她感到尴尬。顾筱还记得一次和财务总监柳兰芝一起坐电梯，另两个办公室在三楼的同事愣是夸着总监身上的一条裙子一直到了五楼，最后还说："总监这条裙子真是有魔力，我们只顾盯着看，过了楼层都不知道。"遇到举办晚会找不到主持人的时候，顾筱就会很疑惑，明明身边都是能说会道的主。

　　这天顾筱刚到办公室，就接到了蒋言欢的电话，让她写军训的新闻稿。按理说这并不是顾筱的职责范围，但周泽阳、蒋言欢两兄妹的要求，她似乎从没拒绝过。习惯一旦开了头，就会逐渐形成规矩，这也是顾筱最无奈的地方。

　　章可可到办公室时，见顾筱正盯着电脑屏幕上的空白文档发愣。"干吗呢？昨晚失眠啦？"章可可问。顾筱转过身说："可可，你写个简短的军训感受发给我吧，一百字左右就行，我用作采访的部分。""军训感受？采访？"章可可警觉起来，"该不会是写新闻稿吧？这不是应该蒋言欢负责的吗？""是啊，我帮她写。"顾筱淡淡地说。

　　章可可并不了解顾筱和蒋言欢、周泽阳的关系，所以她顺理成章地把这件事也定性为"软柿子的日常"。如果这个软柿子跟她不熟，那她绝不多管闲事，但顾筱和她是同一部门、同一办公室，一定程度上一损俱损，如果因为顾筱的软弱而让大家觉得把这类事情推给综合办理所当然，就会把她也套进去。这个头可不能开，这个习惯可不能惯。

　　"顾筱，这件事不是我们部门的职责，你去军训是负责后勤的，新闻稿或总结明明就是人力资源部的事情，你这次帮她写，下次还得帮。久而久之，这件事就成了我们综合办的事情了。"章可可靠在顾筱的办公桌上说。

顾筱愣了一下，她一直觉得自己是以私人身份帮他们做事，从未想过部门立场，后转念一想，到底是站的角度不同，自己不牵扯到集体就好了。于是她对章可可说："蒋言欢只敢指使我一个，她不会指使你们的。""那你就一直这样，对她有求必应？"章可可说。见顾筱再次愣住，她补充了句："你是不是有什么把柄捏在她手上啊？"

顾筱有点慌了，急忙掩饰："没，我……就是……她让我帮个忙，我……"章可可轻叹了口气，心想我在干吗，告诉她软柿子要坚强？有个屁用！要知道，硬柿子是可以变软的，而软柿子就只能做成柿饼或放烂。

"哎呀你不用着急，你想怎样就怎样呗，我又没强迫你……感受要写多少？一百字是吗？"章可可悻悻地坐回了自己的位置。顾筱欲言又止，像是有千般情绪被锁在了两片薄唇里面。

最终，顾筱还是乖乖写了新闻稿，发给了党委工作部负责宣传的同事张阳。新闻稿在下午便登上了集团首页，岂料新一轮的风波又接踵而来。

新闻发布不到半个小时，顾筱的QQ上，蒋言欢的头像在急促地闪动。顾筱的心本能地一沉，点开后，一句恶狠狠的话跳了出来："为什么没把我的名字加上？你想邀功想疯了吧！"

顾筱反应过来，自己的确把这事给忘了，若按常理，这样做没有不妥，但若遵照她和蒋言欢达成的默契，这件事的确是自己疏忽了。

顾筱压低声音，给张阳打了个电话，希望他能把蒋言欢的名字加上去。张阳沉默了几秒，说："顾筱姐，我在后台加上去很容易，但这个新闻是每一层领导审核过的，若说要改，那每一层的领导都要知道并重新批准，很麻烦的。"顾筱想了一下："那能删了重新审核吗？"张阳有点不耐烦了："我的姐，你想啊，重新审核后，那看到的人都知道蒋言欢的名字是后来加上去的，这也不太好吧？会有更多人议论的。"

张阳的话提醒了顾筱，她深知挽回困难，但这篇已发布的新闻稿就像是手指上的倒刺，哪怕不碰也还是隐隐难受。

章可可坐在对面，听到了顾筱的电话，同时上网看了看那篇新闻稿，见顾筱身处两难境地，她安慰说："既然稿子都发了，就别加名字了，哪怕你加了她也不会领情的。"

顾筱耷下上眼皮，无奈地自嘲说："我还真有越帮越忙的本事。"章可可内心冷笑了声，心想谁让你没事儿发这个善心帮这种忙呢。

"顾筱，你在集团有好朋友吗？就是……能谈心的那种。"见顾筱成天苦哈哈的那样儿，章可可心想她怎么这么能忍。"有，"顾筱认真点了点头，"工会办公室的副主任。但是她刚生完宝宝，现在还在休产假。""哦……"章可可若有所思，觉得顾筱的形象终于人性化了一点，不然真要怀疑她是一台机器了。

每一年的年初，党工部都会将一年的宣传任务形成量化指标，分配给每一个机关部门和项目部，所以但凡有自己涉及的活动，部门都会写新闻稿，一是宣传成绩，二是完成指标。所以，当人力资源部经理车旭东看到军训新闻的作者是综合办的人时，一张马脸立刻拉了下来，随即叫来了副经理龙梅。

龙梅明白车旭东为何叫她，所以一进办公室，便立刻承认错误："车经理，军训新闻稿的事情我也很气愤，但据我了解，这里面是有误会的。""哦？什么误会？"车旭东冷冷地盯着龙梅。

"这事我问过言欢了，她说和综合办的顾筱是好朋友，所以这篇新闻稿是言欢先写，顾筱后来改的。言欢之前没有署名，谁知道顾筱改后，只写上自己的名字就交稿了。"龙梅说。

"谁告诉蒋言欢，这篇稿子需要两个部门共同完成的？"车旭东一句话堵住了龙梅的嘴。

受了责怪的龙梅心里自然来气，她找到蒋言欢，隐忍着怒气问道："我问你，这稿子究竟是谁写的？"蒋言欢露出几分窘态的笑脸："小姨，我这几天事情特别多……"龙梅深吸了口气，严肃地跟蒋言欢说："那这事就到此为止吧，别再提了。""为什么不提？顾筱就是想邀功。"蒋言欢说，"这口气我一定要出！"

龙梅面有怒色地说："你要出这口气，会吃更大的亏！现在车旭东暂且相信你们是一起写的，但要是你去告状，顾筱把实话说出来，你就是对领导撒谎，知道吗？"蒋言欢沉默片刻，说："我觉得顾筱不敢说实话，她还想跟我哥继续好呢，她不敢得罪我。"

龙梅拿蒋言欢不知如何是好，说："欢欢，别给自己挖坑，更别挖一个坑去填另一个坑。""小姨你放心吧，我心里有数。"蒋言欢有点不耐烦。见蒋言欢像没事儿人似的走远了，龙梅叹了口气，心想还是让周泽阳再提醒下她吧。

[17]

顾筱曾经一度怀疑，生活其实是一个不真实的梦魇，里面填满了与自己过去的憧憬背道而驰的事，最可恶的是，自己变成了曾经最讨厌的样子，软弱、虚伪、屈服于权势和现实。她太想从这个梦魇中逃出来了，但发现自己无能为力，家庭的现状总在以不同的方式将她一次次拉回去。

在捅了蒋言欢的娄子后，顾筱一度很担心，她也不明白自己在担心什么，并没人规定军训新闻稿一定由人力资源部负责，更没人能理所应当地要求写新闻稿要署别人的名字，自己并没有做错什么。而自己顾忌的原因，说白了就是因为一个男人，一个不知冷不知热的男人，一个总是让自己战战兢兢的男人。

顾筱一度想结束这段感情，但两年的光阴说短不短，总留下了些温存。顾筱是个念旧之人，或者说有"放手困难症"。更何况，虽然是地下恋情，但顾筱或多或少知道周泽阳相关的人事关系，即使自己不是长舌之人，但以周泽阳的性格，估计还是不会爽快地放自己一马。如今又得罪了周泽阳的表妹，这在她本就如乱麻般的心上又加了几层烦扰，也让本就难以脱身的局面变得更加复杂。

所谓祸不单行，正在焦头烂额之际，顾母打来电话，火急火燎地说顾腾踢足球把脚踢骨折了，需要花钱做手术。顾筱一边担心着弟弟的伤势，一边盘算着怎么凑这笔手术费。在电话里安抚好顾母的激动情绪后，她终于控制不住，在楼道角落里低声啜泣起来。

趁着中午休息时间，顾筱去了趟医院，从医生办公室出来后，她对顾母说："妈，钱的事我来解决，腾腾也受罪了，你别骂他。""你们两个，没一个让我省心的！"顾母怒意渐生，"我告诉他现在是关键时期，不要踢球了，他偏不听，这下好了，读书都耽误了！"

"男生爱运动也是正常的……"顾筱正想为弟弟解释两句，岂料顾母转移了方向："什么是正常？什么时间就该做什么事情！就像你，三十岁了还不结婚，这正常吗？"顾筱没想到引火烧身了，便想尽快结束这场对话，却听到背后传来清晰的一声："顾筱。"

顾筱转过身，看到魏燎正一身笔挺地站在那里，旁边还有一个同样高挑的女生。"呵呵，我还以为认错人了。"魏燎淡淡一笑，跟顾母打招呼："阿姨好，你们在这儿……"顾筱也很惊讶："魏经理？哦，我弟弟住院了，你怎么也在这儿？"转而又向顾母介绍："这是我们工程部的魏经理。"

顾母一听，立马笑容满面："这么年轻就当部门经理了啊！长得还这么一表人才……"魏燎有些尴尬地笑着，指了指旁边的女生说："我朋友是这里的医生，我找她吃饭。"女生也报以礼貌的微笑，关心地问道："你弟弟怎么样？需要帮忙吗？"

顾筱连忙摆手："踢球脚受伤了，不过问题不大，谢谢了。"

待魏燎二人走后，顾母重重拍了一下顾筱的后背："这个魏经理就很不错啊，为什么你就找不到这样的好男人呢？"顾筱无奈地笑了笑："你没看别人身边的女生也那么优秀吗？人家哪里看得上我？"

顾筱和妈妈在医院附近的小馆子吃了饭，妈妈回病房给顾腾送饭，顾筱就准备回集团。刚走出医院大门，魏燎来了电话，问她在哪里。

"我刚出医院，准备回集团。"

"那正好，我也要回去，你就在门口等我吧。"

上了魏燎的车，顾筱却不知道该说点什么，于是只好也八卦了起来："魏经理，刚才那位是你女朋友？"顾筱想起了曾经撞见魏燎打电话时的温柔。"啊？呵呵，不是，我们也是第一次见面。"魏燎回道。

顾筱微张开嘴，有些谨慎地问："相亲？""嗯，算是吧……"魏燎无奈地笑了，"看来你也很有经验嘛。"顾筱轻叹了一声："唉，我妈比较操心这件事，所以没少给我介绍……我还以为像你这么优秀的男生，应该会逃过一劫。"

"我们这代人的父母的确很有意思，读书的时候生怕我们谈恋爱，但一毕业又生怕我们没对象。"魏燎打趣着说。顾筱也补充道："而且他们往往并不太在意我们喜不喜欢，总觉得条件相当才是最重要的。但越是这样，我们就越找不到，甚至离爱情越来越远了。"

"你要相信爱情，才能找到同样相信爱情的人。"魏燎停顿了几秒，说，"放心吧，你可以找到的。"顾筱不自觉地点了点头，心里不禁感叹道：魏燎明明比自己还小两岁，却有一种老干部的气场和成熟。

魏燎确实是去相亲了。在魏太太的执着游说下，他终于答应和女医生见一面。为了有更直观的了解，魏太太把地点安排在了女方工作的医院。两人吃了个饭、聊了会儿天，都没有来电，于是决定坦诚地做朋友。让魏燎有点奇怪的是，整个"相亲"过程，他脑中会时不时浮现出顾筱在妈妈的责备下困扰又无奈的神情。

晚上，章可可敲开了魏燎的门。

"哥，你觉得顾筱是个什么样的人？"章可可问道。魏燎埋头于一堆公务函件中，听到这个问题一愣，茫然地抬起头来："怎么突然提到她？""我今天看见她在楼道的角落里偷偷地哭。"章可可淡淡地说。

魏燎再次愣住了，好气又好笑地对章可可说："可可，我今晚很忙。""我知道，我只是想知道别人对她的看法，几句话就行。"章可可忙说。

"我不了解她，除了传递文件和交总结报告，几乎没什么接触。哦，对了，今后这都是你的事了，事情虽小但马虎不得。"魏燎简要说明，到最后还不忘提醒妹妹。

"再细致点呢？比如……你为什么觉得她专业很强？""她参加过青年人才演讲大赛，得了集团第二名，她当时的表现很棒。当然，那已经是两年前的事情了，之后她一直默默无闻。"魏燎解释说。"两年前……就是你得冠军那次？"章可可想起来。"对，但是如果当时我是评委，我会评她是冠军。"魏燎抽动了一下嘴角。"哦，原来有内幕啊。"章可可意味深长地坏笑了一下。

"仁者见仁呗，她当时比现在更低调，而我已经顶着总经理公子的头衔了，说完全公平是不可能的。"魏燎若有所思，又突然反应过来，"我怎么跟你说这么久了，快回屋去，别打扰我工作。"

"好好……还有一个问题。"章可可把握机会，"工会办公室的副主任是谁呀？就是现在休产假的那个。""你是说夏夏？"魏燎挑了挑眉。"我不知道她叫什么名字，她和顾筱是好朋友。"章可可说。

"哦，那应该是夏夏。"魏燎说，"偶尔看到她们一起在食堂吃饭。""那个人怎么样？也和她一样是受欺负的主吗？"章可可问。魏燎皱了皱眉，双手交叉放于胸前，说："相反，夏夏在集团名声和人缘很好，能力也很强，是个多面手。"魏燎又想到了什么，说："集团每年都会评选'十朵金花'，就是优秀女性员工，但我却听说集团里有一句话：'十朵金花比不过一个夏夏'，你就该知道她能力有多出众了。她今年应该是三十二岁，在她三十岁前，青年人才演讲大赛的冠军从未易主，所以我是运气好，正好赶上她超龄的那一届。"

章可可很是惊讶，建设集团居然还隐藏着这样一个奇女子。而让她更惊讶的是，顾筱这样一个软柿子，居然能有夏夏这样的好朋友！对此她充满了好奇。

袁秋霞洗漱后，敷着面膜坐在床上看手机，虽然已人过中年，但她的心态依旧年轻，生活习惯也在向年轻人靠拢。这时电话响了，她接通电话，寒暄几句后，电话那头的浑厚男声说："魏国安和田志忠是一条路上的吗？"袁秋霞一愣，转而认真地说："田志忠过去和魏总关系不错，但近年来真不好说，他做的那些事都是踩在刀刃儿上的，魏总怕是都不敢离他太近。"

"再去搞清楚一点，哪怕是侧面试探。"男声说。"那个……"袁秋霞明显有点为难，"老领导，不是我怕事儿，我在这个角色上，有些事真不好打听。"

"我知道。"男声说，"所以我让你侧面试探，你们部门不是来了一个魏国安的关系户吗？拿她去试试水。"

[18]

章可可双手捧着手机，眼睛直愣愣地盯在电脑屏幕里的集团通讯录上。夏夏的手机号码就在眼前，但打还是不打，章可可犯了难。打吧，自己不是好管闲事之人，更怕适得其反，好心办了坏事；不打吧，上午顾筱在楼道里啜泣的背影，又实在让她心生同情。何况夏夏被传得如此神奇，像是一块磁铁，已经勾起了章可可无限的好奇心。

犹豫再三，章可可一个个数字按了下去，电话拨通了，等待了几秒钟，一个温柔的声音传来："喂，你好。"章可可调整呼吸，说："你好，请问是夏夏姐吗？""我是，请问你是？""我叫章可可，刚到沁江建设集团的综合办实习，我是……顾筱的朋友。"章可可尽量自然地说。

"哦……你好，你有什么事吗？"

"很冒昧给你打这个电话，我想跟你说的事，是关于顾筱的。"

章可可一口气把军训、新闻稿事件，原原本本地告诉了夏夏，夏夏虽然已经知道了，但还是一直静静听着。章可可也表明了自己的态度："我初来乍到，不了解她们的情况，但我实在有点看不过去。听说你和顾筱是好朋友，所以希望你开导一下她，其实她不用过得这么累，她越软弱，别人越瞧不起她。"

章可可的陈述内容和顾筱说的没有出入，夏夏对章可可的戒心也减少了些。"谢谢你，可可。"夏夏说，"顾筱的确有她的为难，但就像你说的，她不能再软弱了，我会提醒她的。不过在单位，还希望你能多帮帮她。""哈哈，我这人是暴脾气，别添乱就好了。"章可可笑道。

夏夏放下电话，拍了拍睡在旁边的女儿，想了一会儿，这才又拿起电话。刚找到顾筱的号码，关门声传来，客厅里响起一阵跌跌撞撞的碰撞声。她急忙出去，扶住了醉醺醺的丈夫。

"怎么又喝这么多酒？"夏夏表情不太好看，"应酬也就罢了，朋友聚会这么拼干什么？""工作那是不得已，朋友才是真感情！"丈夫王旭涨红的脸上笑开了花。

夏夏快被刺鼻的酒精味熏晕了，女儿也哭了起来，慌乱之时，她只好对着另一间房里的婆婆喊："妈，来帮我扶一下王旭吧！"

婆婆正躺在床上看韩剧，听见夏夏的呼叫后，不耐烦地按下暂停，出了房间。"怎么啦又？"婆婆边问边走过来扶住王旭。"孩子又哭了，我顾不过来。"夏夏脱了身，赶紧跑回卧室，婆婆嘟囔了一句："有什么忙不过来的？要是我不在这儿，你还不是全都要搞？"

虽然隔着房门，但婆婆的话还是被夏夏听见了，她自己消化了下，依然对孩子露出一个笑脸，女儿盯着她的脸，挂着泪珠破涕为笑。

章可可料到蒋言欢不会是善罢甘休之人，但没料到她这么没有耐心。第二天中午在食堂吃饭，蒋言欢主动坐到袁秋霞的旁边，闲聊似的说："袁主任，你们办公室的人，可挺会邀功的啊。"袁秋霞愣了一下，笑笑说："欢欢，谁敢邀你的功啊？""顾筱啊，她最近是不是没什么业绩啊？"蒋言欢说。

"欢欢，有什么话不妨直说，要是我部门的人有什么不对的，我一定不会偏袒。"袁秋霞说。"好啊，那你来评评理，军训的新闻稿明明是我和顾筱一起写的，结果她只写了她一个人的名字，你说是不是过分了？"蒋言欢振振有词。

袁秋霞是看到了那篇新闻稿的，稿件出自综合办固然是好事，但综合办本就是写稿大户，没必要去抢一个指标，更犯不着为了这个指标得罪人力资源部的人。毕竟谁都知道她和人力资源部经理车旭东不对付，到头来说是她指使顾筱抢功，那就不好办了。

正好顾筱和章可可走进食堂，袁秋霞叫住了顾筱，对她说："小顾，蒋言欢说军训的新闻稿是你们一起写的，是吗？"顾筱望了一眼蒋言欢，见她正理直气壮地看着自己。"你好好想想，真是你们一起写的吗？"顾筱没开口，章可可先忍不住了。

蒋言欢一看又是章可可，知道这是个难缠的主，便避开她的眼神，继续瞪着顾筱，她不相信顾筱敢得罪她。同在食堂的同事多少听到些内容，不禁都放慢了打饭和吃饭的速度，期待看一场好戏。

"蒋言欢，你说哪篇稿子是我们一起写的？是昨天那篇，还是今天这篇？"顾筱平静地说。"今天？什么今天？"蒋言欢有点疑惑。"军训新闻稿我写的是系列报道，内容各有不同，昨天是从训练内容角度，今天是从突出人物角度，已经交给党工部了，下午就会发布。明天还有一篇，是从员工素质培训角度。所以我想问你，你和我一起写的是哪篇，我好把你的名字加上去。"

顾筱的一席话惊呆了众人，章可可悄悄瞥了她一眼，以确认旁边站着的是不是顾筱。这几句话简直大快人心，章可可都忍不住想要为她拍手叫好。

蒋言欢抽搐的表情僵住了，她不敢相信这话是从一向对自己唯唯诺诺的顾筱嘴里讲出来的，她开始辩解："反正昨天那篇是我写的！""那好，请你拿出证据，比如给我发送文档的记录。"顾筱语气平静，听不出任何变化。

蒋言欢彻底傻眼了，袁秋霞也大概弄明白了，淡淡一笑，对蒋言欢说："欢欢啊，看来是误会了，或许你把新闻稿发错了人，并没有发给顾筱。"蒋言欢听出了袁秋霞话里的讽刺意味，这让她更加恼怒，但袁秋霞她惹不起，只得将怒火憋了回去。

另一桌的两个同事在小声议论。

"顾筱今天怎么了？难道是找到撑腰的人了？"

"不知道，但这蒋言欢也太过分了吧，明目张胆地撒谎啊。"

"就是，年纪不大，事儿还不少。"

"她旁边那个就是综合办新来的？听说是魏总弄进来的。"

"怪不得刚来就敢帮腔，感觉也不好惹啊。"

顾筱打完饭后，没在食堂逗留，径直上了楼，章可可也跟着她回了办公室。

顾筱心里松了一口气，这寥寥几句话，她可练了一上午了，当全部说完，她只觉得痛快，至于会造成什么样的后果，她暂时不想考虑。章可可心想也许是夏夏的电话起作用了，但又不好摊开来问，只是说了句："今天你好像很不一样哦。"顾筱抬头对她笑了笑，说："谢谢你的帮忙，但今后就别打扰夏夏了，她家里也有一堆的事。"

章可可心里不太舒服，我帮你把问题解决了，你还得了便宜卖乖啊？于是，她又说："顾筱，如果我这样做让你不高兴，我跟你道歉。但你是否想过，你刚才把蒋言欢收拾得服服帖帖，或许就是因为我打的那个电话？"

顾筱见章可可误会了，赶紧说："我不是那个意思，我想说的是，今后你有什么好办法，可以直接跟我说，我愿意虚心接受。"

"你不想当软柿子了？"章可可话没过脑子便脱口而出。

"呵呵。"顾筱尴尬地笑了，"我也算忍耐到极限了。"

打了败仗的蒋言欢，回到办公室便把中午发生的事通过电话告诉了周泽阳。周泽阳皱着眉头说："谁让你这么高调地去兴师问罪？自己明明理亏还想把黑的说成白的，也难怪顾筱会生气。"

没得到预料中的安慰，蒋言欢很生气，接着说："哥，我很担心你啊，顾筱不把我放在眼里，就是不把你放在眼里啊，她是不是不想跟你好了？"周泽阳本身就心有不悦，被蒋言欢这样一挑拨，更觉得失了面子，但还是装作没事儿似的说："说什么呢？她怎么想的我还不知道？你还是找找自己的问题吧。"

挂了电话，周泽阳越想越觉得没劲，顾筱这样做的确有点示威的意思，难道是没带她见父母惹怒了她？周泽阳心里虽然有花花肠子，但也深知顾筱是真心对自己好，这年头老实本分的女人不多了，能占一个是一个呗。这样一想，周泽阳给顾筱发了一条微信："在吗？下班请你吃饭。"

[19]

顾筱想起夏夏叮嘱过她的话："别指望周泽阳会完全站在你这边，如果你想和他继续下去，就告诉他蒋言欢这次的确太过分了，但你并不想因此影响你和他的关系。"她有些忐忑地如约来到见面的餐厅。周泽阳见她来了，微笑地看着她。顾筱感觉这个笑有点陌生，甚至条件反射般提高了警惕。

"来啦，我点了你爱吃的菜。"周泽阳笑着说。顾筱有些始料未及，毕竟她已准备好了迎接周泽阳的指责。"今天的事情，你听说了？"顾筱坐下后问。

"嗯，欢欢告诉我了，我已经说她了，太不懂事。"周泽阳帮顾筱倒好茶，又递了过去。他这难得的举动让顾筱的心软了一大半，于是说："我知道当面捅破事实很伤她的面子，但她的确把我逼急了。""我知道，你这么做是对的，不能老惯着她的脾气。"周泽阳应着。

接下来的聊天都很愉快，周泽阳分享着最近听到的新段子，顾筱虽然觉得无趣但也耐心地听着，气氛一片融洽，仿佛被周泽阳半夜扔在大马路上的不是顾筱，而顾筱得罪的也不是周泽阳的表妹。

饭后，顾筱以为周泽阳会送她回家，但周泽阳却表示晚上要和大学室友聚会，帮她叫了一辆出租车。看在周泽阳今晚表现良好的分儿上，顾筱并没有生气，也没有多想，对他说了句："忙完早点回去，开车慢点。"便上了车。

　　当第三杯"懒虫"放在章可可的面前，瞻春酒吧的老板周天策在旁边看不下去了，把杯子夺了过来，对调酒师说："下次给她限量，什么酒都只能一杯。"周天策是章可可的高中学长，和魏燎是同学，也是当年学校里的风云人物。他一脸看破不说破的表情："你最近是怎么了？光自己买醉，和潘攀出问题了？"

　　章可可伸手想抓酒杯没有成功，泄气地说："你就成全我吧，难得我越喝越开心！"周天策沉默几秒，把酒杯推到章可可面前："喝吧，但你得告诉我究竟怎么了，这太不像你了。"

　　章可可端起酒杯闷了一大口，说："天策哥，你有过这种感觉吗？在一个人面前会很容易自卑，哪怕其他人说什么都没关系，但就是他不行。你特别怕他看到你的没用，也特别怕他可怜自己。"

　　周天策一贯痞痞的神态难得认真，他自嘲地笑着："有啊，怎么没有？已经十年了。"章可可抬起头望着他："难道你对学姐也是这样？"对于周天策的过去，章可可知之甚少，只知道他从高中开始就在追一个女生，到现在都没有结果。

　　"她对我好的时候，我也是你这种想法，什么都想占强，生怕自己一不小心就露怯。结果呢？她觉得我并不需要她，所以一走就是十年，之后我再怎么认怂，她也不愿相信了。"周天策摇了摇头，"你可别像我这样，自尊心是爱情最大的敌人，错过了潘攀有你后悔的。"

　　章可可把杯里剩下的酒喝尽，低头不语。周天策对调酒师说："来两瓶啤酒。""老板……"调酒师表示为难，"你不是说……要限量吗？""让你拿你就拿。"周天策刚说完，却见章可可已经站起来了："不用啦，我回家了，谢谢你天策哥，祝你和学姐能终成眷属。"

　　"还终成眷属……"周天策哭笑不得，"喂……把我的情绪勾起来了你就走啊？需要我帮你叫车吗？""不用了，这才哪儿到哪儿啊。"章可可招招手。

　　章可可刚走出瞻春门口，就和一个冒失的身影撞上了，正想理论两句，却发现是顾筱。章可可简直怀疑是自己酒量骤减、意识模糊了，直到顾筱也惊讶地扶起她："可可……你没事儿吧？"

　　"原来你也会来酒吧呀？"章可可饶有兴致地问。顾筱掩饰住自己的慌张："呃……一个朋友在这里，我来找他。""哦……"章可可点点头。"那我先走了啊。"顾筱指了指最近的公交车站。"好，拜拜。"章可可自顾不暇，没有多想。

　　坐在公交车上，顾筱的心情依然很复杂。她并没有按照周泽阳的安排回家，而是悄悄跟着他一路到了瞻春，她发现和他见面的并不是大学室友，而是两个身形妖娆、妆容精致的女生。他们谈笑风生，周泽阳从内而外的笑容是顾筱很久不曾见过的。没过一会儿，顾筱便离开了，没有想象中那么生气，甚至也没有兴趣去怀疑和质问。

　　或许我早就知道结局了，只是不愿意承认而已。顾筱想着，又自嘲地笑了笑，让窗外疾驰而过的光怪陆离填满自己的眼睛。

　　军训回来后，章可可开始正式接手了一些顾筱之前的工作。她的业务内容主要包括收发内外部文件，撰写通知、总结、会议纪要等公文，还包括领导安排的其他事务。总而言之，综合办事多且杂，除了明确的职责分工外，还有一些事务是需要袁秋霞具体安排的。

　　虽说这些事对章可可而言难度不大，但每一件都需要绝对细心。文件里有一个错别字，下到实习生、上到董事长都能看见。一旦会议时间通知错了，所有人都要遭殃。上班没几天，章可可已经深切体会到了这种压力，这和过去她拍片子时的压力是截然不同的。

　　这两天，袁秋霞将南半湾项目部内部磋商会的会议纪要任务交给了章可可，这对章可可来说完全是头一回。不过她相信自己的文字驾驭能力，在会议召开前，还把公文写作书上的解释好好看了一遍，又在网上找了几篇不错的范文，这就准备比着葫芦画瓢了。她心想毕竟是第一次，写得不好也情有可原。抱着这样的心态，章可可在会议开始前十分钟，拿着笔记本和录音笔，端着一个黑陶茶杯就走进了会议室。

田志忠正在和一个中年男子小声交谈，看见章可可走进来，吃了一大惊。但毕竟姜是老的辣，他的面部表情几乎没有变化，只是克制地抽动了一下嘴唇，传递给章可可一个似有若无的笑容。

整个会议过程中，章可可都晕头转向，各种工程专业名词像一连串的鞭炮，噼里啪啦地炸进她的脑袋里，把她的认知炸成了一堆豆腐渣。她终于明白了什么叫隔行如隔山。她隐约听到的关键词包括"工程成本""市政项目""结算款项"什么的，但完全听不懂的东西，怎么能一条条地梳理成会议纪要呢？好在田志忠似乎了解她的担忧，讲到每一个关键部分时，他会提醒道："请综合办的同事把这个内容写进会议纪要里。"但即便如此，章可可依旧犯了难。

回到办公室，她急忙求助于顾筱："顾筱，帮帮我，会议纪要怎么写啊？他们说的内容我根本听不懂。"顾筱放下手里正在贴的报账单，问道："今天的会大概是什么内容？""好像是田……田经理在和分包的什么人谈钱多钱少的事情。"章可可努力回忆着。

"是在和分包单位核对工程款项吗？"顾筱问。"好像就是这个！"章可可忙答道。顾筱点点头，对章可可说："其实工程方面的术语，包括他们谈论的内容，很多我们都听不懂，而且几乎都不知道前因后果，但会议纪要又不能不写啊，所以还是有一些小技巧的。不过这是我自己总结的，不一定对，你选择性采纳吧。"

"好啊好啊，你快说。"章可可等不及了。

"首先，你要知道这个会大概是在干吗。比如今天这个会，就是我们和分包单位核对这个项目前期投入的款项，以结算出我们要付给分包方的金额。"顾筱说，"会议纪要的主要目的是记录各讨论方最终达成的一致意见，所以你抓住这些重点就好。"

"可是他们谈到了好多事，我都分不清楚。"章可可泄气道。

顾筱笑了笑："你要养成及时记录的习惯，虽然有录音笔，但你还是需要及时跟着他们的思路走，哪怕听不懂。他们谈到一件事了，你就在笔记本上记下来，后面再留出一些空白。这样哪怕他们之后谈到其他事情，再谈回来时，你仍可以把一件事的讨论意见写在一起，这样就不会弄混了。"

"哦……"章可可有点领悟了，"接着说，还挺有用的。"

"明确了条目后，接下来就是把每个结论的内容填补进去。"顾筱说。

"对对，就是我完全听不懂的部分。"章可可激动地说。

"其实你不用听懂，因为你不需要参与谈判，只需要把你听到的记录下来。我刚开始写会议纪要时，没别的窍门，就是把录音笔里的内容反复听，再把别人说的原话复刻成文字，再翻译成文章。"

"复刻？翻译？"章可可不解。

"对，其实这个办法是我无意中发现的，一次我听了一个下午的天书，会议纪要不知如何下笔，迷茫中就把听到的所有内容一字不落地输入了文档里。结果看到文字后，我恍然大悟，其实我要做的，就是把这些口水话翻译成简洁清晰的公文而已。一些内容我们听起来费劲，但是转换成文字就会好很多。"顾筱解释说。

"原来是这样，我有点感觉了。"章可可心情好了很多。

"实在不懂且又必须写明的内容，就标注出来，去专门请教参会的同事。只要不是让他们亲自帮忙修改，问几个问题他们还是挺乐意的。"顾筱补充说明。

"好，我就照你说的做！我写完后你帮我看一下吧？"

"好啊，没问题。"

章可可回家后听了四遍录音笔里的会议内容，连夜把会议纪要赶了出来。顾筱的办法很实用，起码她依照此法，从最初的一头雾水到整理出了一篇一千多字的文件。

第二天，章可可迫不及待地将文档传给顾筱，期待她的点评。

"不错啊，梳理得很清楚，文字表述也挺完整的。"顾筱继续夸奖她说，"你文字能力很强啊，第一次就能写成这样。""咳，比着葫芦画瓢呗。"章可可笑说。

"等一等，"顾筱再次翻看了一遍文档，指着屏幕中的几条内容对章可可说，"这几条内容看起来并没有最终达成一致意见啊，是不能写进纪要里的。""可是，田经理明确提出让我写进去。"章可可解释说。

"这……"顾筱犯了难，她曾经就因为听从项目经理的要求在文档里添加内容，被袁主任劈头盖脸地责骂过，删除后又受到了该项目经理的质问，搞得两边受气，苦不堪言。"我建议你跟主任说明下情况，问下她的意见，毕竟这不符合公文属性。"

"应该没关系吧，这会议纪要本就是项目部要，肯定以他们的要求为主啊。"章可可说。顾筱见章可可坚持，嘴微微张了张，把绕了一圈的话又咽了回去。

[20]

章可可发现，有些事情觉得难，是因为还没尝试，心里没底，而一旦去做了、完成了，便觉得不过如此。会议纪要提交后，袁秋霞一直没有回话，章可可也没多问，心想或许没有什么需要修改的吧。会议纪要的完成，给了章可可很大的信心，她对其他形式的公文写作开始充满了期待。

几天后的下午，南半湾项目部又在集团召开会议，不过这次不是对外的磋商会，而是集团内部的讨论会，集团分管生产的副经理战立和工程管理部的相关人员也要参会。

这次会议的重要性显然大于上一次，毕竟集团的领导会到场，所以接到袁秋霞的通知，章可可心里很高兴，她觉得一定是上次的会议纪要得到了认可，主任才会把这次的任务也交给她。章可可走进会议室，发现魏燎也在里面，她冲他挤了挤眼睛，找了一个空位坐下。魏燎则无可奈何地对她笑了笑。

离开会时间还差五分钟时，袁秋霞走了进来，她径直走向了离门最近的那个位子，放下笔记本和茶杯后，将顾筱刚灌好的水壶挪到了离门最远的主座位旁边。这在章可可看来多少有点阿谀意味的行为，周围人似乎都见怪不怪了。而让章可可更奇怪的是，既然主任会来，为什么还把她又叫上？还没想明白，魏燎的微信来了："坐到袁主任旁边的位子去。"

章可可抬头看了一眼正盯着她的魏燎，乖乖拿好东西，从长桌中段的座位移到了袁秋霞的旁边。坐下后，她顺道观察了一下其他座位，发现机关的人员坐在一边，田志忠等项目部的人坐在另一边，主座位是留给战立的。没人商量过，但每个人进来都能准确入座。章可可哑然失笑，这就叫：找准自己的"位置"。

快到点时，一个国字脸、关公眉的中年男人带着风走了进来，周围人高高低低地喊着"战总好"，章可可得以确认了他的身份。虽然在同一楼层，但领导行程繁忙，可不是那么容易见到的。

战立刚坐定，袁秋霞便走到他身边，给他的茶杯倒上开水，边倒边用正常声线说道："战经理，我想先解释下会议纪要的事情。"战立点了点头。

袁秋霞坐下后满脸堆笑，客气地说道："各位，实在抱歉，我占用一点时间，由于上次开会我有事缺席，会议纪要是小章写的。

之后，我发现里面有些尚未下结论的内容，按理说是不能写进会议纪要的。我和田经理商量过，但他坚持要把那几点写进去，于是我请教了战总，最后才确定了会议纪要的内容，所以提交晚了几天，还请大家原谅。"继而她转向章可可，表情明显严肃了些："小章，今后你记住，会议纪要只记录已下结论的事情，还在商议的内容不能记录，否则哪里是纪要？记录还差不多！"

章可可哪能料到主任的这颗脏球来得这么猛，几天没动静，突然被临门一脚。但东西的确是自己写出来的，怨不得别人。她不想把责任推给田志忠，毕竟从小到大自己最讨厌的就是爱告状的人。章可可内心一声叹息，但凡主任稍微顾及下她，在发现问题后及时告诉她并让她修改，她也不至于如此百口莫辩。

自己肯定是当炮灰了，鬼知道是谁和谁相争的炮灰。除了忍，没别的办法了。章可可机械地点着头，田志忠反倒立马站出来："袁主任，那几条内容是我让小章加进去的，责任算不到她头上。""田经理，瞧你说的，我还不是为了多多培养我的下属，让她能更好地为你们项目部服务嘛。"袁秋霞含蓄地笑了笑。

"是，我想留个记录，但忽略了公文的要求，你就别为难小姑娘了。"田志忠脸色开始不好看了。袁秋霞继续笑着："咳，你真误会了，我哪想为难她呀？就是怕工作没完成，达不到领导的要求。既然你这么说了，我让小章今后多注意就是。"

——既然你都承认错误了，我让小章今后多注意。章可可入职短短几天，恨不得为在这里听到的所有神逻辑说辞拍案叫绝。

"袁主任，这位同事是新来的吧？"战立盯着章可可。"是，她刚入职没几天。"袁秋霞答。"会议纪要是很重要的事情，关乎会议质量，袁主任派一个新员工来写会议纪要，怕是考虑得不够周全啊。"战立保持着冷冷的表情。

"是，这件事发生后我也反思了，准备在我们部门开展一次会议纪要的专题培训，让部门的每一个人都学写会议纪要，了解会议纪要的要求。"袁秋霞忙说。

　　章可可感到万分尴尬，受挫的自尊心让她的心情落入谷底。魏燎心里也暗自紧张，他担心章可可暴脾气上来，会做出出格的举动，但看到她一直隐忍着，又觉得有些心疼。

　　"魏燎，你觉得有没有必要，给综合办办一场工程专业术语的讲解培训啊？"战立对身边的魏燎说。魏燎一愣，让自己镇定，并迅速组织语言："工程类的专业术语多而且杂乱，没有什么规律性，会议的内容也各不相同，如果不是专业人员，单靠培训很难完全理解和掌握。综合办的同事对会议内容有任何疑问，都欢迎来询问我们，我很乐意为各位解释。"

　　下班时间已过，章可可一人坐在办公室里，摸不着头脑。魏燎晚上有事，无法立即答疑解惑，这让章可可很是苦恼。

　　电话响起，章可可看着屏幕，心想答疑解惑的人来了。三言两语把事情交代清楚，电话那头的魏国安说："你田叔叔已告诉我了，你一定要沉住气，这件事不是针对你。"

　　"田叔叔和我们主任有过节？"

　　"据他说是，好多年前的事儿了，袁秋霞还挺记仇。"

　　"她这招借石打鸟真是没谁了，以为我看不出来吗？"

　　魏国安沉默了片刻："是不是有一些人知道你是通过我进来的？"

　　"应该是，但我也不知道他们是怎么知道的。怎么了？"

　　"袁秋霞早知道田志忠是我的人，估计她也想试探一下，看你的关系到底多硬吧。所以你这段时间一定要沉住气，就像什么都没发生过一样。"

　　"那她就是冲着你来的咯？爸，你没关系吗？"

　　"她在这件事的处理上没有任何过错，所以我们都不要因小失大，让她接着猜去吧。"

"好吧，我知道了。"

"对了，魏燎没帮你出头吧？"魏国安转而问道。

"喊，他才不会帮我说话呢。"章可可半开玩笑地说。

"别怪他，他只能这么做。"

"哈哈，知道了爸。"

刚挂上电话，魏燎的微信就来了："说吧，要我怎么弥补你的精神损失？"

章可可得逞一笑，迅速回话："我听说时代广场新开了一家日料，味道不错。"

[21]

魏燎的赔罪饭定在周五下班后，他特意提前完成了工作，也推掉了其他应酬。想到如果章可可情绪激动要喝酒，自己还得"陪醉"，特意也没开车，一下班就叫好了专车。毕竟周末了，需要早一点去时代广场占位子。

电梯门开，见顾筱和其他几位同事都在里面，魏燎和他们一一点头示意。一位女同事打趣地问道："魏经理，今天穿这么帅，是要去约会吗？"魏燎笑了笑，指着身上的淡蓝色 T 恤说："这件衣服买好几年了，见笑了。""那魏经理是不是去见女朋友啊？今天可是周末。"同事穷追不舍。"光棍儿一个。对了，我找你要的统计数据你还没传给我，要尽快。"魏燎淡淡说完，走出了电梯。

魏燎站在集团大楼前等车，周五本来就堵，外加他们这里是老城区，路窄车多，更是堵上加堵。他盯着手机屏幕，实时车距显示专车正卡在一个十字路口，已经五分钟一动不动了。

闲得无聊，他抬起头四下张望，发现离自己不远处，顾筱也正静静站着，望着面前的车来车往。她今天穿着贴身过膝碎花连衣裙，上身还套着一件浅色薄针织衫，头发没披在肩上，而是随意在脖后束了一下，更平添了几分恬静。夕阳烘托出光晕，反射在她的细软发丝上，一时间竟让魏燎的心绪有些杂乱无章。他心生好奇，走上前问道："顾筱，你也等车？"顾筱一愣，转过身看着他："魏经理，你好。对，我想打车，但没一辆空车。"

"周五就是这样的。"魏燎说。"嗯。"顾筱答。两人一时无话，气氛突然有点尴尬。魏燎心想又不可能再回到原位，就随意问："你去哪儿啊？""时代广场。"顾筱答后，迅速避开了魏燎的眼睛。

"呵呵。"魏燎笑了，"那真赶巧了，我也去那儿，那不如我们一起吧，我叫了专车，离这儿……"魏燎看了看手机："还有不到一公里。""这……不太好吧。"顾筱顾虑地看了看周围，已经陆续有下班的同事在打量着这边了。

"反正你也没打到车，正好顺路，没关系的。"魏燎正说着，手机开始震动，他接起来一听，立刻向路边看去，见车库入口处果然停着一辆日产天籁。"好的，我们马上过来。"魏燎挂上电话，转而对顾筱说："走吧，现在你在这儿是打不到车的。"

顾筱见僵持也不是办法，只好跟了过去。魏燎打开后排车门，顾筱轻轻松了一口气，坐了进去。

蒋言欢和史漫有说有笑地走出来，史漫突然用手肘捅了捅蒋言欢。蒋言欢沿着史漫的目光望去，见顾筱和魏燎一前一后地上了车，顿时眼都气绿了，愤愤地说："靠，居然敢抢我的男人！"史漫冷笑了下："顾筱还挺有心机的嘛，偷偷摸摸不声不响，居然都上了魏燎的车。""喊，上个屁车，顶多是拼个车！"蒋言欢心想：顾筱啊顾筱，你又有把柄在我手上了。

87

虽说原因找到了，现实认清了，也有人赔罪了，但进入集团后收到的第一枚炸弹，还是让章可可的情绪低迷了好几天。这几天袁秋霞一切如常，也没再提起这件事，就像什么事都没发生过一样。厉害啊，章可可心想，自己还是太嫩，太欠缺这种金鱼的记忆力。

不过能借此赚到一顿饭，多少有些安慰。临近下班，章可可一边收拾着东西，一边期待着晚上的日料。为了避嫌，她和魏燎已经商量好，由魏燎先去占位，她稍晚点再走。章可可每天几乎到点就撤，今天反倒不慌不忙，而今天的顾筱也很反常，竟然早早就收拾好东西，坐等下班。

下班一阵儿后，章可可就接到了邱冬的电话。"喂，你下班了吗？"邱冬的语气里难掩激动。"下班了呀，怎么了？"章可可很是疑惑。"那快下来，我和孙天翔在你们楼下。"邱冬说。

章可可一惊，说："你们没告诉我今天有节目啊！""这不现在就告诉你了吗？你赶紧的。"邱冬说。"今天不行，"章可可说，"我约了我哥吃饭了。""魏燎哥哥吗？我给他打电话帮你请假！"邱冬痛快答道。

章可可无言以对："你可别去祸害我哥啊，我们是真约好了的。""我就告诉魏燎哥哥，明天是我生日，我接你去参加我的生日前夜狂欢。""哟，真稀罕，只听说过结婚前夜狂欢的。我觉得你生日前夜就该跟你妈过，毕竟她生你前一天痛得不要不要的。"在邱冬面前，章可可总能被激发出贫嘴的斗志。"废什么话，赶紧给我下来，我这就给魏燎哥打电话，拜拜。"没等章可可接下一句，邱冬已剥夺了她说话的权利。

一出大门，章可可便被塞进了车里，要是把这辆玛莎拉蒂换成面包车，还真有点绑架的意思。

"你们过分了啊，回家我哥指不定怎么收拾我。"章可可望着车前座的两人愤愤道。"我只是开车的啊，这全是邱冬的主意。"

孙天翔连忙解释。"魏燎哥人这么好，你怕什么！"邱冬嬉笑着。"我怕你啊！"章可可没好气地对邱冬说，"你简直是我的祖宗啊，你还我日料！"

"下次约日料吧，今天带你去一家新店。"孙天翔说。章可可顿时来了兴致："吃什么呀？"见美食诱惑效果达成，邱冬和孙天翔得意地对视了下。邱冬说："留点悬念，待会儿才能幸福得晕过去。"

魏燎和顾筱一路无话。顾筱想说点什么，但又怕说多了适得其反。其间魏燎接到一个电话，只听他在电话这头笑着说："算我拿你们没办法，下次轮到你们俩弥补我的精神损失……我明天就不来了，都是小屁孩，太能闹腾……行，你们好好玩，有空了来家里坐坐，我妈上次还说起你。"

魏燎挂了电话，无奈地笑着摇了摇头。

专车快到时代广场，顾筱在路口便下了车，对魏燎表示感谢后就匆匆离开了。魏燎则让车直接开到了商场门口，心想既然饭请不成了，就给妹妹买个礼物吧。

走在热闹的商业区里，路过一家家热闹的店铺，顾筱觉得这些似乎与她始终无关。再过两周是周泽阳的生日，虽然之前发生过不愉快的事情，但顾筱还是想再给自己和他一次机会，这么想着，就走到了商场入口。买什么好呢？太贵的自己财力不够，太便宜的周泽阳肯定瞧不上，顾筱在这方面并不擅长，也深知"一切选择困难症说到底都是因为没钱"。她进了商场，只期待能在实体店里瞄准东西，再到网上去下单。

顾筱走进了一家男装店，打算找点灵感。在领带橱窗前她停住了，心想领带是个不错的选择，价格不算太高，而且也算是正儿八经的礼物，周泽阳外出办事或是参加会议也需要穿正装，正好用得上。正想着，店员走了过来，问道："女士您好，请问需要什么帮助吗？""哦，我先自己看看，谢谢……"顾筱说完，发现旁边有一个熟悉的身影。那个熟悉的身影也发现了她，两人同时愣住了。

魏燎刚进商场就看到了这家店，想到自己下周要在集团主办的"青年课堂"活动里担任主讲人，需要一件正式点的衣服，于是顺道进来逛逛。

"魏经理，呃……好巧啊。"顾筱尴尬地笑了笑。魏燎也笑了："既然又碰上了，不如你帮我参谋参谋？"

[22]

"好吧。"顾筱找不到拒绝的理由，只好走向魏燎。魏燎从衣架上取下蓝、白两件短袖 T 恤衫，转身问顾筱："你觉得哪个颜色好看？""魏经理，我发现你真的很喜欢淡蓝色，经常看你穿蓝色的衣服。"顾筱笑着说。魏燎露出一副被看穿的表情说："现在是下班时间，叫我魏燎吧。"

"哦，好吧。我觉得白色也很适合你。或者……"顾筱观望着衣架上的其他衣服，取下一件白色为底、右边肩部有少部分黑色条纹点缀的衬衣，"一定要 T 恤衫吗？我觉得这件衬衫好看。"

"不一定，只要稍微正式点就行。"魏燎接过顾筱举在手上的衬衣，"呵呵，我的衣服几乎都是纯色的，带纹路的很少。"

"为什么呀？"顾筱不解，"你那么年轻，又很挺拔，完全可以尝试各种风格的衣服的。而且这件也并不张扬，只是相较于你之前的衣服，加了些新意在里面，会显得人更有精神，你穿正好。"顾筱一口气夸了魏燎这么多，自己都有些不好意思了。

"是吗？"魏燎笑着又看了看那件衣服，对身边的店员说："我试试这件，麻烦你了。"

待魏燎从更衣室走出来，顾筱肯定自己的选择是明智的。这件简约又不失设计感的衣服把英气逼人的魏燎衬托得更加有型，黑白明朗的颜色突显出他内敛的气质，简直不能再赞了。

这时，另一个中年女店员从一旁走来，对镜子前的魏燎夸赞道："哦哟，先生，你穿上这件衣服，就没有电视上那些小鲜肉什么事了哦。"魏燎自嘲地笑笑："我都老腊肉了，穿个合适罢了。"

"说真的，这件衣服特别适合你。"中年女店员接着说，"你可真有眼光，这件是我们店的初夏新款，能穿出你这种感觉的可没几个人哦。""是她有眼光。"魏燎转头指了指身后的顾筱。

"是啊，你太太真有眼光，不仅会选衣服，也会选老公。"中年女店员喜笑颜开，就好像是自己说成了一桩婚事一样。

顾筱对店员的过度热情已经见怪不怪，但这一句还是让她心里一紧，连忙解释说："你误会了，我们不是……""就这件吧，麻烦帮我包起来。"魏燎将衣服递给店员，又转过身对顾筱说："谢谢你，帮我挑了件满意的衣服，你的眼光的确不错。"顾筱的脸唰地红了，忙说："没什么，举手之劳而已。"

结账的时候，店员对两人说："这两天搞活动，买两件商品就有八折优惠哦。"魏燎于是问顾筱："你刚才好像也在逛，有什么需要买的吗？"顾筱刚才看到了领带的标价牌，即使是八折也并不便宜，忙推托说："我还没选好呢。""给男朋友买吗？他的穿衣风格是哪种？"魏燎问道。顾筱虽然不急着买，但心想何不趁此机会让魏燎给点建议呢？毕竟男人更懂男人的审美嘛。她说："我正犹豫不决呢，要不你也帮我参考参考？"

他们来到了领带柜台，顾筱说："他比较外向，穿衣风格也比较多样，我觉得领带可以选活泼点的样式。""不过系领带都是在比较正式的场合……"魏燎指着一条深蓝色暗纹领带说，"这个吧，样式不死板，也足够沉稳，应该很适合你说的这位……外向男士。"

的确好看，但一想到价格，顾筱还是说："我再想想吧，反正还不急。"魏燎听出了她话里的推辞之意，也不再勉强，转移话题道："再请教你个事儿，给二十多岁的小姑娘买什么好？"

顾筱想到了她无意中在魏燎办公室门口听见的那个电话，言语中充满宠溺，现在又在挑礼物。既然他有女朋友，为什么还要去相亲，说自己是光棍呢？难道和周泽阳一样，喜欢地下恋情？

"大多数女人都喜欢衣服和包包，照这两个买胜算很大的，不过衣服很难掌握尺寸，买包是不错的选择。"顾筱说道。魏燎则摸了摸后脑勺，无奈地笑笑："选包也很难啊，她老说我是直男思维，上次给她挑了一条手链，还被她嫌弃了好久。"

顾筱心生一股暖意，心想：多好的男朋友啊，还会为对方认真挑选礼物，而周泽阳送的礼物不是蒋言欢买小了一号的鞋子，就是他父母单位发的购物卡，虽然价格不低，但很难看出心意。

章可可被直接拽到了孙天翔朋友开的西餐厅，菜一上桌嘴就没停过。"怎么着？国企饿着你啦？"邱冬把自己的鹅肝往章可可面前挪了挪。"慢慢吃，潘攀要过会儿才到呢。"孙天翔话刚出口就后悔了，旁边的邱冬使劲掐了他一下。

"你们还叫了他？"章可可停下刀叉，可怕的眼神吓坏了两人。"没……就是……不都是朋友吗？"孙天翔立马找补。

章可可将一大块牛排塞进嘴里，泄气地放下刀叉："还以为你俩良心发现，要帮我重燃生活希望呢，结果是叛徒。我走了。"说着就伸手去拿包。"别呀，你等等。"邱冬按住她的手，"我们也很关心你啊，不知道你是哪根筋搭错了，要跑去国企作威作福？"

"我哪是去作威作福啊？"章可可冷笑了声，"我是去接受现实的巴掌的！""国企到底怎样啊？真是养着一群混吃等死的人吗？"孙天翔问。"不全是。"章可可的"魔爪"开始伸向沙拉，"有天天喝茶看报纸的，也有拼死拼活累到趴的，但决定自己是在天堂还是在地狱的，不是能力和金钱，而是本身的后台关系链和圆滑的为人处世。"

"那多累啊，天天算计来算计去的。"邱冬说，"他们知道你爸是谁了吗？""不知道，知道就没意思了。""哦哟，还挺有志气的嘛，你真准备扎里面了？"孙天翔不敢相信。

"倒也不是，你们知道我是为了还潘攀的欠款才跟爸妈签的'卖身契'，本想着只混一段时间，但现在觉得这里面有些事儿就像打副本似的，还挺好玩儿的。"

"就喜欢给自己找不痛快，这很章可可嘛。"孙天翔笑着对邱冬说。邱冬则一脸担忧地问章可可："那你不准备继续创业了？准备一直待在国企？拜托，就算你想体验国企工作，也不能丢了梦想啊。你的影像工作室就不继续弄了？需不需要我把你亲自设计了一个多月的装修图纸找来，帮你找回点过去的热血？"

"别别……"章可可急忙摆手，突然严肃起来，"都还在呢，忘不了。"又把孙天翔的酒端过来一饮而尽，"但我现在还没真正准备好，不想让我的梦想夭折第二次。"

孙天翔和邱冬都沉默地看着她，章可可觉得不太对劲，笑着拍拍他们的肩："好啦，本姑娘还会东山再起的，到时候别太崇拜我。行，我走了，让潘攀不用过来了。"说完拎起包便走。

出了餐厅门，章可可也不急着回家，就在街上随便走着，感受初夏微温的晚风。自己何尝不想一路无惧，追随梦想狂奔？但上一次的失败，让她发现理想落地是那么难。事业和职业本就有根本性区别，越是自己热爱的事业，就越多不着边际的苛求和头脑发热的执迷，但这些，客户不一定买账。

为了不亲手毁掉梦想，章可可不得不选择暂停。

[23]

　　刚回到家，章可可就收到了潘攀发来的微信："知道你不想见到我，明天我不会去的，你们好好玩。"放下手机，倒在床上，章可可觉得鼻子有点酸。这个从小到大陪在自己身边、打不还手骂不还口的出气筒，他的每次妥协其实都让她心疼。

　　敲门声起，章可可打开房门，见魏燎正微笑着站在门口："哥，对不起，他们下班就等在楼下，我一出门就被拽走了。"魏燎将右手里的一个包装袋举到章可可面前，说："看看，这个赔罪礼物喜欢吗？"

　　章可可惊讶地张开了嘴："要不要这么暖心？我放你鸽子你还给我买礼物？""谁让我看着你出丑还没有出手相助呢？"魏燎无奈地笑笑。

　　章可可迫不及待地打开了手提袋里的包装盒，是一条水晶项链，月亮形状弯曲的弧度上，还镶嵌有几颗小巧精致的星星，在光束的照射下熠熠生辉。"你的审美有进步啊！"章可可拎着项链左看右看，掩饰不住欣喜的神情。

　　见妹妹喜欢，魏燎得意地笑了笑，又想到了什么，对章可可说："不过，这项链你上班时最好别戴。""为什么？"章可可疑惑地问。"因为，这个是顾筱帮忙挑的。"魏燎答。

　　"顾筱？是我知道的那个顾筱？"章可可大为吃惊。"你还知道几个顾筱？"魏燎笑着反问。"天哪，你对同事不都是冷冰冰的吗？老实招来！"章可可简直不敢相信自己的耳朵。"今天逛商场时遇到她了，你不是老嫌弃我买的东西吗？所以这次我找了个军师。"

　　"哦……"章可可恍然大悟，"真的挺好看的！好吧，我不戴去单位就是了。"

　　回到房间，魏燎脱下了身上淡蓝色的 T 恤，换上了一件白色的家居服。眼睛瞟过桌上的购物袋,停顿两秒后,他走到桌边,拿出购物袋里面的新衣服,对着衣柜镜子在身上比了比。脑海里掠过的却是顾筱望着那条水晶项链的眼神。

当时,走过一家饰品店,顾筱突然停了下来,指着橱窗里的那条项链,眼神定定地说:"这条项链真好看,你送她这个吧。"魏燎一时语噎,不知道该回什么好。奇怪,明明只是让顾筱当参谋,但看到她望向项链的眼神,自己居然会有想买下来送给她的冲动。或许是因为她的眼神里流露出让人难以拒绝的恳请吧,而这种"恳请"连顾筱自己都并不知情。

又一个喂完奶的失眠夜,夏夏走进书房,见王旭还在打游戏,外衣、袜子扔了一地。她尽量克制情绪:"你本来就喝多了回来,能不能早点睡?""等会儿啊,你先睡吧。"王旭没有转过头来,鼠标和键盘被敲击得很响。

"那我把你的枕头和被子拿过来,你在沙发床上睡吧。"夏夏说。王旭忙回:"那怎么行呢?沙发床好硬啊。"夏夏瞬间气不打一处来:"我好不容易把孩子哄睡了,你一进屋又会弄出很大声响,孩子醒了我还得哄,你能不能为我考虑一下?"

"不就是哄个孩子吗?有什么难的?我辛苦了一天回来,打会儿游戏怎么了?"王旭辩解道。"孩子生下来你有照顾她一天吗?你有什么资格说不难?还有,你是真的辛苦了一天吗?据我所知,今天是你们的团建活动日吧?"夏夏冷冷地说。

王旭一时语塞,转而抱怨道:"我说你怎么生了孩子后就变成这样了?一点也不温柔。今天晚上聚会有几个小姑娘还在说呢,女人就要像水一样柔和,你看看你都什么样了。""呵,我说这段时间老在外面玩儿,原来有温柔的小姑娘啊。"夏夏的心渐渐冷起来。没想到王旭继续不依不饶:"所以啊,你好好跟人家学着点儿。"

夏夏没有再说话，回屋抱了王旭的枕头、被子，扔到书房的沙发上，反锁了卧室门。

魏燎的"青年课堂"讲座是在周二下午。这个活动是近两年来集团的保留节目，每月一次，也是集团打造"学习型企业"的重要环节，备受各级领导重视。每个部门都为能出一个专业突出或者业绩优秀的"讲课人"而高兴。每次讲座除远征或实在有公事的人员，所有三十五岁以下的青年员工原则上都要参加，而且每次也至少会有一个集团领导班子成员到场指导。

周二上午，魏燎在办公室最后完善PPT，瞥见QQ列表中，章可可的"个性签名"改成了四个字："又闯祸了"。这是章可可的私人账号，其他同事不会看到。为以防万一，他并没有在电脑上直接回复，而是掏出手机，在微信里问她怎么回事。

不一会儿，章可可的回复传来："我把顾筱害惨了。"

事情源于上周四的一个中层干部会议通知。按照现在的职责分工，以文件形式发布通知的是章可可，而电话逐一通知参会者则是顾筱的工作。但由于事情紧急，顾筱又立刻要跟袁秋霞出发去项目部，所以袁秋霞让她给章可可交代一下，由章可可去通知各部门的领导。

"要不主任，我通知了再走吧？"顾筱小心翼翼地问。"你是想让我们所有人等你一个人？"袁秋霞的眉毛都快立起来了。顾筱不敢耽误，虽然各种担忧，但还是迅速而详细地告诉章可可要怎么通知、需要通知哪些人。她想，好歹会议通知是章可可发的，通知内容她再熟悉不过，再打个电话应该也不是难事。谁知越急越乱、越乱越错，最后还是出了问题。

在周一会议召开后，陆续有部门领导投诉到袁秋霞那里，说办公室通知的时候，并没有说明要准备汇报材料，而临场发挥又是国企开会的大忌，所以不少人因为毫无准备，吞吞吐吐，只得尴尬收场。

见告状的都是集团中层，袁秋霞知道事情大了。周二一上班，她便跑到 502 办公室，责问顾筱是怎么回事。顾筱下意识地望向章可可，努力回想当时有没有提醒过她，需要告诉每个人准备材料。好像并没有，那么自己也就脱不开干系。

　　章可可迎上了顾筱恍惚的眼神，对袁秋霞老实交代道："主任，我的确只通知了时间、地点和会议内容，还以为他们都知道要准备材料。"见旁边的顾筱一脸不知所措，她继续说，"这件事的确是我的问题，不关顾筱的事，我愿意去向每一个部门领导道歉。"

　　袁秋霞怎么可能会忘了这次会议是章可可通知的，只是她碍于章可可的背景，只能克制地说了几句："我们可不能猜他们知不知道，只要是我们的分内工作，就必须做好了让别人没话说，小章你刚来，下次注意。"说完转向顾筱，"你到我办公室来一下。"

　　袁秋霞和顾筱一前一后地走出办公室，章可可瘫坐到椅子上，心想这次真闯祸了。魏燎的安慰也无济于事，章可可在办公室一直惴惴不安，直到顾筱回来。她起身问道："主任是不是又责怪你了？对不起，都是我大意了。"顾筱笑笑说："她没怎么说我，只是说你刚来，让我今后多提醒你一下。"

　　章可可有点不相信，她明明看到袁秋霞望着顾筱时，眼里射出的犀利目光，而顾筱却像没事儿人一样："我先去准备今天下午讲座的矿泉水了，有事电话。"说完便走出了办公室。

　　顾筱的镇定的确不同往常。她站在经常受训的办公室里，虽然还像以往那样低头耷脑地听着袁秋霞的训斥，但心境却和往日有些不同。章可可刚才的每一句话都让此刻的她充满勇气，即便章可可的疏忽连累了她，但终于能有一个人不再推卸责任、不再引火她身、不再冷眼看戏，而是对着领导大声说："这件事的确是我的问题，不关顾筱的事。"章可可明明可以说："我第一次通知那么多人开会，完全没经验，可顾筱也没提醒我需要告诉所有人准备材料，所以我并不知道。"但是章可可没有。

顾筱离开后，袁秋霞仍然余怒未消地坐在椅子上，手里的中性笔一下又一下，将桌面敲得咚咚响。这件事的责任可是需要她实打实地扛下来的，平级的这些部门干部正好借题发挥。虽然自己把怒气发泄在了顾筱身上，但想到章可可，她也是一个头两个大，刚一来就添乱，而且还不知道能惹不能惹。

袁秋霞噼里啪啦地在键盘上敲着字，又全部删去，掏出手机来发了一条微信，将心里的憋闷一吐为快。隔了一会儿，对方发来回复："这不正是个试探的好机会吗？"

[24]

"怎么试探？"这下轮到袁秋霞不解了。

"章可可不是没通知所有人准备材料吗？她应该不是有意的，那魏燎受到影响了吗？"

"魏燎现场发挥能力挺强的，一般除重要数据外，都不准备稿子，昨天也是没拿稿子来的。"袁秋霞答。

"哦，看来我们这位总经理的公子能力过硬啊，不过你还是跟他道个歉吧，把对章可可的处罚说狠点，尽管扣工分。"

袁秋霞望着手机屏幕，迟疑地问："你是想看他会不会为章可可圆场？但据市场部那边程立新的消息，章可可是田志忠的女儿啊。"

"消息确定吗？章可可的入职资料里，可没有关于父亲的信息。"

"据说田志忠的女儿是和前妻生的，一直都没什么来往，也不姓田，但和魏家是熟悉的。或许正是因为避嫌才没有填父亲的信息。"

"那么，正因为她是田志忠的女儿，探探魏燎的态度才有意思。扣工分对于实习生而言是不小的事情，如果他极力为她辩护，总会落下话柄。"

"但按照魏燎的性格，很可能会不动声色。"袁秋霞回复道。

"那就把魏燎的不管不顾在田志忠那里添点油加点醋，总之把这几个人的关系给搅一搅。"

袁秋霞的手指迟疑了好一阵，方才回了句："好，我去试试看。"

"青年课堂"在下午三点开始。一点刚过，人力资源部的人已经在布置会场，虽说活动是他们主办，但矿泉水、纸笔的准备则是顾筱负责，所以她也早到了，但她只埋头做自己的事情，一直回避和蒋言欢有眼神交会。两点左右，魏燎提着笔记本电脑走进了会场，和众人礼貌地打着招呼。顾筱发现他穿着自己帮他挑选的那件衬衣，剪短了一些头发显得更加精神。

同时被魏燎吸引的还有蒋言欢，她今天穿着粉红色的套裙，妆容精致，几乎是目不转睛、毫不掩饰地盯着魏燎，热情地给他递上一瓶水，说道："魏经理，你看还有什么需要我们做的，尽管说话，我待会儿就坐在那边，你有事就叫我。"说着指了指第一排靠门的位置。

"好的，谢谢。"魏燎微笑着点点头。蒋言欢还想说点什么，但见魏燎并没想搭理自己，嘴张了张，也只好作罢。

不一会儿，袁秋霞出现在会场，顾筱和蒋言欢都暗自诧异，不知她来这么早干什么。袁秋霞径直走到魏燎身边的位子坐下，对他说："魏经理啊，打扰你几分钟可以吗？"

魏燎抬起头看见是她，停止正滑动的鼠标，说道："袁姐，您说。""我是来道歉的。"袁秋霞的表情多了几分歉疚，"昨天上午的那个会，由于我们部门章可可的通知不到位，没告知要准备汇报材料，给你们添麻烦了。会后也有不少中层反映到我那里，我也很难办呀，这不，只能一个个挨着道歉啊。"袁秋霞面露难色，接着说，"不过啊，我会做出处理的，细节无小事，所以我准备扣小章三个工分，让她引以为戒，还希望你们多多理解。"

三个工分啊！魏燎深吸了一口气。正式员工每月扣五个工分就会被扣工资，半年扣十个工分绩效就不能全拿。对实习生则更加苛刻，半年实习期内被扣完十个工分，就可以立马滚蛋了。这个袁秋霞，仗着自己马上就退休了，这是想最后扔一颗炸弹啊。

魏燎平静地笑了笑，说："袁主任，您不用向我道歉，每次会议前我都会准备可能用上的材料，所以并没有给我增添什么麻烦。另外，说到扣工分，我也深有体会。记得我在项目上实习的时候，有次搞混了两个重要数据，让当时的项目经理周齐海挨了上级的骂，还影响了整个工程的进度。当时他完全可以扣我工分，但他没有，而且还反过来安慰我。这件事让我印象深刻，从此我告诉自己，为了领导这份信任，决不能再犯同样的错误。"

袁秋霞脸上有点挂不住了，勉强笑着说："看来，我的水平远远没有周经理高啊，他能让你感激这么久，而我就只知道扣下属工分。"

"袁姐，瞧您说的。我只是想到了自己的事情，见笑了。"魏燎轻松一笑，又说，"每个部门都有自己的情况，不能一概而论。况且您的下属，您当然最知道该怎么管理，所以您扣那位员工的工分，当然也是理所应当的。"

"呵呵，你理解我的歉意就好。"袁秋霞保持着笑容，"那你继续忙，我就不打扰了。"

回到座位，袁秋霞越想越不对。是支持还是反对，他并没有表明态度，好像对处罚章可可毫不在意，但侧面说自己的故事，又像是某种提醒。这下倒好，辩护的话柄也没抓着，到田志忠面前也没什么状好告的，等于自己把前后门都堵死了，还扑了个空。袁秋霞觉得有点自讨没趣，再一次感觉到，魏燎这个人不容轻视，他没有那么好对付。

　　章可可到达会场时已经快三点了。袁秋霞临走前发了好几篇稿子让她改，她到会场时几乎已经是座无虚席，幸好顾筱提前给她留了位子。她弓着腰从后门蹿到顾筱旁边，坐定后才发现，旁边是清华研究生闫新刚。

　　闫新刚也发现了章可可："哟，可可姐！你也来啦。"他的声音大得有点突兀，旁边人都投来了嫌弃的目光。章可可在心里翻了个白眼，小声地问他："你耳朵是不是不太好？""你怎么知道的！"闫新刚激动地笑着，分贝只高不低，"我不光耳朵不好，鼻子也不太好，一直有鼻炎，但我脑袋好使！"

　　更多的人将目光投向了他们的方向，责怪声也此起彼伏。章可可心里已经有千万只吉祥物在奔腾，索性将身子转了个方向，装作不认识他。

　　讲座已经开始，魏燎在台上讲，下面的人听得还算认真。"这次怎么来了这么多女生，学工程的不是男生居多吗？"章可可疑惑地问顾筱。顾筱正在检查是否有座位缺矿泉水，被这么一问，随口说道："但是爱看帅哥的女生多啊。"说完发现不对，尴尬地向章可可解释，"我是说她们，没包括我啊。"

　　章可可哑然失笑，转眼瞟了瞟身边的闫新刚。这个人从讲座开始后就再没说话，一直在笔记本上记录着，黑色的字把白色的纸填得密密麻麻。看来闫新刚对专业还是很认真的，就是人比较奇葩而已。章可可对他的印象有点改观。

　　今天到场指导的是集团分管市场营销部和企业法律部的副总经理肖强，在集团以性格随和、平易近人著称。他神态轻松地看着桌上放着的几份材料，仿佛只是把办公桌挪到了这里。手机屏幕突然亮起，他斜目一看，是一条短信："肖总，讲座后我想找你聊聊。"肖强微微皱了皱眉头，拿起手机迅速回复："到我办公室谈吧。"

[25]

袁秋霞放下手机，望向肖强的方向，心里盘算着待会儿要怎么开口，毕竟这是她第一次和肖强"正面接触"。

台上，魏燎已经从攻克专业性难题讲到了提高职业素养，声线平稳干净，事例也尽量生动有趣。但哪怕再出众的个人魅力，也挡不住人的审美疲劳，毕竟是在讲课，不是谈情说爱，一个小时不到，会场里已经倒下一小片了。

台下，闫新刚还在一边认真听着一边做笔记，丝毫没被四周慢慢升腾的嘈杂所影响。章可可打了个哈欠，对正翻着书的顾筱说："我算是明白了，这'青年讲堂'就是我们大学时候的选修课，全为了学分。"又看了看台上的魏燎，笑说，"当然，老师也很重要，直接关系到学生是专心五分钟还是十分钟。"

顾筱被她逗乐了，放下手里的书，小声说道："集团的这类活动还有很多，你做好思想准备吧。"

章可可顺手翻看了一下顾筱手里那本红色封面的书——《西藏生死书》。"这本书讲什么的？看起来好深奥的样子。"章可可叹道。顾筱笑了笑："其实并没有，它是在讲生与死的关系，以及人面对死亡时，应该如何正视、如何开悟。我也没看多少，但挺有意思的。"

"可你离死还远着呢。"章可可不解。"是啊，但谁又说得清楚呢？况且人生如此艰难，只要想通了死亡，活着便不是什么难事了。"顾筱说。

章可可突然觉得有那么点道理，于是接着问："那有教什么好办法没？我超怕死的。""有啊，平时就能用。"顾筱将书翻到某一页，指着一个段落，"我刚看到这里，有一种呼吸的办法，书里说，当你禅坐时，要像平常一样，自然地呼吸。将觉察轻轻地放在呼气上。当你呼气时，只是随着呼出的气息。每次呼气，就是放下一切执着。

想象你的气融入无所不在的真理。由于执着消失了，每次呼气完，再吸气之前，你将发现一个自然的间隙。我刚刚试了一下，真的能让心境迅速平和下来。"

"我试试。"章可可说着，坐直身子，闭上眼睛，深吸了一口气后，再慢慢地吐出来。"怎么样？"顾筱问。章可可睁开眼无奈地对她说："更困了。"顾筱哭笑不得，正准备回两句，却见不远处的袁秋霞正盯着她们，立刻闭紧了嘴巴。

中间休息，蒋言欢想借机和魏燎搭讪，见他从洗手间回来，便迎上去："魏经理，你讲得真好，我的想法和你一致呢。""是吗？共勉吧。"魏燎笑了笑。"魏经理，这个周末有时间吗？我想请你吃个饭。"蒋言欢莞尔一笑。魏燎没有回应，反被远处聊得火热的章可可和闫新刚吸引了。

蒋言欢发现了魏燎的心不在焉，顺着他的视线看过去，看到了章可可。"魏经理？"她停顿片刻，再次望向魏燎，见他还望着章可可，怒气便像化开的墨汁在瞳孔中氤氲开来。

两个小时的讲座结束了，肖强最后发言，夸奖了魏燎的工作能力和口才，又肯定了"青年课堂"的积极作用，强调了集团提升员工整体素质的重要意义。蒋言欢开着手机录音，一边在纸上写写画画，一边嘟囔："说是简单说几句，结果呢，都能写成长篇了，回去又要加班，烦死了。"

人群散去，袁秋霞一刻没松懈地盯着肖强，见他并没像自己期待的那样到办公室等着，反倒走向电梯，眼看就要下楼了。袁秋霞心里不悦，但一想到肖强大半时间都不在办公室，而且已经把话说到这份儿上，就这么放他走实在太可惜。

她快步上前，追上了肖强，对他笑着说："肖总，有几个文件还想请教一下你。"肖强一看是袁秋霞，恍然大悟道："哦，袁主任啊，瞧我这个记性，哈哈，请到我办公室来吧！"

走进办公室，肖强找出纸杯和矿泉水，忙着给袁秋霞倒上，反倒让袁秋霞不好意思了。她坐在肖强对面，客气地接过水杯。肖强也坐下说："不好意思啊，我在办公室的时间不多，饮水机里的水不太新鲜，只好让你喝冷水了。"

"没关系的，肖总，你是大忙人嘛。"袁秋霞端起水杯喝了一口。

"袁主任，哪几个文件有问题，你请说。"肖强含笑望着袁秋霞。

袁秋霞愣住了，难道肖强不知道要谈的并不是什么文件吗？顿了几秒，她直接说："肖总，据说你已经知道了，章可可的关系。""章可可的关系？"肖强疑惑地望着袁秋霞，"袁主任，我不太懂你的意思，你们部门的年轻人，她的关系和我有什么联系吗？"

"呃，呵呵，肖总，老闫应该也和你说过，田志忠的问题基本坐实了，举报人也愿意做证，而章可可又是通过魏国安进的建设集团，这里面的牵连，呵呵，肖总，你应该比我清楚。"袁秋霞说道。

"你是说，魏国安和田志忠的关系？"肖强维持着礼貌的笑容，"如果田志忠真的有问题，那么我们要做的是劝其认罪。董事长在党政会议上也表明过态度，对犯错误的人绝不姑息，但也一定要维护集团的稳定，不要搞得人心惶惶。至于你说的他和魏总的牵连……"肖强的食指和中指在办公桌上轻轻敲打着，若有所思地说，"袁主任，这可不能乱怀疑啊。"

肖强保守的态度让袁秋霞有种"接头"失败的尴尬，她心想难道自己的意思表明得还不够吗？于是她说："魏国安……呃，魏总和田志忠是二十多年的合作关系，在他进入机关之前，他的无数项目都是和田志忠捆绑在一起的，说毫无牵连，呵呵，肖总，你信？"

"看来，你们在这方面下了不少功夫啊。"肖强呵呵一笑，"不过，没有证据的事情，我从来不表明态度，希望袁主任能理解。"

结束和肖强的谈话，袁秋霞板着脸走出大楼，心想：你肖强装什么装，还把董事长端出来，不就是觉得我不够格跟你谈事儿吗？在我面前装得这么正义凛然，看你能不能把心里的小算盘憋一辈子！

袁秋霞离开后，肖强立刻给市场营销部经理程立新打了个电话，开口便责问道："田志忠女儿的事，是你告诉闫度的？""是，肖总。""哎，立新啊，我们毕竟和闫度不是一个单位的，说话要有分寸。这件事情不小，需要从长计议，还要顾及对整个集团的影响啊。"

"肖总，是我考虑不周，给你添麻烦了，今后一定注意。"

"行了，忙去吧。"

"对了，肖总，魏燎已经正式领队开始清查南半湾项目了，只要他认真查，就绝对能查出问题。就看他报不报了。"

肖强端起茶杯的手停在空中，沉思片刻说道："立新啊，你知道你和魏燎的最大区别在哪里吗？"

"请肖总明示。"

"魏燎总是盯着工作，而你总是盯着身边的人。"肖强悠然吹开漂在水面的茶叶，喝了一口茶道，"你要是有魏燎一半的实干精神，也不至于干了这么多年还不受董事长待见。"

电话那头停顿了一下，很快反应过来，语气没有任何改变："肖总教训得是，我一定改正。"

[26]

一转眼，六月已经过半，每年的年中，集团都会搞些主题活动，今年也不例外，职工歌咏比赛的通知一时成为大伙热议的话题。比赛要求机关各部门及各项目部各推荐一名员工参赛，于是，各个部门的内部选拔便展开了。

刚得知这一消息，章可可便从椅子上蹦了起来："我要去！唱歌这事儿怎么能少了我呢？我简直就是被广告行业耽误的歌手呀！"顾筱担忧地看着她："祝你好运吧，但要提醒你的是，徐姐也报名了哦。"

"徐姐……徐慧啊？唱得很好吗？她唱通俗还是民族？难道是美声？"章可可以为自己受到了另一位专业种子选手的挑战。顾筱回过神来，心想章可可刚来，不了解情况也正常，自己还是别把话说死。于是说："我不太懂，反正你到时就知道了。"

章可可没有多问，也不再多想，毕竟这些天她正被收发文件的工作烦扰着。收文件还好，只需把内部或外部的来文登记归类，再递交给指定人员传阅或处理即可，但发文就没那么好搞定了。虽然已经把公文书看过几遍，每发一文，也会反复核对公文的格式和内容，但章可可还是感到"压力山大"。因为发文内容来自不同的部门，他们大多不擅长文字，只负责提供"素材"，而如何表述清楚、措辞得当便都是章可可的事情了。

就拿发函来说，部门往往只提供一堆大白话，而这份函件却是要摆在政府某职能部门领导的案头上的，一句话没写得当就会影响集团的形象。虽说袁秋霞会把关、主要领导也会审阅，但章可可不想让他们觉得自己是公文小白，尤其是因会议纪要事件背锅后。为了证明自己，她只好谨慎再谨慎。

今天这个函件就让章可可费了不少功夫，明明是和业主商讨因停工造成的经济损失的事宜，项目部写得跟下级向上级汇报申请一样，满篇的"特此报告""请求批准"。章可可看得鸡皮疙瘩掉一地，还得搓着鸡皮逐字逐句地帮他们改。改好后，为确保没有影响到函件本体，章可可专门发给该项目的项目经理一份，让他核对下内容。谁知半个小时后，这个正好在机关办事的项目经理亲自来到502办公室，对着章可可张口便说："你就是新来的吧？那个函件你不能这么改！"

章可可有点发愣，她心想：难道你就是这篇谄媚口水文的作者？不过她还是克制住自己，一字一句地说："我不太懂你的意思，能说具体点吗？"

项目经理倒是笑了，一副洞察事态的表情："小美女啊，你刚来不了解情况。我们项目体量很大的，所以在表达方面嘛，嘿嘿，需要对甲方客套一点，让他们能感觉舒服点嘛。这些话我可是琢磨了好久，结果你全给我改了，那哪儿行啊！""但是经理，你这样写是不符合公文要求的。就拿题目来说，我们和甲方是平级关系，所以文体是函，题目应该是'关于什么什么的函'，而不是'关于什么什么的报告'，报告这种文体是出现在上行文里的。"章可可耐着性子，一板一眼地解释道。

项目经理或许没料到这个新来的小姑娘竟敢跟自己叫板，语气激动了起来："哎呀你按照我说的写就行了嘛，你了解情况还是我了解情况？把事情说明白不就完了吗？管它是什么文！"章可可望着面前这个唾沫四溅、蛮不讲理的糙汉子，心里的气已经冲到了嗓子眼儿。

顾筱见章可可脸色有些不对，忙插嘴帮腔道："于经理啊，我们办公室的工作就是要将每一份发文按照公文的格式进行修改，以体现我们集团的严谨，还希望你能理解。如果不符合规定，上面领导也会退回来的。"

"退回来了再说！"项目经理大声说道，"之前的函件只盖集团的章，不用你们改，就没这么多的事。要不是这次对方非得要求红头文件，我才不走 ERP 程序呢。什么事经过机关就绕来绕去的，特别麻烦！"

"于经理，那既然经过了我们，我们就要为公文的规范负责，你的原稿我的确交不上去。"章可可冷淡地说了句。项目经理不屑地看了章可可一眼："呵呵，我还是直接找袁主任吧。""嗯，好的，你请便。"章可可爽快地说。

待项目经理愤愤离开 502 室后，顾筱不安地问章可可："你怎么就让他去了？要是他在主任那里瞎告你的状怎么办？这个经理可不好惹啊。""他和主任私下有关系吗？"章可可奇怪地问了句。顾筱眼神一闪，她不明白章可可为什么会和她谈论这样"稍有深入"的事情，但还是实话实说："好像没有吧，袁主任是从交通建设集团调来的，而于经理一直在咱们集团，没觉得他们熟。"

"那就没问题了。"章可可望着顾筱舒了口气，"放心，他会再回来的。"

过了大约半个小时，项目经理再次走进 502 室，脸色果真有了些变化："那个，小章啊，改完了赶紧走流程吧，我这边等着要用。"说完便匆匆离开了。

顾筱瞠目结舌地看向章可可，见她正挑着眉冲自己笑："怎么样？预测准确吧？""你怎么知道主任不会找你的麻烦？""那你就要搞清楚，对主任来说什么更重要。"章可可说，"主任的确很喜欢挑人毛病，特别是对我们俩。但是这件事呢，于经理针对的不是我，而是部门的工作。袁主任作为部门领导，在理由站得住脚的情况下，肯定会首先站在部门的立场一致对外的，对她而言更重要的显然是我们部门的利益。不然出了问题她也脱不了干系。"

"有道理啊。"顾筱点点头，"除非她和于经理关系极好。但即使这样，我估计她也只是帮着于经理说你一顿，文件该改还是会改的。"

"所以啊，很多领导在解决的问题其实都是面子问题。他们太爱惜面子了，也太怕丢面子了。"章可可说。顾筱没再接话，她最后说出的那句已经把自己吓了一跳，对于初来乍到、不知底细的章可可，她觉得自己刚才说得有点多了。

就在这时，袁秋霞像什么事都没发生一样微笑着走了进来，对顾筱和章可可说:"周五晚上都没事吧?我们要和工程管理部搞一次部门联谊,时间初步定在周五。我和吴经理商量着,饭后我们一起去 KTV 唱个歌。这不是歌咏比赛要部门选人吗,那天就算是初选摸底了,你们一个都不许提前跑啊。"

章可可得知消息,第一时间给魏燎去了微信:"听说了没?我们两个部门周五要聚餐,还要一起唱歌!怎么办?我可不想揭发你五音不全啊,哈哈。"

"你不用揭发了,我们部门同事都知道的。倒是你,到时候唱点能驾驭的,要是像上次一样把《野子》吼得支离破碎的,神仙都救不了你。"

看到魏燎的回复,章可可忍不住笑了起来。

[27]

部门与部门之间的联谊聚餐一直是集团的传统节目,集团甚至会每年给部门发放一笔"社交费",供部门之间联络感情。综合办公室和工程管理部平时业务往来不算多,但由于两个主管——袁秋霞和吴宏,都属于能言善道、机敏热情之人,大家也都还算融洽。

周五下班后,两个部门共八个人,在集团楼下会合。工程管理部除去正在出差的两人外,共来了三人,分别是经理吴宏、副经理魏燎和内部资料管理员郑姗姗。魏燎今天刚从远征项目出差回来,手里提着一个黑色公文包。

见人到齐了,吴宏拍了拍衬衣袖口的灰尘,沟壑明显的脸上堆满笑容:"我可是紧赶慢赶地从项目部跑回来的,袁主任,这态度值得肯定吧?""哈哈,那当然!"袁秋霞立即回应道,"吴经理怕是为了赶着回来看我们办公室的美女们的吧。""我是专门回来看你这个资深美女的哦！"吴宏哈哈笑道。

袁秋霞转过身对同部门的人打趣说："吴经理的嘴巴可是甜得出了名的，你们要当心他的糖衣炮弹哦。对了，我们部门小章是新来的，你们应该都还不认识吧？"没等袁秋霞把自己推出去，章可可已经举起右手，一副恭敬的模样说："各位好，我叫章可可，现在负责文秘相关的工作，今后还希望各位领导支持我的工作呀。"

"哦，你就是新来的文秘啊，上次中层会议是你通知的吧？"吴宏含笑望着章可可。"呃，是我……对不起啊，吴经理，上次我太大意了。""哈哈，没事的，你初来乍到，犯点小错误很正常嘛。我是习惯开会都把材料带上，所以那天很淡定。但其他领导可都比我忙，一忙就容易忘事儿，所以下次还需要你多提醒一下哦。"吴宏大度地说。

章可可松了口气，但她也隐约从吴宏的话里听出了别样的内容，说是宽容原谅她，实则酸了不少人，突出了自己的敬业。这个吴经理看起来友善大方，所以章可可不好妄下这"贬人夸己"的定论。

一行人分为两路，打算去商业区的一家新派川菜馆，一是因为距离集团近，口碑也不错；二是因为商业区里有地铁站，大家吃完回家都很方便。

袁秋霞和章可可、顾筱，还有郑姗姗上了魏燎的车，其余人在吴宏车上。至于为何袁秋霞不在吴宏车上继续愉快交谈，据她的解释是："我们家正准备换一辆SUV，魏燎这辆沃尔沃XC60也在考虑范围内，所以先试乘一下。"

一上路，袁秋霞就聊开了，从魏燎这次出差的辛苦，谈到部门之间的默契配合，之后又谈到了魏燎的个人问题。她语重心长地说："魏燎啊，你也快三十岁了吧？""二十八岁，袁主任。"魏燎心里生起一股不祥的预感。"有女朋友了吗？""呵呵，还没有。""是要求太高了吧？"袁秋霞露出知心大姐姐般的笑容，这笑让坐在旁边的章可可毛骨悚然。她在心里暗自偷笑，想看魏燎会怎么应付。

"袁主任，你可不知道，我们魏经理要求可高了。"旁边的郑姗姗倒开口了。"哦？怎么说？""姗姗，小心说话啊，你也有把柄在我手上哦。"魏燎从车内后视镜里瞪了郑姗姗一眼。郑姗姗笑得更起劲了："上次我们去参加一个项目的开工仪式，开发商脑洞大开，找到了一个女子啦啦队跳操，个个穿着性感、前凸后翘。但魏经理呢，人家居然全程在低头看工程材料。我提醒他看那些女生的身材，可他倒好，抬头瞥了一眼，认为我'大惊小怪'，我也是服了。"

全车人都乐了，郑姗姗接着说："所以啊，我觉得魏经理的要求肯定很高。""姗姗，这你就不懂了吧？我的意思是，女人的魅力不在外表，内涵才是能最终吸引别人的要素，包括性感，也应该是由内而发的。"魏燎笑着解释说。

"看来魏燎是个很理性的人嘛。"袁秋霞说。"过奖了袁主任，"魏燎说，"只是不想浪费时间，谈一些没有结果的感情而已。"

"不试怎么知道没有结果呢？"章可可忍不住插了话。魏燎从后视镜里看见章可可正坏笑地盯着他，好笑地说："我不试也知道。"

"对了，魏燎，"袁秋霞恍然大悟般想到，"吴心妍比你小两三岁吧？怎么没考虑她呢？那可是个乖巧的女孩儿啊，不是听说不少人都给你们牵过线吗？"

"吴心妍是谁啊？"章可可小声问顾筱。"市场营销部的，吴经理的女儿。"顾筱答。"啊？"章可可倒抽一口冷气，原来主任在这儿等着呢。

"呵呵，袁主任，我和心妍是朋友。"魏燎说道。"但听说她对你的印象还挺好的。"袁秋霞说。"对呀，袁主任，我也听说了。不只是她，其实集团好多女生都喜欢魏经理呢，上次运动会，给他送水的……""姗姗！"魏燎止住了郑姗姗的话，"别乱说话啊，那是工会的同事给我拿的。"

　　见魏燎不想谈论这个话题，袁秋霞和郑姗姗都住了嘴。章可可心想，好你个魏燎，这么多八卦我都不知道，存心瞒我的吧。顾筱心里更是疑惑，他一次次强调自己是单身，那电话和送礼物又是怎么回事呢？算了，还是少管别人的闲事。

　　晚上的聚餐很是愉快，大家你来我往、觥筹交错。虽然是新人，章可可也没闲着，她已然在不长的社会历练中，对酒桌上的套路驾轻就熟。好在这一方面，集团的人比章可可想象中要好对付，桌上并没发生为领导挡酒的身不由己，以及被同事灌酒的有苦难言。大家客客气气、和和睦睦，你一口我半杯地联络感情，目的很单纯。

　　敬酒到郑姗姗时，章可可说："郑姐，我是新来的，今后还请你多多关照。""这么客气干吗，一定的！"郑姗姗说，"不过啊，叫我姗姗姐吧，别叫郑姐啦。""啊？为什么呢？"章可可不解。"你不觉得姓氏的后面加'姐'字，会把人叫得很老吗？"郑姗姗笑得很开朗，酒气从有点掉色的嘴唇里飘了出来。章可可反应过来，赶紧说："哦，是这么回事儿，好的，姗姗姐。"

　　章可可把杯里的大半杯啤酒一饮而尽，喝完看见郑姗姗只喝了一小口，不觉心里起了点皱，心想我都整杯干了，你留着半杯养金鱼呢！真不知是不通人情世故，还是懒得给自己面子。后来的事实证明，郑姗姗属于后者。当她主动敬袁秋霞酒时，给自己倒了个满杯，痛快地喝完了，并且微笑着展示了一下自己的空杯。章可可装没看见，内心冷笑了一声，夹起了自己面前一只超大的螃蟹腿。

[28]

顾筱硬着头皮把工程管理部的几个人敬了一圈，正准备坐下来吃点东西，袁秋霞对她说："让服务员再拿箱酒进来。""可是，这还剩两瓶没喝呢，看大家也差不多了。"顾筱说。

"让你去你就去吧。"袁秋霞转而对吴宏和魏燎说，"吴经理，魏经理，明天就周末了，难得今天这么高兴，你们两位也都喝点儿吧，待会儿找代驾就是了。"

魏燎笑着望了望吴宏，吴宏也看着他："要不，咱们就喝点？"魏燎说："行啊，就按吴经理的意思来。"顾筱心领神会，走出了包厢门。

于是，新一轮的战局拉开，吴宏带头把综合办公室的人敬了个遍，又被回敬了一圈。魏燎也紧随其后，气氛再一次热烈起来。"再去敬一圈吧。"袁秋霞对身边的顾筱说。顾筱面露难色，但看到徐慧、李慕心包括章可可都在"第一线"上，也只得往自己杯子里倒上酒。

魏燎敬完徐慧后，发现章可可正坐在自己的座位上和郑姗姗聊得火热，于是坐到了章可可的位子上，正巧听到了袁秋霞对顾筱的"游说"。或许是不喜欢见到别人为难，魏燎主动端起酒杯，对顾筱说："顾筱，我得跟你喝一个。"

顾筱露出疑惑的神情："我？为什么？""感谢你帮我挑的衣服啊，众人评价还不错。"魏燎压低了声音说。"哦，呵呵，魏经理别客气，你要是今后再选衣服，我愿意效劳。"顾筱脱口而出，但紧接着却觉得有点不好意思。人家又不缺帮忙挑衣服的人，自己干吗还往前面凑。

"好啊，那就这么说定了，今后你当我的置衣顾问。"魏燎笑着说。顾筱也笑了，她明白魏燎也就这么一说，所以也就随意附和着，毕竟酒桌上的话，哪能认真呢？

饭后，一群人热情高涨，到了附近的KTV。酒喝到位了，自然也就放得开些，不过没人喝醉，大家都知根知底，知道这帮人喝高了既没便宜可占也没趣味可图，于是都见好就收。

　　这些人年龄跨度快有三十岁，所以曲风自然不同。吴宏和袁秋霞是主旋律风，徐慧是邓丽君、杨钰莹风，剩下的就是当代流行风了。主旋律风的两位积极性很高，首先开嗓，同时极力鼓动年轻人多多点歌。

　　章可可总算见识了徐慧"种子选手"的水平，客观评价，虽然徐慧音调不左、声音很甜，但章可可自信徐慧不是自己的对手，特别是气息和乐感，她总觉得徐慧唱歌时，像是有谁在掐她的喉咙。

　　徐慧每唱完一首歌，袁秋霞总会来个一句话点评："这首比原唱还好。""你唱那首更好听。""这首歌唱出了不一样的味道呢。"章可可也不甘示弱，从柔情的《漂洋过海来看你》，唱到节奏感强的《爱要坦荡荡》，甚至唱了对于女生而言很不好驾驭的《浮夸》，连魏燎都暗自为她捏了把汗。而章可可每唱完一首歌，哪怕自我感觉再好，袁秋霞都没什么反应，最多说一句："现在年轻人喜欢的歌，我们都不太懂啦。"倒是工程管理部的几个人一直在称赞叫好。难道主任只听杨钰莹的歌？章可可疑惑地望向顾筱，见顾筱微笑着对她竖了竖大拇指。

　　工程管理部早已定好了郑姗姗为参赛人选，本来吴宏想自己上的，奈何最近出差事务繁忙，怕时间不好掌握，不得不忍痛让贤。而综合办公室参赛人选一直没定，袁秋霞始终没表明态度，其他人也不敢多问。

　　预定的三个小时还没到，袁秋霞和吴宏便称有事先走了。吴宏走前嘱咐魏燎要留到最后，照顾好办公室的同事。没过多大一会儿，徐慧、李慕心和郑姗姗也以各种理由告辞，大包间里只剩下了三个人。

　　魏燎和顾筱属于整死也不开嗓的类型，章可可实在唱不动了，到了中场休息，边抱着果盘吃边问顾筱："你觉得我和徐慧，谁唱得比较好？""你比她唱得好多了！"或许是酒意还没退去，顾筱将实话脱口说出。难得在顾筱嘴里听到态度如此鲜明的评价，章可可趁机问："你是认真的？那你觉得我能选上吗？""谁唱得好，不能再明显了吧？除非耳聋。"但停顿了一下，顾筱又补了一句，"但还真有人会耳聋。"

受伴奏音乐的影响，顾筱的后半句话章可可没有听到，她愈加兴奋，放下所剩无几的果盘，跳到屏幕前继续戳戳点点，随后跑到顾筱身边拿话筒："我再给你唱一首歌，他们在的时候我没敢唱，因为唱这首歌肯定会破音，我怕主任听了不选我了，哈哈！"

前奏响起，顾筱一看屏幕，是张惠妹的《也许明天》，这首歌好像很红，但顾筱没专门听过。旁边的章可可已经站了起来，喝了口水又清了清嗓，双腿分开站稳，似乎唱之前需要下定决心、摆好架势。

魏燎看了看认真望着屏幕的顾筱，坏笑了一下，为她的耳朵默哀一秒钟。

> 海一望无际，
> 看不见终点在哪里，
> 深邃又吸引，
> 我的心。
> 我就在浪里，
> 飘飘荡荡爱有时忽高有时低，
> 推着我向前，
> 每一天。

不知为何，第一句歌词就让顾筱很受感动，像有一根不知何处而来的针扎进了她的心窝。章可可的前半部分掌握得很好，在唱腔上甚至形成了自己的特点和意境。但渐入副歌，高音慢慢跟不上，章可可索性开始随性地"吼叫"。虽说音准飘忽不定，但也恰好和这首歌撕心裂肺的词曲风格相得益彰。

顾筱起初觉得既尴尬又好笑，但渐渐地她开始安静地听着，哪怕章可可的音破到了九霄云外。她的鼻子不知何时开始发酸，很快就已无暇顾及章可可飘忽不定的唱功了。顾筱心想：随它去吧，反正自己已经莫名其妙地泪流满面了，只要在曲终之前擦干净就好。

无意发现顾筱的眼泪的魏燎内心受了些奇怪的触动，他很难理解这个女生究竟为什么掉泪。谁知道呢？人本来就是隐秘而复杂的。

从 KTV 出来，魏燎安排着大家回家的方案。为避免暴露，章可可主动说："我家比较远，我叫个专车就行了。"魏燎说："你家在哪个方向？"章可可说了大概的方向，岂料魏燎回道："那一起走吧，我家也在那个方向，先送你回家。顾筱，你家住哪儿？"

"我家也在那边，但是……我得先去市一院接我弟弟。他脚受伤了，今天下了晚自习去医院换药，时间合适，我答应去接他回家的。"顾筱说，"你们就别管我了。"

"你弟弟好些了吧？"魏燎想起上次在医院的碰面。

"好多了，年轻人恢复得很快。"顾筱答。

"这样吧，"魏燎说，"反正都一个方向，我们先去一院接你弟弟。他脚受伤，你一个人怎么行呢？把你们送回家后，我再送小章回家，可以吗小章？"

"啊？可以啊，我没问题。"章可可反应过来，对顾筱说，"是啊，先把你和弟弟送回家吧。"

[29]

顾筱不好推辞，便答应下来，这时魏燎叫的代驾也到了，于是三人上车先去一院。在车上，顾筱悄悄给顾腾发了条消息：我有两个同事会一起来，周泽阳和升档的事情千万别说漏嘴了。

在医生值班室里，顾筱找到了正疼得龇牙咧嘴的顾腾。顾腾看见了姐姐身后的两个陌生人，瞬间做好表情管理，镇定地问道："姐，这两位是？""哦，他们是我的同事，魏燎哥哥和章可可姐姐。"顾筱答道。

"哦，哥哥姐姐好。"顾腾乖乖地打招呼。魏燎和章可可都冲他点头问好，魏燎问道："你的脚怎么样了？""踢球扭伤的，之前以为是骨折了，吓坏了，还好不严重，只是要拄一段时间拐了。"顾腾笑着指了指靠在旁边墙上的一根拐杖。

顾腾已经换好了药，顾筱忙走过去。"我来吧。"魏燎上前扶住顾腾的左胳膊，右边的拐杖再一支撑，顾腾便被架了起来，身高已和魏燎差不了多少了。顾筱则抱着他的书包和一个摄影包。

章可可看到了，问顾腾："你在学摄影？"顾腾回头看了看她，说："是啊，我打算考编导专业，不过这相机是找我同学借的，我可没钱买。"顾腾的话让顾筱多少有点窘意，倒是章可可开口说："你要喜欢摄影，我可以借你相机啊，我好多朋友都是干这行的，可以介绍给你认识。""真的吗？那太好了！"顾腾的眼睛闪着光。

顾腾坐在副驾驶，其余三人坐后排。车上，顾筱一再对魏燎和章可可表示感谢。魏燎说："谢什么，顺路而已。你对你弟弟真好，喝了那么多酒还想着来接他。"

"姐，你喝酒了？"顾腾有点惊讶地问。顾筱点点头说："没喝多少。"顾腾哈哈一笑，对魏燎说："我姐当然好，今后谁娶到她真是赚到了，不过得先过我这关才行。""得先你姐喜欢才行吧？"

章可可打趣说。

"可可姐，你是不知道，我姐的择偶眼光不行，看男人还没我看得准呢。"顾腾脱口而出。顾筱吓了一跳，忙恐吓道："顾腾，下个月零花钱你还要不要了？""没事没事，我给你零花钱，说吧，她怎么看人不准了？"章可可八卦之心难挡，顾腾受到姐姐充满杀气的眼神威胁后，识趣地简要言之："其实也没什么，就是老找不着真心疼她的人。"

章可可听到这个明显缩水的答案有点泄气，不过她还是对顾筱说："那可不行啊顾筱，女人在爱情上千万别妥协。你想啊，要过一辈子呢，要是他对你的感情掺了水，过不了几年就经不住诱惑啦。"

"章可可，你似乎很懂嘛。"魏燎坏笑地望着她。章可可趁机倒打一耙说："要我说，魏经理一看就是真心疼爱女朋友的好男人啊。""嗯，我也觉得魏燎哥你不错哦！"顾腾竟在一旁帮起腔来。

"我说顾腾，你找打是吧？这一车的人都喝多了，就你一人清醒，还说胡话。"顾筱对弟弟实在无可奈何。

"好吧好吧，不过，我姐酒量不行，之前还因为帮夏夏姐挡酒，全身起了大红疹子呢。"

"夏夏？"魏燎疑惑地问顾筱，"是工会的夏夏？""嗯。"顾筱不好意思地点头，转而对顾腾说，"你别添油加醋啊，只是有点过敏而已。""过敏而已？"顾腾越说越激动，"哪有过敏到医院输两天液的？"

"怎么回事啊？"章可可也感到很好奇。顾筱无奈地望了一眼顾腾，说："去年和夏夏一起去贵阳的远征项目出差，那边的联营方喝酒特别凶，根本没在干杯，都是拿碗倒满。当时夏夏刚怀孕，不能喝酒，但她不想让其他人知道，所以一方面我们说她身体不太舒服，另一方面我也帮她挡了些。哪知那边的酒很烈，我第一次喝得那么难受，第二天回来后，直接就进医院了。"

"看不出来呀顾筱，"章可可拍拍顾筱的肩，"你还挺有侠肝义胆的！"顾筱微微一笑，说："这算什么呀？比起夏夏帮我的忙，这太微不足道了。"

"夏夏的确很优秀，不管是能力还是人品。"魏燎说道。章可可更加好奇了，忍不住说："哎呀，你们简直吊我胃口，被你们这么一说，我好期待见到她呀！她的产假什么时候休完？"

顾筱歪着脑袋想了想："应该快了吧，呵呵，你应该很快就能见到她了。"

"你还是先干好自己的工作吧。"受酒精的影响，魏燎今晚说出的话也少经了一个脑回路。说完后，他才发觉刚才的话太过亲近和随意了，毕竟在其他人眼中，他和章可可今天才第一次私下接触的。

这句话的确引起了顾筱的注意，但她是一个不愿多想的人，特别在今天这样一个放松又有几分感慨的周五晚上。于是，她只是半开玩笑地接了句："魏经理似乎对章可可挺操心的呀！"

"我这个人啊，估计谁看到都要操心，连才跟我喝了一次酒的魏经理都忍不住了，哈哈。"章可可靠在椅背上笑了起来，她身后垫着的，正是她硬塞进魏燎车上的哆啦A梦抱枕。

车又行驶了大约十分钟，章可可看到前面有一个还算热闹的路口，于是对司机说："师傅，请在前面的天桥下停一下。"然后对魏燎和顾筱说："我家就在这附近，那我先下车了。"魏燎很快明白了她的用意，对她说："注意安全。"

临走前，章可可对顾腾说："小子，你要是真喜欢这一行，就一定要来找我，我让我朋友领你上道！""好嘞！你们人太好了，我要把你和魏燎哥的电话都存上！"顾腾伸出左手给她夸张地敬了个礼。

魏燎把顾筱姐弟送到小区门口便回了家，没过多久章可可也回来了，开口便像发现同伙机密似的问魏燎："听说明里暗里向你示好的女同事不少啊，你怎么从来不告诉我？""告诉你干吗？让你帮我摆平？"魏燎淡淡地回应。"那我告诉妈去。"章可可转身就走，这下轮到魏燎急了，他一把拽住妹妹，露出得逞的笑容："那我请潘攀明天到家里做客怎么样？"

章可可咬着牙深吸一口气，边指着魏燎边频频点着头："你，够狠！"

"承让承让。"

[30]

和魏燎斗完嘴，章可可回到房间，径直倒在床上，这似乎已经成为她的惯性动作。心里的汹涌还在持续，说不出是解脱还是懊悔。

大概半个小时之前，章可可刚到小区门口，便看见潘攀从另一边走了过来。章可可立即加快脚步，还是被更快赶上的潘攀抓住了："还在生我的气？"潘攀一米八的海拔，低着脖子迎合一米六的章可可。

"我不想看见你！"章可可一把甩开他的手。潘攀继续好脾气地说："我妈就是那样，爱说两句，你千万别介意，我是站在你这边的。"他挪到了章可可面前，"而且我爸妈打算去加拿大了，但为了你，我不会去的。"

章可可抬手使劲推开潘攀靠拢的胸口，嚷嚷道："干吗不去？你去啊！那里地势开阔、空气清新、洋妞性感，你去走向巅峰、光宗耀祖啊！"潘攀顺势抓住她的手，笑嘻嘻地说："词儿倒还挺多的，但我不能离开你啊。"章可可再次把他推开，依然气呼呼地说："我就这么失败，需要你来可怜我、援助我？没你我活不下去是吧？""我不是那个意思。"潘攀解释着。"潘攀，我再认真跟你说一次，我现在不需要任何人的可怜，哪怕我现在什么都不是，也是我自己的选择。"章可可说完就往小区走去。

潘攀看着章可可的背影，揉了揉发疼的胸口，无可奈何地耸了耸肩。他冲章可可大声说道："可可，你重新开始可以，但为什么一定要撇下我呢？你这样对我，我的心也是会冷的！"章可可停了下来，但没有回头，只扔下了一句："那不正好吗？"

潘攀眼眶憋得红肿，他没料到章可可这次会这么决绝，只能咬着牙说："你是不是不爱我了？"章可可没有回答，继续往前走。潘攀无奈地又喊："好吧，如你所愿，我们分手了！"

虽说睡懒觉是对周末最大的尊重，但章可可已经很久没有睡过懒觉了，反倒是到建设集团上班后，周末才总算过出了周末的样子。

章可可一觉睡到了下午两点，其间魏太太进来叫吃饭，她甚至连眼睛都没睁开。她做了一个纠结绵长的梦，梦里有怪物在身后追她，她拼命摆动双腿，却怎么也跑不起来。潘攀在旁悠闲地骑着自行车，却并没有发现她。

"你们单位很忙吗？瞧把可可给累的。"回到饭桌前，魏太太嗔怪地问已经落座的魏国安和魏燎。父子俩相互望了望，魏燎笑说："不是累的，是懒的。"

最终把章可可吵醒的是一个电话，她迷迷瞪瞪地从床头柜上摸到手机，"喂"了半天才发现没有按接听键。是一个陌生号码。"你好，请问是章可可吗？我想问一下你们的工作室还在接业务吗？"对方是女声。章可可瞬间清醒："呃……我们……还在接，你是要拍片子吗？"章可可迅速坐了起来，用手揉搓着睁不开的眼睛。

梦境还很清晰，潘攀的侧脸像和平鸽的翅膀，在章可可的瞳孔里忽闪。她不知道是什么让她对潘攀如此绝情，只觉得自己突然失去了自信，一种能对他吆五喝六、任性妄为又不会担心他离开的自信。

打电话的人没有在电话里说明，而是要求面谈，当天晚上，两人约在了市中心的一个咖啡馆。看着对面坐着的年轻女生，章可可开口便问："你们需要怎样的片子？企业宣传片？""呃，算是吧，就是宣传片。"对方答道。"好，对剧本有什么要求吗？"章可可接着问，对方又愣了一下，回道："应该不需要什么剧本吧，但我不知道你们的规矩，所以有没有剧本你们定。"

章可可有点疑惑，企业宣传片不要剧本？她转而问道："对了，你怎么知道我的？"

"是方方介绍的，董卓方。"

兜了一圈，章可可算是有点明白了，她直接问对方："那你们要拍什么？""哦，是这样，我们是培训公司，最近有个打板的系列讲座，请的都是有名气的人，所以想请你们工作室帮忙录像，要求不高，把主讲人和说的话录清楚就行了。"对方解释着。

章可可有点犹豫，这是个简单又有收益的事情，但因为自己以前主要负责策划和文案，机器方面其实很弱。但她又不想失去这个机会："没问题，请把时间和地点告诉我。""嗯，好。"对方点了点头，补充道："其实说实话吧，董卓方告诉了我你们的事情，她是为了让你能多接点活儿。她也是为了你好，说你现在在低谷，朋友能帮一把算一把。"

章可可心里五味杂陈，如果换作以前，她一定会觉得有点伤自尊。但自从离开工作室，她好像越来越看不起"自尊"这个玩意儿了。送走了客户，她给董卓方发了一条微信表示感谢。

晚饭实在没什么胃口，也不急着回家，她想在街上随便走走。

拐过一个街口时，章可可发现对街的人行道上，站着一个熟悉的身影，认真辨识后，她确定是顾筱。在顾筱身前，还站着一个男子，高高瘦瘦，也有几分似曾相识。待男子转过身来，章可可看清那人竟是周泽阳。

顾筱和周泽阳今晚在这附近吃饭，桌上谈论起嫁娶之事，周泽阳仍是一副事不关己的态度。顾筱已不想再和他兜圈子，如果说之前的一再妥协是因为希望能在集团有个支撑，那么现在的动摇则是因为接触越久，她越觉得周泽阳根本无法依靠，与其如此，不如当断则断。

顾筱放下筷子，对周泽阳说："泽阳，我谈恋爱必定是以结婚为前提的，且不说我们是否合适，但起码谈到婚姻时，我希望你是在认真考虑的。"

"你我年纪都不大，干吗这么急着结婚？多玩两年不好吗？"周泽阳还是一如既往的说辞。"不好，在有些问题上，我们本身就有分歧，如果你连更进一步都没考虑过，那我们的感情是没有未来的。"顾筱认真地说。

"那你说怎么办？"

"如果没什么希望，不如好聚好散。"

"今天是怎么了？"周泽阳也停下筷子，含笑望着顾筱。

"没怎么，就是觉得很累。"

吃完饭出来，周泽阳说要送顾筱回家。"不用，我自己回去，也请你好好想想我们之间的关系。"顾筱说完便要走。

周泽阳望着顾筱，冷笑一声，突然抬高了嗓门："顾筱你装什么装！这两年我亏待你了吗？还有你妈，赶着投胎似的想把你嫁给我，不就是图我家的钱和权吗？你是希望我让全集团的人都知道你妈心里的算盘？"

"你……"顾筱被气得说不出话来，"这两年相处的花费，我们向来都是 AA，我没欠你什么。"

"你没欠我，那你家人呢？我没给你妈买过衣服？"

"周泽阳！你不要欺人太甚！等我知道的时候你已经买了，如果这你也要计较，行，我如数还你！"

章可可目睹了那一幕，虽然听不清争执内容，但脸红脖子粗的状态是错不了的。天哪，难道他们居然是……章可可总算解开了之前产生的一些疑惑，不过在她眼里，顾筱和周泽阳完全就是小红帽和大灰狼的角色设定嘛。

[31]

章可可正想着，周泽阳却已经不见了，只留下顾筱埋着头蹲在地上。

章可可过马路走到顾筱身边，低着头若无其事地问："嗨，你好点了吗？"顾筱被吓了一跳，茫然地抬起头，发现竟是章可可，立马站了起来，满脸的泪痕也没来得及擦。

"你……你怎么在这儿？"顾筱问。"我路过的，不小心看到了，对不起啊。"章可可赶紧解释。"没关系，但是……能不能帮我们保密？""你们？难道你还想维持和他的关系？我前几天还看见他搂着一个女孩进商场，你真不知道他是什么样的人吗？"章可可心直口快，一句话没收住，什么都说了。

顾筱一时无措，只好尴尬地解释道："也许是他妹妹吧……""妹妹？又摸腰又捏屁股，我没见过谁对妹妹这样的。"章可可愤愤答道。

"这是我的事，我知道该怎么做……"顾筱淡淡回应。章可可觉得自己简直是自讨没趣："我当然没权利干涉你，只是想不通你为什么会找那样的人。""因为你不知道我在集团有多辛苦！"顾筱提高了嗓门，接着说，"我已经三十岁了，只是个小职员，也没有可靠的关系，找个内部的，起码能有个照应。"

章可可惊讶于顾筱突然的坦白，但还是不忍看她这么执拗："你要知道，不幸福的家庭也是很可怕的，你真觉得他靠得住吗？""我这不还没抓到他的把柄吗？"顾筱无力地笑笑，"或许我只是少一个死心的理由吧。"

章可可没把偶遇顾筱的事情告诉魏燎，一方面估计魏燎对这种八卦情事不感兴趣；更重要的是，答应了顾筱替她保密，她不敢轻易食言。

时至六月下旬，章可可迎来了入职以来最重要的一项工作：集团的年中工作总结。由于是第一次写，顾筱手把手地教她：怎么给各部门发通知、什么时间内收齐各部门的总结、采用怎样的结构来写，以及怎样筛选各部门的内容重点等。

章可可原本以为就是简单的归纳总结，但两天后彻底转变了想法。当一个产值数据经三个部门核实、每一个专业术语都要打电话再三确认后，她感觉这样的文字写作完全不同于她之前的行云流水和灵光一现。公文需要的或许不是文采和技巧，而是能向阅者传达掷地有声的内容。章可可感到这篇总结责任重大，正是她近期最关键的展现机会，于是一有疑问就赖着顾筱，顾筱也不嫌烦，耐心给她讲解。

周泽阳还像以前那样，把财务部的总结直接传给了顾筱。顾筱打开文档，深深吸进一口冷气。

"顾筱，只有财务部还没交总结。"章可可边检查错别字边说。"哦，周泽阳交给我了，但是……可能你写起来有点难度。"顾筱说。"怎么了？"章可可走到顾筱旁边，望向她的电脑屏幕。在顾筱打开的那个文档里，只有主要经营数据，也就是说，通知里明确需要提交的部门工作亮点、存在问题和下一步工作计划这几个方面，周泽阳一字没写。

"他怎么能这样？"章可可气不打一处来，"我通知得很明白，而且后面这几部分是最占篇幅的，他不可能让我给他写吧？""之前的确是我帮他写的。"顾筱表情很无奈，"对不起啊，可能他养成习惯了，我马上跟他说。"

顾筱在QQ上给周泽阳发消息："这次的年中工作总结是章可可在负责，你交来的东西肯定不行，再补充点内容吧。"

周泽阳也很快回了话："我以前不都是这么交的吗？""之前是我在负责，可以帮你添些内容，但章可可初来乍到，你把分内事推给她，不好吧？"顾筱说。

"那你就帮我跟她说说，帮我随便加几条亮点得了，网上资源多，回头我请她吃饭。"顾筱正为这句话头疼，谁知更头疼的话在后面："实在不行，你帮我写了交给她。"

顾筱瘫在椅子上揉着发涨的脑壳，章可可看出了她的不对劲："你怎么了？周泽阳什么时候交总结？""他让我帮他写。"顾筱叹了口气说。"什么？他也太不要脸了吧！"章可可愤愤不平。

"要不，我先帮他写了，你不是明天就要交领导审批了吗？我怕拖延你时间。"顾筱说。"不行，有了第一次就有第二次，不能助长他的嚣张气焰。不然今后只会有更多事压在你头上！"章可可坚决反对。"那怎么办？他肯定会怪在我头上。"顾筱隐隐担心。

"顾筱，你醒醒啊。"章可可开始语重心长，"你不觉得这个男人根本就是你的拖油瓶吗？你自己过还轻松一点吧，干吗非给自己找这么大一个不痛快？"顾筱沉默了，半晌才说："但现在要跟他闹掰，他会不会报复我？""这事你别管了，我直接问他。他要还不补充内容，我就原样给领导交上去。"章可可说。

章可可的最后通牒果然把周泽阳吓了一跳，但是他很快就把怒火转移到了顾筱身上。顾筱也早已厌倦了这种受人指使的状态，对周泽阳直言："我也很忙，帮不了你，今后总结你都需要自己写。"那边半天没了回应。

快下班的时候，周泽阳总算把补充内容传给了章可可。"看，还是有效果的吧？"章可可笑说。顾筱脸色却不好："他约我周六见面。""去啊，"章可可望着顾筱，"你怕他对你生气啊？""这次很奇怪，如果换作以前，他早就责怪我了，但今天补充内容后，他竟然一句话也没跟我说。而且周六是他的生日，不知道他葫芦里卖的什么药。"

这件事章可可还真帮不了，只得跟顾筱说："要是他对你生气，你就左耳进右耳出，一味惯着他总不是个事儿。""不，"顾筱的表情冷静下来，"我会跟他提分手。"

[32]

第二天刚到办公室，章可可便听见袁秋霞敞开的办公室里传来隐约的哭声，徐慧和李慕心正"若无其事"地徘徊在走廊上。章可可压低声音问两人："怎么回事？是顾筱吗？"徐慧忙笑了笑说："我也刚到，不太了解情况。"李慕心则没有回答。

没一会儿，李慕心便走进了502室，她从饮水机柜子里拿出几个一次性纸杯，对章可可说："我拿几个杯子啊。"章可可感到奇怪，隔壁难道还差杯子？直觉让她认为李慕心或许意不在此，于是抬起头看着李慕心说："你拿吧。不过顾筱到底怎么了？你知道吗？"

"我也是听说的，主任收到一封举报顾筱生活作风不检点的匿名信。"李慕心果然开始八卦起来。"哦……"章可可点了点头。

过了一会儿，顾筱红着眼眶回来了，却还装作没事的样子继续做事。"信里面说什么了？"章可可憋不住话。顾筱控制了下情绪说："说我乱搞男女关系，经常看到我和不同的男人走在一起，还在单位里勾搭周泽阳。"

太不要脸了吧，章可可实在没想到集团内部的斗争这么龌龊。

"我觉得我还是辞职吧，这里已经容不了我了，我会被唾沫星子淹死的。"顾筱无望地说。

"先别着急啊，事情还没搞清楚呢。"章可可立马劝住她，"你再忍忍，我想想有什么可以解决的办法。""能有什么办法？没有人会为我说话的。被这么一举报，我以后还怎么和大家配合做事？呵呵，我们集团里，最不缺的就是造谣传谣的人才。"顾筱感到前路一片漆黑。

集团内部就像一张四通八达的蜘蛛网，没有什么事情不在网里。匿名信的事经一上午的传播，几乎已辐射到每个办公室。

人在舆论笼罩下往往异常敏感，顾筱开始感觉到每一个角落里似乎都有异样的眼光。章可可也百思不得其解，究竟是什么人会用这么阴险的招数对付顾筱？虽然自己对顾筱同样缺乏了解，但她愿意相信顾筱不是这个样子的。但是，谁知道呢？章可可庆幸自己没有立刻答应为她打抱不平，如果顾筱真有不为人知的另一面，自己也不好收场。

正想着，一个陌生号码来电，章可可迟疑了一下，还是接起来。电话里传来一个熟悉且平静的声音："是可可吗？我是夏夏。"

"夏夏姐？"章可可的脑袋里又冒出了几个问号。

当天下午，集团的职工QQ群里突然跳出了一条消息，确切地说，是一个音频文件。众多职工出于好奇而点开，便听到了来自人力资源部办公室里的对话。

"言欢，那周泽阳究竟喜欢顾筱吗？"

"我表哥怎么会看上她？来历不明，估计没什么背景。关键是，这女人特别土，身上就没一件奢侈品，我哥就是玩玩她，玩够了也就甩了。"

"你哥真够任性的，他就不怕顾筱把他们的事闹得整个集团都知道？"

"顾筱胆子小着呢，她肯定不敢，不过他们已经快分手了。我哥估计觉得他们在一个单位尴尬吧，说会想办法把顾筱赶走。"

音频内容直奔主题，表意清晰，"吃瓜群众"顿时议论纷纷，一副要看好戏的架势。

周泽阳面对电脑脸都青了。蒋言欢则失态地站起来，在办公室吼起来："别以为我不知道你是谁！我哪里得罪你了？"任子琪盯着电脑屏幕，头都没抬。

顾筱听完录音后也惊呆了，和周泽阳隐藏了两年的地下恋情就这样以尴尬的方式公之于众了，但她觉得突然轻松了。

发布音频的 QQ 号，是一个完全陌生的号码，而且是今天上午刚入群的。群管理员是人力资源部的任子琪，她表示："上午的确有人加群，备注写着'新员工'，想到最近的确有人职员工，所以就同意了。"而发布音频没过多久，这个号就已自行退群。

"你说，会是谁在帮我？"顾筱呆呆地望着屏幕。"反正不是我，我差点以为你就是个水性杨花的女人呢。"章可可嘲笑着自己。"没关系，这件事搁谁都会怀疑我吧？毕竟我和同事的交往都不算深。"顾筱淡淡一笑。

"但是夏夏姐没怀疑过你啊，你该好好谢她。"章可可说。"夏夏？"轮到顾筱疑惑了。

在上午的那个电话里，夏夏告诉章可可："那封举报信是有人陷害顾筱的，我这里有一份证明顾筱清白的证据，但我不方便发出来，相信你会有办法的。"

为了避免集团内部查登录地址，章可可联系好邱冬，让夏夏把音频直接传给了邱冬，再由邱冬随便找了一家网吧，新注册了一个 QQ 号加群。

"可是，怎么可能随便加到集团的群里来？而且夏夏是怎么拿到音频的？"顾筱不解。"那你就要好好想想，谁有权通过申请入群的认证，又是谁有录音的可能喽。"章可可说。顾筱想了半天，露出惊讶的神情："啊……任子琪？可是……""据夏夏姐说，音频的确是任子琪给的，也是她抢在其他管理员之前通过入群验证的。只是为什么任子琪会这么做，夏夏姐没有明说，只说有点复杂，以后再解释。"

还想聊点什么，袁秋霞的高跟鞋声响起，她走进办公室来对章可可说："小章，马上跟我到南半湾项目部去，那边要迎接一个检查，有些文字资料需要我们把把关。""哦，好的。"章可可急忙答应，一看手表，已经下午四点了，看来又不能按时下班了。不过入职以来第一次下项目部，章可可还是挺兴奋的。

南半湾项目部就在市区，从集团出发也就一个小时车程。一下车，项目部四十岁出头的支部书记于磊就迎上来，把袁秋霞和章可可往板房里请。"不用了，于书记，时间有限，我们赶紧去现场看看吧。这是办公室新来的小章，今天也带她过来参观学习一下。"

"哦，小章，你好你好！那行，你们等一下，我去拿安全帽。"于磊和章可可礼貌地握手，又急急忙忙跑回了板房里。"项目部几乎都是大老爷们儿，板房里全是烟味，难闻死了。"袁秋霞好像在自言自语，又好像是对章可可说的。

这时，一个拎着安全帽的男生正从工地下来，往板房里走，他冷冷的目光一直注视着章可可。章可可随之望去，只觉那人面熟，却不记得究竟在哪儿见过。不过，这种似曾相识感让章可可心里有点发毛，她极力安慰自己，或许那人是大众脸，乍一看熟悉也正常。

[33]

第一次戴安全帽，章可可摸索了好半天，虽然戴上了，但笨重的安全帽顶在头上仍晃晃荡荡，她不得不用一只手固定着松紧带。于磊带着两人简单参观了项目现场，一路滔滔不绝地做着专业介绍，章可可听得云里雾里。难道主任听得懂？看到袁秋霞表情认真，一直配合地点着头，章可可心生佩服。

待于磊走远了些，章可可小声对袁秋霞说："主任，于书记说的我不怎么能听懂，会不会影响待会儿审资料？"袁秋霞平静地望了她一眼："只要认得字，就能审材料，你管他说得多专业呢。"

整个审材料的过程就在袁秋霞的口若悬河和章可可的一脸茫然中结束了。章可可实在难以想象，专门到项目部来一趟，就是为了把所有材料放进不同分类的文件盒里，并不像她想象的那么复杂。但即便这样，主任也能淡定专业地"指导"超过一个小时。再后来她才明白，如此低技术的活儿之所以要机关人员出面，或许只是因为项目部的人懒得做罢了。

免不了的，晚上于磊留袁秋霞和章可可吃饭，说附近新开了一家土菜馆，味道很不错。他还说虽然田经理不在，但已经叮嘱过他要好好招待机关来指导工作的同事。为避免不必要的麻烦，于磊只叫上了项目部另外两个年轻人。熟悉一点的同事都知道袁秋霞的酒量好，平时就喜欢小酌几杯，所以于磊这样的安排很对路子。其中一个年轻人，正是章可可之前觉得眼熟的那位，当于磊介绍他是"项目执行经理钟毅"时，章可可立刻想了起来。

饭桌上一片觥筹交错，章可可虽然酒量也不错，但她实在没有和这群人喝的热情，计划先把在座一圈人敬完，便专心吃菜。毕竟项目部的人向主任敬酒才是目的，向她敬酒只是出于礼节。

在敬到钟毅时，她一度万分紧张，但又躲不掉，只得佯装淡定地端着酒杯走到钟毅的侧后方，说："钟经理，初次见面，今后还请多关照。"幸好，钟毅没有像她担心的那样立马拆穿她，也端起酒杯，笑说："哪里，今后还请办公室的新同事多多指导啊。"章可可近距离看他，见他相较大学时已有明显发福，皮肤也晒黑了不少，难怪不好辨认。他的衣服是下班之后特意换的，但上面的汗渍似乎已染进了面料里。

让章可可更加陌生的是，钟毅不但敬酒面面俱到，恭维话也说得十分漂亮，把袁秋霞逗得呵呵直乐。章可可有些尴尬，索性对他那些唤起鸡皮疙瘩的话左耳进右耳出，专注于桌上的一盘盘鱼贝蟹虾。

饭局进行到下半场，袁秋霞和于磊在"推心置腹"地聊着天，章可可觉得包间里有点闷，想出门上个洗手间。经过过道的时候，发现钟毅正坐在一张凳子上抽烟，深皱眉头，表情里似乎带有一种厌世的疲惫，因喝酒涨红的脸上泛着油光，他看到了章可可。章可可心想还是打个招呼吧，她正在调整表情，却听见那人先开口了："章可可是吧？我记得你，你也进来了？"

章可可有点尴尬："嗯，还在实习。"似乎"实习"两个字能让一切显得公平一点。"哼，你的实习不过是一个时间概念而已，我当年在实习期，天天都提心吊胆，生怕犯一个错就被踢出去。"不知是不是因为喝酒的关系，钟毅说话也有些不客气。

不知道还能接什么，章可可想起了出来的目的，于是往洗手间方向走。"嘿，"钟毅叫住她，"既然认识，多在你爸面前说说我的好话啊，我工作可努力了，哈哈。"

那天的饭吃到晚上九点才散场，回到家后，章可可迟疑再三，还是敲开了魏燎房间的门。

魏燎打开门，皱了皱眉："怎么一股酒味儿，又跟哪个臭小子去喝酒了吗？""哥，你大学时关系特别好的那个同学，是叫钟毅吗？

就是经常来家里吃饭的那个。"章可可问。

魏燎怔住了，立刻说道："你今天去的是南半湾项目？""嗯，"章可可点点头，"我今天看到他了，是南半湾项目的执行经理，晚上还一起吃的饭。"

魏燎目光如炬，语气还是保持着淡定："那，他有没有认出你？""认出来了，但他没有拆穿。"章可可发现魏燎表情轻松了很多，接着说，"我记得你当年和他关系很好的。"

"嗯。"魏燎走到书桌前坐下，"我和他现在没什么来往了。"

"那……"

"离他远点，他现在满脑子都是趋炎附势，任何人在他心里只有能利用和不能利用之分。"

"哦……好。"章可可说完便想回屋了。

"可可，"魏燎叫住了她，"顾筱真的和周泽阳在谈恋爱？""嗯。"章可可不知哥哥为什么突然提到这件事，"他们谈了两年了，但已经要分手了。"

魏燎若有所思地点点头："是因为今天这件事？""不是，他们本来就有问题，顾筱这次下定决心要和他摊牌了。"

"快回屋早点睡吧，今后别和项目部的人喝这么多，你喝不过他们的。"魏燎对章可可笑了笑。"没有吧，今天大家都还挺友善的。"章可可说道。"那是因为他们还没有求于你，总之今后小心。"魏燎带着几分严肃说。

[34]

这几天，章可可一想到歌咏比赛入围名单即将公布，便忍不住兴奋雀跃。她心里有杆秤，也询问了魏燎和顾筱的意见，比上也许不行，但相较徐慧还算绰绰有余。一想到能在比较大型的活动中表现自己，章可可便激动无比。

入围名单在集团每一层楼道里公布的那天，顾筱一早来到单位便看见了。她望着海报停顿了几秒，开门进了办公室。李慕心紧接着来了，却先到了502室，倚着门框问顾筱说："你看到外面的名单没？""看到了，这个结果不是很正常吗？"顾筱心里有不满，但面对李慕心不好表露，只好用一句怎么理解都没毛病的话回答。"这回小朋友该要伤心了。"李慕心笑了笑。

就在这时，章可可像一阵突然袭来的狂风冲进了办公室，气呼呼地把包扔到桌子上："凭什么？她是耳朵聋吗？""哎哟，姑奶奶，这世界上耳朵聋着的人多了去了，你慢慢就习惯了。"李慕心说。"你们俩投的谁？"章可可问面前两人。"我绝对投的你，说谎的话天打五雷轰。"李慕心举起了右手三根手指。"我也投你了。"顾筱跟着说。"那结果不是明摆着吗？为什么选上的还是徐慧？"章可可顿感理直气壮，更不想就这么算了。

"你别忘了，当时主任说的是我们先投票，她最后定夺。"顾筱接了个电话，说完这句后匆匆出了办公室。

李慕心双腿一蹦坐在顾筱桌上，瞥了一眼门口，回过身对章可可说："你难道还不知道，徐慧是主任的侄女？"章可可一惊："我不知道啊。""那现在知道了，有没有觉得一切合理多了？"李慕心有种吐露机密的兴奋。"怪不得！但她做得未免太明显了，就不怕招人口舌吗？"章可可愤怒难抑。"主任已经五十三岁了，分分钟退居二线，她怕什么？还不得抓紧时间给家里人铺后路啊。"

这样说来章可可明白多了，差点忘了国企内部的关系犹如蜘蛛网密布，之前是自己想得太简单了。她回过神来，用不一样的神情打量李慕心："你为什么告诉我这么多？""哈哈，你别误会。"李慕心像男生似的从桌上蹦下来，"我对拉帮结伙没兴趣，也没指

134

望升职加薪，只是单纯看不惯那个老巫婆而已。走了。"说完摆着手也出了办公室。

让人尴尬的是，当章可可在过道上碰到袁秋霞，她还若无其事地说："小章啊，你唱得真好，但毕竟还在实习期，今后有的是机会啊。"章可可也只能礼貌地回一句："好的，谢谢主任。"

中午，顾筱叫章可可下楼吃饭，章可可死活不去："我哪儿还有脸去吃饭啊？连其他部门的好些人都知道我当时的志在必得，现在呢？简直丢死人了！"顾筱觉得好笑，回道："谁让你之前那么高调？走啦，你也不能永远不见人吧？""不去，至少今天，我还是避避风头吧。"

"行行，那饭盒给我，我帮你打上来。"顾筱对章可可伸出手。"这么好啊？"章可可咧着嘴望着顾筱，"那你能让阿姨给我多放点肉吗？"顾筱一个白眼差点翻出来，笑说："我可没这本事，阿姨能把饭给够就很不错了。"

章可可不去吃饭，顾筱也没想在食堂吃，有可能是错觉，连她都好像能感受到周围别样的目光扫视。打好两份"清心寡欲"的减肥餐，她看到今天的番茄蛋汤是章可可的最爱，每次必定能喝两大碗，于是决定用碗把汤端上去，等章可可喝完再换回来便是了。她两手分别端着两碗饭菜，再用两只手的手腕共同支撑中间的汤碗，就这样慢吞吞地挪出了食堂，但没几步，手腕已经快承受不住汤碗的热度了。

身前不知何时伸出了一只手，接住了汤碗。顾筱转头一看，魏燎正站在侧面，没什么表情。"魏经理，我……""快走吧，是挺烫的。"魏燎端着汤碗匆匆往电梯口走，顾筱也只得匆匆跟上。

电梯里还有其他同事，见魏燎端着汤碗，开玩笑说："哟，魏经理，你私吞公共财物，可被我抓到了哦。"魏燎笑了笑说："呵呵，喝完就还，这碗除了喝汤，真不知道还能干吗。"

走到 502 室门口，魏燎停了下来，问顾筱："这里可以吗？"顾筱顿了一下，反应过来："哦，可以了，谢谢魏经理。"顾筱接过碗后，魏燎便往回走，这一幕被刚从洗手间出来的魏国安看了个正着。

纠结这件事的还有两个人。

"你是说，魏燎帮着顾筱端汤？"娇小文静的吴心妍从餐厅皮质沙发上坐直了身子，盯着对面的郑姗姗。"千真万确，"郑姗姗点了点头，"我们部门一桌人吃饭吃得好好的，魏燎突然起身就走出了食堂。后来企发部的同事在电梯里碰到他，看到他手里端着汤，而且还是和顾筱一起，他们觉得反常才告诉我的。"

"那他回食堂后有说什么吗？"吴心妍问。"他说是回办公室拿个东西，什么东西需要饭吃到一半的时候回办公室拿呀！"郑姗姗说。

吴心妍秀眉紧锁，沉默了几秒，转而轻松说道："咳，能有什么事！魏燎怎么会看上她，况且现在顾筱在集团可是'风云人物'，魏燎就是心善，看她可怜呗。""哦，但愿吧。"郑姗姗咬着饮料吸管，对吴心妍的反应不太满意。

章可可的尴尬和憋屈持续了一整天，顾筱下班走了，她仍以加班为由留在了办公室。过了半个小时，她扭了扭脖子，靠在椅背上伸了个懒腰，看到桌上竟还有一份待处理的文件。主任要求一定要在今天将这份文件送到市场营销部副经理沈建手上，可自己竟然把这事给忘了。

章可可一阵紧张，后一想，市场营销部经常加班，或许现在沈建还没走，于是她立刻给沈建拨去电话："喂，是沈经理吗？你好，我是办公室的小章。是这样，有一份招标文件需要尽快给你，请问你现在在集团吗？"

"我在外面办事，但程经理在集团开会，是他要这份材料。他的门没锁，你把文件放到他办公桌上吧。"电话那头说。程经理是指市场营销部的经理程立新。

"可是，直接进程经理办公室，会不会……""没关系的，直接进去吧。"

既然沈经理都这么说了，完成工作要紧。章可可跑上六楼，走到程立新办公室门前，灯黑着。奇怪的是，程立新办公室对面的沈建办公室明明亮着灯啊。没工夫想这么多了，她轻轻拧开程经理办公室的门，果然没锁。

可开门后看到的一幕却让章可可始料未及：市场营销部经理程立新此时正坐在椅子上，而重点是，他腿上还坐着一个女人，目测年龄不超过三十岁。

见章可可突然闯入，两人一时僵在那里，女人腾地站起来，尴尬地移步到旁边，程立新推了推鼻梁上的眼镜，脸色也很难看。

章可可瞬间像触了电一样，不知该进还是退，文件夹还捏在她的手里，已经捏出了汗。狼狈跑掉显然不是她的作风，只得硬着头皮，管理好视线："程经理，这是沈经理让我直接交给你的文件。"章可可把文件夹胡乱往桌上一放，闪电般逃出了这间办公室。

章可可细思恐极：为什么沈建在外面办事，办公室的灯还开着？程立新明明没有在开会，为什么沈建却让她直接进他的办公室？这不是巧合，更像是沈建设的一个圈套！章可可冷汗都下来了，据她所知，程立新是有老婆有女儿的，撞见领导偷情，职场之大忌啊。

[35]

怎么办？章可可脑袋里一团糨糊。

137

虽然是自己考虑不周，没敲门就闯进了领导办公室，但怎么说这也是按照另一个领导的吩咐办事，不能眼睁睁看着领导相斗，把自己玩儿死吧？思前想后，章可可决定主动出击，一旦被动，就真变成替罪羔羊任人宰割了。她收拾好东西，躲在六楼监控死角的转角处，打算守株待兔。至于究竟该怎么做，章可可还没彻底想好，但凡事讲求天时地利人和，既然程立新还在集团，自己就还有及时解释的机会。

过了一会儿，她竟看到程立新提着公文包锁上办公室门，走进了沈建的办公室，没过几分钟，和沈建一起走了出来。本来想着能堵一个就不错了，没想到两个一起来。

章可可心想，真是天助我也，不如来一招装傻充愣，先把自己择出来再说。她飞快跑回五楼电梯口，看到电梯显示在六楼停住后，才按下电梯。不出所料，电梯门刚打开，她便看见了两张明显不想看见她的脸。

"程经理、沈经理，这么巧。"章可可开始若无其事地寒暄。两位领导各怀心事，只是礼节性地点了点头。"对了沈经理，你让我给程经理送去的文件已经送到了。但也太不巧了，你说程经理在开会，直接进门放他桌上就行，可我进去时程经理还在，我没敲门还挺不好意思的，实在抱歉啊程经理！"说完，她抬头瞟了瞟两个人的表情。果然，轮到沈建露出紧张的神情，程立新则抬头盯了沈建一眼，脸上捉摸不定。

逃离集团大楼后，章可可总算松了口气，她也只能弥补成这样了，起码交代了事实，表明了不掺和之心。反正她这种小人物先溜了，日后两位领导的架就让他们自己慢慢掐吧。

今晚，魏国安难得在家吃饭，于是提出要下厨炒两个菜，魏燎在一旁帮忙。

魏国安一边炒菜，一边和魏燎聊天："最近南半湾项目的清查进行得怎么样？""这个项目时间拖得太长，所以有些资料的搜集需要时间，但还是发现了一些问题。"魏燎答。"嗯，记住，查到什么就是什么，一切实事求是，不要怕事。"魏国安叮嘱道。魏燎明白父亲的意思，但忍了忍，还是没把匿名举报信的事情告诉父亲。

这时章可可开门进屋，蔫蔫地穿过客厅。"回来啦？"魏燎冲她打了个招呼。她却不言不语，单手一抬算是回应了，径直回屋关上了门。

魏国安把菜盛到盘子里，对魏燎说："看来歌咏比赛的事对可可的打击很大嘛。""可不是吗？中午饭都不下去吃了。"魏燎回道。"哦？你怎么知道的？"魏国安含笑望着魏燎。

魏燎突然愣住了，想了半天，避重就轻地说："今天看见她们办公室的顾筱一个人到食堂，把饭给她端上去的。""哦。"魏国安保持着笑意，不再多问。

饭菜准备好了，魏国安看了看墙上的挂钟，对魏燎说："你去叫可可来吃饭吧，安慰两句。""哦，好。"魏燎应着。

敲了两下门，里面都没什么动静，魏燎试着拧动门把手，居然开了。这是一个重要信号，按以往经验，如果章可可已锁门，那么别说吃饭了，地震都不见得会出来。但如果门没锁，那就说明心情还没糟糕透顶，欢迎各位前来宽慰。

但没想到，章可可竟然侧躺在床上默默流泪，魏燎吓了一跳，连忙走过去问："你怎么了？没事吧？"听见魏燎这一问，章可可索性大哭起来。本来歌咏比赛的阴霾还没完全散去，下午又被人利用，当了内斗的武器，章可可的心里实在憋气又委屈。在单位还能保持着基本的理性，回到家后却再也控制不住自己的情绪了，她就把程立新和沈建的事情一五一十地告诉了魏燎。

魏燎听完后有些惊讶，要说程立新和沈建的不和众人皆知，沈建使用这样的小伎俩也没什么大不了，让他担心的是，沈建为什么会让章可可来充当那个招恨的揭露者，是无意为之，还是有什么更深的原因？

魏燎只得安慰章可可："他们之间的事情你无法控制和左右，但你的反应很快，算是很大程度地扭转了被动的局面，所以你不必太担心，你已经把球给他们扔了回去。"

"我就是觉得被当作工具，感觉很糟糕。"章可可红着眼睛。"可可，身处职场，你太玻璃心了！特别是在我们这样的单位，敏感绝不是一件好事。"魏燎接着说，"只要明白，他们针对的不是你，你争取脱身就行了，没什么大不了的。"

"难道职场里的人际就是利用和被利用的关系吗？"章可可坐了起来。魏燎认真思考了一下，回道："不，利用和被利用，只是职场人际关系里很小的一部分。"

"我好烦，今后这样的事情会不会越来越多？"章可可双手托着下巴，无力地说道。魏燎笑了笑，拍拍她的肩："别气馁啊，从这件事可以看出，你还是很有见鬼说鬼话的天赋嘛。解决不了的，还有我呢，我也不行，这不还有爸吗？拿出你女斗士的斗志来！"

章可可瞪了魏燎一眼，但心里已经舒坦多了。虽然捅了娄子，保不齐会埋下什么隐患，但转念一想，兵来将挡、水来土掩，真遇上事儿了再想办法吧。

"走吧，吃饭了。"魏燎对章可可说。

"那我眼睛怎么办啊？先别告诉爸。"章可可不好意思地说。

"还能怎么说？就说你一想到无法为集团同事献上美妙动听的歌曲，遗憾得痛哭流涕呗。"魏燎一副得逞的模样，迅速溜了出去。

"你给我站住！"章可可起身追着魏燎也出了房门。

[36]

周六还是来了。

像是一点点逼近自己的期末考试，顾筱深知过了这一天后便得解放，但也同样清楚这一天注定会忐忑难熬。

见面时间约在中午，因为晚上周泽阳要和其他朋友开生日派对。最后一顿饭也没有顾筱预想的那么刀剑横飞，这样看来，周泽阳也不希望最后把脸撕得太难看。

"蒋言欢是胡说的，我没表达过那样的意思。"周泽阳轻轻笑了一下，望着对面的顾筱。顾筱也回以微笑："已经不重要了。"顾筱的淡定让周泽阳心生诧异，或者说，他完全不记得对面这个曾经对自己言听计从的女人是从什么时候开始，站在了与自己平等的位置。

"既然还在一个单位，没必要搞得太尴尬，今后就当朋友吧。"周泽阳接着说。顾筱周到地往他杯子里倒上水，笑容里看不出任何情绪："还是当同事吧，朋友就不勉强了。""顾筱，有必要做这么绝吗？"周泽阳微抬起下巴，眼神中含了一丝怒意。

"你别误会。"顾筱忙说，"我对你没有私仇，但朋友需要志趣相投、相互鼓励，我们似乎做不到，所以，都别骗对方了，我们就是同事。"

"行行行！"周泽阳挥挥手，一副"罢了罢了"的表情。吃饭间，两人只字未提"分手"二字，但心里都已经再明白不过。顾筱突然不明白自己怎么会和这个男人相处了两年，他们根本没什么好聊的呀。

"还记得这个餐厅吗？"用餐快结束时，周泽阳突然抬头问道。顾筱看了他一眼，淡淡说道："记得，我们第一次约会就在这里。""还有呢？"周泽阳又问。顾筱思忖片刻，平静地问道："你到底想说什么？""当时我们，也是坐的这个位置。"周泽阳咧嘴笑了起来，"顾筱，其实我比你以为的更在乎你。"

"谢谢。"顾筱低着头继续夹菜。周泽阳的笑容僵在了脸上。

出了餐厅，顾筱拿出一个包装盒，递给周泽阳："无论如何，还是祝你生日快乐！"那正是魏燎帮她挑选的领带，虽然是她看好样式，在网上旗舰店下的单，但也花掉了她半年的积蓄。周泽阳接过，一看品牌，挑了挑眉："哟，破费了呀这是！""那我先走了，再见。"顾筱正想转身离开，被周泽阳叫住了。

周泽阳面向顾筱，边后退边晃着手上的包装盒，带着几分嘲弄的语气对顾筱说："顾筱，你知道什么是人与人之间真正的差距吗？就是你攒了几个月工资买到的品牌，是我好几年前就穿腻了的。"说完，他保持着挑衅的表情，将精致的包装盒随手丢进了旁边的垃圾桶里。

顾筱怔怔地看着他，愣了两秒，冷冷地笑了。她转身离开，瞬间感到云淡风轻。

客户的讲座是晚上七点开始，不到五点，章可可便将摄影器材打包好，放到了车的后备厢里。由于没有摄影经验，她叫上了之前工作室负责摄影的杜杨。到达约定地点，她发现迎面走来的不是杜杨，而是潘攀。

"你……怎么在这里？"章可可措手不及，虽然潘攀也会摄影，但她不想再和他有牵扯了。"杜杨有事来不了，所以给我打了电话。"潘攀平静地说，"东西在后备厢？""嗯……是。"章可可心情有点乱。

后备厢打开，潘攀将摄像机和脚架依次搬下来，左右手各拎一个，对章可可说："你去停车吧，我先去会场架机位了。""哦……"章可可木讷地回道。

讲座的场地不大，潘攀把机器架在了讲台的左前方，旁边正好有一个很小的侧门，章可可和潘攀坐在侧门外的小板凳上，既不占里面的座位，又能随时监控机器。台上的讲师一开口就是两三个钟头，开始两人都没说话，到后来越来越无聊，一无聊就更尴尬。章可可想闭上眼睛养神，但屋里空调开得太低了，她只穿了一件短袖，神经被冷气刺激得很清醒。正准备掏出手机打发时间，却见潘攀已经脱下外套给自己披上了。章可可本能地拒绝，又不敢出声，只能嘴唇张合道："不用啦，你穿上吧。"潘攀没开口，只是压住了章可可想扯下外套的手。就这样僵持了五秒，章可可认输。

讲座进行到提问环节，场内气氛活跃了起来。潘攀小声问："需要把提问人录进去吗？""不需要，只录讲课的人就行了。"章可可回。潘攀点点头，接着问："最近还好吗？"章可可愣了一下，笑了笑："挺好的，你呢？"沉默几秒后，潘攀答："挺好的。""哦。"章可可结束了对话。时间一分一秒地挨着。

过道上，一个男生拦住了女生，把她拉到了旁边一间黑灯的空房间，随即传来两人激动又克制的争吵。

"我们都分手了，别再来烦我。"

"别闹了，我们分不了的，不要考验我的耐性。"

"我们真的有很多问题，过起来很辛苦。我不想让你为了我改变自己……"

"那就解决问题，不就好了？真不明白你们女人为什么想这么多。"

"不要，我们都冷静一下吧。或许我们并不适合。"

"女人永远爱说反话，所以不要冷静、不要分开，我要和你在一起，你别想推开我！"

听到这里，潘攀打趣地说了句："这男的神经病吧，别人都这么拒绝了，也不怕被抽。"章可可也一身鸡皮疙瘩："谈个恋爱都走言情小说的套路，累不累啊。"刚说完，那一男一女走了出来，男生亲密地搂着女生的腰，女生则一脸娇羞地靠在男生胸口。

潘攀和章可可目瞪口呆地看着他俩走远，有种世界观被刷新的

143

不真实感。"这样都可以?"章可可忍不住说了句。潘攀也感叹道:"难道女生就喜欢不要脸的?"他望了望章可可,发现她又恢复了面无表情。

讲座结束已是夜里十点多了,章可可问潘攀需不需要同车回家,潘攀说:"不用了,有几个留学时的朋友过来,要去喝两杯,所以没开车。片子剪好了我发给你。"

章可可条件反射地想叮嘱两句,突然发现自己没这资格了,于是只淡淡说了句:"少喝点。"

夏夏刚喂完奶,抱着孩子轻轻拍打着她的背——孩子这段时间吐奶有点严重。

左手的腕关节和肩关节又开始隐隐作痛,这是几个月来抱孩子和独自给孩子洗澡带来的疼痛。夏夏在网上了解过,这种症状很像一种叫腱鞘炎的病症,又称"妈妈手",据说不抱孩子后就可慢慢恢复。

这时她听见了丈夫王旭回家的开门声,也听见婆婆从里屋冲到了客厅,问道:"吃饭了吗?""吃过了。"王旭换鞋的声音很清晰。夏夏松了口气,心想总算可以让他帮忙抱一下孩子了,她还没吃晚饭。

"那你也再吃点,外面的东西不营养,今天我炖的是竹荪鸡汤。"婆婆把王旭留在了客厅。"哦,我少来点。"随即传来餐椅被拖动的声音。夏夏叹了口气,心想还得再等一阵儿了。但当王旭喝完汤,婆婆接着说:"你去我屋睡一会儿吧,周末还在外面忙事情,回你们屋孩子吵着,你睡不好。"

夏夏坐在床边,怒气渐渐上涌,却又像是被装在一个密封完好的器皿中,无法泄漏出来。她期待着王旭的反应,期待他能说"不",期待他希望看到自己和女儿。但她听见王旭说:"好。"接下来是漫长的静默,时间长到她相信王旭已经进入梦里了。

她将孩子轻轻放到婴儿床里，泄气地坐下来，翻出刚才明显震动过的手机，看到顾筱发来的一条信息："你一定想不到，我转身离开的一瞬间，心里有多爽！"

夏夏盯着屏幕笑了，笑着笑着又哭了，并由起初的鼻酸眼涨发展为"大珠小珠落衣衫"。她回了句："为你高兴，让浑蛋的男人滚蛋吧！"后一句不知是对顾筱说的，还是为她自己说的。

章可可也收到了顾筱的信息，兴奋之余，她冲到魏燎房间忍不住想和他分享。不巧的是，魏燎并没有在屋里，窗明几净的房间里显得空空荡荡。章可可按捺住激动的心情，坐在书桌前耐心等着。

这时，魏燎的手机屏幕亮了，上面显示出一条信息，发信人竟是程立新，内容让章可可不寒而栗："魏经理，有空见面聊聊吧，我不巧知道了一些关于你妹妹的事情。"几秒后，锁住的屏幕暗了下去，章可可倒抽了一口冷气，立刻按了下启动键，熟练地输入魏燎的开机密码，迅速将那条信息删掉了。

"你干吗呢？"章可可吓得一个激灵，回头一看，魏燎正站在门边。"你干什么呢？鬼鬼祟祟的。"

章可可小心翼翼地将魏燎的手机放到桌上，佯装淡定地说："哦，我就是来告诉你，顾筱终于和那个渣男分手了！"

"哦，好啊，不适合的感情是该当断则断。"魏燎又开玩笑说，"不过你为什么这么高兴？你是看上周泽阳了，还是看上顾筱了？""哪儿跟哪儿啊！"章可可好气又好笑，"我是真的替她高兴，这不光是她感情的重新开始，更是她决定一切靠自己、自强独立的开始啊。"

"怎么扯到自强独立了？有这么严重？"魏燎有些诧异。"嗯，她曾经一度期待过，和周泽阳在一起，能在关系纵横的集团里有个依靠，不再孤立无援。但事实告诉她，周泽阳根本就是个拖后腿的，没有起到一点支援作用，净让顾筱帮他做杂活了。"

魏燎点点头，又不忘提醒章可可："别人的事儿你少管，别引火上身。""知道啦，我心里有数。"章可可心中有事儿，起身走出了魏燎房间。

[37]

国企虽然难有推心置腹的理解，却从不缺好管闲事的评判。一周后，蒋言欢终于受不了舆论压力，通过家里的关系调到其他单位去了。蒋言欢走后，周泽阳不遗余力地努力强调：玩弄和报复的说辞都是蒋言欢的猜测和短见，他和顾筱是正常恋爱、和平分手。

"这是好事儿啊，走了一个，另一个即使还在集团，起码也不敢报复你了，否则就会被塑造成小肚鸡肠的心机男。"章可可开心地对顾筱说。顾筱点点头，但又总觉得哪里不对，于是不安地问章可可："你说，任子琪怎么会把这么重要的证据告诉夏夏呢？她们之间没什么交集啊。""万一有你并不知道的交集呢？"章可可意味深长地望着顾筱。

顾筱突然冒出了可怕的设想："那举报信不会是你写的吧？你和夏夏得到了任子琪的证据，所以故意放个炮，把证据炸出来？""这么高风险的事，我们哪敢用你的名节当赌注？我猜夏夏姐只是借力打力而已。而且我向你保证，我在夏夏姐那里知道的已经全告诉你了，不信问她。"章可可接着说，"不过这件事让我明白了一个道理，人不犯我，我不犯人，但如果别人非要扔过来一些贱招儿，我们应该学会为自己所用，再加倍还回去。"

"我们？"顾筱似乎听到了关键词，微微一笑，"谢谢你可可，你没把我当外人。"章可可顿时有点尴尬，强行解释道："我这叫路见不平，谁叫我侠肝义胆呢？"

两人对顾筱周末的分手只字未提。毕竟结束一段感情，或理性或糊涂，都需要有独自缓冲的空隙，旁人的掺和是最无济于事的，更何况是同事。这也是章可可认为人在职场里最厉害的一面，哪怕头天晚上自家的房子都烧没了，第二天依然能够借一套衣服，体面从容地踩着高跟鞋见老板、见客户，见各种人，开启高度重复的一天，这就是所谓的"专业性"吧。

顾筱出去了挺长时间，回来时，把手里一沓报账单往桌上一扔，满脸怨愤地坐在了椅子上。"怎么了？"章可可问。顾筱泄气地指了指报账单："早料到他会报复，没想到这么快。喏，报账单给我退回来了，说必须开增值税专用发票，不然不给报。""能不能让商家重新开一下？"章可可问。"现在政策刚执行，开专用发票的本来就不多，办公室买的零碎东西那么多，定点商家很多是小户经营，根本还没办法开。再说，之前我去报账都没事，他这次肯定是故意的。"顾筱说道。

"所有的报账单都不行吗？"章可可问。"其他都还好，但有一笔钱，是徐慧自己垫的，八千多块，商家又没专用发票，她这马上又要休假了，催着我拿钱呢。"顾筱说。

"别急，既然集团都还没硬性规定，他一个人说了也不算。"章可可宽慰顾筱道。"但现在财务部经理出差了，不就剩他说话算数了吗？""你说什么？财务部经理出差了？"章可可看到了机会。"对啊，昨天走的，明天才回来呢。"顾筱疑惑地看着章可可，不知她此问何意。

章可可拿过桌上的报账单，一张张地找，终于停在了其中一张酒水报账单上。"我倒有个办法，"章可可抽出了那张报账单，对顾筱说，"把这张拿到主任那儿去，就说不是增值税专用发票，周泽阳不给报。""就因为这张的收款人是主任？那还有几张，我找出来。"顾筱说着就翻找起报账单来。

"不用找其他的，这张就够了。"章可可按住了顾筱的手。"只

147

要这张？"顾筱再度疑惑了，但也没别的办法，她还是照做了。果然，袁秋霞知道后大为光火，带着顾筱就下去找周泽阳，三言两语就让周泽阳乖乖地把账给报了。

"哇，你都不知道主任有多厉害，绵里藏针地问周泽阳是不是对我们部门工作有意见，把周泽阳说得一愣一愣的，嘴都张不开。"顾筱回来后兴奋地向章可可描述，"对了，你怎么知道那张报账单能让主任出马，还能制伏周泽阳？"

"我也不能完全肯定，只觉得机会很大，可以一试。派车单需要她签字，所以财务部经理出差她肯定知道。周泽阳不管职位还是资历都矮主任一头，又没个撑腰的，自然说不上硬话。"章可可说。顾筱接着问："那你怎么知道主任会帮我说话？仅仅因为她要维护部门利益？"

"她可不是帮你说话。"章可可浅笑一声，"那张单子是她报的酒水钱，这种款项本来就敏感，我记得上次她送来这张报销单的时候，你出去办事了，她让我转交给你，千叮万嘱要尽快报销，很急的样子，所以我猜这次她也会盯得很紧。"

"原来这样……"顾筱默念道，"你这洞察人心的本领也太厉害了吧，我对你刮目相看哪。"

"我可不行，我最讨厌猜别人的心事了，只是从小就听大人聊过很多类似的事情。"章可可心想不能再多说了，会露馅儿的。

[38]

这天早上，章可可一进办公室，就看见顾筱带着一脸捉摸不定的笑意盯着她。"干吗？我今天的衣服不得体吗？"章可可低头检查了一下自己的行头。顾筱笑意更浓了："有个好消息你听不听？"

"听啊，人生苦短，及时行乐。"章可可把包一扔，四仰八叉地坐在椅子上。"那你快上QQ，看看集团群里的消息。"顾筱继续卖着关子。

章可可打开电脑，登上QQ，发现集团群已堆积了四十多条未读消息，冥冥中感觉有好事。果然，她拉到消息的最顶端，看到一张工会办公室发的通知截图，上面写着：为了确保歌唱比赛选拔的公平公开，给更多人展示的机会，工会办公室决定取消以往的部门举荐环节，由工会人员到机关各部门进行直接选拔。章可可激动地站了起来，解气地说道："太好了，我倒要看看工会同事的耳朵是不是一样聋！"顾筱望着章可可，笑容里明显还有其他的含义。

工会的选拔在各部门依次展开，综合办公室被排在了第一个。当天中午，章可可拒绝了所有带辣味的菜，就着炒苦瓜和南瓜汤吃下了半碗饭。

午饭后没多久，综合办公室的所有人都来到了五楼的小会议室，袁秋霞笑着对章可可说："小章，你可要抓住机会呀，这次应该是要重点给年轻人机会。"又转过身对满脸紧张的徐慧说道，"你也放轻松点，多把机会留给年轻人嘛。"章可可忙着记歌词，淡淡一笑就算是应付了。

工会的同事也到了，除了工会办公室主任何小丽和一个干事，章可可发现还有一个从未见过的女人，她穿着干练的雪纺衬衣和宽口长裤，齐耳短发，额头饱满光洁，一双睿智淡定的眼睛给章可可留下了很深的印象。

章可可正想问顾筱那人是谁，却见顾筱正含笑望着那人，而一旁的袁秋霞已经开口："啊呀，夏夏，你终于回来啦？还是这么漂亮！怎么生完孩子一点都没变呀！"

袁秋霞和徐慧走了过去，与何小丽和夏夏亲切寒暄着。夏夏穿过人与人之间的缝隙，望向了正目瞪口呆的章可可，扬唇笑了笑。

"怎么样，这好消息不错吧？"一旁的顾筱拍了拍章可可的肩。"可你没告诉我是两个好消息啊……"章可可还没缓过神来。

选拔方式很简单，报名者清唱一首歌，没有伴奏，也不能看歌词。章可可选择了一首抒情慢歌《海洋天堂》。她淡定地唱完，瞟了夏夏一眼，见夏夏冲她笑了笑，心里踏实了一大半。徐慧唱了一首《摇太阳》，歌路和曲风都和她之前没有区别。

两人演唱结束，何小丽站起来鼓掌道："袁主任，你们办公室人才济济呀，我们可要为难了。"袁秋霞正在想该如何回应，徐慧倒先说话了："现在可是年轻人的天下啦，我们这种老人也该让贤了。"

"可不是吗？"何小丽应道，"像这次改变选拔方式，就是夏夏的主意，她的想法我一向都是很支持的。"夏夏淡淡一笑，推辞道："主任呀，你就别谦虚了，你是我的老师，我做得好，也是因为你教得好呀。"

"哎哟，瞧瞧，你的得力干将多会说话！"袁秋霞对何小丽说。

回到办公室，章可可还处在夏夏回归的兴奋中，她不得不承认，夏夏比传说中更优秀，更有气质，只是……章可可问顾筱："夏夏姐是不是在机关待久了，所以还挺擅长跟领导说话的？"

顾筱听明白了章可可的意思，含笑问道："你是觉得，刚才夏夏在对她的主任溜须拍马吧？"章可可不知该说什么，点了点头。顾筱却说："在这件事上，我比你更清楚一点。夏夏那可不是在拍领导的马屁，她是在甩锅。"

章可可不解。顾筱耐心说道："你知道夏夏为什么会赶在这个点儿回来吗？歌唱比赛每次选出的都是这些老面孔，集团党委倪书记专门找何小丽谈话，说这次一定要见到更多新人、年轻人。何主任怎么会不知道这些'老人'是因为什么才常开不败的？只是她都不愿得罪，于是就把夏夏提前叫回来，让她想办法，对外也一再表示这是夏夏的主意。"

"明白了。"章可可说道，"但她这样做也不能把自己撇清，她是主任，夏夏姐的任何决定都是要经由她同意的。"

"是啊，但夏夏毕竟已经是副主任了，何主任让权鼓励下属大干一场，勉强也能说得过去。况且在集团里，很多事情只是为了说得过去，出气筒有一个就够了，很少人会深思那么多的。"顾筱说。

"顾筱，我发现你进步了。"章可可认真盯着顾筱。顾筱有点不好意思："我少了很多顾虑，很多事就能直接地面对和思考了。"

[39]

这天的部门会议，袁秋霞主动谈到了自己的"接班人"问题："我五十三岁了，本来现在就可以退居二线，但我对这个工作还是有感情的。不过副主任还是要选的，要让她尽快熟悉业务，我不在的时候也能独当一面。""您为岗位奉献了这么多年，这份敬业的精神实在是让人钦佩啊！"徐慧满脸"由衷赞叹"的表情。其余三人始终保持沉默。

"这些都是应该的。"袁秋霞含蓄地笑了笑，"本着公平、公正的原则，接下来的一周内，想参与竞争副主任职务的人，把申请报告交到我这里，我会对竞聘人员进行全面考核，最终确定人选。"

部门会一结束，顾筱和章可可就在502办公室开始了争论。章可可认为顾筱应该参加竞聘，而顾筱却丝毫提不起兴致："如果是刚入职时候的我，肯定会积极踊跃地争取，但五年过去了，我太知道我面对的是怎样的局面，已经看淡了。"

"虽然徐慧和主任的关系特殊，但她的能力大家都心知肚明，既不能写，人又懒，做事情也是能推就推。而你的能力大家有目共睹，你是有胜算的！为什么还没有试一试，就首先自我否定了？"章可

151

可不理解地问。

"你不明白，在咱们集团这种单位，有关系就有一切，哪怕能力不行，大家睁一只眼闭一只眼也就算了。她当主任，她不会写，可以让我们写；不想做的事，可以让我们做。其他人只会追究综合办公室的事情有没有做好，有没有拖他们的后腿、拆他们的台，才不会管是谁做的事，又是谁拿了主任的薪水呢！"顾筱竟然说得很平静。

"难道没有其他办法了？不是说没有关系根本进不了集团吗？那你的关系呢？那人有办法吗？"章可可问。顾筱无奈地笑了笑："我当时是家里长辈好说歹说，让一个远房亲戚的朋友安插进来的，但他早调走了，现在也不在这个系统，所以主任才会觉得我好欺负。"

章可可心想也对，如果顾筱有可靠的关系，袁秋霞也不敢如此无所顾忌地使唤她。关系、关系，全是关系，虽然章可可与这两个字脱不开干系，但她此刻实在是前所未有地厌恶这两个字。

"我理解你的想法，但你也不能只想着短期发展啊。"章可可接着说，"这不仅是一份竞聘报告，也是你愿意上进的表现。主任过两年就退休了，哪怕是徐慧当了主任，不是还有副主任吗？万一集团有其他的职位把你调去了呢？但如果你连竞聘的勇气都没有，别人会觉得你不够上进，其他的机会也就不会再找你了。"

顾筱沉默了一会儿："你说得有道理，不管怎样，我得先表现出我的态度。好吧，我今天就开始写报告。"

参与竞聘的连锁反应，自然一开始就给了顾筱当头一棒。袁秋霞没有想到，这个顾筱并不好自为之，居然在这个时候跳出来，打乱了她本以为毫无悬念的如意算盘。所以第二天，当顾筱将熬夜完成的竞聘报告递到表情复杂的袁秋霞手里后，她的日子变得更加不好过了。

当天中午，有同事到办公室反映中午食堂的菜太咸，自己还吃出了一坨盐。顾筱到食堂去反映情况，结果被食堂的主管大妈给呛了回来："为什么别人没吃到，偏偏他吃到了？我们每天的菜都是这么炒的，都没出现问题。你让他把那盘菜端下来，让他把那坨盐拿下来给我看啊！"

顾筱不善口舌之争，听了两句就开始头晕："肖大姐，那个同事就反映了一下这个情况，也没说要怎么样，咱们……""他还想要怎么样！"肖大姐继续发飙，"现在就是有些人，觉得给他盛菜盛少了，就故意挑食堂的毛病，到处造谣，说饭菜做得这也不对、那也不对。你们这些小姑娘就是傻！他们说什么就是什么，完全被牵着鼻子走！"

顾筱只觉心率加速，有一种和泼妇对话的蛮荒感，于是她草草收尾："肖大姐，如果食堂没问题，就当我没说。我也只是反映情况，你没必要对我也做出评价。这事就先这样吧，我先走了。"说完快步溜走了，站在原地的肖大姐仍在骂骂咧咧。

谁知下午，顾筱就被叫到了袁秋霞的办公室。

"你有证据吗？你看到那坨盐了吗？空口无凭就去找肖大姐吵架。"袁秋霞怒眼瞪着顾筱。"我没找她吵，我是好好说的，她情绪比较激动……""她能不激动吗？她给我的电话里直接说你诬蔑她，败坏食堂名声。你让我怎么办？我也没有证据，我甚至连这件事都不知道！"

顾筱心想，幸好上次在菜里吃到一条虫她没吭声，否则肖大姐绝对会说她成心找碴儿。不过如今顾筱面对此类事件已经淡定不少，袁秋霞最近为什么处处针对她，大家心知肚明。

"对不起主任，我应该先向你汇报的，我以为就是个小问题，但没想到肖大姐这么激动。"顾筱无可奈何地说。袁秋霞瞟了顾筱一眼，深叹了一口气，煞有介事地对顾筱说："你知道肖大姐是谁的关系吗？你没证据就冤枉人家，她状都告到领导那里了，我们还

153

傻着呢！今后机灵点，有什么事先向我汇报。"

顾筱总算走出了袁秋霞的办公室，她真不知道肖大姐是谁的关系，她也一点都不想知道。

下班后，章可可迟迟没有离开办公室。这几天，程立新发给魏燎的那条短信就像一颗定时炸弹。她删除了信息，可以当作什么事都没发生，但程立新不会，他字里行间都是威胁语气，早晚还是会找到魏燎的。

想到这里，章可可的江湖气上来了。程立新的秘密是被自己抓包的，作为集团重要部门的负责人，他当然知道，如果事情泄露会有怎样的后果，所以他肯定会把手里的牌都打出来。

进入集团后，魏国安就提醒过章可可："你心里要有个数，你是我女儿这件事，几乎没人知道，但如果程立新知道了，也算正常，毕竟他和你田叔叔走得太近。但他是个谨慎的人，口风一直很紧。"

呵呵，口风紧也是为了给自己多留个筹码吧。章可可觉得很讽刺，听程立新的意思，他已经知道自己的身份了，也许正是想拿这个来说事儿。她不想把魏燎牵扯进来，如此臭不要脸的行为，理应由自己去跟他正面解决。

这么想着，章可可拨通了程立新的手机号。

"喂，哪位？"程立新的声音。

"程经理，你好，你不是想聊聊魏燎妹妹的事情吗？"

那边沉默了片刻，爽朗的笑声响起，问道："呵呵，你是……小章吧？"

"对，所以程经理想在哪里聊呢？"章可可极力控制好自己的语速。

那边再度沉默，程立新的迟疑告诉章可可，他对这个"约谈"对象并不满意，但章可可并不想由着他来。"哈哈，后生可畏啊，那你来定时间和地点？"程立新说道。

"今晚有空吗？"章可可右手上的中性笔正像哆啦A梦的竹蜻蜓一样快速旋转，似乎下一秒就可以飞起来。

[40]

章可可走进一家平日自己绝不会光顾的茶室，在服务员的引导下，推开了一个包间的门。程立新已经在等她了，面前泡着一壶龙井。

见她进来，程立新推了推鼻梁上的眼镜，笑道："小章来了，请坐。"章可可见他穿着得体的正装，头发往后梳得很整齐，突然想起那天他怀抱着女人的样子，内心顿生反感。坐定后，她才感觉到，和并不喜欢的人面对面冷静地坐着，是一件比吵架还心烦的事情，只想早点结束这次尴尬的会面。

"程经理，不知道你想和我聊些什么？"她淡淡含笑道。程立新为章可可倒茶的手悬在空中，眉头轻轻一挑："呵呵，小章啊，我起初的意思，是想和你哥聊聊。"

"哦，那看来是我自作多情了，不过你既然想聊关于我的事，何必兜个圈子绕到我哥那里去，直接跟我聊就行。"章可可接过茶杯，对程立新点头示意。

程立新细细品了口茶，动作慢得出奇，待放下茶杯，他抬起头，脸上是章可可看不明白的表情："小章啊，你刚来，还不太了解情况。我和魏燎的关系很好，现在集团内暗流涌动，所以，在我得知你们之间的关系时，第一时间就想到，一定要照顾好你。"

章可可明显感到手臂上多出一层鸡皮疙瘩，但还是说了句："谢谢程经理。"

"小章啊，魏总在集团是很有威望的，不过呢，还是有一些不

155

自量力的人会有别的想法，所以当他们问起我的时候，我向来都说我什么都不知道。我是你爸爸的老下属，也是你哥哥的好朋友，你说我能害你吗？"程立新说道。

"我当然愿意相信你不会害我，"章可可手在茶杯的外围划拉着，就是不端起来，"但既然你想替我保密，那你又想跟我哥说什么呢？"

"呵呵，是这样的。"程立新神情有些变化，多了几分作态的窘意，"因为跟你不熟，本来想先找魏燎，让他转告你的。那天，你不是误闯我的办公室……这其实是个误会，但我知道魏总最讨厌单位里出现这种事情，所以我希望，就别让魏总知道这个误会了，免得打扰到他的宝贵时间。"

不出所料，章可可之前的预测得到了印证，心想估计要聊的事情也就如此了，于是她安心地端起茶杯，喝了一口："程经理，瞧你说的，我是那种爱打小报告的人吗？"

"呵呵，当然不是，魏总好福气，培养出这么优秀的一儿一女。"程立新一脸轻松地说。"别别。"章可可连忙制止他，"我和魏燎还是不一样的，我毕竟不姓魏，再婚家庭嘛，你懂的。"见章可可露出别有内涵的笑容，程立新反倒有点疑惑。

送走章可可，程立新又多坐了会儿。今天的谈话看上去挺顺利，甚至还听出了些猛料，但他还是有点不安，不能确定这个黄毛丫头心里究竟在想什么。她来见自己，究竟是她的意思，还是魏燎，甚至魏国安的意思？她甚至还提到了敏感的家事。程立新本想由顾全大局的魏燎去提醒章可可，起码做到秘密制衡，但自己现在连魏燎知不知道这件事都不确定。

走一步算一步吧。程立新心想：退一万步说，我的事只要没有实锤，我可以咬定是有人栽赃陷害；但你章可可的关系，可是抹不掉的。魏国安权力再大也大不过董事长吧，一个能力突出的魏燎也就罢了，但有了这个连面试都走过场的章可可，我就不信你们还能这么理直气壮。

自从递交了竞聘报告，顾筱的工作便开始成倍增多。大到给书记写讲话稿，小到打扫会议室的老鼠屎，顾筱距离一个连轴转的陀螺又近了一步，跟另一位竞聘者的悠闲自得形成鲜明对照。

除此之外，顾筱写的文艺稿和新闻稿都开始被退回要求反复修改，原因往往只是一处语病、一个错字，但袁秋霞每次都会附上一句话："你再好好检查，看有没有其他问题。"

回到办公室，顾筱往椅子上一躺，无力地问章可可："你说，我是不是在自取其辱啊？"章可可刚打完会议通知电话，感同身受地说："我不也是吗？刚有个项目部的经理听我声音陌生，直接说我是骗子。她把你怎么了？""明知道这些都是无用功，还要鸡蛋碰石头。明明知道持之以恒地卖命付出，还是抵不过人家一个爹，却非得让自己当悲剧英雄。呵呵，我连悲剧英雄都不是，顶多算个悲剧。"顾筱的眼睛里像有一个干涸的湖泊。

章可可有一种被箭射中膝盖的感觉，但也很快反应过来："千万别泄气，你要知道，你面对的是一个即将退休的领导和一个能力远不如你的竞争者。你要是现在放弃，就一点希望都没有了！""嗯，我知道。"顾筱点点头，"我就吐个槽，接下来该辛苦还得继续辛苦。我的目标不大，只想有一份稳定的工作，外加心累的事情能少一点。"

"或者，你的目标也不一定很小。"章可可两眼突然放光，"假如我问你，你有信心应对办公室的所有工作吗？我说认真的。"顾筱不解地望着章可可，迟疑片刻，道："虽然一直都是小角色，但每个人的工作我都轮过岗，我觉得我可以。""那就行！"章可可轻拍桌子，"那我们就来试一试吧，我实习期半年，现在已经过了一个月了。在这段时间里，你负责好好工作，我负责帮你扫清各种你不想面对的路障。"

"别开玩笑了，"顾筱提不起兴致，"我有董事长那样的靠山还差不多。""不用董事长。"章可可说，"其实我也没太大把握，但可以试一试嘛，反正也就几个月的时间，失败了你也不亏。""这……我求胜心其实也没这么强，但不管结果怎样，我愿意试一试。不过，你要答应我一个条件。"顾筱说。

"什么条件？"

"就是今后你做的每一个有关我的决定，一定要提前跟我商量，不要擅自做主！"顾筱谨慎地说。"你还怀疑那封举报信是我写的呀？天地良心啊……"章可可差点要呼天抢地了。"那倒不是，"顾筱忙解释说，"咱俩的办事风格不太一样，有时我还没反应过来，你事情都已经做完了。所以我们需要及时通气，保持消息同步。""行，我答应你。"章可可笑道。

"不过，可可，我能问一个问题吗？"顾筱望着她。

"你说。"章可可摆出洗耳恭听的架势。

"为什么要帮我？"

"因为好玩啊，哈哈。"

[41]

"不是提醒过你吗？不要卷进来，国企的水很深，不是你能蹚的。"魏燎放下手里的《学会提问》，表情严肃地望着章可可。"但我也希望办公室由一个能力强的人来管理啊。"章可可振振有词。

"你还是先管好自己吧，办公室需要做事的人，也很需要能斡旋的人。"魏燎单手解着手腕上的鳄鱼皮表带，将表放到桌面上。"但你不得不承认，能做事才是最重要的吧，人际关系能力是可以培养的呀。"章可可仍然没有半点退让的意思。

魏燎一时无言，沉默片刻说："你是不是最近挺闲的？我记得你不爱管闲事啊，为什么老爱操心顾筱的事？难道你有把柄在她手上？"

"哥，你什么时候思想也这么庸俗了？"章可可抽走魏燎手上的书，敷衍地拿在手上翻了翻。"是国企一步步培养了我。"魏燎哑然失笑。

章可可不能理解。魏燎说："过不久你会明白的，当别人知道了你的身份，在表面客气的同时，也在你身后安排了狙击手。稍有闪失，子弹就会向你射来，而且绝没有打偏的，因为你这个活靶足有热气球那么大。"

"看来你也挺不容易的。"章可可笑了，把手里的书放在桌子上。"所以你为什么去管那些事？好好当你的实习生不就完了？你可别告诉我你在斩妖除魔啊。"魏燎没有忘记这个问题。

"我也说不好。"章可可想了想，说，"顾筱是和我完全不同的那种人。刚开始觉得她很可怜，也有可恨之处。但渐渐觉得，像她这样靠着自己、一步步奋斗将来的人，不都是这样的吗？他们的处境不允许他们活得清新、脱俗。更何况，顾筱并没有完全被世俗腐化，甚至还有种我说不好的单纯劲儿。"

魏燎的眼神发生了些许变化，章可可的话引起了他的担忧，他缓缓说道："可可，在同事里挑朋友，可不是一个明智的选择。""不是的。"章可可连忙解释，"我跟她私交不算深，只是她工作上有很多我没有的优点，比如细心、专注。哪怕再小的一件事，她都会一再地反复确认。不管这件事和她的关系远近，只要她参与，都会负责到底。我挺佩服她的。"

"嗯。"魏燎若有所思地点点头，"顾筱的能力我是认可的，只不过在国企，这些优点虽然难能可贵，却实在难以出彩。"

"干杯！"杯中满满的饮料差点溅洒出来，三个女生终于坐到了一起，这是她们第一次的三方"碰头"。

　　"夏夏姐，我早就知道你的传说，可他们没告诉我你长得也这么漂亮啊。"章可可放下杯子，盯着夏夏说。"夏夏姐在没结婚前，那可是集团的一枝花呀，好多项目部回来办事的人，哪怕没事儿也都愿意到工会办公室逛一圈。"顾筱笑着补充。

　　"哪有那么夸张！"夏夏故意露出几分意外的表情，"我怎么都不知道，结婚太早了！""你三十岁才结的婚，还早呢？"顾筱瞪大了眼睛，打趣她。

　　"早知道婚姻是这个样子，我还是做黄金圣斗士好了。呵呵。"夏夏上眼皮向下垂落，嘴唇的弧度逐渐变平。顾筱发现了夏夏表情的变化，正犹豫该不该问，章可可已经开口了："夏夏姐，结婚很无聊吧？都没有自由了，尤其生了孩子以后。""喂！"顾筱瞪了章可可一眼，"各有各的好，有个家多幸福啊！"

　　"幸福吗？"夏夏勉强挤出笑容，"结婚后好无聊的，除了女儿，什么都没有了。"顾筱有些意外她的回答。其实从夏夏休产假回来，她就感觉有点不对，因为初为人母的好友总是笑得很克制，甚至比妊娠反应时还显疲惫，她忍不住问："夏夏，有什么需要帮忙的吗？"

　　夏夏知道，顾筱只会在语气温柔又谨慎的时候，才会直呼她"夏夏"。她转头看着顾筱，抿嘴笑了："有的话我会呼叫你的，暂时还没有。"

　　三人吃着聊着，章可可眉飞色舞地告诉夏夏，她们在军训时是怎么对付蒋言欢的，当蒋言欢想拿新闻稿邀功时，顾筱又是怎么反击的。"夏夏姐，你都不知道，那天在食堂，顾筱的形象简直一米八！太过瘾了，我都没想到她还能这么厉害，当场就想拍手叫好呢。"

　　这倒是把夏夏逗乐了："行啊顾筱，看来我还是小看你了，可可激发了你的潜能。"顾筱有点不好意思，但很快想到了另一件事：

"对了，夏夏姐，举报信的事，究竟任子琪为什么会帮我？"

"敌人的敌人就是朋友，"夏夏说，"任子琪和蒋言欢互斗很久了，她又知道我跟你关系很好，怎么会错过这个机会呢？""你的意思是，她知道举报信是蒋言欢写的，所以录了音？也太巧了吧？"章可可问。

"不不，这个录音她之前就发给我了，"夏夏说，"只是在我这儿压了一阵儿。这么关键的东西，当然要用在刀刃上。""啊……原来你早就知道了。"顾筱感觉在夏夏面前上演了一场裸奔似的，即使关系再好也还是会尴尬。

"我一直知道蒋言欢、周泽阳，包括龙梅都不是善茬儿，你又容易被感情所控，所以这张底牌就只能由我拿着喽。"夏夏说。

"你拿得太对了，夏夏姐！"章可可兴奋地说道，"不然她这次太难翻身了。终于和那个渣男分手了！""嗯，这点我倒是挺意外的，而且还是你主动提出的。"夏夏赞许地看着顾筱。"我受够了，今后有没有靠山、混不混得下去，我已经不想考虑了，只想早点远离这个人。"顾筱轻叹了一口气。

"别泄气啊，副主任之位在向你招手呢。"章可可安慰顾筱。"你竞聘了副主任？"夏夏满脸的不相信，转而对章可可说，"可可，这一个月你怎么做到的？她怎么整个脱胎换骨了啊！"

"啊，是吗？"章可可有些意外，"她改变很多吗？"夏夏深深地点了点头。

"反正……就试一下吧，也没抱多大希望。"顾筱弱弱地说。章可可和夏夏则交换了一个得逞的表情。

从餐厅出来，章可可去取车，顾筱和夏夏站在门口，顾筱打趣地问："你老公又来接吧？"夏夏愣了一下，瞥了一眼地上说："没，自己回。"顾筱再次意外了，以往不管多晚，只要在主城区内，夏夏老公都会风雨无阻地来接她，每次都让一群人啧啧称羡。

章可可的车停在了她们面前："你们俩有人接吗？没有的话我送。"顾筱还没反应过来，夏夏问道："你住哪儿？我怕不顺路。""没事儿，时间还早，我当是夜间兜风了，快上来吧。"章可可巴不得再多聊一会儿。

　　恭敬不如从命，两人坐进了后排座。刚坐进去，顾筱就感觉坐到了一个软软的东西，扯出来一看，是一个哆啦A梦的抱枕，很眼熟。"看来还是女人靠得住啊。"夏夏突然来了一句，打断了顾筱的思绪。直到下车后，她才回想起那个靠枕，魏燎的车上有个一模一样的。

　　把两人依次送回家后，章可可放慢速度在街上兜风。

　　电话铃声响起："可可，你在哪儿呢？"是邱冬焦急的声音。"大小姐，又怎么了？你周末又过生日啊？"章可可打趣道。

　　"什么呀，潘攀跟你说了没？"邱冬接着问。"说什么？我们已经分手了。"章可可语气降了几个调。"我说你也太狠了吧，好歹青梅竹马一场呢！他要移民加拿大了，全家移民！"

　　章可可的表情停滞了几秒，转而扯开了嘴角说："嗨，我说朋友，你该不会想让我像偶像剧里那样，哭着喊着去机场追人吧？他去加拿大挺好啊，哪个城市？要是温哥华就太好了，温度宜人、四季如春……""停停停。"邱冬打断了章可可的胡说八道，没好气地说，"章可可你就嘴硬吧，有你后悔的，别怪我没提醒你！"

　　挂了电话，章可可停在了一个亮着红灯的十字路口，她太需要停一停了，又太害怕停下来了。最终她还是在绿灯亮起的第一时间狠踩油门，冲进了一片耀眼迷离的夜色中。

[42]

袁秋霞对两名副主任竞聘者的考核还在继续。

集团的六月安全生产例会将在物流园项目部召开，袁秋霞带着顾筱和徐慧参会，说要同时考核她们的会议纪要写作水平。

由于堵车，到达项目部会议室时，离会议开始只剩十分钟了。袁秋霞出去了几分钟后回来，把办公室唯一的录音笔递给了徐慧，然后把另一支递给顾筱说："这是我在项目部于书记那里借的，你用这个吧，还新一点。"

顾筱无比感动，一瞬间似乎已忘记袁秋霞之前对她的种种刁难。但这样的感动仅维持了一个多小时，在会议接近尾声的时候，顾筱发现那支录音笔有点不对劲。录音指示灯不知什么时候已经灭了。顾筱急忙把录音笔拿起来查看文档，却发现里面空空如也，她顿时冒出一身冷汗。

会议结束后，顾筱纠结该怎么办。再好的笔头，也不可能把一下午的会议要点完全记下，尤其还涉及众多的工程专业术语，少一个字都会出问题。找徐慧拷贝一份？本来就是竞争对手，徐慧如果找各种理由拒绝，那自己不是更糟？正犹豫着要不要向袁秋霞说明情况，有人拍了拍她的肩。转过身去，魏燎正看着她，手里递过来一支录音笔，说："这是我的，你先用吧，今天的会我全程录了音。"

"可是，你不用吗？"顾筱迟疑着问。魏燎指指自己的脑袋，笑了笑说："我只用记我需要的重点，内容不多，所以脑子够装了。"

也许是因为他的身上散发出极淡的洗衣皂味，也许是因为窗外的阳光正好打在他微翘的发尖上，顾筱觉得此时的魏燎就像是来拯救自己的魔法王子，心里的阴霾一下子烟消云散。

对于魏燎来说，这次会后还有一件更重要的事情。他并没有第一时间离开项目部，而是走进钟毅的办公室，倚在门框上对他说："嘿，下班去喝一杯呗。"

坐在副驾座上，钟毅还是觉得意外，自从他进入建设集团之后，两人就从来没有单独相处超过一分钟。"今天怎么劳你公子爷大驾，居然要和我喝酒？"钟毅脸上露出讪讪的笑意。"想向你求证一件事。"魏燎表情凝重，假装没有听到他的嘲讽。

"什么事？""你是不是拿过材料供应商的红包？而且数额还不小？"

钟毅刚抽了一口的烟停在了半空，他微眯起眼睛，不紧不慢地说："原来魏公子找我是为这件事。这一行，你懂的，我也不能破了规矩啊。""规矩？什么是规矩！现在已经不同以往了。之前我是不是提醒过你，胡来的代价是很大的！"魏燎努力压低声音吼道。

"你怎么知道的？"钟毅侧了侧身，凹陷的双眼望着魏燎。"举报信就在我办公室里，具体时间、款项和金额都清清楚楚。你得罪的人也不少啊。"魏燎说。

"所以你想怎样？秉公处理，还是包庇旧友？""我没跟你开玩笑！"

"呵，魏公子，"钟毅冷笑了一声，"干我们这行的，没几个屁股彻底干净，如果要查，查得过来吗？比我收得多的人多了去了。"

"都已经有人举报你了，说明你已经被盯上了，明白吗？"魏燎深吸一口气，接着说，"现在还有一个办法，集团有廉政账户，你把收的钱如数打到廉政账户里。凭借转账发票，如果真的出事，或许还有转圜余地。"

"我没钱。"钟毅望着远处，淡淡地说。"那你收的钱呢？你不是浪费的人啊。"魏燎疑惑。"寄回家给我妈看病了，她糖尿病又住院了。"钟毅说完，魏燎停住了，半晌才说："那我先借给你。"

"不要你的钱！"钟毅拉开车门下了车，"魏燎，我谢谢你来提醒我，但人各有命。我妈日子不长了，我没办法让她多活两天，但是钱可以。只要能让她最后一段日子不那么痛苦，坐牢我都愿意。"

钟毅走后，魏燎坐在车里，迟迟没有发动引擎。

魏燎和钟毅是大学同学兼室友。开学报到第一天，魏燎走进宿舍，发现自己被分配到了上铺，但那段时间他踢球弄伤了腿，攀爬起来实在不便。正在为难之际，下铺正收拾东西的钟毅和钟妈妈叫住他，肤色黝黑的钟毅露出一口白牙，笑着对他说："我和你换吧，我睡哪里都方便。"钟妈妈还对他说："下铺床单我都已经铺好了，也是刚领到的，如果你不嫌弃，就不用拆了重铺了。"

就这样，他们成了大学最好的朋友，一起上课吃饭，一起打球打《魔兽》，一起去图书馆，一起在考试前挑灯夜读。魏国安和魏太太也一直记得换床的情谊，时不时让钟毅到家里吃饭，给魏燎的食物水果也会为钟毅多准备一份。

转折是在大学毕业时，魏燎和钟毅一同应聘了建设集团，最终魏燎得到了 offer，而钟毅没有。钟毅坚持认为自己是输给了关系，并让魏燎向魏国安求情。但魏国安拒绝了，把他推荐给了自己熟悉的一家建筑类私企。

两年之后，钟毅再次应聘建设集团并终于被录用，但他和魏家的关系已经一去不复返了，和魏燎也再无私下往来。他变得越来越圆滑世故，让魏燎觉得非常陌生。

往事历历在目，而摆在眼前的是艰难的抉择。魏燎无力地靠在座椅上，眼神放空，望着前路。

潘家，明晃晃的客厅里。潘太太正一脸焦灼地望着坐在沙发上的潘攀，皱着眉头说："我不反对你谈恋爱，年轻人追求真爱是好事，但为了章可可，你值得吗？她工作室做不下去，反倒把责任推到你身上。""妈，事情不是那样的，可可只是一时难以接受。"潘攀回道。

"我不管这些，但你要为她留下来，简直是胡闹。你可是美国名校商学院毕业的，那边工作我们都帮你找好了，多好的机会啊，你……"潘母越说越生气。潘父走过来将她扶住，"好啦，你也消消气，他又不是不去，只是暂时不去嘛。给孩子一点时间。"潘父安慰道。

"到时候再过去，就不知道还有没有这么好的机会了呀！我看就是你惯的，从小就自由、自由，一点都不体谅我们的辛苦。"潘太太说服不了儿子，把气撒在潘父身上，一甩袖子回了屋。

潘父回头看了看闷头坐在沙发上的潘攀，对他说："儿子，路是你自己选的，爸爸对你的要求就是，不要轻易认怂。我们不在身边，很多事就没那么容易了，但我相信你，相信你能走下去！"

潘攀点了点头，说："爸，你应该知道，我留下来不仅是为了章可可，也是想知道没有你们，自己到底还有多大能耐。"

[43]

"故意的！她绝对是故意的！"相较其他"军师"，章可可最欠缺的应该就是那份淡定了。在接到顾筱的电话后，她腾地从卧室凳子上站了起来，右脚还顺带踢到了桌角："啊哟——"

"可可，你怎么了？"顾筱听到电话那头的声音不太对。"啊……没怎么，那你现在怎么办呢？"章可可捂着生疼的脚趾问。"哦，幸好，我——哎呀，可可我先不跟你说了，锅要烧干了，明天办公室再说吧。"说完顾筱扔下电话，投入厨房抢险中。

"喂……"章可可心里着急，但又无可奈何，也只得再次坐下。这时她听见客厅里传来魏燎归家的声音，突然想到这会他也参加了。

章可可冲出房门，在魏燎要进房间时拦下了他："哥，我有事跟你说。""哦，那进来说吧。"

"你喝酒了吗？"章可可闻到魏燎身上有淡淡的酒味，抬头一看，他表情克制，脸颊微微泛红。章可可有点惊讶，觉得哥哥怪怪的："真喝酒了啊？谁惹你了吗？"

魏燎坐到床边，耷拉着脑袋说："没多喝，就是有点累了。"

章可可拉开书桌前的椅子坐下，说："哥，今天你去南半湾项目部开会了吧，看到顾筱了吗？""嗯，看到了。"魏燎回答。"她是去写会议纪要的，这次的会议纪要是她竞聘副主任的重要依据，明天她写完了你能不能帮她改一下？很多专业性词汇我们可不懂。"章可可说。

魏燎盯着章可可："不是让你别掺和其他人的事儿吗？你自己的工作做得怎么样了？""哎呀，我挺好的，你不是顺便就能看一下嘛。袁秋霞肯定会帮徐慧修改的，而且顾筱的录音笔还是坏的，这件事本身就不公平！"章可可开始软磨硬泡。

"如果她连这点突发情况都解决不了，估计当办公室主任也够呛吧？我明天有好几个会，今晚也要准备材料，没空余时间。"魏燎冷冷地说。章可可本还想多辩解两句，但感觉魏燎的情绪实在反常，也只好作罢，悻悻地离开了。

多亏了魏燎的录音笔，顾筱当天晚上就把会议纪要整理了出来。第二天上午，她看魏燎的QQ状态是"电脑在线"，便上楼去找他。魏燎的办公室里有谈话的声音，顾筱在外面等了大约两分钟，正犹豫要不要待会儿再来，便看到一个项目部的人从里面走了出来。确认里面没有了声音，顾筱这才敲敲门走进去。

"魏经理，我来还你的录音笔，昨天多亏你了。"顾筱走到魏燎办公桌前方，将录音笔轻轻放到桌子上。魏燎抬头看是她，露出淡淡的笑容："不客气，写好了吗？""已经写好了。"顾筱回道。"那

167

就好，你的能力我是知道的，今后公文方面的事情还要多请教你。"魏燎说。"魏经理别这么说，我也就会那么一点，有什么需要尽管说话。"顾筱笑说。

顾筱走后，魏燎望着门口方向，莫名地发了一阵呆。他并非刚刚注意到顾筱，两年前的青年人才演讲大赛上，她以0.8分的微弱劣势输给了他，屈居第二名，失去了参加上级单位决赛的资格。魏燎想，如果当时是她去参加决赛，或许现在的际遇会有不同吧，毕竟她具备一鸣惊人的实力。不过那次也是顾筱入职以来唯一出彩的机会，渐渐大家便都淡忘了这个综合能力很强的女生。

这次他出手帮顾筱，是因为不愿让虚伪之人得逞。会议当天，他正坐在项目部办公室的角落里休息，看到袁秋霞急匆匆地进了办公室，找到于磊说："于书记，上次我带过来的那支录音笔呢，还在吗？""还在……但那支录音笔有点问题，我准备找人修一修的。"于磊的表情有点诧异。

"有电吗？"袁秋霞又问。"电是有的，但就是……""没关系，有电就行，给我吧。"袁秋霞接过录音笔便出去了，所以当魏燎看到那支有问题的录音笔放在顾筱面前时，心里已差不多明白了。

嗯，意料之中。

章可可的来电适时响起，声音明显压低却仍掩不住愤怒："你自己都在帮顾筱，居然还把我数落一顿！""我只是举手之劳。"魏燎笑道。

"我不管，你得补偿我受伤的心。"

"你想怎么补偿？"

"晚上请我吃饭！"

从风达公司面试出来，一身笔挺西装的潘攀想给章可可打个电话，虽然两人已经分手，但在这个时候，他还是希望她能知道自己迈出的每一步。

鼓起勇气拨通号码，潘攀心情雀跃地等待着。一声、两声……潘攀的笑容渐渐淡了下去，或许她正忙吧，没空接电话。干脆去她公司找她吧，反正也不远。潘攀这么想着，将公文包放在汽车后座，上了车。

这时，和他一起面试的女生向他走来，妆容精致的脸冲他热情地微笑："嗨，弗兰克，天气很热，你能行行好，送我一段吗？"潘攀将脖子上一丝不苟的领带扯松取了下来，对女生说："实在抱歉，我女朋友在等我，再见。"

沁江建设集团附近真的很不好停车，潘攀绕了几圈，总算在隔了两条街的一个小商圈下面将车停了。步行走到集团楼下，正准备再打电话试试，便看到章可可正从大门里走出来，旁边是一个高高的男生。

两人热络地聊着天，章可可脸上带着潘攀很久没有看到过的笑意，他感到一阵失落。就在这时，章可可停了下来，望向地面，男生也随之停了下来，很快反应过来，蹲下身开始给章可可系鞋带。章可可推辞了几下，之后也乖乖顺从了。

嗯，乖乖顺从，潘攀心里升起了这四个可恶的字。湿热的空气像一团烈烈的火焰，炙烤着潘攀焦躁的情绪，他感到喉咙似乎被堵住，连自然呼吸都开始变得困难。

实在看不下去了，潘攀忘记了此行的目的，收拾好已经跌到谷底的心情，转身离开了。

而这边，闫新刚站起来，对章可可说："下次我教你一种系鞋带的方法，保证不会自己松开。"章可可半微笑半严肃地说："谢谢，但今后别这样了啊，大门口的，让人看见不合适，会误会的。""我不怕误会啊，"闫新刚的话吓了章可可一跳，"可可姐，别在意别人的眼光！"

章可可顿感尴尬，恨不得立马说出："不是在意别人，而是我自己觉得不舒服。"

不知从什么时候起，章可可隐约觉得闫新刚在有意无意地靠近自己。本来一句话就说完的事，非得在楼道里聊上大半天；有时中午在食堂吃饭，即使身边有顾筱，他也依然不管不顾地坐到她旁边。今天也是，一个项目部品质管理小组的参赛材料，由一名项目部同事开车送来，本来闫新刚通知章可可即可，他却坚持以章可可没见过那人为由充当引荐人，还在集团大门口上演了这么一出，明明只是拿个材料而已……

这个学霸，到底葫芦里装着什么药？他不会对自己有意思吧？章可可吓出一身冷汗，要知道从小到大，除了潘攀和魏燎，她几乎对有"学霸"头衔的人都避之不及。在她看来，大多数会考试的大脑都是刻板而缜密的机器，是没有鲜活的血液流动的。

晚上，魏燎带章可可去吃了一家口碑很好的泰国菜，章可可把闫新刚的事说给他听。魏燎想了想，没多说，只让她自己注意，别和他走得太近，以免落人口舌。

餐厅离家不远，章可可刚准备和魏燎同车回家，邱冬来了电话，开口便说："坏了，天策哥刚来电话，潘攀在瞻春喝多了，把人桌子都掀了！"

章可可满脸惊讶，一旁的魏燎也耐心等着，直到章可可焦急地转头对他说："去瞻春，快！"

[44]

躲过了堵车时段，魏燎比平日里多踩了两倍的油门，在二十分钟内将车轰上了滨江路，再轰进了瞻春酒吧外的停车区。

"这是不是孙天翔的车？"魏燎指着旁边的一辆玛莎拉蒂问。章可可顺着他的视线望去，点了点头，打开车门跳下去："对，是他的，看来他们已经到了。"

夜晚的瞻春像一个五颜六色的音乐盒。跟其他闹腾腾的酒吧不同，瞻春的驻唱歌手多为民谣歌手，舞台能承受的最大限度是抒情摇滚，重金属是不会出现在这里的。

两人冲进酒吧，迎面看见周天策正好言好语地跟一群人解释着什么："你们放心，这个人是我弟弟，高学历精英，人绝对不坏，就是失恋受了点刺激，外加喝了酒，情绪有点失控。不好意思啊，实在对不起……"

章可可正准备冲上前问怎么回事，却被魏燎一伸手臂给挡了回来。

周天策也看到了他们，笑着对章可可说："可可啊，来玩儿啊？那边还有位子，快过去坐。"边说边给魏燎使眼色。魏燎明白过来，笑说："好，那我们先过去了，待会儿聊。"同时拽走了章可可。

两人经过走廊，绕进了一个相对隐蔽的区域，这里是周天策的工作室，一般的客人并不知道。果然，邱冬正守在门口，见章可可他们来了，愁眉苦脸地说："不知道他今天怎么了，天策哥说他一来就情绪不对，酒就没停过。""到底怎么回事啊？为什么掀别人的桌子？"章可可问。"他不小心撞到那桌一个女人，另外两个男人不依不饶，说他对那女人非礼，潘攀一气之下就掀桌子了。"邱冬回说。

"天翔在里面吗？"魏燎问。邱冬点点头说："在，不然里面的东西估计都被他砸完了。"

章可可推开门走进去，看到潘攀一身西装凌乱，垂着头坐在凳子上，身上还沾有酒渍。孙天翔站在旁边扶住他的肩，以免他往前倾倒。看到潘攀的颓废模样，章可可气不打一处来，上前抓住他的领口想拽他起来。

"走啊，咱们出去再喝，你不是想喝酒吗？我陪你喝！"章可可大声嚷道。潘攀抬起头来看着章可可，突然开始冷冷地笑起来，用似乎裹着冰的声音说："呵呵，我不跟你喝，我跟你没有关系了！""对，我们没有关系了，但拜托你成熟一点，好好开始你的新生活，不要让我瞧不起！"章可可越来越激动。

潘攀晃晃悠悠地站起来，由于距离很近，他的下巴几乎要碰到章可可上扬的额头。他望着面前这双自己爱得死去活来的眼睛，硬撑着倔强地说："那好，从明天开始，我会重新开始，我会好好地活着，会活得让你佩服、让你安心、让你再也想不起我！所以你走吧，从我眼前消失！"

章可可瞪大了双眼，她实在不敢相信这话出自潘攀之口。他要出国，两个人马上就要时差好几个小时了，为什么潘攀一定要把关系搞得这么僵？真的连一点情分都不留吗？她回击似的点点头，从魏燎手中抢过自己的包，转过身摔门而出。

章可可再次冲进了一片迷离的酒吧色调中，温暖的灯光让她的大脑皮层有些倦怠，她看到周天策依然在和那几个人说着什么。一个满脸横肉的男人振振有词道："是，我老婆是长得漂亮，可不是谁想碰就能碰的，那孙子几斤几两啊，见到美女手就这么不老实，小心我给他剁了！"周天策面露难色，却见章可可已经恶狠狠地站在了那人身后，心中顿生不好的预感，立刻用眼神示意她先走。

章可可哪里忍得了，没等周天策反应，她已顺手将旁边桌上的一杯水泼到了"横肉男"的脸上，身边传来一声惊叫。章可可将包扔到一边，指着满脸发蒙的"横肉男"的鼻子骂道："在你去治疗残缺的脑子之前，还应该先去看看你的眼睛！一张下巴能戳爆气球、只有眼珠没装假体的脸叫漂亮？谁不老实了？有种我们调监控啊！别人把顾客当上帝，你还真把自己供起来了？"

"好了好了，可可不生气啊，只是个误会！"周天策拦在章可可前面。后面的"横肉男"不干了，腆着肚子上前两步，肥大的手一把抓住了章可可的肩膀。

周天策还没来得及出手，另外一只拳头已经砸到了"横肉男"的脸上。章可可只觉得自己被人往后一扯，视线就被一片白色给挡住了，她感受到了来自潘攀的熟悉的气息。

"敢非礼我女朋友，我打的就是你！"潘攀扑向"横肉男"，双手扯住他肩上的衣服。"横肉男"想还击，可刚往前一步，就被绊倒在地。黑暗中，一旁的周天策若无其事地收回左脚。

"横肉男"的同伴撸起袖子要打潘攀，魏燎和孙天翔冲上去挡在了中间。魏燎抓住了"横肉男"同伴抬起的手臂，低声跟他说了句话。"横肉男"同伴脸色一变，将地上的"横肉男"拽了起来，耳语了几句后，三人佯装镇定地快步离开了酒吧。

一群人回到了周天策的工作室，潘攀躺在床上已睡着了，章可可坐在较远的位子上面无表情，而其他人则对魏燎说的那句话无比好奇。"魏燎哥，你到底跟他说什么了？为什么他们屁股还没拍就跑了呀？"邱冬问。周天策和孙天翔也望着他，在等他的答案。

"嗨，只是巧了，我判断了一下他们的身份而已。"魏燎笑了笑，"刚一进屋我就观察了一下他们俩，装得很豪气，但皮鞋上和手皮包上的泥都没擦干净，我突然联想到了我们合作的很多包工头。于是我说：'我见过你们，这次投标还想不想中了？'看来被我猜中了！"

"等等，魏燎哥，"孙天翔也蒙了，"你判断他们是包工头我信，但你怎么知道他们在投标？""哦，"魏燎说，"因为我看到他们的座位上，放着一袋投标文件。"

"哦……"三人不约而同地点了点头。魏燎回头看了看潘攀和章可可，对周天策说："有点晚了，潘攀怎么办？""等他清醒一点，我开车送他回去。"周天策接着说，"要不你们也先回吧。"

众人起身，章可可也站了起来，望了望熟睡中的潘攀，转身离开了。

[45]

天色已晚，肖强夫妇和田志忠夫妇所在的雅致的包间里，气氛正浓。

肖强第 N 次举起酒杯，说："田经理，早就想跟您私下聚聚了，一直没个机会，今天才知道原来您的太太和我太太是大学同学！早知道这么深的缘分，我刚到集团时，我们哥儿俩就该喝两杯啊。"

肖太太和田太太的确是大学同学，已经二十多年没联系了。肖强调到建设集团那一年，田志忠刚好再娶，所以对其家事也没多问。肖强现在想来，这么重要的资源，知道得还是太晚了。

多年没有联系，肖太太自然也不知道田家的私事。据肖强的推测，章可可不姓田，也不跟着田太太姓李，那么只有两种可能：要么是田志忠的亲女儿，跟前妻姓章；要么是田太太的亲女儿，跟前夫姓章。但这两种可能都很让人为难，不可能直接问人家前妻和前夫的姓氏吧？

看来只能曲线救国了。肖强喝得有点多，仗着酒劲，悄悄对田志忠说："田经理，嫂子还年轻，你们不打算再要一个孩子？"田志忠被这话噎得够呛，这肖强是戏弄我吧？这么大岁数了生什么孩子？不过他稍微一想，很快觉得事情不会这么简单，在社会打拼这么些年，田志忠早就是一根老油条了，他不相信肖强没头没脑地这样问，会没有别的原因。

田志忠虽然喝了酒，但脑袋还算灵光，他理了理头绪：他有个儿子也在建筑行业，这事儿集团很多人都知道，难道是儿子闯了什么祸被抓到把柄了？他端起酒杯，对肖强说："肖经理，我们都老了，也不指望儿女养老，只要他们平平安安就好。我有一个不成器的儿子，能力不足，但绝无坏心，如果他今后闯了什么祸，还请肖经理帮忙关照一下。"

肖强喜笑颜开，第一时间抓到了两个关键词，一是"儿女"，二是"他们"。看来，田志忠果然还有一个女儿，而且之前并没提到过，估计不是亲生的。他感到借这顿饭向田志忠摊牌的目标又往前进了一步，忙举杯说："哪里哪里，田经理的儿子就是自家侄子，今后一定关照。"

肖强的胆子越喝越大，觉得是时候供出程立新了，章可可的身份在他手上，就不信田志忠还会对自己肆无忌惮。"田经理，不瞒您说，程立新是我手下的得力干将，他也很信任我，所以一些事情，其实我是知道的。"肖强见田志忠还没反应，接着说，"我也听到了一些风声，说实话，对您挺不利的，不知您是否还蒙在鼓里？"

田志忠的脸色突然变了，泛红的脸颊渐渐紧绷，横眉对肖强说道："我在这行业半辈子了，有人要害我，也很正常。""是是，其实我们都知道，您可是为集团立下了汗马功劳，当年您和魏总配合默契，是建筑业响当当的人物啊！"肖强忙说。

"呵，当年再辉煌又怎么样，枪打出头鸟！"田志忠独自闷下了一杯酒。肖强连忙端起酒瓶，又给田志忠倒上，一脸真诚的表情："前段时间，战立突然派魏燎出任南半湾项目督查小组的组长，如果没有魏总的指示，他战立有十个胆子也不敢这么干啊，这说明什么？集团这次是真的盯上南半湾了。我是看魏总都不打算帮您，才真心为您心急啊。"

田志忠冷冷地轻瞟了肖强一眼："你怎么知道魏总不帮我？这些年他还是很拿我当兄弟的。""是是，"肖强急忙应和着，"知道魏总一直对您都很关照，包括把您女儿安排进集团，但……您不觉得，这些都有点……太皮毛了吗？南半湾这么大的事，他反而不动声色的……"

听到这里，田志忠有点糊涂，他试探道："我女儿……你怎么知道？""刚和您说了，程立新是我的得力干将，他也为您鸣不平呢！"肖强说道。田志忠明白了，原来是在说章可可，但是……田志忠愣了几秒，看了一眼旁边和肖太太聊得正欢的妻子，对肖强说："肖经理，我和魏总相交很多年了，我们有我们沟通的方式，但还是谢谢你，能毫无保留地提醒我，我回去会好好想想的。"

"好好，田经理明白就好，工作上的规矩很多都是不可避免的，我只是不希望像您这样为集团殚精竭虑的人最后受了委屈。"肖强笑吟吟地举起酒杯，和田志忠一碰而尽。

回家路上，坐在副驾驶的田太太问田志忠："为什么肖强说你有个女儿，你没有反驳？"田志忠淡淡一笑，原来妻子作势聊天，实则把自己盯得很紧。他皱了皱眉，说道："情况比我想象中的复杂啊。不过现在还分不清谁是敌、谁是友，沉默是最好的态度。"

一牙弯月悬在夜空，顾筱躺在床上，贪婪地享受着夜晚的宁静和慵懒的氛围。窗外不知是什么声音，清脆婉转，不是知了，不像虫鸣，似乎是某种不知名的鸟叫。

顾筱侧过身子，重新调整了一下呼吸。明天还有一堆事等着她去做，理应早点入睡，可她实在睡不着，像是陷入了一潭浅浅的沼泽，不至于被淹没，却被迫沉落其中，只能迷茫地望着忽近忽远的彼岸，望到眼中都漫出了水来。这难道就是女人可怕的三十岁？顾筱不愿承认。

前一夜的失眠直接拉低了第二天的工作效率，加之没睡午觉，浑浑噩噩的顾筱在临近下班时踢到了电脑主机的电源线，等到重新开启电脑，未存档的表格只剩下一行孤零零的标题。

章可可去其他单位送文件了，顾筱欲哭无泪地呆坐了会儿，正在这时座机响了，她一看号码是来自夏夏的办公室，忙接起来："喂，夏夏。""怎么接这么快？"夏夏问。

"正发呆呢……"顾筱无奈地笑了笑，很快恢复了正常，"没事儿，工作上的小麻烦，怎么了？"

"哦，是这样，"夏夏的语气增添了几分雀跃，"下周末，集团和二院联谊，我给你报名了，万一勾搭上一个帅气的医生呢。""你没开玩笑吧，赶紧把我删了，我不去。"顾筱本能地抗拒。本来相亲就已经够可怕了，还是集团对集团的相亲。想想看，对方最先抛出的问题就是："你什么职位呀？""工资多少啊？""你们公司这一两年效益怎么样？"而旁边也全是自己特别不想在生活中见到的人，说不定她"软柿子"的名号会因为这些人而得到蔓延性地传播。这种感觉，真是一言难尽。顾筱不明白，为什么夏夏坚持让自己去。

一个QQ群图标频繁地闪烁着，也终于引起了顾筱的注意，她背靠座椅，点开了QQ群。满屏都是和青年联谊会相关的内容，顾筱不感兴趣，鼠标已移到了"×"上，一句话却突然跳了出来："要是魏经理去，我就去！"

发消息的是郑姗姗。虽然这个群里都是三十五岁以下的年轻人，说话也比较随便，但这样明目张胆地提到魏燎，还是显得太高调。群里果然坏笑一片，但顾筱知道，郑姗姗这句话很可能是帮吴心妍说的。

吴心妍和郑姗姗，包括后来加入的史漫，三人是集团里的"糯米团"，有事没事都喜欢黏在一起，交换八卦、共享情报。当然，她们也是别人嘴里议论的焦点。吴心妍喜欢魏燎已经是全集团公开的秘密了，在这个关系的箭靶中，郑姗姗负责利用距离之便打探消息，史漫则负责在背后出谋划策。但不知是否因为太过含蓄，吴心妍明面儿上始终没有任何行动。

没过多久夏夏也回应了："正在积极做他的工作，就快说动了。"这下大家更惊讶了，一贯冰山冷脸禁欲系的魏燎，居然能被说动去参加相亲大会？大家纷纷为夏夏点赞。

今天大半天的心血打了水漂，顾筱不得不留下来加班做表格。肿着两眼做完，已经是夜里九点了，顾筱以最快的速度收拾好自己的包。要知道，现在的集团大楼几乎没人了。

在昏暗的应急灯和手机照明的鼓励下，顾筱小跑着冲到了电梯口，看到电梯从八楼下来，安心地将手机照明关掉了。岂料，楼道间突然传来了踢踢踏踏的脚步声。顾筱的身体瞬间被冻住，瘆人的心慌蔓延开来。电梯到了，门内明亮的灯光照散了顾筱的恐惧，她深吸了一口气，走进电梯。电梯开始下降，刚到四楼便又停了下来。电梯门开，竟然没人。顾筱的鸡皮疙瘩再次立了起来，她急忙按了关门键，就在门快要关闭的一刻，一只手挡在了两扇门间，发出了不太和谐的碰撞声。

"啊！"顾筱再也忍不住了，恐惧地叫了起来。

电梯门大开，魏燎站在门外，惊讶和疑惑让他一时愣住了，不知道该不该进去。

见是魏燎，顾筱知道自己出糗了，连忙整理好起伏跌宕的情绪，解释道："魏经理，不好意思啊，太晚了，我以为没人了……"

魏燎进了电梯，笑说："我临时回办公室取个东西。你才下班？""嗯，对，我表格忘存了，所以重做。"顾筱说完后才尴尬地意识到：自己又暴露了一件更糗的事。

两人先后走出电梯，魏燎突然对顾筱说："这么晚了，要不去吃个消夜？我知道有一家店做的面特别好吃。"

[46]

也许是因为饿了，也许因为其他，顾筱想也没想便点头答应。

顾筱跟着魏燎走进集团大楼旁边一条不起眼的小巷里，路边仅有零星的灯光点缀。再往前走，看见了一处明亮的小铺面，木质桌椅略显陈旧，但被擦得光滑干净，靠里的位置放了一口银灰色的大桶锅。一对中年男女坐在靠门的座位上，仰着头看墙上架高的电视机里播放的"海外剧场"。

"陈姐！"魏燎温和的声音响起。中年男女回过身，看到两人后连忙站了起来。"小魏啊，今天又加班？快坐快坐！"陈姐热情招呼着他们，对中年男人说，"还愣着干吗，开火烧水呀！"

魏燎和顾筱就近坐下，陈姐为他们倒上茶。"小魏啊，这位是……"陈姐望着顾筱，眼中透出了一丝关切的笑意。"哦，同事，今天也加班。"魏燎淡淡说了句。

直到坐下，顾筱才意识到，这是她第一次和魏燎单独坐在一张桌上吃饭。她同时发现，不知道从什么时候开始，每当两人单独相处，她就会感到一种坐立不安的紧张和尴尬。

"吃什么面？牛肉面是我们家的特色，每次小魏过来都会点。"陈姐介绍道。"哦，那我也点牛肉面吧。"顾筱含笑对陈姐说。

因为已经停火了一段时间，所以面煮得稍微久了点。顾筱一直在想该说点什么缓和一下尴尬的气氛，魏燎先说话了："联谊会你要去吗？"

顾筱茫然地抬起头："你是说，下周和二院的联谊相亲会？"

"对，今天夏夏通知的。"魏燎答，脸上看不出任何情绪。

"哦，可能……要吧……她帮我报名了。"顾筱老实答。

"哦，那就好。"魏燎淡淡说了一句，像回答"你吃了吗""吃了"那样简单。

那就好？顾筱有点不明白，同时为这句话本能地感到一种窘迫，难道魏燎希望我去？但他为什么希望我去？"那你会去吗？"顾筱鼓起勇气问道。也许没想到顾筱会问这个问题，魏燎愣了一下，回说："还定不了。"

还定不了？说明他是单身？

两碗面端了上来，顾筱"艰难"地吃着。虽然味道的确很好，她刚才也的确很饿，但对面坐着魏燎，咀嚼和吞咽功能怎能正常如初？

"对了魏经理，哦，魏燎。"顾筱想到魏燎曾说过在工作以外场合叫本名，"会议纪要的事情要谢谢你，帮了我一个大忙。"魏燎抬头笑了笑，露出难得阳光的表情："小事儿，部门之间本来就该相互帮助的。不过你为什么被安排写会议纪要，是因为副主任测评？"

"对，主任希望能全方位考核。"顾筱语气减弱了些。"加油。"魏燎望着她说。

"唉，其实我是不抱希望的。"

"为什么？"

"因为她心里已经有人选了。"

魏燎愣了几秒，对顾筱说："你不要这么想。虽然袁秋霞是办公室主任，对副主任的人选有主要话语权，但她毕竟也只是办公室主任。你懂我的意思吗？"顾筱迟疑了一下，缓缓地摇摇头。魏燎接着说："她提供的人选最后能不能被认可，还是要看更上级的意思，他们才是最终决定的人。"

"这我明白，"顾筱说，"但毕竟是她的部门，领导也会尽可能尊重她的意思吧。"

魏燎沉默了一阵，又说："那就要看领导愿不愿意用她的人。所以，事情没有定下来之前，你不要妄自菲薄，认真把每一件事做好，现在一切都还是未知数。"不得不说，魏燎的鼓励恰似给了顾筱一针有效的强心剂，她觉得眼前的光线似乎又明亮了些，身上的动力也足了一些。

吃完面已经快十点了，两人和老板告别，顾筱发现魏燎碗里的面也还剩一小半。

在他们走远后，陈姐将碗筷收回厨房，对一旁的老公说："小魏谈恋爱了。""你怎么知道？"中年男人瞥了她一眼。"知道我跟你谈恋爱时为什么那么瘦吗？当着你的面什么都吃不下呗。"陈姐将两个都剩余不少的面碗递给老公看，中年男人也笑着说："你呀，瞎操心。"

第二天中午，三个女生在食堂吃饭。

"可可，你有男朋友吗？没有的话，这次的联谊会我也把你的名字报上。"夏夏一边喝汤，一边坏笑地望着章可可。"别！夏夏姐，你可别害我啊，我这辈子最怕医生了，坚决不找医生当男朋友！"章可可立刻摆手推辞。

"意思是你没男朋友喽？"顾筱想起了章可可和魏燎车上相同的抱枕。"怎么说呢……算有，算没有吧。"章可可想了半天，蹦出这么一句。夏夏和顾筱无可奈何地笑了，心想真是一个难以捉摸的主。

这时，工程管理部的几个人下来，坐在了旁边一桌。郑姗姗一看见夏夏，便激动地跑了过来："夏夏姐，这次联谊，我们这边都上魏经理这样的角儿了，医院那边也得让他们放过来一些优质男医生啊！"

夏夏转头对魏燎说："想通了？这次不会又敷衍我吧？"魏燎笑了笑说："不是都要去吗？就当支持工会工作。""谁说的都要去啊，我可不去！"章可可开始贫嘴了。"你还是先把你那位可有可无的男朋友处理好了再说吧！"夏夏打趣道。

说到"可有可无的男朋友"时，顾筱发现魏燎的表情有些许变化。

181

她不知是该相信自己的第六感，还是嘲笑自己的多疑。正当章可可准备再嘲笑一下魏燎时，孙天翔的电话来了。章可可习惯性地第一句便问："邱冬又出什么幺蛾子了？"

"不是邱冬，"孙天翔说，"是你前男友。你不是让我问他出国的时间吗？他不告诉我。但我是谁啊，还是查到了他们一家的航班号。"章可可深吸一口气，装作平静地问道："你小子还有点用处，说吧，哪天？""呃……今天下午……"

顾筱看着魏燎放下筷子，匆匆出了门。两分钟前，章可可接到电话后也是这样离开的。

当魏燎在侧门见到章可可时，她正一脸的不知所措。"你怎么了？为什么要借我的车？"魏燎问道。章可可的车前几天磕到了路边台阶上，这几天送去4S店维修了。"我想去机场。"章可可木木地答道。

"去机场干吗？""潘攀今天下午的飞机，他要移民加拿大了。"

魏燎明白过来，轻轻叹了口气，安慰章可可道："现在应该已经来不及了。""可我想去送他。"章可可也不知道自己在说什么。

"目的呢？在他家人的面前，说一堆离开伤感的话？"

"不是，我只是想……再看他一眼。不告诉他我去了。"

魏燎对章可可无可奈何，只好问："几点的飞机？""两点半。""两点半？！"魏燎惊讶地看了一眼手表，已经快下午一点了，这里到机场怎么也要一个小时车程，外加堵车严重，及时赶到的概率几乎为零啊。

章可可看出了魏燎脸上的犹豫，忙说："所以你快把钥匙给我啊！起码让我试一试！"

魏燎冷静了两秒钟，对章可可说："我送你去！"

[47]

城市拥堵的午后，一辆 SUV 在棋盘似的市区公路上奋力穿梭。在魏燎连续变道超了三辆车之后，章可可克制地调整了下呼吸，右手不自觉地抓紧了副驾驶座上方的安全把手。

魏燎嘴角微微上扬，瞥了一眼章可可说："不要太崇拜，哥练过的。""还好你送我，"章可可叹口气道，"要让我照这速度开，你心爱的座驾今晚肯定要在修理厂过夜了。"

下午一点五十分，魏燎将车停进了机场停车库。

"哥，我不等你了，我先去了！"章可可打开车门，跳下车，急奔而去。"慢点，当心车！"魏燎冲章可可的背影喊了声。

章可可对机场并不陌生，过去的几年里，她都在这里送走或迎接出国读书的潘攀。偶尔也会和潘攀一人一个行李箱，从这里去到世界的各个角落旅行。这一次，似乎是对过去经历的复制粘贴，却竟然已是故事的结尾。一想到这里，她的心像浸泡在苦涩的浓汤里。

安检口，已经只有稀稀落落的几个人了。她不停歇地四下打转，寻找潘攀的身影。这偶像剧一样的一幕，章可可看过不少，但从未想过会上演在自己身上。就像她也从未想过，潘攀的离开会在她的心里产生那么汹涌的波澜。时间一分一秒过去了，直到航班已停止办理登机，仍没有见到潘攀。他们一家应该很早就进去了吧？章可可想，还是来晚了。

她怏怏地走了几步，坐在大厅的座椅上，悲伤像流感一样侵入身体。她双手掩面，不想让旁人发现自己的情绪，但眼泪却不由自主地顺着指间的缝隙流了出来。

魏燎发现了她，隔了几个座位坐下，给孙天翔发消息："搞定，正哭呢，效果不错。"正想着接下来该怎么趁热打铁，抬起头，却看见潘攀正向他们走过来。魏燎佯装淡定，用眼神示意潘攀：此刻

183

不宜出现。

但潘攀还是走到了章可可面前。章可可抬头，惊愕，潘攀却展露出一脸明媚的笑容。"你为什么还在这儿？"章可可满脸是泪。潘攀潇洒地摊了摊手："我没说我也要出国啊。天翔他们不让我告诉你，让你体会一下失去我的感觉。"

小时候被惯性的闹钟吵醒，正和起床气做斗争时，却被告知："今天是周末，不上学，继续睡吧。"此刻，章可可心里大概是这样的感觉。

在白了一眼旁边已捂脸避嫌的魏燎后，章可可起身揪住潘攀的衣服，一顿拳打脚踢，打着打着又哭了，哭着哭着接着打。潘攀把章可可搂进怀里，认真地说："天策哥告诉我，你去喝酒了。可可，我相信你对我的感情，但我也不会再给你压力。如果你觉得我们现在这样好一些，我们就从朋友做起吧！"

章可可也红了眼睛，把脸深深埋进了潘攀的外套里。

第二天，当章可可神采奕奕出现在办公室的时候，她并不知道，前一晚自己和魏燎等一群人聚会的照片已经在集团内部悄悄传开了。谣言像病毒一样也随之低调蔓延，终于还是传到了章可可的耳朵里。

顾筱迟疑半天，终于忍不住问章可可："可可，你和魏经理究竟是什么关系啊？你要再不解释，估计就快成全集团单身女性的公敌了。""没什么关系啊，吃个饭不是很正常吗？"章可可无所谓地说。顾筱欲言又止。

章可可无暇顾及周边，是因为注意力被党工部发出的一则通知吸引了。

"集团每个部门务必在七月三十一日下班前上交两篇专业性论文……"章可可正念着，袁秋霞走进办公室，说："顾筱，党工部要的两篇论文你写一篇，徐慧写一篇。小章，到时你收一下，修改后统一传给党工部的张阳。"

"主任可真是全方位地考查你们啊，表面功夫做得还挺全的。"主任走后，章可可说。"这哪是考查我们啊，简直是折腾我。"顾筱说。

"为什么？"章可可不解。

"过两天你就知道了。"

在通知下发后的第三天，徐慧将一篇论文通过 QQ 发给顾筱，附上了一句："亲爱的，麻烦你帮我斟酌下字句吧，拜托了，么么。"章可可不解何意，顾筱解释道："不是一次两次了，她说的斟酌不是让我帮她修改字句，而是帮她把每一句重新写一遍，因为她的论文内容都是从网上复制粘贴的，要是原文交上去肯定挨批。"

"这活儿你也接？她挨批关你什么事！"章可可十分诧异，她没想到这个顾筱到现在还是一副"软柿子"做派。"有什么办法呢？以前都是我帮她改，什么事一旦开了头，就不好推掉了。"顾筱无奈地说。

"她这次也是从网上复制然后粘贴的？"章可可问。"你来看。"顾筱复制了论文的第一段，粘贴到百度搜索里，果然大段重合颜色的文字便显现了出来。

章可可长叹一声："这次你不能帮她，你们是竞争对手，她一点都没防备你，说明认定你好欺负，对她构不成威胁。""那我该怎么办？就这么交上去？我觉得不太好……"顾筱皱了皱眉。

"那是她的事，你让着她，她只会一直骑在你头上。"

"但我已经答应她了，怎么办？"

"这件事我来办吧，你还是照常帮她改了发给她，但先把她的原稿发给我一份。"章可可说。

章可可知道这么做会惹怒主任，甚至会惹怒集团党委副书记，但这的确是最直接有效的办法。自己只是一个实习生，去或留都无所谓，但如果能帮顾筱扫清升职路上最大的敌人，还是很划算的。

由于党工部收论文的人前两天都在外面参加培训，所以已提醒各部门尽量在七月二十八日之前上交论文，以便自己有时间修改。章可可并不着急，她算准时间，硬是拖到三十一日周五下班前半小时，才在张阳的反复催促下把论文发了过去，借口则是：电脑坏了，修了一个下午。

她发过去的论文，一篇是顾筱精心撰写打磨的，另一篇则是徐慧从网上"搬运"到文档里的、没有修改的原稿。"这两篇你都改过了吗？"张阳问章可可，并没有接收文件。"对，都已经改过了。"章可可答。"那好，时间不够了，我直接发出去了。"

"嗯，不好意思，麻烦你了。"搞定！章可可敲完最后一个回车键，有一种向敌人成功寄出了一枚定时炸弹的过瘾。

炸弹最终还是爆了。这篇高纯度还原的"大作"最终没能通过上级单位的审核，论文抄袭是非常严重的事情，上级单位在通报中狠狠批评了沁江建设集团。党委副书记倪胜男彻底坐不住了，这个四十五岁的短发干练女人紧急约谈了这条线上的所有人。

党工部的张阳难辞其咎，他一直强调章可可是临下班才把论文交过来。章可可装出一副受气包的模样，对书记说："书记，我实话跟您说吧，我的确交晚了，但是是有原因的。徐姐交给我的论文原稿，我一看和网上重复的太多了，所以就帮她一句句地改，改了好久。结果没想到，发送文件的时候还是把原稿给发出去了。"站在旁边的徐慧彻底蒙了，她估计正在一遍遍回想，是否把修改前的论文版本发给了章可可。

一顿严厉的指责。但无论怎样，现在谁也救不了徐慧，抄袭论文的污点她很难洗白。

数落完章可可等人，书记神情蔑视地对袁秋霞说："袁主任，这就是你想提拔的综合办副主任？你是否真的认真考核过你的候选人？"袁秋霞表情尴尬，接不上话，心里对这突如其来的迎风巴掌大为光火。

虽然被领导痛批，但章可可心里异常高兴。这一仗打得真漂亮，至少在副主任的竞争上，徐慧已经不再是顾筱的直接对手了。

[48]

"干杯！"

在章可可强烈推荐的瞻春酒吧里，三个女生又坐到了一起。虽然每天都在同一幢大楼里上班，但聚一次也并不容易。

"可可，你这招真是大快人心！不过，你自己也被连累了。"顾筱在旁半开玩笑地说，"这么大一个人情，你让我怎么还？""嗨，还什么呀？我来国企就是兜一圈，成绩没那么重要。能帮顾筱扫除最大的障碍，成就感满满啊！"章可可开始"豪饮"。

"最大的障碍？你是说徐慧？"夏夏放下手中的啤酒，神情微妙。"对呀，夏夏姐，这次的副主任人选感觉是内定好的，徐慧是主任的亲侄女。"章可可瞪大双眼以示强调。

夏夏想了一会儿，却摇头说："她不可能是顾筱的头号对手，即便顾筱没被选上，也不会是她。"章可可和顾筱都很惊讶，几乎同时问："为什么？"

"首先，她做事太不出众，负责的职责范围难度也很小，谁都能做，能力方面没有说服力。你们主任想提她，上级领导可没这么傻！"夏夏说。

"嗯，其次呢？"章可可心情急切。

"其次，也是最重要的，你们难道不知道，书记是很不喜欢你们主任的？"夏夏说完，顾筱点点头："你之前就跟我说过，但……我总觉得领导间亲疏远近都很复杂，跟我也不会有什么关系。"倒是章可可有点

187

恍然大悟："哦，怪不得抄袭事件一出，书记对主任毫不客气，还讽刺了她的选人水准。我当时还在想，这个书记惹不得，太不留情面了。"

"很正常，书记是何等聪明的人，在没出事之前，喜欢和讨厌都不会表现出来。"夏夏说。

"夏夏姐，那你是怎么知道的？"章可可觉得夏夏简直相当于一个信息库加智囊团。

顾筱笑着说："就夏夏的人脉和资源，整个集团只有她不想知道的事，还没有知道不了的事。"

"哈哈，没那么夸张。"夏夏解释说，"领导班子每半年会给所有的直管中层干部打分，书记才调来集团一年，每次给袁秋霞打的分都是最低的。我还听说，她们之前曾同在一个单位，书记年纪比袁秋霞小，所以在平级的时候，一直受着袁秋霞的打压。现在一起在咱们建设集团，袁秋霞换了一副嘴脸，但书记心里早有杆秤了。"

"夏夏姐，你提供的消息太有用了，原来我一直使错了力，弄错了方向啊。"章可可说。这下轮到夏夏好奇了："怎么说？"

"既然书记和主任这么不对付，根本不用我阻止，书记就绝不会提拔主任的直系，所以如果从主任这里入手，基本没戏。但如果能借用一下书记的力量，说不定还有希望。"章可可接着说，"要是我的判断正确，书记应该想空降一个她自己的人过来，既能阻止主任提拔的人，自己还用得踏实放心。但是……"章可可顿了一下，"怎样才能让顾筱胜过书记自己的人呢？"

"除非顾筱是书记自己的人呗。"夏夏不假思索地回了一句。章可可意味深长地望着夏夏，两人都笑了。旁边的顾筱扶了扶额头："等等，我有点晕，怎么听不懂呢？这酒多少度的？"

两人笑得更得意了，默契地举起酒杯道："来来，敬未来的顾主任！"

当驻唱歌手开始唱第一首歌时，章可可收到了一条意外的微信：

"我被调回机关工程部了，有空聚聚啊！"是郝佳，那个在军训时仗义执言，却因为某种"不可抗力"在入职前夕从机关直调项目部的女生。章可可惊讶之余，真心为她高兴，她噼里啪啦地回复："好啊，我们在滨江路的瞻春酒吧，过来一起坐坐呀。"

没想到，郝佳很快回话了："我就在滨江路附近，那我过来找你们吧。"

放下手机，章可可告诉两人这个消息。"那她也很不容易啊，才去两个月，试用期都没过，这就又调回来了。"夏夏若有所思道。顾筱心想不愧是夏夏，洞察能力一流。

半个小时后，郝佳出现在她们面前，她一身通勤风格，化着淡妆，褪去了两个月前的青涩。顾筱注意到了她右手中指上的戒指，简单的指环上有一颗不大不小的亮钻。

"嗨，好久不见，很想你们呀！"郝佳的到来带来了一股热烈的风。她发现了夏夏，自来熟地打招呼："这位是夏夏姐吧？久仰大名。"

三人都有点惊讶。夏夏笑着说："你好，但我们好像并没见过哦。""夏夏姐不认得我当然正常，但我在党员模范岗的展板上见过你，这么漂亮，当然一下子就认出来了！"郝佳一坐下，淡淡的香水味就在四周蔓延开来。

"你喝点什么？"章可可问道。郝佳手一抬，叫来服务员，点了一杯冰水，并为难地向三人解释说："我不能喝酒，开车了。"

夏夏和顾筱对视了一眼，虽然什么都没说，但顾筱明白夏夏传达的疑问。不光是识人如炬的夏夏，就连顾筱和章可可也觉得郝佳变化太大了，简直像是换了一个人。

"你们在聊什么呢？"郝佳热情地参与进来。"在聊怎么帮助顾筱顺利晋升副主任呢，集团这种单位，竞争太激烈了，你懂的。"

章可可没心没肺，脱口而出。夏夏和顾筱脑中的弦立刻紧绷了起来。顾筱连忙岔开话题，说道："郝佳，恭喜你啊，这么快就调回来了。这一来二去真够折腾的。"

"是啊，要不是这段时间工程部业务繁忙需要人手，我还不知道要在项目部耗到哪年哪月呢！"郝佳喝下一口冰水，小心地抿了抿唇上的口红，"顾筱姐，你要竞聘副主任呀？那肯定没问题啊！"

顾筱有些窘迫，连忙说："只是试试，八字还没一撇呢。""什么试试，我们付出这么多努力，一定要势在必得才行！"章可可开始管不住嘴了，旁边的夏夏用脚碰了碰她。

聚会结束后，郝佳提出要送大家回家，三人都以不顺路为由婉拒了。待郝佳走后，夏夏对章可可说："可可，顾筱竞聘的事情不宜高调。这个郝佳到底什么来头、为什么被调到项目部，又为什么这么快被调回来都还搞不清楚，我们最好不要和她说太多。"

章可可觉得有点委屈："她不是帮过我们吗？她就是普通家庭出身，而且她刚才也说了啊，是因为工程部缺人手才调她回来的。"章可可叫的专车到了，她边上车边对两人说："我今后注意嘛，明天见喽。"

望着越来越远的车，夏夏无奈地笑笑说："这个章可可，真拿她没办法！脑袋瓜聪明，但太容易意气用事，也容易轻信别人，小心别让她捅娄子啊！""人很单纯，毕竟年纪还轻。"顾筱回道。

"对了，你信郝佳说的话吗？因为工程部缺人？"夏夏问顾筱。顾筱淡淡笑着说："我见过工程部无数次比现在更忙的时候，但吴宏都把门把得死死的，除了魏燎，就没主动要过人。更何况，当时顶替郝佳的那个人也还在工程部，把郝佳调回来不是等于打自己的脸吗？反正我看不懂。而且……"顾筱将郝佳曾经撒谎的事也告诉了夏夏。

凭直觉，夏夏觉得事情没那么简单，但现在什么线索都没有，只能静观其变。

[49]

肖强这几日一直在想，该怎样出好手里这几张牌。

掌握的把柄不多不少，田志忠和钟毅的受贿证据，足以让魏国安和魏燎失眠好几个晚上了。毕竟这两人都是魏国安一手提拔起来的，而且魏燎和钟毅曾是大学好友，还有章可可……呵呵，用人不当和举贤唯亲这两顶帽子，也够他好好消化一阵了。如果还能有意外收获，劝说田志忠再捅出点魏国安的事儿，这副牌就彻底活了。

电话响起，屏幕上显示"闫度"。肖强笑了，他知道他们早晚会有联系。毕竟，他们有一个相同的目标。

"闫总，您好。"肖强放慢了语速，"等您的电话真是辛苦啊。"

对方沉默了几秒，低沉的声音直切主题："空了出来坐坐吧。""没问题，时间和地点您定。"

放下电话，肖强靠在沙发上长长舒了口气。

次日傍晚，两人约在江边的一个公园角落。闫度这人向来谨小慎微，退一万步，被别人撞见，还可以说是在江边散步时偶遇吧。

肖强到时，闫度已经坐在一条长椅上候着了。今年刚满五十岁的闫度，是交通建设集团的一把手，也是业内呼声很高的领导之一。他的背影很好辨认，个头高大，身材魁梧，后脑勺有些秃顶。

"闫总，总算见到了。"肖强笔直地站到闫度面前，稍稍弯腰，恭敬地伸出手去。闫度抬头望了望肖强，淡淡一笑道："请坐吧。"

寒暄之后，肖强单刀直入："闫总，我们的目标一致，上级单位的选拔在即，我觉得有必要跟您通个气。我这边爆出田志忠的料，帮您扫除障碍，到时候……嘿嘿，您可要在董事长面前多多美言啊。"

今年以来，上级单位干部提拔一直是业内关注的大事，沁江建设集团的董事长罗新宇还有两年就退休了，对于他空出来的位置，呼声最高的当属魏国安和闫度。魏国安经验丰富、能力出众，但年纪偏大；闫度一向圆滑，资历虽不如魏国安，但近几年风头正盛，追随者众多。

闫度自然明白肖强的意思，但这事与他的晋升相比，轻如羽毛。于是爽快答应道："这你放心，战立这人作风太强硬，得罪了不少人。罗董倒是向我提到过，说你有勇有谋、做事灵活，是干大事的料啊。""是吗？多谢董事长赏识！"肖强眼睛发亮。

"所以你看，"闫度顿了一下，"是否现在就把田志忠的料爆出来？"

肖强富有深意地笑了笑，安抚闫度说："闫总，我知道您希望早日尘埃落定，但不瞒您说，我也有自己的考虑。""哦？什么考虑？"闫度皱了皱眉。肖强急忙解释："田志忠手下有一名得力干将，是南半湾项目的执行经理，叫钟毅，据我们的调查，他也有问题。"

闫度不是很明白，问道："他很重要吗？田志忠为了从宽，说不定会把他供出来的。""不不，先后顺序很重要。"肖强意味深长地说，"钟毅是魏国安的儿子魏燎的大学同学，两人关系不错。其实,我们已经把举报钟毅的信单独寄给了魏燎,距现在快两个月了，他那边并没有任何动静。"

"你是说，有包庇嫌疑？"闫度问。肖强点点头，说："魏燎一向重情重义，要说包庇合情合理，只是这样一来，魏国安可能会头疼了，而这时如果田志忠再出事，我估计他很难继续保持淡定。"

闫度脸上渐渐浮现出笑意，似乎这场好戏已经在他的眼前精彩上演，他只需好好观赏，再尽收渔翁之利。

顾筱这几日严重睡眠不足，整天都浑浑噩噩。所以突然接到纪检办公室的电话时，她有一种从梦中惊醒的感觉。纪检办公室并不是人人都想进的，顾筱想不明白，她既不是领导，又没犯错误，为何纪检办公室会找到她。

纪检办公室主任马知远含笑招呼她坐下,顾筱心里轻松了一些,但依然疑惑。马知远开门见山,问顾筱:"小顾,找你来是想了解一下情况,大概两个月前,你有没有收到寄给魏燎魏经理的一封信?"

顾筱有点蒙:两个月前?信?寄给魏燎的?她冷静了一下,反应过来,给集团员工的信件是统一堆放在她那里,由她逐一分发的。她努力回想了一下说:"马主任,两个月前的事情,我记不太清楚了。但是我敢保证的是,只要是经我手的信件,我都有按收信人进行分发。这是我每天的工作,绝无拖欠和遗漏。"

马知远温和地笑了:"小顾,不要紧张,我只是了解下情况,我当然相信你的工作,你是集团很认真的年轻人。你再好好想想,这件事很重要。"

顾筱尴尬地笑了,她总是不能意识到自己的慌张。走出马知远的办公室,她还在努力回忆。其实刚才她并非完全坦诚,因为即使是两个月前,即使每天都有不同的信件发来,但魏燎的信件自己确定没有收到过。顾筱知道:一切都不是空穴来风。直觉告诉她,这件小事或许牵扯着大事。于是她更加仔细地回想。既然正向思维想不通,就逆向思维,两个月前,她有可能把一封信交给魏燎吗?

几乎排除了所有的可能,突然,她脑中一处记忆碎片亮了:就在乒乓球决赛的那天,主任曾经让自己把一个密封的档案袋交给魏燎,莫非……

顾筱平静生活了三十年,像这样疑似发现了大秘密的机会屈指可数,于是心脏抑制不住地狂跳。回到办公室坐下,她望了一眼正全神贯注打字的章可可。要不要告诉可可?要不要去问问魏燎?要不要向马知远说明情况?顾筱的大脑被盘根错节的选择题给搅乱了,她努力让自己冷静下来,仔细考虑后,她决定先装作不知道,静观事态发展。

时间已到下午,但这件事像一个嚼软的口香糖,牢牢地黏在了顾筱的脑中。

楼下传来嘈杂的人声，不一会儿，高音喇叭里传来刺耳的呐喊声："沁江建设集团黑心企业，还我血汗钱！"重复几次后，顾筱明白这声音估计早已录好，会一直重复播放。还零星听到有人在喊："南半湾项目就是个填不满的坑！""项目经理人影都找不到，我们要见集团领导！""我们要见战立！""我们要见魏燎！"

"为什么他们会提到魏经理？"章可可听到魏燎的名字，条件反射地抬起头。"魏经理是集团这边清查南半湾项目遗留问题的总负责人，过去应该跟他们打过照面。"顾筱回道。"又是南半湾项目，这个项目到底有多少屎没擦干净啊。"章可可叹了口气。

魏燎在办公室自然也听到了农民工闹事的声音，正考虑是否要下去看看，战立的信息就来了："不要出面，一些问题集团还没商议，任何表态都不能算数。"魏燎刚迈出办公室的步子又退了回来。

顾筱到四楼使用 A3 复印机，正巧撞见退回办公室的魏燎。"魏……魏经理，你没事吧？"顾筱指了指楼下。魏燎无奈地笑了笑："集团不让出面，服从安排。"

顾筱正准备下楼，看见几个人怒火难掩、风风火火地就向着魏燎的办公室冲过去。如果没看错，这几人明明刚才还在楼下吆喝啊。保安就这样让他们溜上来了？也不知是哪里来的勇气，顾筱迅速跑到魏燎办公室门前，从外面大力关上了办公室的门，对里面说了句："魏燎，快锁门！"

几个农民工下一秒也到了门口，将顾筱围在门前，气势汹汹地说："关你什么事？你给我让开！""你们不能私闯办公场所，我已经报警了！冷静点，相信集团会拿出解决方案的！""解决方案？"几个人斜眼望着顾筱，"小姑娘，你们集团的主你做得了吗？他田志忠说的话都没一句算数的！现在人都没影儿了！我要见魏燎！"

眼看几个壮汉情绪激动、越靠越近，顾筱本能地往后躲，撞到了门框上。这时，她突然感到背后袭来一阵凉风，一只有力的手将她往后一拽，待她反应过来，已经在魏燎的办公室里了。

[50]

门外，警察劝农民工离开："不要打扰别人办公，另外约个时间、地点解决，好不好？我问了，今天他们领导不在。""怎么不在？！里面就有一个！就在屋里，我们刚才都看见了！"

"听我一句劝，看今天这情形，说明他们领导还没商量好，你们再这么闹也没用！"一个年长的警察继续劝解道。

"那我不管，"一个带头的农民工握着一根木棒坐到地上，把门撞得"咚"一声响，"我们就在这里等，能堵一个算一个！"两个警察对视后苦笑了一下，这年头，来集团堵门的农民工也学聪明了，知道怎么以静制动。

警察无奈地走后，外面此起彼伏的砸门声消失了，偶尔传来农民工的骂骂咧咧。顾筱定了定神，问魏燎："你拉我进来干什么？"

魏燎的眼里带有几分怒意，让顾筱心里一怔。他压低自己的语气说："你不该拦在门口的，太危险了！"

当四周安静下来，顾筱面对同样守在门边的魏燎，尴尬便随之而来。魏燎感受到了顾筱眼神的躲闪，起身走到离门最远的窗边，给战立打电话："我的意见是不能支付，虽然这笔钱不多，可一旦支付，就会成为理所应当。那么不光这个项目，其他项目也会冲破我们的底线，规矩不能坏！"魏燎的声音一句接一句，顾筱觉得语气有些冷冰，但又觉得道理并没有错。

"农民工工资发放小组的文件已经下来了，我会给他们看的，并承诺接下来的每一笔工资，都会亲自发到他们手上！"

"嗯，战总您不用担心，我会解决的。警察就在楼下，他们不敢硬来。"

…………

顾筱无所事事，将视线对准了魏燎办公桌上的一个档案袋，正是她两个月前交给魏燎的那个，当时她因心急而洒在袋子上的茶渍痕迹还在。已经过去两个月了，还在桌上放着，可见是重要文件。

见魏燎背对自己，顾筱中了邪似的，将手伸进了那个袋子。里面果然有东西，而且并不是 A4 纸的文件。再次中邪似的，顾筱将袋里的东西抽出来，胡乱折叠塞进了自己的口袋里。

魏燎挂了电话，食指轻敲着办公桌，眼角余光瞥见了还站在旁边的女生，忙说："你坐吧，要喝水吗？""不用了，"顾筱回道，移动到沙发边，"不过，怎么解决啊？"

"再等十分钟，如果他们还不走，我就出去跟他们交涉。"魏燎淡淡地说。

顾筱坐在沙发上沉默，办公室里安静极了，似乎都能感受到自己的脉搏和钟表的嘀嗒声同一频率。魏燎见她神色不太自然，索性开玩笑道："周末的相亲大会，你想找个什么样儿的？我可以帮你留意一下。"

"啊……"顾筱反应过来，尴尬地笑着说，"我就是去凑人数的，哪里认真想过。"

"不过缘分这东西也不好说，如果有合适的可以试试。"魏燎说。顾筱不知该说什么，只好"嗯"了一声算回答了，又觉得对话卡在自己这里有点过意不去，于是问魏燎："魏经理，你想找个什么样儿的？"

魏燎想了半天，微微含笑说："我觉得你这样的就挺好。"说完，自己愣住了，顾筱也愣住了。鬼使神差地，魏燎望着眼前的女生，眼神并没有回避，他甚至还想说什么，还想说点一直想说的。

"呵呵，我不行的。"顾筱试图挽回尴尬，自嘲道，"我真的很不会谈恋爱，总是掉链子。"

魏燎继续盯着顾筱，轻叹一口气说："那你觉得我怎么样？"看到顾筱诧异的眼神，他缓缓补充，"去相亲有人会看上我吗？"

"会啊，魏经理你的条件很好，外形好，能力也强，家里也……"顾筱停顿了一下，拐了弯，"反正应该会有很多女生喜欢吧。"

"哦，"魏燎满意地点点头，不知哪来的胆子，接着问了下去，"那你会喜欢吗？"

顾筱彻底呆住了。魏燎似乎也呆住了。

门外传来了激烈的撞门声和激动的吼声："魏燎，你给我出来，你缩在屋里，算什么本事！"办公室外的人越围越多，袁秋霞等人也下来调解，但都不起作用。

魏燎走到了门口，敲了敲门，说道："农民工兄弟，你们过来的目的我也了解了，我会跟你们谈的。现在请你们冷静下来，我开门接待你们。"外面渐渐安静了，几秒后，有人大喊："行！你快开门！"

顾筱也走到了门边，魏燎用左手将她拉到了自己身后，右手开了门。眼前是几个凶神恶煞的壮汉，魏燎露出职业的笑容，对他们说："请先让个道，让我同事出去。"顾筱在后面扯了扯魏燎的衣服以示提醒，谁知被魏燎的手反过来握住，又用力捏了捏。那一刻，顾筱竟可笑地感到了一股柔情和悲壮交织的复杂感觉。

顾筱穿过众人的注视，走了出去，也包括吴心妍和郑姗姗火辣辣的眼神，但她无暇顾及。魏燎的房门在她出来之后便很快再次关上了，她很担心他，但无能为力。

顾筱直奔洗手间，口袋里的东西硌得她有点难受，她迫不及待地掏出了那个信封，看见了上面的三个墨色大字：举报信。她屏住呼吸，展开信纸，一字一句地读了下去，渐渐身子有些发冷。她似乎明白了纪委找她的原因。

　　领导不在的情况下，魏燎能出面解决棘手问题，在集团内部引发了不同程度的反响。对他"有勇有谋"的赞叹之声越来越多。但魏燎没工夫考虑这些，"举报信"搁置了这么久，他慎重考虑之后，决定主动迈一步。但是，当他抽出文件架上的档案袋，右手伸进去摸索一番后，呆住了。

　　疑惑间，楼道里传来急促的脚步声，像一阵倒计时声，当声音停下时，马知远站到了魏燎办公室的门口。"魏经理，你好。"马知远展颜一笑走了进来，魏燎隐隐觉得不安，也起身，回以礼貌的微笑："马主任，什么事情让您亲自下楼？"马知远若有所思地望着魏燎，欲言又止地说："想和你聊聊你的大学同学钟毅。"

　　魏燎反应极快，他明白一旦纪检办公室出面，要么是有上级指示，要么是握有实锤。这次的谈话比自己预想中来得快，幸好他有所准备。他表情黯淡下来，带有几分严肃地对马知远说："马主任，其实今天我也正想找您。"说着从抽屉里拿出一个白色信封递给马知远。

　　里面是一张转账单据，转账金额五万元。马知远抬起头，意味深长地看了看魏燎说："魏经理，你是不是听到什么消息了？""前几天钟毅找到我，把这个交给我保管，他让我把转账单交给您。"魏燎一口气说完。

　　马知远推了推眼镜框，微微摇头道："看能不能少判几年吧。"魏燎的脑袋"嗡"的一声，忙问道："怎么回事？""就在今天早上，钟毅在项目部被抓了。"马知远一字一句地说。"可是……这钱……"魏燎指着面前的转款单说。

　　"魏经理，我很理解你想帮朋友的心情，但这次你可能帮不了他了。转款数额连他收受贿赂的一半都不到。"

　　魏燎佯装镇定地站着，嘴角不受控制地微微抖动。马知远接着

198

说："魏经理，其实我来，是要向你了解一下，有人说两个月前就把举报钟毅的信寄给了你，但迟迟没有等到你的回复处理。我想知道是否有这件事。"

危机终于来了！但，那封信突然出现又离奇失踪，他有些摸不着头脑，也措手不及。如今应该怎样回复，才能把对自己和父亲的影响降到最低呢？

[51]

"马主任，我的信件和来函不少，有时可能会有疏漏，这样吧，我先找找。"魏燎勉强保持着笑容。马知远进一步追问："你是说，你没有收到过那封信？"

"嗯，我想……"魏燎的眼神有点游离。这时候，门突然被轻轻敲响了，顾筱站在门外，试探地问道："不好意思，我有急事，可以进来说吗？"

顾筱走进来，魏燎一眼看到她手里拿着的正是那封举报信。顾筱将信举到两人的中间，一脸歉意地说："正好马主任也在，之前您让我回忆有没有把一封信交给魏经理，我回办公室仔细找了，发现还真有一封漏掉的，这是我的工作疏忽，实在抱歉。如果有什么后果，我愿意承担。"

那一刻，千头万绪涌现在魏燎的脑海，他深深地望着顾筱，似乎想把这个女生的想法看透。

待马知远和顾筱都离开后，魏燎才发现自己的双手一直在发抖。很难用词语形容自己又气恼又酸楚的心情，就连手机铃声也是响了两遍才听到。恍惚中接起来，打来电话的是和钟毅关系很好的一个施工员。

"喂，是魏经理吗？我是……"

"嗯，我知道，你是想说钟毅的事吗？"

那边停顿片刻，说："对，魏经理，钟哥今天早上就有预感，他让我给你带句话。说他妈妈很喜欢你，希望你有空时能去看看她。另外，他还说谢谢你。"

魏燎放下电话，双手艰难地撑在桌上，紧紧握住了拳头。

此时，田志忠也在南半湾项目部的经理办公室里，心浮气躁地踱着步。钟毅的被抓让他成了惊弓之鸟，如果之前他还怀有侥幸心理，这一刻他意识到，的确有人在有目的、有计划地想搞垮他。

他和魏国安已经私下谈过这个问题，包括程立新向肖强透露假情报，说章可可是自己的女儿一事。但魏国安依然一副事不关己的态度，让他少安毋躁、静观其变。再冷静下去，被手铐铐走的就是他自己了啊！魏国安的消极应对让他不满，或者说，这位老领导、老朋友也许根本就不在意他的死活！

抄袭风波过去几天后，章可可的QQ上收到了一条添加好友申请，验证消息备注里写着："我是倪胜男。"集团党委副书记倪胜男？章可可一个激灵，挺直了就快趴上桌面的身躯，谨慎地点了"同意"。没过几分钟，倪胜男的头像闪现，弹出一行字："章可可，请到我办公室来一下。"

书记找，会有什么事？章可可有点忐忑。

相较其他男性领导的办公室，倪胜男这里多了一些细节上的柔美。比如客厅的茶几上摆放着一个古朴的石板茶盘，旁边的一盆月季花土壤湿润，枝干上有精巧的修剪痕迹，一看就是被照顾得很好。倪胜男坐在内间的办公桌后，正在台历上记录着什么。见章可可来了，她指了指桌前的椅子，示意章可可坐下。

章可可在椅子上坐定，望着倪胜男礼貌地问："倪书记，您找我有什么事情吗？"倪胜男的眼神在章可可的脸上停留了几秒，而后双手合并放在桌上："章可可，你到集团两个多月了吧？""对，快两个半月了。"章可可答道。

"感觉怎么样？"

"还行吧，大家都挺友好的。"

倪胜男扬着眉毛点点头："可可，你一般修改文档，是喜欢在原文上直接保存，还是另存为一个文件？"章可可很快明白了她的用意，若无其事地说："我一般会保存原文件，另起一个文件再改。"见倪胜男一时无话地思忖着什么，章可可心想不如采取主动，于是她接着问："书记是不是在怀疑，我是故意把没修改的论文交上去的？"

章可可的直白在倪胜男的意料之外，她沉稳地笑了笑，说："可可，你刚来集团，我还不是很了解你，但我相信你的能力。我只是奇怪，你怎么会犯这么低级的错误，还是说，你是对什么人有意见？"

"没有这样的事，书记。"章可可微微一笑，说，"帮徐慧的论文修改后再上交是我的工作，没做好也是我的失职，这一点我也很懊悔。""那……你对办公室副主任竞聘的事情怎么看？你认为有合适的人吗？"倪胜男干脆换了一个方向。

章可可有点犹豫，如果直接提顾筱，会不会目的太明显了一些，而如果谁都不提，岂不是又错过了这么好的机会？

倪胜男笑了笑，对章可可说："你随便说，在竞聘过程中，我们鼓励一切声音，包括其他部门的。比如说，刚才市场营销部的程立新程经理还给我推荐了一个人。有更多的提案，才会有更好的选择嘛。"

程立新？章可可心里冷笑了一声，心想既然连外人都盯上了，那得赶紧抓住这个机会。她说："书记，我是新人，对她们还不太了解，可能认识有一点局限。但经过两个多月的相处，我觉得顾筱很适合这个职位，她既有能力，又有责任心，工作态度也让我很佩服。"

倪胜男点了点头，问："你跟顾筱很熟？"章可可的笑容变得更真挚了些："也是进集团才认识的，我很欣赏她。"

走出倪胜男的办公室，章可可深吸了一口气，再缓缓地吐出来。她也不敢确定自己不按套路地出牌有没有让书记走进自己设好的迷宫，但她心里明白，书记不比主任，凡事都要更谨慎才好。

章可可的一番话让倪胜男也一时陷入困惑中。这个女生如此大大咧咧，似乎什么都敢说，但她究竟是没心没肺，还是有意为之呢？她的背景肯定没那么简单，只可惜她到集团的时间太短，倪胜男一时还很难准确掌握这些。

"书记有没有为难你？"蹲在地上清理办公用品的顾筱见章可可回来了，连忙站起来询问。"没，书记就问问我对咱们办公室竞聘一事的看法。"章可可安慰顾筱道，心里却暗暗在想：徐慧威胁已除，顾筱的优势还不够大，但也意味着这儿有一块空地，程立新之类的人都想来占个坑，也保不齐书记会巩固势力，自己"空降"一个副主任，所以必须抓紧时间了。

一再延期的歌咏比赛终于要举行了，工会办公室通知入选者抽签。章可可第一个到，她随意一抓，抽到了"2"号，办公室的同事纷纷笑说很适合她，夏夏也在一旁打趣她。这时，魏燎和吴心妍说笑着走了进来，看到吴心妍笑靥如花，章可可的神经一下绷紧了。"魏燎，你怎么来了？"夏夏问。"郑姗姗出差了，我帮她抽。"魏燎上前抓了一个，展开是"3"。而吴心妍帮同事抽到了"7"。

章可可见吴心妍也在，故意恶作剧似的贴了上去："哎呀魏经理，我喜欢3号，可不可以换一个嘛。"她娇嗔的语气和一言难尽的肢体靠近，让周围的空气几乎凝滞。魏燎更是一脸尴尬，硬生生回道："我帮别人抽的，没权利跟你换。"之后便逃之夭夭了。

吴心妍用带刀的眼神从头到脚杀了章可可无数次后也走了。夏夏见四下没人，讪笑着对章可可说："演得有点过了啊！"章可可震惊地望着夏夏，惊叹道："我的天，你怎么知道的？！"夏夏哭笑不得地望着她："你的确迷惑了不少人，但不包括我，我知道魏燎不好你这口。"

章可可一副尽在不言中的表情，向夏夏竖了竖大拇指。

[52]

回到办公室，顾筱并没有在座位上，章可可迫不及待地拿起手机发微信给她："快回来安慰我，我抽到了 2 号！"

此时的顾筱，正襟危坐在书记对面，手机清脆的通知声显得有点刺耳，她尴尬地皱了皱眉。

倪胜男面前放着一杯淡茶，香气袅袅，她严肃地对顾筱说："我知道你是副主任的候选人之一，但目前来看，你还是不成熟的，最近你要好好表现，让我看到你的实力。"

"知道了，书记，我会好好表现的。"顾筱撑着笑。

"当然，我知道你有一定的实力，但光有实力是不够的，作为办公室的副主任，要处理各种人际关系和突发情况。据我了解，这些是你最欠缺的。"倪胜男直言不讳。顾筱一时不知该怎么回答，顿了顿，道："嗯……是的，我不太擅长与人相处……"

"那你一定要正视自己的问题，及时纠正，否则我是不放心让你当副主任的。"倪胜男一向作风强硬，"另外，你也必须想想办法，把职档再升一级，这样才更名正言顺。"

"好的……我会努力的。"顾筱有点词穷，书记把她说得哑口无言。短期内升档？根本是天方夜谭吧，她顿时心灰意冷。

刚走进 502 室，章可可便冲了过来："你刚才去哪儿了？微信也不回。"顾筱掏出手机，瞥了一眼后无力地说："哦，刚才在书记办公室，没看到。""书记办公室？"章可可警觉起来，"她找你什么事？"

"泼冷水呗，估计让我有个心理准备，她才好顺理成章地空降一个人过来。看来我去竞聘是个错误的决定。"顾筱恹恹地说。"干吗这么消极？这个时候千万别打退堂鼓啊，不然之前的那些努力都白费了！"章可可似乎比顾筱更激动。

"你们干吗呢？"夏夏走了进来，望着两人说。"她意志也太不坚定了，书记找她谈话，泼了点冷水，她就不想参加竞聘了，要硬生生把名额让给一个还不存在的人，让这段时间的辛苦付诸东流，你说气不气人？"章可可指着顾筱说。夏夏看了看顾筱，把办公室的门关上一大半。

"这段时间的辛苦算什么？我这五年的辛苦都浪费在这儿了，也不差这几天的！你才来多久啊？根本不了解这里面有多复杂！"顾筱突然被自暴自弃的情绪掌控，整个人变成了负能量爆炸体。"我不了解？那我之前是怎么帮你的？我没来多久不假，可根本问题就是你尿，扶不上墙！"章可可的情绪也开始失控。

顾筱被戳到了痛处，她努力让自己外表平静，声音却开始不规则地颤抖："是，我尿，我扶不上墙，所以拜托你不要浪费时间在我身上了！窝囊废也好，软柿子也好，都是我的路，更是我的命！我不像你们，总有我并不知道出处的优越感，有我觉得不可思议的骄傲和底气。你们做错了事，一定会有人收场，但我却总是那个没做错事都要背锅的存在！别跟我谈努力就有回报，前提是得有人看得起你的努力！"仿佛喉咙处被塞了一块不规则的石头，说任何话都会伴有堵塞感，但顾筱还是抑制不住自己多年的委屈，将积压和抱怨一吐为快。

四周安静了，办公室里氤氲着突如其来的尴尬和陌生。顾筱觉得自己这两个月果然进步了，如果换作之前，她的眼泪也许早已不受控制。她从抽屉里拿出饭盒，对着面前两张定格傻掉的脸说："中午了，我去吃饭。"

虽然和顾筱认识多年，也了解她的苦楚，但这的确是夏夏第一次听到她直白地咆哮出自己的怒火。夏夏有点惊讶，却也有几分开心，她望着身边一时无话的章可可，笑着拉住她说："走吧，我们出去吃。"

章可可勉强回过神来，惊讶地问道："为什么要出去吃？我现在什么都不想做。"夏夏坚持拉着她往外走："你会想的，我告诉你她为什么不愿意参加竞聘。"

夏夏带着章可可寻街串巷，到了一家门面窄小精致的日料店。章可可第一次知道在集团周围的一众老城旧店里，还隐藏了这样一处有格调的地方。

"夏夏姐，你是怎么知道这里的？我还以为这附近全是兄弟餐馆之类的苍蝇馆子呢。"章可可疑惑地问。"我们部门聚餐常来这里，有时我约朋友也会在这儿。"夏夏解释说。"但怎么你从来不带我们到这儿来？你和顾筱也没来过吗？"章可可问。

"嗯。"夏夏喝了一口刚倒上的茶，"顾筱的消费水平稍微低些，所以几乎不来这里。"

"那我们买单不就行了吗？"章可可说。

夏夏望着章可可，无言地笑着，心想这丫头看上去古灵精怪，其实也有好些地方不开窍，怪不得会让顾筱觉得被动为难。她耐心地说："可可，如果你不是一个人在消费，就需要顾及同伴的消费水平，以及……同伴的心理。如果全由我们买单，顾筱会觉得我们是不平等的，增加她的心理负担。你为她着想是好事，但一定要先想想，她到底需要什么方式的帮助。"

章可可被说得一愣一愣的，想了半天，似乎悟出点道理，举一反三道："那你说，我让她竞聘副主任，到底是不是强人所难？对了夏夏姐，你快告诉我她不愿竞聘的原因呀。"

"顾筱有没有告诉你,她当时为什么和周泽阳在一起？"夏夏问。"周泽阳？"章可可更迷茫了，"跟周泽阳有什么关系？"

"大概两年前吧，顾筱在青年人才演讲大赛上以微弱的分数输给了魏燎，但也在集团里引起了不错的关注，所以那一年的运动会，当时的书记指定顾筱担任闭幕式的主持人。或许是担心顾筱风头太盛会盖住徐慧，袁秋霞用了一点伎俩。"

"又有她的事？"章可可急切问道，"她做了什么？"

"顾筱把写好的串词交给袁秋霞审核，袁秋霞改了几个字，然后四处吹风说是顾筱让徐慧帮忙写的。当时影响很不好，无凭无证，外加本身怯懦，她也不能说什么，那段时间她很沮丧。"夏夏接着说，"也就是在那段时间，周泽阳耐心的安慰和开导，给了顾筱很大的鼓励。这也是她一再向周泽阳妥协的原因。"

"不敢相信，周泽阳还做过这些！"章可可说道。却见夏夏摇摇头："就没有白得的好处，后来顾筱渐渐发现，自己只是周泽阳那个'团体'安插在袁秋霞身边的情报员，她并不愿意，于是周泽阳才越来越冷落她。"

章可可有点发愣，夏夏笑了笑说："所以这就是顾筱对办公室心灰意冷的原因，她知道袁秋霞是不会让她好过的，即使不是徐慧，也会有李慧、张慧、周慧……更何况书记也给她泼了冷水，她当然觉得前路漆黑。"

"难道现实残酷，就应该放弃自己吗？"章可可还是不解。"当然不是。以我对顾筱的了解，她不是轻易服输的人，但偶尔会有情绪的消极期，所以今天跟你说这么多，不是让你放弃帮助她，而是希望你能更理解她偶尔的患得患失。顾筱这个人，自己都不知道自己有多优秀，她需要别人的鼓励。好好跟她说，其实她一直很感激你。"夏夏说。

章可可用一杯茶冲淡芥末的刺激后，盯着夏夏说："夏夏姐，我觉得顾筱有你这样的朋友真幸运！"夏夏却停下了动作，怔怔地望着章可可，半天才淡淡地说："我没那么好，无法像顾筱这样，明明已经够苦哈哈了，还是学不会接受现实；也无法像你一样，明明有时候知道义气会带来麻烦，也不愿意明哲保身。"

章可可不好意思地抓了抓后脑勺的头发，谦虚道："接受现实和明哲保身，是很理智的做法呀。"夏夏又沉思片刻，意味深长地说："的确够理智，但不够可爱。"

一顿饭下来，章可可想了很多，顾筱无奈的抗争，自己冒冒失失的冲劲，似乎都不是健康的发展状态。为什么会这样呢？她已经迫不及待地想和魏燎聊聊了。回到办公室，对面的顾筱一下午也没有要交流的意思，主动言和对章可可而言也难，索性把今天的尴尬延续到底吧。

一个陌生来电打断了章可可的思路，对方直入主题："我在你的微博上看到了你拍的照片，很喜欢那样的构图和风格，得知其实你是做影像视频的，但还是按上面留的电话打过来试试，你愿不愿意帮我们拍组照片？"

不可思议的惊喜渗透了章可可全身，她激动又结巴着回答："可……可以啊，但是，我拍照都是拍着玩儿的，以前还没……还没给别人拍过，不过可以试试。"

"嗯，那……你怎么收费呢？"对方接着问。章可可脑中是一团幸福的糨糊，忙说："免费都可以！感谢你的信任，我就当是拍样片了！"

要知道，这是毕业后第一次，不靠长辈、不靠关系，而是靠自己的作品得到的业务机会。哪怕再小，对章可可也有超大的意义。

拍片子是章可可一直在做的事，而摄影仅仅是兴趣爱好。自己微博上的照片，是旅行或聚会时拍着玩儿的，从未想过要把这当成一件事来做。但既然有人喜欢，就试试呗，说不定还能踏出一条新路呢。

她真想把这个好消息立刻告诉魏燎，但魏燎这两天出差，明天才能回来。

[53]

顾筱加班回到家，见顾腾正坐在客厅餐桌前吃饭，不禁问道："这么晚才吃饭？"顾腾抬起头还没来得及说话，顾母从厨房里端着汤出来，对顾筱说："你弟弟现在勤奋着呢，天天出去拍照，说是要学什么来着？哦，学构图。"顾母边盛汤边问顾筱，"你要不再来碗汤？"

顾筱无奈地回道："我还没吃饭……"顾母一个巴掌打到顾筱背上："不早说，我饭煮少了！""别再煮了，我喝汤吃菜就行，晚上不吃主食了，容易胖。"顾筱说着，同时看到了沙发上的相机包，她想到曾答应顾腾，开学前给他买相机，头又开始疼起来。

"你问同学借的？"顾筱硬着头皮问道。顾腾回头望了眼相机，兴冲冲地对顾筱说："不是啊，可可姐借我的，说可以借到我高中毕业呢！"顾筱有点惊讶："什么时候的事？""上个星期，她特意送来的。"顾腾说。

"你怎么不早告诉我？"顾筱埋怨地说。顾腾则扬起眼角说："你最近忙得人影都看不到，哪有机会跟你说啊？而且可可姐说了，这是对有才少年的支持，跟你没关系的。"顾筱一愣，苦笑了一下。

毫无疑问，顾筱又失眠了。不知从何时开始，失眠对于顾筱就像建工食堂时不时做的回锅肉，刚淡了点余味，又适时地出现，让人摆脱不了。

第二天，她浑浑噩噩地走进办公室，本想向章可可当面道个谢，顺便缓和下关系。谁知打卡时间已经过了十分钟，办公室依然只有她一个人，从李慕心那里才知道章可可去项目部了。通常这样的消息章可可会亲自告诉她的，但这次没有，顾筱心里轻叹了口气。

上午，顾筱接到了一个紧急任务，需要协助市场营销部向上级部门提交一项重要材料。材料主体由市场营销部把控，工程管理部提供部分数据，顾筱负责修改文字、统一格式，最后由市场营销部上交。

这次也一样，顾筱"自觉"地接收了吴心妍传来的文档，修改好后传给工程管理部的郑姗姗，请她填写数据。这样的合作已有多次，大家都轻车熟路。但这次郑姗姗拒绝接收，QQ上发消息给顾筱："今后的文件请先传给郝佳。"对哦，郝佳已经调回来了。

很快，郝佳就把数据发过来了。"向魏经理确认过了吗？"顾筱问。"已经确认过了，顾筱姐，什么时候交上去啊？"郝佳问。"最迟今天下班前，所以要抓紧了，感谢配合。"顾筱一并发了个笑脸。

下午三点，郝佳急匆匆地跑来，对顾筱说："顾筱姐，那个材料有两个数据要改一下。魏经理开会去了，临走前跟我说的，说涉及敏感问题，报的时候要有所保留。"说完掏出了一张纸，上面记着几个复杂的数字。

虽然顾筱已经入职五年了，但隔行如隔山，工程类的术语和统计类的数据一般是由各部门提供，她只在文档里频繁看到，很少真正理解其中的含义，她只负责文字调整而已。所以当得知魏燎已确认后，她便果断地将数据改了过来。是否再找魏燎确认一下？她有过这样的念头，但一来魏燎在开会，二来时间已经快来不及，想想郝佳应该是值得信赖的。完成材料后，她发给了吴心妍。

晚上，章可可将自己接单的消息告诉了魏燎，魏燎一副"不想让你太骄傲"的克制表情，但眼中的惊喜却是藏不住的。

魏燎又低着头专心听完了章可可在夏夏处知道的"情报"，一时无言。想到顾筱前几天出人意料的"相助"，他是该庆幸还是该遗憾？庆幸的是顾筱终究并没有完全被卷入现实的旋涡中，身上的初心和善良依然熠熠生辉；遗憾的是自己为什么没有早一点发现她，让她在同一栋大楼里像落魄的孤蝶一样兜兜转转了好些年。

见魏燎半天没反应，章可可急不可耐地问："你说我是不是又可以重振江山啦？"魏燎好笑地说："'重振江山'这样的词你也用得出来？先好好跟着顾筱学中文吧。"章可可不服气，说道："我的中文也不差啊，又不是只有顾筱好。"章可可思维陡跳，紧接着说，"难不成你喜欢她啊？"

魏燎愣住了，这个问题熟悉又陌生，似乎一直在周围盘旋，但自己始终没有与之直视。他的沉默让玩笑中的章可可意识到了什么，表情由淡然转为慎重，定格在不可思议上，语言也不自觉地开始结巴："哥，你不会……是……真的……"

"早点睡觉，祝你成功。"魏燎果断起身，顺势拍了拍章可可的头，面无表情地走出了房间。

第二天部门例会，袁秋霞着重表扬了顾筱近段时间的工作成绩。自论文事件后，徐慧彻底成了一个隐形人，在任何场合都主动放弃了刷存在感。而袁秋霞除了一如既往地压担子外，对顾筱的态度已经缓和很多。

会议开到一半时，程立新重重推开办公室的门，满脸怒意地望着顾筱："打扰一下，顾筱，你出来一下！"

所有人都很惊讶，因为从来没有见过一向笑面虎的程立新如此生气。顾筱也很疑惑，心脏跳得慢不下来，隐隐觉得有事。旁边的章可可同样惴惴不安，但她昨天不在集团，更不了解发生了什么。

顾筱跟着程立新回到了办公室，见吴心妍正站在自己的办公桌前，眉眼微嗔。程立新拿起桌上几张打印出来的文档，生气地对顾筱说："顾筱，我一向是相信你的，谁知你连着几个数据都弄错了，害我在领导面前背了好大一个锅，知道吗？"

瞬间，顾筱感觉心跳停拍，机械地问道："哪个数据错了？""我问你，工程管理部的数据你怎么来的？"程立新怒意难消。"是工程部的郝佳给我的，也经魏经理确认过。"顾筱如实答道。

程立新拿出手机拨号，随后对电话那头的人说："魏经理，昨天的上报材料里，你们工程部提供的几个数据是错误的，听说是你确认过的，麻烦你和郝佳上来核实一下。"又说了几句，程立新挂了电话，对顾筱说："魏经理还在开会，他先让郝佳上来核实。"

不一会儿，郝佳上来了，在了解情况后，她一脸平静地说："我们只提供了一次数据啊，昨天早上 ERP 传给顾筱姐的，有记录可以查到，文档现在还在我电脑里呢。现在的这个数据，我不知道是怎么回事。"

顾筱的头"嗡"的一声，她曾想过这件事自己也有疏忽的责任，但不承想郝佳把所有责任都推到她头上，把自己撇得一干二净。"郝佳，昨天下午你亲自过来让我改的数据，还说是魏经理吩咐的，你忘了吗？"顾筱在集团吃够了哑巴亏，这次准备回击。郝佳露出无奈的笑意，看了看程立新和吴心妍，对顾筱说："顾姐姐呀，听说你这几天失眠，会不会劳累过度，大脑有点糊涂了？我昨天下午一直在办公室整理工程档案，根本没上来过呀。"

气氛突然变得微妙，顾筱定睛望着郝佳，不太相信这话是从她口里说出来的。程立新冷冷地问顾筱："你想起来了吗？"

这时，魏燎走进了办公室，看到眼前表情各有不同的四人，问了句："怎么回事？"再次听完程立新和吴心妍气愤的陈述后，魏燎带着几分担忧地望着顾筱说："我的确是在上午确认的，你是说下午郝佳告诉你我要改数据？"顾筱不敢直视魏燎，点了点头。

魏燎转而问郝佳："昨天下午你有改数据吗？""没有啊魏经理，"郝佳急忙解释，"你都没发话，我怎么可能改？可能是顾筱姐记错了吧。"郝佳说得信誓旦旦，这让魏燎犯了难。他相信顾筱没有说谎，但既没有人证，也没有文档传输记录，没有人会相信顾筱的。看着一脸无措的她，魏燎心里很不好受，但仍冷静地对程立新说：

"程经理，我们工程部的数据以昨天上午给到的为准，郝佳也说了，我们之后没有再提供任何数据。"

顾筱怔怔地望着魏燎，心沉到了谷底。

[54]

部门会开完，章可可回到502室，见顾筱一个人在座位上发呆。迟疑了一下，她上前问道："怎么了？"听到章可可的声音，顾筱眼眶有些湿热，正想着怎么开口，袁秋霞尖锐的声音已经传来："顾筱，你过来一下！"

顾筱顶着两个红眼圈离开后，章可可疑惑又担心地在屋里转圈，不经意看到顾筱的电脑屏幕上弹出一个QQ对话框："对不起，但是我还是想和你聊聊。今晚有时间吗？"发信息的人是魏燎。

章可可彻底蒙了，心中急躁得像有一团火焰，她索性放下手里的笔记本，急吼吼地冲进了魏燎的办公室。看到章可可突然出现，魏燎一愣，接着迅速反应过来，站起身走到门边，将门虚掩着，留出恰到好处的缝隙，转身对章可可说："先坐下。"

"哪里坐得下啊……"章可可说，"到底怎么了？"

魏燎一五一十地说完，章可可勉强理清头绪："意思是，如果不是顾筱改的数据，那就是其他三个人有意让顾筱背锅？""可以这么说。"魏燎说，"而且顾筱并不了解数据，应该不会乱改，所以我觉得，可能是有人从中作梗。"

"一定不会是郝佳，她之前帮过顾筱。"章可可条件反射地说，她几乎已认定是程立新在捣鬼，他不想让顾筱竞聘成功。

魏燎沉思片刻，问章可可："可可，你觉得郝佳是个什么样的人？""刚毕业的小姑娘啊，单纯、仗义！"章可可脱口而出。魏

212

燎还想说什么，但又觉得不是时候，于是作罢，转而说道："好了，你先回去吧，在这里久了会有人议论的。"

回到办公室，章可可越想越不安，如果程立新真的要出手，顾筱的位置就危险了。自己如果在这时相助，会不会引火烧身？正纠结着，顾筱回来了。意外的是，她神情平静，并不像之前几次那样手足无措。"主任跟你说什么了？"章可可不安地问。"没什么，还是老一套。"顾筱淡淡地说。"那你……"章可可欲言又止，顾筱抬起头来含笑望着章可可，说："没事啦，反正又不是第一次背锅，我现在心理变强大了。"

这一天，顾筱和章可可在各怀心事中度过了。

顾筱按时下班，却一点都不想回家，但去哪儿呢？她坐车到了小时候居住的地方，那里的房屋已经被整体推平，等待"金主"的下一步投资决策。而这里是她最亲切的地方，那时虽然住在简陋的平房里，但家庭幸福、生活单纯，父母早出晚归地工作，晚上还会给她和弟弟讲故事。夏天的夜凉风送爽，一家四口经常坐在平房的屋顶上看星星。爸爸摇着一把大蒲扇，妈妈把切好的西瓜端上来，并把最甜的那两块留给自己和弟弟。不知不觉眼睛湿润，顾筱不明白，是从什么时候开始，这样的小幸福也成为奢望。

今天，袁秋霞和她的谈话将顾筱彻底推向了无尽的黑暗中。袁秋霞明确表示，即使她不再担任主任，顾筱也不会被重用，因为有太多人盯着这个位置了，更何况程立新已经向书记告状，请求追究顾筱的责任。其间她也接到了郝佳的电话，郝佳在电话那头用要哭出来的声音向她解释，说数据的确是魏燎让改的，但领导就是领导，犯了错误也不会承认，所以她也没有办法。顾筱挂了电话，冷冷地笑了一声。如果说之前顾筱都在用一双手吃力地吊挂在悬崖边，那这一次她是真的想松手了。

章可可见顾筱走了，也站了起来，她觉得今天的顾筱不太对劲，不由得多看了两眼她的办公桌，见她的茶杯下压着一张打印过的 A4 纸，好奇心驱使，章可可端开了茶杯。A4 纸上是工整紧凑的字体，顶端最显眼的三个字是：辞职信。

章可可不禁微微张开嘴，定在了那里。差不多过了两分钟，她直接拨通了程立新的电话："你为什么连顾筱这么踏实做事的人都不放过呢？你难道就不怕我把你出轨的事散布到整栋楼吗？"

程立新在电话那头冷笑一声，说："我并不明白你在说什么，但还是要劝告你一句，不要自讨苦吃。""不就是知道了我是魏国安的女儿吗？这并没什么了不起的，大不了我辞职，你别想拿这事来威胁我！"章可可一副豁出去了的样子。

"那你可以试试看。"程立新挂了电话，对站在面前的郝佳说："你的未婚夫知道你这么恨章可可吗？甚至连顾筱也报复？"郝佳哼出一口气，玩味地笑着："他那个人心太软，等他打猎我们早饿死了，我得迅速强大起来。我相信，他早晚会感谢我的。"

"郝佳，短短几个月，你成熟了不少嘛。"程立新摆弄着手里的紫砂壶。"我只是明白了适者生存的道理，当然还要感谢程经理的提点。没什么事我就先走了。"郝佳说完快步出了门。

天色微暗，顾筱步行回家。快到小区正门时，她发现前方站着一个挺拔的男性身影，似乎正看着她。顾筱不喜欢与人对视，准备避让走开，但听见一句低低的男声："顾筱。"

眼前竟是魏燎，顾筱不觉一惊，转而一想，他送过自己和顾腾，所以知道她家小区也正常。或许是因为白天的事情，顾筱有些尴尬，生硬地招呼着："魏经理，你怎么在这儿啊？""QQ 消息你没回，但我觉得我还是欠你一个道歉，和一个解释。"魏燎的眼神认真中带着柔光。顾筱于心不忍，她相信这件事和他无关，便笑笑说："这件事是我的责任，你只是做了应该做的事情，我怎么会怪你呢？"

坐在小区草坪边的一把双人凳上，魏燎向前俯身，双手十指交叉握着，看向顾筱说："昨天早上的数据是我核实过的，但下午的数据我并不知道，所以，郝佳是真的找你改了数据，还说是我的意思？"

顾筱点点头："下午那张写有数据的纸她拿走了，但我有印象，那就是上报的错误数据，吴心妍和程立新都没有改动。但我不明白，郝佳为什么要害我。"

"既然还不明白，那就先不想了，走着看。"魏燎说，"但顾筱，你想听听我对你的看法吗？"顾筱有点疑惑地望着魏燎："你说。"

"记得我刚到集团时，你并不是现在这样，当时你充满活力，青年演讲大赛上，你发挥得很好，论述也很精彩，虽然……"魏燎顿了一下，顾筱笑了笑，接他话说："虽然最后败给了你。"

魏燎的眼神愈发真挚，看得顾筱不自觉地心跳有些加速。他接着说："但这两年，感觉你消沉了许多，活动参加少了，状态也低迷了，只是默默在做一些事情。我猜，你开始累了吧。"

"累"这个字成功击中了顾筱的心脏，是啊，累，心好累。

见顾筱若有所思，魏燎进一步说："顾筱，我们身边很多人都得了一种病。""什么病？"顾筱起了好奇心。"这种病叫'国企惰性'。"魏燎说完，顾筱更加迷茫，直到他说："刚入职的时候，我们对什么事情都很认真，每一次通知都会打多次电话，材料数据都会确认多次，哪怕领导看不到的事情，我们也会去做好细节。但慢慢地，或许会发现，在这样的环境里，有些事情注定了是白费工夫。"

顾筱专注地望着魏燎，魏燎心率慢了一拍，慌忙接着说："我们发现，通知只要有通话和聊天记录就行，对方忘没忘不关我的事；材料只要领导签字了就行，究竟讲的是什么不关我的事。而领导看不见的事情更没必要做了，反正也不会被算入自己的业绩。慢慢地，我们就得了这种病，觉得做任何事差不多就行了，只要自己不承担责任，就能省则省。或者演变成一种惰性的信任，一旦相信某人，觉得他经手过的就没问题。我们的口头禅由'好的''一定''务必'，变成了'应该''差不多吧''我已经给到他了''你去问他吧'……"

顾筱听得有些明白了，不得不佩服魏燎敏锐的洞察力，这个病她在不知不觉中已经患上了。"这个病各行各业都有，但在我们这样的环境里更容易患上。顾筱，你已经很优秀了，工作非常认真负责，但在对人的信任和工作程序上，你一定要注意。往往就是你觉得最放心的环节，才是最可能出现漏洞的地方。"魏燎隐隐担心自己说得太啰唆，于是住了嘴。

顾筱认真思考着魏燎说的每一句话，感觉他分析入理，句句击中要害，原来在潜移默化中，自己早已被这样的惰性同化，却仍认为只是败给了强大的关系网。她不禁问魏燎："其实混得这么差，我自己也有不可推卸的责任吧？"

魏燎安慰她说："就拿昨天的事来说，如果你再次向我确认，或是留下郝佳让你改数据的证据，这件事就不会成为别人欺负你的武器。但你没有，因为你觉得应该没问题，但这恰恰就是问题。"见顾筱的表情仍不好看，他又补充说，"但谁是可以一开始就游刃有余呢？你应该庆幸，自己欠缺的不是能力，而只是处事的策略，策略是可以后天弥补的。"

"但你不就是一开始就游刃有余吗？"顾筱表情复杂地望着魏燎。魏燎笑了，说："有空跟你聊聊我在项目部的故事，你就会知道我的开局有多么不容易了。"

顾筱的情绪好了些，但既然已经下定决心辞职，她也不愿再改变。或许和这里的缘分尽了吧，五年的起起伏伏、汗水和眼泪，顾筱都只想一把抛开，早日有个新的开始。

离开前，魏燎突然对顾筱说："你这周末有空吗？我想请你看场电影。"顾筱有点怀疑自己的耳朵，愣了好一阵，正在想该如何回复，魏燎已经接着说："那我就当你答应了，周日晚上九点，时代广场的 UME，怎么样？"

"嗯……"顾筱木讷地点头。她脑中一片空白，呆呆地目送魏燎的背影离开。

这天晚上，夏夏先后收到了魏燎和顾筱的信息，说联谊会去不了了，一个说工作忙不过来，一个说要陪妈妈逛街，理由都无比充分。夏夏觉得哪里怪怪的，但又说不出来。

[55]

周末很快就到了，魏燎本想让章可可给自己参谋买一件新衣服，但担心碰到同事，只好作罢。

电话响起，是吴心妍。魏燎有点惊讶，虽然她一直很热情，但自己始终与她保持着距离，并没有什么私下来往。吴心妍温柔的声音从听筒里传来："魏燎哥，我知道了一件事，不知道该不该跟你说。"

"没事，你说。"

"那我就说了，昨天部门聚餐，程立新喝多了，然后就跟我说，他手里有你和魏总的把柄，正准备下周一向董事长汇报。我当然很关心你的事情，于是想问具体什么事，但他喝太多了，还没说就睡着了。"吴心妍说。

魏燎保持着冷静的语气，对吴心妍说："谢谢你心妍，但这事或许有什么误会，我不认为我们有什么见不得人的'把柄'，我会处理好的。"

"可以……千万不要说是我说的好吗？毕竟……毕竟我只是不想让你受到伤害。"

魏燎语塞了几秒，用笑声化解道："嗯，非常感谢你的信任，我不会出卖你的。"挂上电话，他立刻翻出了程立新的手机号，迟疑了一下，又放下了手机。

章可可出现在门口，穿着浮夸的嘻哈睡衣，睡眼惺忪地说："妈叫你吃饭。"

"可可，"魏燎叫住正要转身的章可可，"你和程立新最近有来往吗？或者，有瓜葛吗？"章可可的睡意醒了一大半，面对魏燎认真的眼神，她只好招了："有。"

听章可可说完，魏燎深叹了一口气，问她道："意思是，你的身份你们双方已经挑明，而且他还拿这事要挟你？""嗯，但我想他也有把柄在我这里啊，而且大不了我辞职，只要保住顾筱就行。"章可可说。

魏燎轻轻摇头，担忧地说："没这么简单，这件事顾筱有责任在先，如果你的身份因此曝出来，不但救不了顾筱，连爸爸和我也会受牵连。""为什么？"章可可发愣，惊讶地问道。

"之前我反对爸爸在这个节骨眼让你进集团，除了为你考虑外，还有一个原因。上级单位干部提拔已经开始，行业里都知道爸爸是主要候选人，他的职业生涯能不能迈进最后一步，就看这次了。但爸爸和董事长罗新宇一直不对付，而罗新宇多次强调，他最讨厌举贤唯亲的行为。"魏燎说，"所以我刚进集团，就主动去项目部了，这两年我受到了一些肯定，罗新宇才没再说什么。"

"意思是，程立新之所以这么嚣张，是因为他手里的把柄正中董事长下怀？那我真不该进集团啊……"章可可叹道。魏燎解释着："其实你进集团并不可怕，换作之前，即使大家都知道也是小事。只是这段时间，发生了很多事。田叔叔的受贿证据已经在肖强的手里了，还有交通建设集团的一把手闫度……""肖强？闫度？哎呀到底怎么回事啊？"章可可忍不了了。

魏燎正准备说点什么，手机铃响，程立新来了电话。魏燎眼神一亮，对章可可说："有戏。"

在一家环境古朴优雅的茶室里，魏燎和程立新相对而坐。

程立新将公道杯里的茶汤缓缓倒入魏燎面前的黑陶茶杯中，悠悠然地说："上次和你妹妹见面也是在茶室。"魏燎淡淡一笑："她还年轻，一些事情不知轻重，连来见你的事都没告诉我。"

"你这个妹妹可不简单啊，知道了一点我生活上的小事，就想用来帮自己的闺蜜平步青云。我很是担心，她会毁了你和魏总在我们心中的光辉形象啊，哈哈。"程立新笑得有几分夸张。魏燎依旧保持淡淡的表情，端起茶杯品了一口道："程经理不也是知道了我家的一丁点小事，想用这个来遮自己的丑吗？"

程立新一愣，脸上的怒意盖不住了："魏燎，我不是来和你谈条件的，我大不了离婚、离职、换工作。但你们呢？魏总用一辈子经营的领导形象呢？你应该知道，现在你家可不止我这一个麻烦。"

魏燎将刚烧好的开水倒进茶壶，稍等几秒后，将绿色的茶汤倒入公道杯，不急不缓地说："程经理别着急，你不跟我谈条件，但我的的确确是来跟你谈条件的。""怎么说？"程立新不太明白。

"首先程经理不用再录音了，要说录音，之前你说的更精彩的内容都在我手机里，我并不想以此为要挟，那样就太低级了。"魏燎说罢，程立新尴尬地看了看桌上的手机，索性将录音功能关闭，对魏燎说："行，我们今天就开诚布公地谈清楚。"

魏燎不紧不慢地说："我们各自有一个小证据是指向对方的，对吧？如果相互告发，那么两败俱伤。如果我没记错，你的女儿今年刚三岁吧？所以别说'大不了离婚'之类的话，我可不希望看到你的女儿要在父母面前做选择题。"程立新眉头皱起，面目愈发严肃。

"另外，我希望程经理能好好想想，你之前为什么会骗肖强和闫度说，可可是田志忠的女儿。我想，除了不想把这个把柄与人共

219

享外,你也希望他们能走点弯路吧。你其实早对肖强这位直属上级怨气满满了。我有说错吗?"程立新冷冷地盯着魏燎:"所以呢?你想说什么?"

"我想说,与其两败俱伤,不如携手合作,毕竟我们有共同的敌人。"

"呵呵。"程立新冷笑一声,"魏公子,你很聪明,但我也不傻,你是想让我当你们家政治斗争的炮灰吧。""不敢不敢,程经理当炮灰就太屈才了,我只是希望程经理能当一个安静的配合者,于你绝对不会有丝毫的损失。"魏燎话语犀利,但眼神真诚。程立新偏了偏脑袋说:"看来你只想封住我的嘴,但我能得到什么好处呢?我可是冒着欺骗肖强和闫度的风险帮魏家保守秘密啊。"

魏燎回到家已经晚饭过后了,章可可冲进了他的卧室,把正在摘手表的魏燎吓了一跳。"怎么样?他是不是很不好搞?"章可可迫不及待地问道。

魏燎比出了"OK"的手势:"已经搞定了,他不会再提你的身份,也不会去告顾筱的状。""太好了!之前的话题,你还没跟我说完呢。闫度我知道,他是爸爸的头号竞争对手,那肖强呢?他们为什么会有田叔叔的证据?"

"田叔叔和爸爸关系好,很多人都知道,他们要搜集证据也一定会有办法。肖强盯着爸爸的位置很久了,他已经和闫度联手,想把爸爸搞臭,好双双升职。"

"但只要他们没有爸爸犯错的证据就行了呀。"章可可不解。魏燎耐心解释道:"爸爸和田叔叔合作的项目几乎都是十多年前的,甚至是更早的老项目,很多资料哪还那么齐全呢?但上级提拔恰恰又最看重群众基础和业内名声,所以声誉和形象非常重要。董事长是不会帮爸爸说话的,如果在行业内出现不好的传言,对他也会有很大的影响。"

章可可默默点了点头，转而想到了什么："那你是怎么做到让程立新既不告密，又放过了顾筱呢？"魏燎笑了笑："我答应他，会申请去项目部待三年。"

"你疯了吗？"章可可从椅子上弹跳起来，"不在机关是没办法在管理层升职的！三年呢，不等于把机会拱手让给程立新吗？"

"三年而已，也不是很长。况且，这是唯一能救顾筱的办法了。"魏燎轻轻地说。

章可可还深陷在自己从未意识到的严峻态势中，并没有发现魏燎的方向稍有点偏离。魏燎突然想到了什么，提醒章可可道："对了，别和郝佳走得太近。"

"为什么？她有问题？"

"她告诉顾筱，说是我要求改的数据。"

"什么？她为什么要这么做啊？"章可可百思不得其解。

"这我就不知道了，她才回来，一切情况都不清楚，你小心就是了。"魏燎说。

章可可回屋后，魏燎陷入深深的纠结中。本来和顾筱约好今晚看电影的，虽然他早想把自己积攒起来的所有话告诉顾筱，但现在似乎不是时候了。想到这里，魏燎用手掌懊恼地撑住了自己垂下的脑袋。

[56]

此刻，顾筱终于选好了出门穿的衣服：一件米色雪纺短袖蕾丝边衬衫，搭配一条深灰色的褶皱短裙，穿在身上更加凸显她纯净干练的气质。这最后的决定耗费了她近一下午的时间，甚至还拉来顾腾为自己参考。她也觉得奇怪，为什么会如此在意今天的形象？站在镜子前，看着有点陌生的自己，顾筱考虑着是把头发扎起来还是放下，同时也想起了下午和顾腾的对话。

"姐，你是要去和男朋友约会吗？"顾腾这样问她。

"没有，只是跟一个朋友去看电影。"顾筱这样回他。

"那也一定是男人，而且是你喜欢的。"顾腾坚定地说。顾筱脑中一根弦被轻轻拨了一下，好奇地问顾腾："依据呢？"

"你想啊，大晚上的，又是电影院，黑灯瞎火，穿得再漂亮也看不清楚。就这样你还精心打扮，肯定是想好好表现自己啊，普通朋友哪有这么多事儿？"顾腾分析得头头是道。

顾筱还是决定把头发扎起来，这样会显得精神一些。顾腾的判言让她有点分神，她不得不做些事情来让自己精神集中。难道真的因为我喜欢上魏燎了？顾筱晃了晃脑袋，让自己清醒过来。她心里明白，绝不能刚出一个坑，再掉进另一个坑。

之前和魏燎约好，晚上八点在小区大门口见，现在已经七点五十了。顾筱的心率有点快，但不是紧张，而是类似于小时候出去春游时坐在大巴车上的兴奋感。她最后确认了一下包里的钱包、手机和钥匙，犹豫了一下，把气垫BB霜也塞了进去。

走出房间门，顾母和顾腾正坐在沙发上看电视，见她出来，眼神齐刷刷地射了过来。

"听说你要和朋友去看电影，男的女的？"顾母的眼睛里燃烧着八卦因子。顾筱担心迟到，敷衍着说："有男有女，一群人。""她骗你的，下午还跟我说是和一个朋友呢。"顾腾在旁边兴致勃勃地拆台。

顾筱瞪了顾腾一眼。顾母站了起来，激动地说："是男的吗？要是女的干吗穿成这样？"接着露出一副如愿以偿的表情，"啊呀太好了！但愿这次能嫁出去啊……""我要是嫁出去了，看谁赚钱

222

养家！"顾筱幽幽地说了句。顾母却没有生气，得意地说："让我女婿养呗！"

顾筱听得一身冷汗，只得以最快的速度换鞋。握在手里的手机屏幕亮起，是魏燎。

难道已经到了？顾筱一边打开微信一边匆匆收拾，语音里魏燎的声音显得很平静："顾筱，实在抱歉，我今天临时有点状况，所以来不了了，真的很对不起！"

顾筱穿戴整齐地僵在了门口，愣了半分钟。身后的母子二人疑惑地走了过来。"怎么了？忘带东西了？"顾母问道。

顾筱回过神来，若无其事地转过身，脱鞋、放包、摘下手表，笑着对面前两人说："被放鸽子，今晚不出去了，碗还没洗吧？我去洗碗。"

见顾筱径直往厨房走去，顾母和顾腾对视了一眼，不知道该说什么了。

夏夏正和丈夫王旭坐在客厅的沙发上，婆婆在房间里带孩子，时不时往外看两眼。

见王旭一直沉默不语，夏夏平静地说："既然已经这样了，明天我会把离婚协议书给你。我唯一的要求就是，女儿的抚养权归我。"王旭见夏夏认真了，忙说："老婆，事情不是你想的那样。你也知道，我是很爱这个家的，但最近我应酬太多，人很累。"

"很累就可以出轨吗？"夏夏冷冷地说。

"老婆，女儿这么可爱，你忍心让她没有爸爸吗？我们别离婚了好不好？我一定和她断绝一切来往。"王旭求情说。夏夏盯着他看了几秒后，深深叹了口气："王旭，你自己说说看，自从孩子出生，我们吵了多少架？你还知道她是你女儿？你有给她换过一片尿布吗？我从没图过你什么，只要你对我好，但现在你连这点都做不

223

到了，我们之间还有什么夫妻情分可言？"

王旭冷笑了一声："你敢说你和我结婚只是图我对你好？没我你能在建设集团升职这么快吗？"王旭的话戳中了夏夏内心的敏感处，她郑重地说道："我这些年在集团，事情没少做一件，能力有目共睹，没有你，我照样能晋升！"

"得了吧，谁不知道国企里关系决定一切啊？你别得了便宜还卖乖啊。"

夏夏望着眼前不知何时开始变得陌生的丈夫，眼眶因激动而发热发红，她低沉地吼道："王旭，你简直是浑蛋！"

这时婆婆抱着孩子从里屋出来，一副和事佬的口吻说："哎呀，算了算了，孩子还这么小，离什么婚呢？夏夏呀，听妈一句，男人都容易犯错，我们女人要多包容，你嫁过来的确对你的事业是有帮助的，你就原谅旭儿这次吧。"

夏夏顿时觉得很可笑，面前的这两个人试图要毁掉她的价值观，而理由竟是，认为自己现在奋斗得来的一切是他们给的！原来在他们眼里，自己只是一个寄生在他们家的劳动力，是没有资格谈尊重的。"你的儿子和一个女人从酒店出来，在街上拥吻告别，你让我怎么原谅？我和王旭已经没有感情了，我要和他离婚！"夏夏坚定地说，给婆婆听，也给自己听。

"夏夏，你可要想清楚啊，女人到了你这个岁数，可就是掉价的白菜了，今后再想找像我们这样的家庭就很难了，但男人可是越陈越香啊。"婆婆意味深长地说，"而且宝宝肯定要跟着爸爸的，毕竟她姓王。"

夏夏内心残存的最后一丝感情也被烧成了死灰，她冷静地走过去抱起女儿，在锁上房间门之前对两人说："我离婚后的第一件事，就是让她改姓夏。"

关上房门的一瞬间，夏夏的内心防线彻底垮塌了，她紧紧抱着熟睡的女儿滑坐在地上，喉咙连着心脏的位置一阵阵地抽疼，湿热的眼泪淌了满脸。为了不吵醒女儿，她将下嘴唇死死咬紧。

她和丈夫王旭是在朋友聚会上认识的，那时她刚进建设集团，每天只知道拼命地做事。当时决定接受王旭，不是因为朋友那句"他的干爸可是你们建设集团的大领导呢"，而是因为那天朋友点了冰啤酒，而夏夏来了例假，只有王旭发现并帮她挡下了所有的酒。

他们在一起后，身边朋友似乎都默认夏夏是有所图，于是她只能更加努力地工作来证明自己。但即使她再努力，别人依然觉得那些成绩并非她努力的结果。好在集团内部知道这事的人寥寥无几，为她保留了一个安宁的舆论环境。

而现在，一切是那么荒唐，世界似乎做了一次倒立，把自己曾经笃信的、坚持的、期盼的全都颠倒，只剩下抽象又寂寞的残影在提醒着她：已经这样了，又能怎样呢？

[57]

当夏夏将辞职信递到何小丽面前时，这位直属领导用不可思议的眼神表达了自己的意外。作为为数不多的知道夏夏"来路"的人，她一直认真维护和夏夏的关系，做好了适时"让贤"的准备，却不承想，夏夏先拆伙了。

"这有点突然，我能知道原因吗？"何小丽问。夏夏笑了笑，说："丽姐，感谢你的栽培，我想离开集团有一个新的开始。"

"一定是找到更好的单位了吧？"何小丽试探着问。"没有，只是有个方向，想去广告公司试试。"夏夏答。"广告公司啊？"何小丽再次震惊了，"夏夏，你现在离开，之前付出的心血都白费了。而且你知道广告公司有多忙多累吗？"

夏夏没多解释，她明白像建设集团这种企业的人，那种优越感是很无来由却又很执拗的。她低下了头，继续说道："丽姐，没什么事我先出去了。"

何小丽愣了一下，也只好说："好吧，路是自己走的，祝你前程似锦！"

顾筱在办公桌上翻找半天，迟疑了一下，问章可可："可可，你看到我桌上的一张 A4 纸吗？""是辞职信吧？我已经扔啦。"章可可轻松自然地说。"你……"想起上周的争吵，顾筱将不满的话卡在了嘴边，气氛多少有点尴尬。

见顾筱不知所措，章可可淡淡一笑说："首先我为上周的事向你道歉，不该强迫你做任何事。但我宁愿给你道一百个歉，也要把你的辞职信扔掉。因为程立新放过你了，再不会成为你晋升的阻碍。你现在放弃太可惜了。'青年演讲大赛'马上就要开始了，好歹最后搏一把再走呗。"

听了章可可入情入理的一番话，顾筱哭笑不得，但更疑惑地问："他为什么放过我了？""这你就别管了，知道了会感动到哭的。"章可可露出了有点夸张的表情。

每两年举办一次的"青年演讲大赛"，是集团年轻人露脸和竞聘表现的好机会，第一名会接着参加上级单位的演讲大赛。夏夏、魏燎等人都是通过这个比赛巩固了自己在集团的能力优势，而比赛只针对三十岁以下的年轻员工，因此这将是顾筱的最后一次机会。章可可一早就看准了这个机会，因为集团有规定，凡获得上级单位颁发的二等奖及以上名次，不限年龄和工龄，都可以破格升档。

但这次虽然没有了魏燎，却有一个同样强劲的竞争对手：总工办的新起之秀闫新刚。虽然军训时这人张扬招厌，但他也的确是一个能力出众、表现优秀的新人，进入机关短短数月，已经被董事长亲自表扬过多次。冠军只有一个，成败在此一举。

章可可相信顾筱的实力，哪怕是面对再枯燥乏味的内容，顾筱也能把论文写得论点新颖、文采斐然。她最担心的是国企的惯用手法：用背景和关系说话。

为了知己知彼，她向魏燎打听闫新刚的来头，当魏燎明确表示不知道时，她一咬牙，在晚饭桌上直接向坐在对面的魏国安发问："爸，你知道总工办的闫新刚是什么来头吗？"她这一问，全家四口都愣住了。

魏国安在家里是个典型的好脾气，所以没等他开口，魏太太便开口了："吃饭说这个干吗？而且你管人家什么来头呢？先做好自己的事情吧。"魏国安则笑眯眯地往魏太太碗里夹了一口菜，转而问章可可："可可，你问他干什么？他惹到你了？"

"没有。但是爸，你到底知不知道啊？"章可可有点急。魏国安反而沉默了，半晌才说："我也不知道，但我可以明确地告诉你，闫新刚你惹不得！""可是……"章可可还不死心，身边的魏燎拿筷子往她头上一敲："还有什么可是的？爸让你别惹他，你别惹不就完了？知道太多对你没好处。"

"青年演讲大赛"要求选手选择一个业务技能或企业发展方面的主题，以PPT演讲的形式展现鲜明论点，最好能为企业工作提出良策。顾筱的好论文很多，在选择上反而犯了难。

"政工类的题材大家见得太多，估计也听烦了，你上届讲的是什么？"章可可问顾筱。顾筱想了想说："电子信息化办公运用的优劣势。"章可可叹了口气："一听就好无聊啊，也不知道闫新刚会讲什么。""他应该是讲他专业的部分吧，他总不能讲公文写作吧。"顾筱说。

"你提醒了我。"章可可机敏一笑，"我听说这次党工部没有人参加。""对啊,党工部的几个人年龄都超过三十岁了。"顾筱答。"那要不你就写新闻宣传方面的吧? 我记得你大学是学新闻专业的。""宣传? 但我并不是搞宣传工作的啊。"顾筱说。"不搞宣传,你的顾忌反而小。如果讲得好,是双倍肯定;如果没讲好,也不会被苛责。"章可可说。

"好吧,那我想想……演讲最多十分钟,所以我不能谈太宏大的内容,会死得很惨……那我谈建筑行业的新闻点吧,入口小,可以细谈,例子也多。"

"正好今年从上级单位到集团,宣传工作都挺低迷的,难出好稿。谈宣传,领导估计也会感兴趣。哈哈,顾筱,你开窍了!"章可可笑说。"谢谢你啊。"顾筱真诚地对章可可说。章可可反而难为情了:"别这样哦,我会骄傲的。"

准备期,章可可主动揽下了顾筱的一些活,还陪着顾筱一起审论文、练习演讲、做 PPT……章可可在新闻方面也有一些自己的认识,受她的启发,顾筱还在文章中添加了企业营销和客户需求的内容和案例。在两人的共同努力下,这份题为"如何寻找建筑行业的新闻点"的演讲稿最终完成。章可可还找来她更专业的朋友,对PPT 做了进一步加工,呈现出的效果让顾筱很是满意。

章可可和顾筱几乎天天在办公室加班,这一天,魏燎特意提着夜宵过来慰问。"咦,你怎么来了? 还带了好吃的。"章可可看到门口的魏燎,拽着胳膊把他拉进了办公室。顾筱看到了,急忙低下头避免尴尬。

自从上次约看电影取消后,顾筱再见到魏燎时总觉得有种怪怪的难受,不知道怪在哪里,更不知道难受何来。顾筱也一度认真想过自己和魏燎的可能性,特别是当魏燎约她看电影的时候,但各种可能都被她一一排除了。一是她对同单位的恋情已经产生了恐惧;二是她觉得,如果魏燎真心想约,应该会换个时间吧,可这么多天都已经过去了，他没有再提起这件事。

顾筱尽量自然地跟魏燎打招呼，魏燎则笑着说："我能提前学习一下吗？"于是，魏燎也参与了进来，在表述的逻辑性上又给了顾筱一些建议，三人忙到晚上十点才离开。顾筱不好意思地说："这篇演讲稿沉甸甸的，因为有太多人的心血了，谢谢你们。"

比赛日总算到了，顾筱从到达会场开始，手心就一直在冒汗。章可可握住她的手，却被她反过来捏得生疼。

会场里的人越来越多，集团的主要领导来了一大半，各部门都有派代表参加，足见演讲大赛的受重视程度。

"别这么紧张，就当台下是一堆萝卜白菜。"章可可安慰顾筱说。"我自己还好，主要是想到，如果我失败了，你的努力也白费了。"顾筱说完，又开始默背演讲稿。章可可在一旁望着她，内心泛起一阵感动，感觉如此真诚地帮助一个人，是值得的。

闫新刚的演讲内容果然是一堆看不懂的专业术语，但难得的是，他用动画和图解的形式对重难点进行解析，让外行也能看得饶有趣味。不过章可可觉得，闫新刚的演讲内容也许是一篇很好的科普文，但没有对政策在企业的落实提出具体做法和建议。而顾筱的内容为了避免一本正经地泛泛而谈，加入了一些社会上的热点新词，比较了与其他行业新闻宣传工作的不同，从多个侧面展现论点。章可可相信这样的新鲜感，是会让人印象深刻的。

章可可有点担心顾筱的临场发挥，再次关心地问："你很紧张吗？"顾筱深吸了一口气，答道："好久没当着这么多人说话了，真怕待会儿嘴瓢了。不过，豁出去了！"

但顾筱让章可可再一次刮目相看，站在台上的女生神情大方、自然，熟练地遥控着PPT，将演讲内容娓娓道来，语气和声线都恰到好处，甚至有几分女主播的架势。在她演讲的过程中，章可可听到台下议论不断，但这次多是褒义的惊叹，再无刻薄的猜忌。

坐在第三排的魏燎也始终望着台上的女生，露出浅浅的笑意。相比两年前，她又有了很大的进步，幸好，她并没有放弃自己。

顾筱下台后，轮到章可可手心冒汗，她当年参加高考都没这样紧张过。最终结果出炉，94.6 分，顾筱和闫新刚以同样的分数，并列第一。台下一片哗然。评委们经过商议后，决定让他们两人在三天后再进行复赛，最终确定代表集团去上级单位参赛的人选。

当天晚上吃饭时，章可可心不在焉。魏燎在饭后找到她，把魏太太刚切好的果盘递到她手里，问："怎么了？并列第一不是该高兴吗？""但还要复赛啊。"章可可转手把果盘放到桌子上，"我担心复赛的水分更多，顾筱会被挤掉的！""嗯，如果是闫新刚，那还真有可能。""为什么？你知道闫新刚是什么来头对不对？"章可可手指魏燎。

"啊呀，我还要赶一个报告，先回屋了。"魏燎敷衍着说完，迅速溜出门去，章可可心中不好的预感铺天盖地，奔涌而来。

此刻，坐在客厅沙发上的闫新刚，手里拿着一本桥梁结构设计的专业书，这段时间发生的每一件事，都让他深深觉得，还是踏实搞技术最轻松。这时电话响起，他望着屏幕半天，接了起来："大伯……嗯，我在家呢……那个，章可可那边没发现什么其他的，和她最近没什么交集……哦，好吧，那我会继续留意的……嗯，大伯再见。"

放下电话，他揉了揉生疼的太阳穴，躺在沙发上用书盖住了头。

[58]

眼看上级单位候选干部的选拔日期一天天近了，肖强有点坐不住了。在和闫度商量后，他决定既然不急着走田志忠这步棋，不如让魏国安先自己乱一乱。

这天，汇报工作完毕后，肖强聊天似的对魏国安说："魏总，我最近听到了一些不好的传闻，听说田经理……被人掌握了证据。我一知道就马上来向您汇报了。"

"哦？消息可信吗？"魏国安平静地抬起头，目光如炬，望着肖强。也许是受到他目光的震慑，肖强内心战栗了一下，说："我也是听说的，但田经理这几年在业内的名声的确不太好。"

魏国安放下手中的钢笔，摘下眼镜，严肃地对肖强说："不瞒你说，这事我也听说了，但有些话没有依据还是不要继续传播。纸是包不住火的，他田志忠如果真有问题，定会受到追责，但光靠我们在这里说是没用的。"

"魏总教训得是，我一定不再提了。没什么事我就先走了。"肖强忙说。

走到办公室门口，正好碰上进门的田志忠，肖强笑意复杂："田经理，今天难得有空啊。""我天天都有空，只是没空见你！"田志忠毫不客气地回了一句，肖强则保持着礼貌的微笑。

待坐下后，田志忠问魏国安："这个王八犊子跟你说什么了？"魏国安戴上了眼镜，回道："没说什么，都是工作上的事。"田志忠自然是不相信的，他在门口已经站了好一会儿，听到了肖强提到自己。望着沉默的魏国安，田志忠心里有点憋屈，嘴上却什么也说不出。

对顾筱来说，这个周末特别不好过，得知她不用加班了，顾妈妈快准狠地给她安排了一次相亲。对方是朋友亲戚的儿子，据说是从国外名校毕业的律师，据说顾妈妈把自己的女儿狠夸了一通才得到见面的机会。顾筱非常反感，但抵不住妈妈软硬兼施的劝说，才

231

答应了见面。为了避免尴尬，她在征得男方同意后，带上了夏夏。

碰面后，夏夏上下打量着顾筱一身的休闲装，打趣说："我想着今天要做灯泡，所以穿得朴素，但你是女主角呀，怎么也穿得跟居家似的？"顾筱无奈地耸耸肩，说："什么女主角啊？只是为了完成任务而已。"

约定的地点在商业区边缘的一家江湖菜馆，以性价比高和人声嘈杂著称，夏夏提醒道："该不会是在那种地方见面吧？""不至于吧，那种地方说句话都听不清楚。"顾筱回道。直到走进餐馆，看到正坐在角落座位上挥手的男子，顾筱才不得不接受了这个事实。她心里有点别扭，尤其还有夏夏在，这个相亲地点未免太没有诚意。

男子身穿一套休闲西装，戴着一副圆框眼镜，斯斯文文的样子，和身边的江湖气息很不搭。最让人印象深刻的是他的嘴，薄得像是两根线条。

顾筱和夏夏挤开人群走过去，顾筱打招呼道："嗨，你是田然吧？我是顾筱，这是我的好朋友夏夏。"男子斜抬起头，用意味深长的眼神打量了两个女生半天，才站起身和她们依次握手："你们好，我是田然，法律工作者。"顾筱心里一紧，莫名觉得那个眼神和周泽阳神似。田然抬了抬手，说："先坐吧，我已经点了几个菜，不知道你们的食量，不够再加。"

三个人撑着台面聊天，田然郑重其事地说："我的事业，势必是我一生的港湾，我不会属于我的太太、我的家庭，而只会属于法律事业。当然，现在名气大的律师或多或少地会面临威胁或危险，但我不怕，我期待着自己的生命和事业融为一体。"

顾筱在旁边尴尬地点头，夏夏笑着问："律师先生，那你为什么还要相亲呢？如果你有这么崇高的职业理想的话。"田然勾唇一笑，骄傲地说："因为必须得有人照顾我的生活，为我养育下一代啊，不然我哪有完整的精力去投入工作？还有就是……父母想要孙子催得紧啊。"

他望着顾筱，问："听介绍人说你是国企的吧？国企好，稳定、清闲，很适合结婚生子。我妈就是考虑到这个才答应我们见面的。"停顿了几秒，他又补了句，"嗯，我也觉得你挺合适的。个头、长相都不错，看起来脾气也挺好的。如果嫁到我家，只要听父母的话，安分守己，凭我的工资，吃穿是不会愁的。"

夏夏担忧地瞟了顾筱一眼，果然见顾筱一脸克制的表情。正巧菜上来了，一份小炒肉，一份西红柿炒鸡蛋，一份蔬菜汤。顾筱的大脑有点僵，也不敢相信，再看看田然已经抽出筷子，扒拉着青椒里的肉片说："快吃快吃，别客气，这家平时做菜慢，今天我们运气好，菜一次性上齐了。"夏夏憋着笑，嘴里应付着："好的，不会客气。"

整个饭局是在周围嘈杂的人声和田然慷慨激昂的梦想演说中完成的。终于，田然放下碗筷，扯出一张纸巾擦了擦嘴，抬手对服务员喊道："买单！"

顾筱感觉田然应该是对钱很计较的人，于是想主动和他两人AA，刚要说出口，盯着单据半天的田然说："总共87块，正好除得尽，我们三个一人29块！"

顾筱内心受到了暴击，简直有点坐不住了，却被夏夏拉住。夏夏笑着对田然说："好啊，我们微信转账给你。"田然有点犹豫："可是，我只需要加顾筱一人的微信啊。"夏夏依然好脾气地解释道："不用加，扫一扫就能转账给你。"顾筱也强忍着怒意说："我也扫一扫好了，怕加了微信会干扰你事业的发展。"

田然走后，夏夏搭着顾筱的肩安慰道："别生气了，谁相亲没遇到过几个奇葩啊！"顾筱欲哭无泪地说："你就没有啊，那么顺利就结婚生子了，多让人羡慕！"夏夏愣住了，尴尬地笑了笑。顾筱接着说："我只是觉得，我妈一点都不顾及我的感受。"夏夏哈哈一笑："别想了，请我吃个鸡蛋仔吧，刚才完全没吃饱啊……""走走走，要多少买多少！"顾筱拽着夏夏的胳膊，两人嘻嘻哈哈地向商业区走去。

以为晚点回家就能躲过妈妈的盘问，却没承想，顾母特意守在客厅沙发上，见顾筱回来，立刻弹了起来："怎么样？这个很满意吧？人家可是优质人才，要是能被他看上，简直是上辈子修的福气。"

顾筱气不打一处来，严肃地对顾母说："妈，你今后能不能不要操心我的事了？我单身很丢脸吗？""当然啊！你都三十岁了，还没结婚，别人会觉得你有问题的。而且现在的小姑娘都是年纪轻轻就谈恋爱，你要再不抓紧，好一点的都被挑没了！"顾母激动地说。

"可是我身边不谈恋爱、不结婚的女人也很多啊，还不是一样过得好好的！"顾筱没忍住，直接顶了回去。"别人不结婚，有车有房有高薪，你有什么？在国企都混不下去了，再不找个靠山，你下半辈子就完了！"

顾母的话让顾筱脑袋生疼，想起有一种偏激的说法是："父母是世界上最不讲理的人，仗着一句'我是为你好'就想操控儿女的一切。"她觉得再说下去也是徒劳，便平缓语气说："妈，我知道你是为我好，但找一个不合适的人结婚，才是噩梦的开始，你总不希望我到头来带着个孩子离婚吧？"

"你别给我扯远了，你找得到吗？你倒是先找一个啊！你就是太挑了，也不看看自己什么条件！"顾母的火气也被激了起来。

顾腾从房间里出来，望着两个剑拔弩张的女人却束手无策。他没想到的是，姐姐第一次没有再屈服于妈妈，而是重新拎上包，留下一句"既然你那么嫌弃我，就不劳你眼烦了"，便摔门而去。顾腾正在心底暗自为姐姐叫好，却见妈妈愤怒地转过身来冲他吼道："看什么看，写你作业去！"

凌晨一点，魏燎还在台灯前为工作忙碌，手边的小半杯咖啡已经凉了，困意席卷而来。他动了动僵硬的脖子，伸展了一下手臂，想着要不要洗洗睡了。顾腾的电话就在这个时候打了进来。

"魏燎哥，我姐……我姐离家出走了，到现在还没回家，电话也不接。可可姐电话关机，我只能联系你了。我是不是该出去找找啊？但我不知道她会在什么地方。"电话里的声音充满着急和担忧。

魏燎瞬间清醒："顾腾，你先哪里也不要去，在家等着，我尝试着联系她。"

[59]

魏燎冷静了一下，决定先不打电话，他给顾筱发了一条微信："有工作上的急事求助，看见请速回电话。"

外面开始刮风了，天气预报说凌晨会有暴雨，魏燎开始惴惴不安。托着额头等了几分钟，手机震动了起来。他急忙接起来，对面是顾筱一切如常的声音："魏经理，是什么事？"这下轮到魏燎蒙了，他想了半天，支支吾吾地说："呃……事情比较严重，可能需要当面聊。"顾筱沉默了几秒，平静地说："好，在哪里见？"

魏燎直接说了个离她家很近的地方。他还在车上，就已经看到了在路边游走的顾筱，短袖短裤被肆虐的凉风吹得起起落落。顾筱也看到了他的车，迎了上去。

顾筱打开车门坐进副驾驶，对魏燎说："好冷，就在车里说吧。"

魏燎将车开到马路边的停车位上，迟疑着开口："其实叫你出来，是……""是顾腾给你打的电话吧？"顾筱笑了笑，眼睛望向前方。魏燎怔怔地望着顾筱，难为情地笑了笑："你早知道了？""是啊，袁秋霞都没这么晚给我打过电话。"顾筱说完才意识到，自己直呼了主任的名字，但她无所谓了。

"顾腾找不到你，所以给我打了电话……当然如果你不想回家也没关系，可以去我家……不是，是可以和……"魏燎有点语无伦次，使劲晃了晃脑袋想保持清醒。

"魏经理。"

"叫我魏燎。"

"好。魏燎，你有没有过这样的感受？自己的存在根本毫无意义，无论是在工作还是家庭中。就好像，被所有人看不起，他们觉得你什么都是错的，什么都做不好，甚至……还会毫无顾忌地伤到你的自尊。"顾筱一字一句地说道，眼圈开始泛红。

魏燎泛起心疼，但理性的隐忍让他只能劝说道："如果你能做好，就不要在乎别人的眼光；如果你的确做不好，就更应该看开些。""但不管我怎么努力，都满足不了别人的要求。"顾筱怏怏地说。

"我能知道发生了什么事吗？"魏燎问。顾筱将相亲的经历讲给魏燎。魏燎听着，内心除了愤怒，还有惶恐：如果有一天，顾筱遇到了合适的相亲对象，自己是该高兴还是难过？

见魏燎很久没反应，顾筱自顾自地叹息道："你也觉得是我的问题对吧？我只是单纯地想嫁给爱情，而不是迫于物质和年龄。""不，你做得很好，应该有这样的坚持。"魏燎坚定地看着顾筱，接着说，"你是什么样的人，身边才会站什么样的人。如果你一旦妥协，嫁给了物质，那你遇到的势必也是唯利是图的人。"

"但是，别人怎么会看上我？"顾筱想起了妈妈的打击，"我并不是急着结婚，而是不知道还能不能碰到那个人。我已经三十岁了，真的有些疲惫了。"

"根本的问题不是你在别人眼中是什么样子，而是你希望自己成为什么样子。"魏燎耐心说道。

"希望自己？"顾筱沮丧地说，"我好像都没什么自信了。"

"那就重新树立一次。"魏燎笑着说,"有一句歌词说,来到这个世界不是没有意义,要明确自己想做什么、能做什么,再决定怎么去做。当你专注于自己的目标,就不会在意身边的流言蜚语了。"

顾筱觉得,和魏燎的聊天仿佛是在所有门被堵死后,命运又为她打开了一扇窗,告诉她:依然有路可以通往未来。

一道闪电划破了夜空,紧接着响起一声闷雷。望着逐渐阴沉的夜空,魏燎对顾筱说:"我送你回家吧。"顾筱点头,脸不觉有点发热,但理智告诉自己,他只是出于同事的友善,没有期望,才不会有失望。

周一到办公室,顾筱还在紧张后天的演讲加赛,袁秋霞带着标准化的笑容走进来,大声说道:"顾筱,恭喜你啊!"现在的袁秋霞已经没有了昔日的蛮横,对顾筱和章可可说话都客客气气的。

"主任,怎么了?"顾筱不解。"我早上碰到党工部的刘主任了,她说闫新刚后天有个重要的出差任务,要两天才能回来,所以主动放弃了演讲大赛的竞争。顾筱,你是第一名啦!"顾筱和章可可都惊呆了。袁秋霞拍拍顾筱的肩,接着说:"好好准备,争取在上级单位也取得好名次,给我们办公室争光啊!"

待袁秋霞离开后,顾筱和章可可从椅子上站起来,激动地对望着,憋住喉咙让尖叫声以最低分贝宣泄,但身体都已不受控制地手舞足蹈起来了。

得知闫新刚弃权后的倪胜男同样不平静,如果顾筱为集团拿回好名次,就能理所应当地调档升职,她是否能为自己所用呢?办公室是自己的直属管理部门,眼看袁秋霞要退休,可别再出一个跟自己对着干的人。

章可可这段时间虽然一直在帮助顾筱奋战演讲大赛,但自己的事情也没落下。上次约拍的生活纪实照受到了夸赞,客户还把她介绍给了另外两个朋友。章可可动力大增，索性把自己的微博自媒体也做了起来，将个人简介改为了"独立摄影师，欢迎约片"。短短时间里，已经吸引了不少关注。毕竟她之前已经有了一定的名气，在得知她愿意"走下神坛"，帮别人摄影后，众人在表示讶异的同时也主动做了很多推广。

她把周末都安排得满满当当，工作日的晚上也推掉了一切活动，用来策划、修片和自我营销。搞得邱冬时不时打电话来骂她："你还是不是社会人？搞得跟闭关似的，当心出来的时候人不识狗不理啊。"

说是这么说，邱冬还是会充当章可可的"包打听"，告诉她一些"圈内"信息，比如：潘攀在新公司如鱼得水，发展很被看好。"听说他在那里也很受女生欢迎，毕竟人家是高富帅嘛，而且要什么有什么，人格魅力杠杠的。"邱冬兴奋地八卦着。

"很好啊，祝贺他。"章可可淡淡地说。

"不是吧？上次追飞机后，你们又没联系了？"邱冬惊讶地问。

"追飞机……"章可可一脸黑线，"能说得再邪乎点儿吗？"

"难道不是？我们都知道了，可以啊你，能演偶像剧了。还以为你对他没意思了呢，看来爱得深沉啊。"邱冬说得停不下来。

章可可感觉自尊心受伤，窘意立马上来了，忙岔开话题道："你到底什么时候结婚呢？赶快去过被婆婆骂老公烦孩子缠的日子，少关注我们这种单身女的辛酸史。"

"我才不急呢。"邱冬语气里多了几分娇嗔，"孙天翔说了，等我玩儿够了，想嫁人了，他就娶我。而且婚后也不跟父母住，孩子有保姆带，他时不时带我去旅个游……"

憋住就快脱口而出的脏话，章可可咬着牙说了句："那就祝你玩得愉快玩得尽兴玩得风生水起啊，拜拜。"便干脆利落地挂了电话。

章可可盯着眼前待修的一张照片，男人很胖，女人一脸的痘痘，但又怎样呢？只要该瘦身的瘦身、该磨皮的磨皮，出来的依然是唯美大片。所以在这个世界上，究竟有多少人会在乎真相呢？过得好不好，工作开不开心，到底有多爱那个人……都像是一张张原片，等待着裁剪、调色、拉伸，甚至是精度打磨，然后将这些明知已失真却还是会叫好的"作品"展现给更多人。

章可可突然觉得，作为知道真相的摄影师，和凡事都明白生活真相的人一样可怕。

[60]

这天傍晚，魏家刚吃过晚饭，就听到了敲门声。章可可跑去开门，见田志忠站在门口，不觉有点发愣，因为他已经好几年没到家里来过了。

"田……叔叔。"在集团叫习惯了，改口反倒难起来。

田志忠点点头，进了屋。章可可明显感到，父母对他不再像以前那样热情，表情还有些复杂。田志忠望着魏国安，说："找你有点事，我们书房谈吧？"魏国安点点头，说："好。"

魏燎、章可可陪魏太太在客厅聊天。魏太太笑说："可可进集团也快三个月了，到现在还没闯祸，我挺满意的。"魏燎想到前不久刚给章可可收拾的烂摊子，百感交集地说："那也是因为有我啊。"章可可立马不服："没你我也不会有事啊，你还是先把你身后的那群爱慕者解决了吧。"

魏太太听到了重点，问魏燎："有很多姑娘喜欢你？那有你喜欢的吗？"魏燎猝不及防，无奈回道："这半年忙得脚不沾地，我哪有工夫喜欢女生？"转而对章可可说："妈还不知道你追飞机的事儿吧？"

"追什么飞机？"魏太太忙追问起来。章可可求饶地望着魏燎，悻悻地说了句："好了，我们不要自相残杀了。妈，别听他的，都是跟你开玩笑的。"

书房突然有了动静，田志忠的声音很大："在很多人眼里，我跟你是拴在一根绳上的！我要是栽了，你会好过吗？别人才不管有没有证据，几句话就能把你搞臭！"

魏燎皱了皱眉，章可可则问道："他们没事儿吧？"魏太太也收起了笑容，但仍安慰她说："没事儿，你爸会处理好的。"

几分钟后，田志忠从书房里怒气冲冲地出来了，和谁都没打招呼，摔门而去。

章可可下意识往书房里冲，却被魏太太拉住了："你就先别进去了。"魏燎说："那我进去看一下。"魏太太点了点头。"为什么我不能进呀？"章可可不解地问。魏太太笑说："因为你好心办坏事的可能性更大。"

"爸，有什么我能帮忙的吗？"魏燎轻声问。魏国安脑中回想着田志忠最后压低声音说的那句："既然你不帮我，我就把你的名声也搞臭，哪怕没有证据，也足以让你在业内难以立足！"他抬头望着魏燎，缓缓地说："如果听到任何关于我的传言，不要解释，但要立刻告诉我。不要用电话，回家直接说。"

第二天，章可可和李慕心到一个项目部发放清凉饮品，晚上项目经理留她们吃饭，因为年轻人多，餐桌上大家聊得很投机。或许是酒精助兴，大家都放开了，开始依次介绍自己的感情史。章可可发现桌上的男人们，多是以女友数量多为荣，那些恋爱经历少的，受到了众人毫不掩饰的嘲笑。

轮到李慕心时，她不屑地说："我一个都没谈过，怎么着吧？"桌上发出此起彼伏的怪叫声："这么纯洁，不会吧？""是不是太挑了呀？你看我怎么样？""你不会是那啥吧……哈哈。"李慕心露出无奈的笑容：“我把男生都当哥们儿了，还怎么谈情说爱呀？”章可可暗自一笑，心想还好李慕心没有男朋友，否则那位哥们儿估计天天听邻里街坊的八卦，能被烦死。

　　章可可并不想聊这个话题，敷衍道：“我的故事没什么好说的。”但一桌人不让她过关，还说她故弄玄虚，于是她只得简明扼要地说了句：“我就谈过一个男朋友。”这次的嘘声更大了，一个眼镜男直接说：“不可能，你这么漂亮，怎么也不像情史简单的人啊。”他一说完，起哄声更大，其他人打趣道：“你这么夸人家，是不是对小章有意思啊？”并且缠着章可可谈具体经过。章可可无奈叹了口气，说：“没什么好聊的，从小就认识的一个人，中学时就在一起了，前段时间刚分手。”“青梅竹马呀？真浪漫！”李慕心惊叹道。“算是吧。”章可可说，“但没什么浪漫的，我们都不懂表达。”

　　“小章，我很浪漫，要不要考虑我呀？”另一个男生玩笑道。“你走开！可可,坚持这么多年为什么分手呢？就因为他不浪漫？”李慕心问。“因为别的原因吧。我们俩性格不太合适，我太强势了，他也有自己的骄傲，只是之前一直迁就我，在一起两人都挺不自在的。”

　　桌上唏嘘一片，又一轮的觥筹交错开始了。章可可低下了涨痛的头，按理说她的酒量还好，真不知道是醉了酒，还是醉了刚才的一番话。这是她第一次跟别人聊起自己和潘攀的事情，内心深处某个隐蔽的开关被打开了，但她明白面前这桌人并不是自己可以倾诉的对象，于是给邱冬发了条信息：“我真喜欢潘攀啊。”不一会儿，邱冬发来了满屏咒骂的表情，外加一句：“你终于想明白了！”

　　酒精发挥出了神奇的作用，章可可翻出潘攀的号码，果断拨了过去。潘攀在电话里问道：“可可，怎么了？”章可可克制住了流泪的冲动，扁着嘴说：“潘攀，我喝醉了，好困……”过去，只要是章可可喝多了，不管多远多晚，潘攀都会去接她。潘攀就像是个固定保镖，出现在任何她需要的地方。

"你在哪里？"潘攀刚刚下班回家，将西服脱下挂上衣架，扯着领带的手停了下来。当他风尘仆仆地赶来，项目部的同事正在商量送章可可和李慕心回去。章可可跌跌撞撞地推辞着，同时看到了潘攀的车正亮着两只眼睛向自己靠近，亲切非常。"咦，我的车来了，拜拜……"章可可开心地跟众人打着招呼。

在一群人疑惑的目光中，换了一身休闲装的潘攀从车上下来，径直走向章可可。见她衣着单薄，领口微开，他皱了下眉，故意地瞟了一圈她身后的男生，便脱下自己的牛仔薄外套裹在了章可可身上。

"你就是……"李慕心忍不住八卦的冲动。"拜拜！明天见！"章可可装作没听见地跟大家道别，在潘攀的搀扶下上了车。

身后人八卦正浓：

"小章这状态坐车，怕是会吐吧？"

"就算吐也是吐在豪车里啊……"

"心疼啊……"

"快醒醒吧，人家能买这么好的车，会心疼那点洗车钱？"

[61]

"怎么喝这么多酒？"潘攀侧身问章可可。

"因为知道你会来接我啊。"章可可瘫在副驾驶座上，仗着醉意装厚脸皮。

潘攀又关切地盯了她一眼，说："我这几天都加班到零点，你今天运气好，赶上我八点就下班了。""难道你加班就不来接我了？"章可可蛮横地问。潘攀无奈地轻叹口气，隐隐藏着笑意说："我的意思是，公司离这边很远，你会等很久。"

章可可呆呆望着潘攀的侧脸，有点感动。这个从小到大都离不开的男生，到底还会霸占她多少"条件反射"呢？霸占到很多事情她根本想不起别人。"你是因为我才没去加拿大吗？"章可可问出了憋了很久的问题。

潘攀愣了下，瞥了章可可一眼，带着几分认真地说："也是，也不是。根本的原因是，想证明自己。"见章可可仍一脸不解，他接着说，"从小到大，我都没离开过家庭的庇护，这次是很好的机会，我想试试看，靠自己能不能行。另外……这么多年，我都在围着你转圈圈，习惯了。你还记得吗？幼儿园的时候，万圣节你扮贝尔公主，非得让我扮野兽；小学的时候，你想学奥数，结果把我逼成了全国一等奖；还有，中学的时候，你谎称肚子疼请假去看电影，我翻墙陪你去，差点被处分。"

"当然记得，还有一次学校组织春游，你跟着我上了我们班的大巴，被笑了一路。"章可可微眯着眼睛，沿街的路灯也变成了闪耀的星星，她恍惚如梦。

潘攀沉默了一阵，突然认真地说："可可，我不在你身边守着，是为了先成为更好的自己，再站回到你身边。我不指望你会一直等着我，只是希望当我们都更成熟、更自信之后，你回过头还能看到我。"

微醺的情绪刚要上来，到家了。章可可赶紧说："我下车了，谢谢你。""你可以吗？需不需要我送你？"潘攀问。"不用了，我清醒多了。""哦，那早点睡。"潘攀温柔地叮嘱。

她下了车，大步朝小区里走去，不用看也知道潘攀还在身后望着，眼泪不自觉地流了出来。

刚开门，章可可就看到在餐桌边站着喝水的魏燎，心想，该死，此刻的眼睛应该红得像只兔子。她微低着头叫了声："哥。"魏燎狐疑："他们灌你酒了吗？""没喝多少，我先进屋了。"章可可佯装淡定地朝卧室挪步，还是被魏燎挡住了。

"谁送你回来的？"魏燎警惕地问。章可可心想：不会吧？这都能猜到？于是慌忙解释："就是项目部的……那个……老何。"

"老何？"魏燎依然没有让行的意思，而是反将一军，"你别告诉我这件和潘攀的一模一样的'424'外套，四十多岁、发福严重的老何也有。"

章可可恍然大悟，原来潘攀的衣服还在自己身上，于是只好坦白交代："哎呀，我喝多了点，潘攀来接我的。"魏燎忍住笑，提醒着："快去把妆卸了吧，这熊猫眼简直没法看。"章可可彻底绷不住了，索性抬起哭花了妆的脸盯着魏燎，威胁道："要是你敢告诉别人，我就让妈再给你安排一轮相亲。"

魏燎哭笑不得地目送章可可进了房间，耸了耸肩。

潘攀刚到家就接到了父亲的电话，此刻的加拿大还是早晨，他隐隐感到不是小事。果然，父亲告诉他，加拿大的事业开展得并不顺利，合适的员工不好找，外加语言和文化的差异，他们有点跟不上节奏。他委婉地问潘攀是否能过去帮忙，但不勉强他，一切以潘攀的意愿为准。

连续熬夜的劳累积攒到了这一刻爆发，潘攀感觉头更疼了。窗外的夜空已经被墨蓝色铺满，满目无星，没有任何光亮的指引。

章可可敷着面膜躺在床上，想把最后一丝醉意驱赶走。顾筱发来信息："倪书记要我明天和她一起去参加柳江大桥的合龙仪式，还要在那儿住一晚！"

章可可觉得，这是书记开始考察顾筱了。柳江大桥合龙她是知道的，今天袁秋霞已经电话通知她撰写倪胜男和魏国安在仪式上的发言稿。想到发言稿，章可可脑中一亮。

仪式在下午举行，上午倪胜男要开会，叮嘱章可可把发言稿和她需要的其他资料放在一起。章可可拿着发言稿走进倪胜男的办公室，想了又想，一闭眼把发言稿又拿了出来。

下午，一行人从集团出发，顾筱坐在倪胜男的车上，其他部门的同事和魏国安同车。"顾筱，过段时间要代表集团参赛了，你可得好好表现啊。"坐在副驾驶座的倪胜男有一搭没一搭地跟顾筱聊天。"嗯，书记，我会尽全力的。""你很优秀，看来今后要重用才行啊。现在集团需要的，就是像你这样踏踏实实做事的人啊！"

顾筱嘴笨的毛病又犯了，车里沉闷了半天，她正着急，手机屏幕亮了，章可可的 QQ 信息出现：让倪书记再次检查一下她的资料带齐没有。

好突兀的要求，顾筱不明所以，但还是关心地问倪胜男："倪书记，需要我帮您再检查一下所有的资料吗？这次文件挺多的，我把重要的给您放在上面。""好，提醒得很必要，是要检查整理一下。我自己来吧。"倪胜男说着，打开了文件袋。

这一整理，倪胜男便发现没有发言稿。她又检查了一遍，还是没有。她立刻打电话给章可可，经章可可"查找"，发现发言稿还放在倪胜男的办公桌上。此时的倪胜男已经没工夫细想到底哪个环节出了问题。仪式时间临近，由于上午的会，他们出发已经有些晚了。

"书记，别着急，我马上再给您写一份。"顾筱看了看手腕上的表，"大概还有半小时到现场，时间应该够了。"说完拿出纸笔，垫在背包上面便开始动笔。

倪胜男的情绪稳定了许多，但仍担心地时不时看看顾筱。还好顾筱是个很细心的人，她先用一张纸写好草稿，经倪胜男审核修改后，再拿出一张纸，用尽可能工整的字体誊写了一遍。逻辑清楚，文字严谨得体，顾筱再次令倪胜男刮目相看。

但让众人意外的是，在仪式上，魏国安的讲话反而有些吞吐不清，让在场的人多少为他捏了把汗——他的发言稿也不见了，只能临场发挥。

听从章可可的指示，晚上的饭局顾筱多喝了两杯，她故意话多了起来，入住时，倪胜男主动提出和顾筱一个房间。

"顾筱，你今年多大了？"

"我三十岁了，书记。"

"来集团也好几年了吧？我还以为你都已经是副主任级别了。"

"哪有那么容易啊？我就是一个平凡小辈。"

倪胜男疑惑了："按理说，能进我们这种单位的大多都有人脉关系的吧？"

"书记，您不知道，"顾筱故意抬高了嗓门，显得没心没肺地说，"我进来时候的关系拐了好多个弯儿，进来后就没人管了。我只有踏踏实实做好自己的事，服务好大家。"

顾筱这么坦诚，倪胜男听了心里挺舒服，说："顾筱啊，你跟着我好好干，我不会亏待你的。"

顾筱也立刻说："倪书记，您放心，钩心斗角我可能不行，好好做事，我是没问题的。"

倪胜男心想，没有大的来路更好，现在看来，这小姑娘不错，而且她也已表明态度，会跟着自己好好做事。这么一想，加上今晚的酒力，倪胜男安心入睡了。顾筱也终于长长舒了一口气。

[62]

看准电梯楼层，夏夏最后整理了一次正装衣角。

今天的面试非常关键，这家广告公司在行业内赫赫有名，要不是大学学姐的推荐，估计她连投简历的资格都没有。为了这场面试，夏夏做了不少准备。虽然她一直都有关注自己的老本行，但毕竟这么多年过去了，市场瞬息万变，要补的课很多很多。

她已经带着女儿搬出去租房子住了，妈妈也从老家过来帮忙。一大早，她给女儿喂奶穿衣，安排好孩子一天的生活，才开始收拾自己，急急忙忙，终于在约定的时间赶到了。

　　电梯打开，冷气开得很足，得体大方的前台小姐笑脸相迎。夏夏见到的是公司人力资源部的副经理，一个身材矮小，但四肢健硕的男人。他看到夏夏已经做到中层干部的履历，愣了一会儿，然后问了夏夏一些基础问题，又露出遗憾的神情说："实在抱歉，今天我们的自媒体总监临时出差，无法面试，你看后天再来可以吗？"

　　夏夏心想太不巧了吧，但还是答道："好的，谢谢你了。"

　　人力资源部副经理将夏夏送到电梯口，微笑着说："我很佩服夏小姐的勇气，毕竟这是一个并不好做的决定。"夏夏有点惊讶，随即反应过来说："我只是不想三十多岁，就一眼看到了五十多岁的生活状态。"

　　"叮"的一声，电梯到了。门一开，一股浓郁的古龙香水味向夏夏扑来，她本能地皱了皱眉，用手碰了碰鼻尖，便匆匆进了电梯。低头的瞬间，她瞥到了身边经过的锃光瓦亮的皮鞋和哑光色笔直的西装裤，模模糊糊听到后面有声音说："早上好，许总。"

　　电梯门已经关上了，夏夏忍不住想：难道我错过了某位大领导？但事已至此，就顺其自然吧。刚走到楼下，夏夏又接到了刚才那位副经理的电话："夏小姐，能麻烦你再上来一下吗？我们许总想见见你。""哦……好的。"夏夏应着，心想今天也总算没白来。

　　夏夏再次踏进了这个冷气很足的地方，被前台小姐直接引进了走廊尽头的那间办公室。这间办公室装修浮夸，风格另类，涂鸦占了满满一面墙，壁柜上放着琳琅满目的限量单品。乍一看根本不像是办公的地方，反倒像是一个轻奢的轰趴馆。房间的主人正坐在大办公桌前，桌上摆着一个木质的座牌，上面写着："CEO 许浪"。

　　"你是夏夏吧？沁江大学传媒学院毕业？"许浪从座位上站了

起来，脸上的神色有点捉摸不定。

"是的，已经毕业好几年了。"夏夏犹豫了一下，问道，"你也是沁大的？"

"对，比你小一届，国际商贸专业，应聘过你们校刊编辑部。"许浪慢慢向夏夏走了过来，却也不招呼夏夏坐，身上的皮鞋和西裤让夏夏确定他就是刚才电梯口擦肩而过的那个人。这人上半身更是一言难尽，立领的白色衬衣让人感觉马上要上场跳拉丁舞了。

夏夏感到压迫感袭来，仍礼貌地笑着说："可是，我好像对你没什么印象啊。""记性太差了吧，当年还是你面试我的，然后把我淘汰掉了。"许浪一字一句地说，脸上依然是让人看不穿的表情。夏夏心想：这么凑巧，难道这人是来翻旧账的？但还是笑着说："那的确很遗憾，当时编辑部竞争激烈，选人也很严格，可能你当时……呃，有些情况不是太适合。"

"嗯，也是，当时我梳着一头脏辫，说话谁都听不懂。"许浪摸了摸自己的下巴，终于想到了什么，"你坐吧，我给你倒杯咖啡。"

经许浪这么一提醒，夏夏有了点儿印象。当时她才大二，是编辑部的学生负责人，在部门招新时，的确有过这号人物出现，当时大家都议论纷纷，用看稀罕动物的眼光去看这个大一新生。夏夏还记得曾问他为什么想加入编辑部，他的回答是："不加入校园社团学分不够，其他社团太热情，看到编辑部这边安安静静，挺高冷的，来试试。"

想到学校里的事情，夏夏忍不住笑了，带点歉意地问许浪："那之后，你加入其他社团了吗？"许浪无所谓地摇摇头："没有。不过后来我就出国了，不用再担心学分的事情。"夏夏反应过来，怪不得学姐会推荐这家公司，原来老板竟是校友，而且还是学弟。她心里叹了口气。

"我提前看了你的简历和作品。"许浪开始说正事，表情也正常了许多，"但恕我直言，虽然你的起点很高，但由于已经多年没有从事广告行业，眼光已经落后了，或者说，已经过时了。""的确，我这些年都在从事和广告无关的工作，但希望你能让我试一试，我是下定决心转行的，也相信自己可以从头再来。"

"你从头再来是可以的，但我们这里的用人机制也是很残酷的，不是新兵训练营，希望你有思想准备。"许浪斜靠在夏夏坐的单人沙发上，依然带有几分痞笑望着夏夏。

"嗯，有心理准备，也希望新的工作能让我快速成长。"夏夏说道。"自我成长还不够，还要根据公司的需要来成长。你要知道，一旦你进入公司，就变成了公司的一块铁，公司需要什么样子，你就要被锻造成什么样子，由不得你。"

夏夏内心的不爽已经快被点燃，她有点担心，难道眼前这个人是在故意捉弄她，以缓释对十多年前遭遇的耿耿于怀？虽然听起来有点不可理喻，但现在不是挺多有心理缺陷的人吗？这么想着，夏夏反而坦然了，她放松了自己僵硬的姿势，不惧地望着许浪说："许总，现在我站在这里，不是来听你说你的公司有多残酷。每个行业都很残酷，这个谁都懂。但每个在行业尖端的人，开始时都是新人，拒绝做新兵营的公司，是很难有持续鲜活的血液的。现在既然你们已经让我进入了面试，就请用发展的眼光来看我，而不是拿我之前的经历说事。"

许浪静静听完，嘴角露出一丝淡淡的诡笑，右手转了转左手食指上的戒指，接着说："不，不，你误会了，我没有用任何眼光看你，而是提醒你，作为乙方，我们的客户只会比我刚才更刁钻、更无理取闹。在这个行业里，没有绝对的对与错、好与坏，你慢慢会知道的。我只是要测试一下，我们的学姐推荐的人是不是有一颗玻璃心。"

夏夏愣住了，所以刚才是……试探？但她不喜欢这样的面试，也非常不喜欢眼前这个趾高气扬的男人，非常不喜欢！

[63]

程立新听说田志忠在魏国安那里贴了冷屁股，便约他出来吃饭、散散心，但田志忠没想到程立新竟还约了闫度。虽然和魏国安闹得有点僵，但他和闫度的矛盾也是保存在案的。田志忠站起来就要走，闫度走了过来，笑眯眯地说："田经理，别来无恙啊，既然来了，就一起坐下聊聊吧。"

"我和你没什么好聊的，坐下就更不必了。"田志忠态度依然强硬。程立新扯了扯他的衣服，说："你们那点儿误会都多少年了，早该忘了。现在听说你有麻烦，闫总想帮帮你。"田志忠用怀疑的眼神打量了下闫度，没错，依然是那个眉眼狡黠、表情多变的笑面虎，他不屑地问："他？他恨不得我早点进去吧？能有什么好办法？"

"田经理，别着急嘛，万一我真的有好办法呢？"见田志忠话中留有余地，闫度依旧笑眯眯的，"这么重要的事，我们当然要坐下来慢慢谈嘛，田经理，请吧。"

茶室里，环境清幽，不受打扰，三人坐了下来。

"田经理，你的情况我了解了一些，不得不说，现在没事可干、又见不得别人好的人太多了。我们这一行，特别是十几年前，礼尚往来再正常不过了，你要不拿，人家还说你瞧不起他，不和你一起做事，你说是吧？"闫度"推心置腹"地对田志忠说。田志忠"哼"了一声，说道："倒退个几年，谁屁股上没点儿屎？你闫度没有吗？"

闫度给田志忠添茶，笑了笑说："怪只怪田经理运气不好，让人抓到了把柄。""这就是有人在故意整我，要真说搜集证据，恐怕谁也干净不了！"田志忠的话匣子打开了，情绪也开始倾泻。闫度笑意更深，若无其事地问道："意思是，魏国安也有一屁股屎咯？"

田志忠虽然已对闫度放松了警惕，但"魏国安"的名字还是让他清醒了一半，他露出意味深长的表情，明显有保留地说："别人的事儿我管不着。我现在都自身难保了。"

"我比你虚长几岁，想跟你说几句心里话。"闫度对田志忠说，"你跟着魏国安这么多年，一直是鞍前马后。但现在呢？他魏国安是集团的总经理，你还只是个项目经理。我不是说项目经理不好，但凭你的能力，要说总经理，你也绝不会做得比魏国安差。行业里的人可都说呢，说魏国安这些年其实一直压着你。"

田志忠端着茶杯的手停在空中，半天没说话。程立新见状，忙说："田经理，来来，先喝茶。"田志忠将茶杯重重地放回桌上，抬起头正视闫度道："你到底想说什么？不妨直说。"

"那我就直说了。"闫度抿了一口茶，"现在有一个办法，可以让你的罪责减轻，但需要田经理牺牲一点点义气。""他魏国安都不讲义气，弃我于不顾，我对他哪还有什么义气可讲！"田志忠脸色彻底拉了下来。

闫度露出了满意的笑容，说："田经理能明白这个道理就好了。其实很简单，就是在有关部门询问你的时候，你就把所有的违法违纪行为和脏水都泼给魏国安，他当时是你的领导，命令不得不从。只要咬定这一点，说不定还能算你举报有功。"

田志忠再次领教了闫度的狠心和狡猾，这是要把魏国安逼到绝路啊。"这样就太不地道了，据我所知，魏国安并没有做过见不得人的事情，就这样拖他下水，实在是说不过去。"田志忠皱着眉，头不停地摇着。

"那你就愿意这么进去？你可也是拖儿带女的啊，不为家里人考虑吗？"闫度见田志忠再次沉默了，接着说，"我们活一辈子，在别人心里是什么样根本不重要，让自己和家人过上好日子才是关键，所谓的人情道义，不过是我们内心绕不过去的弯而已。"

"让我想想吧。"田志忠一口气喝完了杯中茶，却怎么也尝不出味道来。

这天下班后，章可可在一楼大厅，看到了正在等自己的郝佳。今天上午郝佳突然提出想逛街，章可可一想夏夏在休年假，顾筱去项目部了，于是就答应了。

开着郝佳的车，她们先到商业区的一家泰国菜餐厅吃饭。章可可主动聊到了上次市场营销部报送文件的事情。

"那件事啊？哎呀我实话告诉你吧，是市场部改的数据，程立新毕竟是领导嘛，他不让我说出去，中层干部我可一个都不敢得罪呢，委屈顾筱姐了，但我实在也没办法呀。"郝佳装模作样地说着。

章可可心里顿时明了，她想到魏燎曾告诉她，郝佳对顾筱说改数据的人是魏燎。她意识到，面前这个人早已不是之前敞亮的郝佳了。换作以前，章可可一定立马拆穿谎言，质问对方，但这一次，她按下了冲动。

吃完饭，郝佳抢着买单，也让章可可有些不适应："你刚工作，省着点花。"章可可好心提醒道。"没关系，钱不就是用来花的吗？"郝佳笑着买了单。

逛街的时候，郝佳也出手大方，一连买了四五套衣服。章可可一件没买，只惊讶地道："郝佳，我记得你家庭条件一般啊，花钱别大手大脚的，真要用钱的时候会很困难。"郝佳将一套小洋装递给店员说："这套也要了，谢谢。"转而对章可可神秘一笑说："放心吧，有人买单的。"

"啊……看来有情况啊。"章可可张大了嘴，等郝佳的答案，"是有男朋友了吗？"郝佳凑近章可可的耳朵，语气中洋溢着得意："我要结婚啦。"

"结婚？结婚！"章可可再次确认了郝佳刚才说的话，不可思议地望着她，"你不是刚毕业吗？是你们同学？""不是，哎呀，很快你就会知道啦。"郝佳脸上泛起羞涩。

怪不得买衣服像买白菜似的，原来是背后有"金主"啊，看来男方条件不错，否则还没过门就买买买，普通人家经不住这么败。章可可暗暗想着。郝佳又先后买了口红、单鞋、手链和丝巾，统统价格不菲，看得章可可目瞪口呆。

已经晚上十点，郝佳坚持要送章可可回家。

"不用了，时间也挺晚了，我打车回去。"章可可推辞说。"别啊，你再给我介绍几个奢侈品牌呀，我想多了解些。而且我的车这段时间在跑磨合，就是要多开。"

章可可毫无招架之力，只得应了，心想黑灯瞎火的，郝佳应该不会注意吧。而且就算发现和魏总住一个小区也没关系啊，坚持说只是凑巧就好了。坐在车上，章可可给孙天翔发消息，让他找人盯郝佳几天，看看她每天究竟在干什么，和哪些人来往。另外，她也给顾筱发去信息，告诉了她自己和郝佳谈话的内容，让她一定要警惕郝佳。

到了小区，郝佳从后视镜里看到章可可已转过身去，便掏出手机，拨通了一个号码："她已经进小区了，你盯紧点，但千万别让她发现你。记住，人脸和门牌号一定要拍清楚。"

[64]

几天后的下午，章可可到党工部去交部门资料，临出门的时候，发现闫新刚正守在张阳的办公桌前，而张阳正在给新一期的集团杂志排版。章可可饶有兴趣地走过去，问闫新刚："你今天怎么跑到这儿来当监工了？"闫新刚回过头来，推了推厚厚的近视眼镜，笑说："这期杂志要登我演讲大赛的稿件，所以阳哥让我上来看看，有什么需要调整的。"

章可可见张阳的电脑屏幕上，果然是论文版块在排版，不禁问了一句："这新一期杂志登的，为什么不是一等奖获奖论文啊？"

闫新刚似乎察觉到了章可可的怀疑，耐心解释说："因为这一期杂志已经有了一篇关于企业宣传的论文，所以党工部刘主任的意思是，这期先登我这篇，避免同类的内容太密集。"闫新刚又补了一句，"听说下一期就会登顾筱的那篇，并且在页尾处会写明，是本届演讲大赛的一等奖作品。喏，就像我这篇一样。"闫新刚指了指页面下方那一行"青年演讲大赛二等奖作品"。

"哦，哦，我随便问问。"闫新刚的坦诚让章可可有点尴尬，不觉反省自己是不是太草木皆兵了。她走出党工部办公室，正准备下楼，却又被闫新刚叫住了："章可可，我想和你聊两句。"

两人站在走廊尽头的阳台上，望着楼下热闹杂乱的市井街道，闫新刚先开了口："你是不是特别害怕我会成为顾筱晋升的敌人？"章可可有点尴尬："是，因为顾筱非常需要这次机会，她已经输不起了。""你很关心她的事嘛。"闫新刚笑了笑。"我只是希望真正有能力的人能被重用。"章可可一点都笑不出来，她不知道闫新刚到底想说什么。

"那你有想过自己吗？同一个部门，顾筱早晚也是你的竞争对手。"闫新刚说，"从始至终，我只看到你帮助顾筱扫清障碍，很是仗义，却没看到你为自己做些什么。你应该是有来头的吧？不然也不会浑身上下都透着骄傲，但你也应该知道，人总要为自己考虑一些。"

章可可惊讶于闫新刚的洞察力，同样也明白他为何困惑："没料到你这么坦诚，那我也明确告诉你，不是所有人都适合待在国企。我一度对国企有偏见，但现在我佩服在国企里风生水起的那些人，他们一定有和职务相匹配的某种能力。但也让我更加确定，我并不适合这个地方，所以我离开是早晚的事情。但顾筱不一样，她需要这份工作，这份工作也需要她。"

闫新刚的疑惑被解开，笑得更加明显："那你今后有什么打算？""做自己最想做的事情，趁着年轻去折腾一下。"章可可突然想到了什么，又说，"对了，我想向你确定一个事儿。你放弃了复赛，真的是因为出差吗？"

闫新刚若有所思地盯着章可可，说："我想告诉你的是，国企里不仅有凭借人际关系混得风生水起的人，也有爱才惜才，想用自身实力实现职场进阶和自我价值的人，比如我。"闫新刚说着还指了指自己的鼻尖。章可可忍不住笑了。

"你别笑啊，我是认真的。看了顾筱的表现，我真心觉得她比我讲得好。所以如果集团最后并没有派出最强的人去上级单位参赛，我过不了自己内心的这一关，所以我就弃赛了。哥就是这么公正！"闫新刚的厚镜片折射着光，章可可第一次觉得那并不是迂腐的象征，而是代表了强大的自信。章可可有点后悔没和他早点成为朋友，她收敛起嘴角的笑容，认真地对他说了句："谢谢你的公正。"

下班后，章可可本来约了潘攀，要把外套还给他。岂料潘攀临时加班，章可可果断决定："我去你公司找你吧！"说这话时，她并未多想，毕竟衣服都带来了，何况距离潘攀的公司并不远。但在去往潘攀公司的路上，章可可渐渐发现，自己想见到潘攀的心情越来越急切，甚至有些激动和欢喜。她迟疑了一下，矛盾地想：我和潘攀这是在纠结什么？

下班高峰期已过，写字楼里，她和零零星星的人们背道而行。潘攀公司的楼层里明亮通透，大理石地板折射出骄傲的光，很符合外企在章可可心中的形象。她远远就看到了站在里面、被好几个女生包围着的潘攀，白色衬衣搭配深棕色条纹领带，深色的西装搭在旁边的座椅上，章可可一眼看出是之前自己陪他买的那件。潘攀神色认真，对着面前的笔记本电脑在给女同事们讲些什么。

公司需要刷卡才能进入，章可可揣着一颗酸溜溜的心望着潘攀，期待他不经意抬头时能发现她。然而，十分钟过去了，潘攀抬头了无数次，却始终没有发现她。章可可无目的地跺着脚，消化内心莫名涌起的小委屈。

很久，潘攀和几个同事才走出办公室，终于看到了站在门口、手拿着自己外套的章可可。他脸上的欣喜立刻表露无遗，而且隔着不太近的距离，他还是察觉到了章可可脸上的一丝任性和醋意，这样的表情他实在太熟悉了。

"潘攀，这位美女是谁呀？"几个同事已经开始八卦了。章可可只好礼貌地笑了笑："你们好，我是潘攀的……""她是我女朋友，章可可。可可，她们都是我同部门的同事。"不等章可可说完，潘攀已经拍板定性了。

章可可表情复杂地瞪了潘攀一眼，继续接受旁人打趣起哄的反应："这么漂亮的女朋友，怎么不早点介绍我们认识啊？""不知又有多少小妹妹要哭了啊。""潘攀你得请吃饭啊。"七嘴八舌的玩笑话让章可可有点尴尬，她赶紧递过衣服，对潘攀说："那我先走了啊。"

"留下来，和我们一起吃饭吧。"潘攀说。"你们吃，我还有事。"章可可急匆匆地跟众人打了招呼，仓皇逃跑。

潘攀望着消失在电梯里的章可可，忍不住咧开嘴笑了，他闻了闻衣服上的味道，确定是自己无数件衣服上都有的，章可可的香水味。章可可曾说，要在潘攀的每件衣服上都喷上自己的香水，打上"记号"，看哪个小姑娘还敢惦记他。潘攀心里窃喜：这是不是说明，自己又被打上"记号"了？

可是很快，他脸上的笑意渐渐消失了，一个心结再次卡住了自己的喉咙：可可，我该怎么告诉你，我第一次未经你的允许，就擅自做了决定？

[65]

从南半湾项目的施工现场出来，魏燎迟疑了一下，还是走到了田志忠的办公室门口。见魏燎来了，田志忠站起来笑说："哟，魏公子亲自来视察工作啊。"魏燎听出他的话里带酸，忙回道："田叔叔开玩笑了，我来执行公事，正好也来看看您。"

"呵呵，我有什么好看的？待宰羔羊罢了。"田志忠悻悻地说。魏燎笑了笑，说："那您就当是一个晚辈来看看您。"田志忠望着魏燎，叹了口气说："魏燎，你还是那么懂事，但我和你爸的问题，你解决不了。我已经穷途末路了，但你爸一点忙都不想帮，心里根本没我这个朋友。"

"田叔叔别生气，爸爸一直都很在乎您这个朋友，但是……这次他的确不知道该怎么帮您。"魏燎低声说道，"您也知道，爸爸和董事长的关系并不融洽，如果他这时候站出来说什么，反被董事长抓到把柄的话，不但不能帮到您，也会让您的人失去主心骨啊。"

田志忠沉默了一阵，站了起来背对魏燎，有点伤感地说："当年高大哥为我们而死，我和你爸爸发誓，这辈子一定要带着高大哥的那份生命一起活下去。如今我的路已经走偏了，但魏燎，我这条路也是你爸爸默许的啊，他不能见死不救啊！"

魏燎一时无言，"默许"这两个字像是一顶丑陋的帽子，让他不敢去想，但他还是逼着自己问田志忠："田叔叔，我爸爸……到底有没有收……""魏燎，你爸是个很怕事的人。"田志忠知道他要问什么，直接打断了他说，"据我所知，他没有把柄在别人手上，但是，没有把柄并不代表没事。干我们这行，大家一直都是心知肚明、互通有无的，你不出不进，别人反而会说你有问题的。"

魏燎的心情有点低沉，脑子也有些混沌不清起来，他甚至开始怀疑，爸爸是否还有不被他所知的另一种处事原则。离开南半湾，他将车开到了滨江路上，一个人在江边漫无目的地走着，借着初秋的风梳理这一团乱麻。

对于在集团的人而言，今天早上最大的新闻莫过于歌咏比赛又延期了。章可可泄气地对顾筱说："会不会我离职的时候，比赛都还没举行啊？""你又不着急走，怕什么？"顾筱随口一接，却在下一秒愣住了。她抬起头质疑地望着章可可："你说你要走？"

四周安静了几秒，章可可故作轻松地说："有这个打算吧，反正早晚都要走。不过哪怕不在一个单位，今后也可以见面呀，想我了就打我电话，谁要是欺负你了，我继续给你出主意。你别哭啊……"章可可说到一半，见顾筱的眼圈已经红了。

"是为了你的创业梦想吗？"顾筱哽咽着问。"嗯。"章可可点点头，"就像你觉得这里的每件事都充满激情一样，我也需要找回自己的步调了。多亏了你啊，我总算知道自己欠缺的是什么了。""是什么？"顾筱花着脸问。

"以前我觉得那些具有挑战性的事情才是有意思的，别人不懂我的创意和想法，也是他们品位低、没远见。但这三个多月来，亲眼看到你是如何做好看似渺小的每一件事，如何配合别人看似无关的每一个行动，如何忍耐着迎接每一次压迫和指责，我就知道自己欠缺的太多了。"

"但这三个多月，我已经习惯依赖你了，你走后就没人帮我出主意，我好怕又回到原点。"顾筱说。

"不是还有夏夏姐吗？而且你要让自己变强啊，"章可可说，"不光是能力变强，气场也要变强。跟你半毛钱关系都没有的屁事绝不乱接；莫名其妙的黑锅绝对不背；该划清的职责界限必须捍卫。不管是领导还是平级，哪怕今后的下属，只要涉及自身利益的事情，多想想前因后果，多考虑一下利害关系。我们不主动招惹谁，但对于不怀好意的人，一定要心知肚明，有所防范。"

顾筱点点头："我记住了，你已经教会了我很多，够我用一阵了，但遇到新问题，你也必须来救我。今后你创业有什么需要帮忙的，也要想到我，我别的不会，做实事还可以。"

"好，我们就这样约好了。"

两人的手机同时"叮"了一声，顾筱拿起手机："是电子请柬，天啊，居然是郝佳的！""什么？"章可可也赶紧打开了微信。虽然她已经知道郝佳有一个有钱的男朋友，但这就要结婚啦？这么快！

而当两人将请柬打开，不禁同时抽了一口冷气，一口大大的冷气。新郎的名字处，用楷体字清楚地写着三个字：闫新刚。

受到暴击的远不止章可可和顾筱，消息一出，整栋楼都充满了议论和猜测的声音，除了两位新人各自的办公室里祝福声一片外，其他的楼层都已被八卦消息挤得满满当当。

一个是刚刚入职就声名大噪的集团新秀，一个是刚刚入职就经历"机关——项目部——机关"调迁的女大学毕业生。关键是如此没有征兆，这背后的故事够编一箩筐了。

章可可和顾筱也陷入万般不解中。"他们什么时候在一起的？要不找个机会问问郝佳吧。"章可可对顾筱说。顾筱的兴致不高，淡淡地说："知不知道也无所谓，反正婚礼上肯定会讲恋爱经过的，还是特煽情的那种。"章可可乐了，接着她的话说："现在的婚礼就是一场戏，还是套路戏，从灯光、场地、流程、婚纱照、主持人开场词，包括誓词，都是高度雷同的。台上演员演得辛辛苦苦，台下根本不熟的一群叔叔阿姨借机叙旧，太没意思了。"

"你以后结婚还不是一样？"顾筱打趣道。"我才不呢，我都想好了，以后我结婚不办婚礼，而要旅行结婚，在去的每一个地方都办一个小小的仪式，以表纪念。"章可可兴奋地说。

真羡慕她啊，顾筱默默地想，自己就没法这么潇洒。前几天妈妈还在说，今后她结婚，一定要把之前收过自己份子钱的人都请上，抓住这个"回本"的机会。

下班后，章可可带着顾筱和夏夏直接开车去了瞻春，今天是瞻春的三周年庆，她一早就答应周天策会带朋友去捧场。

离营业时间还早，工作人员在里里外外地布置，瞻春被打扮得面目一新，瞻春门口，一块巨大的签到展板吸引了顾筱的注意："可可，这块展板的背景是一个女生的轮廓吗？"章可可也分辨了一番："应该是吧，很像学姐的模样。"

"学姐？是这里的老板吗？"夏夏问。"不是，老板是我的学长，学姐是他的心上人，就是想追追不上的那种。这个酒吧的名字和很多细节都跟学姐有关。"章可可叹了口气，"这又牵扯到一个悠长凄美的爱情故事了，有机会再跟你们说。"

见章可可她们来了，周天策挥手招呼："欢迎啊三位美女，想吃想喝什么随便点。可可，招呼好你的朋友哦！""没问题，忙你的吧。"章可可笑说。

突然有人叫章可可的名字，她回头一看，发现方超正坐在吧台上，向她招手。"有个朋友，我过去问个好。"章可可起身对两人说。

"超儿，你也来啦，最近怎么样啊？"章可可拍了拍方超的肩膀。"还能怎么样？在我爹那儿瞎混呗。"方超自嘲地笑着，转而问，"听说你在国企待得挺舒坦啊？"章可可哭笑不得，无奈地回道："我哪是舒坦？半条命差点搭进去。"

"哟，超儿来了呀？"周天策向两人走来，"你的小女朋友怎么没带来？"方超一言难尽的表情，惹得章可可指着他鼻子数落："好你个方超，有了女朋友都不带出来，防谁呢？怕我们把你那些破事儿给抖出来吧？"说完和周天策交换了一个默契的眼神。

"哥怕过谁呀？不过这个女孩太稚嫩，怕 hold 不住你们这些社会青年。"方超接着说，"可可，你别操心我了，管好你们家潘攀吧，加拿大金发碧眼的美女多了去了，华人女留学生也不少啊。""潘攀可不喜欢洋妞……"章可可停顿了下，"什么加拿大？"

"潘攀不是要去加拿大了吗？帮他家的生意。他妈跟我妈说的啊……哎哟，他不会没告诉你吧？闯祸了闯祸了。"方超连忙闭嘴。

章可可半天没说话，周天策和方超被吓到了。周天策用眼神示意方超先离开，拍了拍章可可的肩："他可能不知道该怎么跟你说。"如果是之前，她会立刻找到潘攀破口大骂，但此刻的章可可，觉得心里有些悲凉有些慌：说都没说，莫非潘攀，是真的要离开她了？

"天策哥，如果学姐一直不回来，你会一直等吗？"章可可认真发问。周天策没想明白话题是怎么引到他这里的，想了想说："会吧。""那等到什么时候呢？"章可可又问。"可可，等待是一个人的事情，我也是最近才明白这个道理的。"周天策的眼神明亮了很多，"上一次她回来，我去找她，她跟我说，叫我不要等了。但很奇怪，我一点都没有不开心，还是继续充满期待地等着。那时候我就知道，我愿意等她多久，跟她无关。如果有一天我不等了，一定是因为我觉得可以了，不想再等了。"

章可可怔怔地望着他，又想到了自己，内心的酸楚就要涌出，于是站了起来，恢复了正常语气对周天策说："天策哥，向乐队借把吉他，我想唱首歌。"

"在这儿？"周天策再次确定后，笑说，"好。"

潘攀赶到的时候，章可可已经坐在台上，抱着吉他唱完了第一段的副歌。但哪怕只是间奏，他也听出了这首歌是《陪我看日出》。几年前潘攀出国留学，章可可哭得稀里哗啦，在KTV里唱过这首歌，当晚他俩直接把车开到了南山上，一起看了第二天的日出。

这是潘攀第二次听章可可唱这首歌。他发现她的神情有些改变，少了些曾经的倔强，多了些落寞。方超出现在潘攀身边，用手肘捅了捅他：“攀儿，对不起了，我不知道你没告诉可可。”

潘攀反应过来，一时无言。待章可可回到座位，潘攀过去跟她们打招呼。顾筱和夏夏听说过潘攀，但从没见过，章可可机械地介绍说：“这是顾筱姐、夏夏姐，这是……我前男友。”顾筱和夏夏愣住了，很快明白了过来，起身跟潘攀笑着握了握手，算是认识了。

“可可，我想和你聊聊。”潘攀说。“没什么好聊的。”章可可故作平静地说。顾筱察觉到了不对劲，拍了拍章可可说：“你干吗呢？人家就想跟你聊聊，态度好点儿。”见绕不过去了，章可可站起来，面色难看，仰着脑袋对潘攀说：“你瞒不下去了，所以告诉我你要去加拿大吗？你不用告诉我的，因为我和你本来也没关系。”

潘攀的神情更加为难：“可可，你知道我会在乎你的想法的，但这次我没有选择。”“对，我理解你，你做得对，当然要以你的家庭和事业为重。”章可可一直木讷地点着头，“之前是我对你约束太多，我太不懂事了，向你道歉，而且也请你放心，今后你做任何决定我都绝不掺和。”

“你走吧，我们还要继续喝酒。”章可可已经坐下来，背对着潘攀说。潘攀定在原地进退两难，心如刀绞。直到周天策过来打圆场：“潘攀啊，过去帮我个忙啊，走走走。你们继续喝好啊！”

演出已经开始了，瞻春的气氛开始稳定下来，周天策有条不紊地组织大家参与活动，特意吩咐主灯光不要往章可可那边打，毕竟那里藏着一个哭得像傻子的人。顾筱和夏夏只好安静地陪着她。

几天后的夜里，章可可似乎终于下了决心，她走到客厅，对坐在沙发上看电视的魏国安说：“爸，我有事想跟你谈。”

魏国安和魏太太同时愣住，魏国安稍早反应过来：“好啊，去我书房吗？”“嗯。”章可可点点头。

魏国安的书房是典型的中式装潢，魏国安坐在自己最爱的那张红木椅上，章可可则坐在一旁普通的矮凳上。"可可，有什么事？搞得还挺严肃。"魏国安问道。章可可迟疑了片刻："爸，我要说出来，您可不许生气。""你先说事，我有心理准备，要是好事，你肯定在饭桌上就欢欢喜喜地宣布了，还用等到现在？"魏国安笑了。

"爸，我想离开集团了，还是想继续创业。"见魏国安沉默许久，她接着说，"我知道你们希望我能待在一个稳定的环境里，少吃点苦，少走点弯路，但是人活一辈子，还是得干点自己喜欢的事情吧。而且这几个月在集团，我已经感受到了不少东西，也知道我欠缺的是什么，我再次创业，绝对不会是一时冲动了……"

"好了……我明白了。"魏国安终于出声，平静地说，"其实你答应进去的时候，我就知道，你早晚都会出来。可可，你呀，从小就特别有自己的主意。我和你妈妈都理解你对梦想的热情，但你现在知道了，做自己喜欢的事情，不是那么容易吧？"

章可可点点头，魏国安继续说："你还年轻，想闯一闯，我们是支持的。我们只是希望你不要像上一次那样，还没搞明白自己想做什么、怎么做，就盲目地开始，再稀里糊涂地结束。人不怕失败，就怕像无头苍蝇一样，没有目标和方向。"

"爸，我懂了，你放心吧，我这次会花更多的时间在前期准备上，不会再盲目开始了。"

"那好，爸爸妈妈支持你。还是做广告视频？"

"不全是了，我现在帮人摄影，反响还挺好的，所以这块工作也会继续做。但拍片我不会放弃，最近有个客户看了我之前拍的样片，挺喜欢的。他愿意让我尝试一下他们的产品宣传片。"章可可激动地说。

"好消息啊。"魏国安欣慰地说道，"做什么事都贵在脚踏实地。另外就是，不要让自己陷入狭窄的格局里，一定要多听各方的意见。"

"爸，我知道了。"章可可有点不好意思，"之前我太自以为是，现在发现，需求才是第一位的。"

"那就大胆地去做吧。"

[66]

"对了爸，"章可可感动之余，想到还有一事，"办公室的顾筱真的很优秀，但不善于人情世故，所以之前处处被打压。现在情况已经好多了，但还是希望爸能多关照一下，毕竟在集团，像她这么踏实勤奋做事的人并不多。"

"都要走了，还操心着别人呢？"魏国安笑说，"你要知道，这社会的确有很多不公平，但总是暂时的，就看她能不能坚持下来，愿不愿意去适应，去改变。要相信，有能力的人早晚都能得到重用的。"

这几天，章可可想通了好些事。她发现自己曾经构想的未来，都是待定的，如果把自己困在虚幻的蜃楼里，楼垮掉的那一刻，心也就空了。唯一的办法是，将蜃楼里最宝贵的东西搬出来，随身保存，就怎么也丢不了。梦想是这样，潘攀也是这样。

想明白后，章可可特别想见到潘攀，想问问他，未来是否留有她的位置。拨通潘攀的电话，章可可发现那一头的男声有点疲惫。"你怎么了？"章可可看看表，才晚上十点不到。"可可？"潘攀听出了她的声音，提了提精神，"嗯，没关系，你说。"

"我有事要跟你说，你在家吧？我去找你。"章可可说。"别，大晚上你别瞎跑，我找你去吧。"潘攀掀开被子，下了床。

章可可在屋里焦急等待着，她发现自己只要有任何事想告诉潘攀，就会激动得做不了别的事。终于，潘攀的信息来了："我在楼下了，外面冷，你多穿点。"章可可早就准备好了，从桌上拿起钥匙和手机便出了门，刚到楼下，手机再次震动，这次是夏夏的电话。

"喂，夏夏姐，怎么了？"章可可一边说，一边朝潘攀的停车位置跑去。"可可，工会的那篇论文我能不能明天晚上再给你？今天实在没时间了。"夏夏的声音传来。"呃……好的，但明天是截止日期，一定要交啊。夏夏姐，你们部门最近加班啊？"章可可多问了一句。

"不是，是……我女儿突然发烧了，我得带她去医院看看。"夏夏解释道。"啊？那你已经到医院了吗？"章可可为她着急。"没呢，我这边比较偏僻，车很少，我还在等车呢。"夏夏的语气也很焦急。"你住在哪儿啊？"章可可问。夏夏说了一个地址，章可可一拍脑门儿，忙说："离我家很近的，夏夏姐，你发个定位给我，我马上开车过来。"

章可可熟练地坐进副驾驶座，没等潘攀反应过来，便说道："快快，夏夏姐的女儿发烧了，要去医院。""哦，好。"潘攀应着，立刻发动了引擎。

安静的车内气氛有些尴尬，迟疑再三，章可可问道："你家的生意，问题很严重吗？""对，这次真的有点麻烦。"潘攀急忙解释，"不然我爸不会这么着急让我过去，我实在是没办法了，但又不敢跟你说，怕你……怕你生气。"

"潘攀，"章可可望着潘攀说，"我想对你说，今后哪怕是可能让我不开心的事情，都第一时间告诉我好吗？我不喜欢被别人告知你的事情的感觉。而且，我也不一定会生气呀。"听到章可可这么说，潘攀更是心惊，忙说："别啊，你可以生气，打我骂我都行，只要别冷战就行。"

章可可反倒笑了："我是真不生气了，换句话说，我进步啦。"话题还没进行到下一步，导航就提示已经到达目的地了。

找到夏夏时，她正抱着裹在抱被里哭闹的女儿焦急张望，旁边是她的妈妈。他们不敢耽搁，火速往医院赶。"这是她第一次发烧，没想到烧这么高，已经快 40 度了！我不敢乱给她吃药，只有去医院

265

才安心。"夏夏的女儿上车后被新奇的环境吸引了片刻，停止了哭闹，可爱的大眼睛东望望、西看看。一旁的章可可宠溺地看着她，感觉心都快化了。"你女儿太可爱了吧，而且好像你，今后一定是个大美人。"章可可说，突然又想到了什么，"我记得你家不住在这儿啊，什么时候搬的家？"

夏夏一时无话，反倒是夏母开了口，她叹口气说："唉，我们夏夏已经离婚了，所以我们搬出来了。""什么？哺乳期离婚？你老公也太浑蛋了吧！"章可可没忍住暴脾气，前面的潘攀心里也跟着捏了一把汗。

"是我提出的离婚。"夏夏平静地说，"我只要我的女儿，其他都无所谓。"章可可想了半天，最后安慰她说："没关系，你的工作稳定，收入应该够养活你和女儿了。"夏夏笑了笑，对章可可说："可惜我马上要辞职了，接下来会去一个广告公司，一切重新开始。"

"什么？"章可可尖锐的声音把潘攀吓了一跳，她不可思议地望着夏夏，"夏夏姐，你现在辞职，不是自讨苦吃吗？"夏母也表示同意："我劝她多少次了，不要在意别人说什么，先把自己养活了最重要，但这孩子特别固执，我说什么根本没用……"

"你能力这么强，大家都这么肯定你，为什么呀？"章可可不解地问。夏夏用眼神制止了妈妈，轻描淡写地说："这事儿要解释起来就复杂了，有空我们再慢慢聊。"

挂号、看病、取药……完事后潘攀又把一行人送回夏夏租住的房子。章可可帮夏夏将一切安顿好，走到客厅一看，潘攀已经靠在沙发上睡着了，夏母正拿着一条毯子帮他盖上。手机屏幕亮了，章可可正想帮他调成"飞行模式"，却看到了稍早一点的一条消息："潘经理，这几天连续熬夜辛苦了，明天不用到公司，在家好好休息吧。"章可可突然觉得心疼。

"潘攀可真不错！"夏夏笑道，"他应该挺累的，就让他先在这里睡会儿，你跟我睡吧。"章可可看着潘攀连睡觉都透露着疲惫，实在不忍叫醒他，便听从了夏夏的建议。

和夏夏躺在一起，章可可问道："夏夏姐，你为什么要辞职啊？做得不开心？可你是前途大好的中层骨干啊。"夏夏浅浅地笑了声，小声说道："或许是离婚让我想明白了，一无所有的时候，往往能做出最正确的选择。有一句话是这么说的：人嘛，总是要走自己的路，吃甘愿的苦，望向自己的国，才算正解。"

"我还是不太懂，但你如果是为了理想，那我百分百地支持你。"章可可望着身边的夏夏，发现素颜的她比平时多了几分亲切柔和。她知道这个决定不容易，就像她决定再次创业一样。

"可可。"夏夏轻唤了声。"嗯？"

"虽然不知道你为什么进建设集团，但我想说的是，不要辜负自己的才华和聪敏，不管在哪里。""嗯。"

在困意将要压倒意志的最后一刻，章可可的一滴眼泪经过太阳穴滚落到了碎花枕头上。

第二天中午，夏夏和顾筱站在集团大楼顶层的平台上。初秋的天色远不及夏天活泼明媚，惹得顾筱的心里也怅然若失。

"如果不是可可偶然发现，你是准备走了才告诉我们吗？"顾筱的话中带着些许埋怨。"的确没想告诉你们，毕竟你们俩最近都很忙，不应该有任何干扰。"夏夏说。"可你都要走了呀，这么大的事情……"顾筱不解。

"顾筱，没有谁的离开会是大事情，人这一辈子本来就要走孤独的旅途，要让自己学会接受。"夏夏说，"我们还是朋友，只是不再是同事了。""在这幢大楼里，我只有你和可可两个朋友，可你们都要走。"顾筱恹恹地说。夏夏虽然并不知道章可可的打算，但也并不惊奇，她笑说："所以啊，今后要更加专心地工作，而不是想着在职场交朋友。今后我们就是纯粹的朋友了。"

"我听可可说了，说你还离婚了。"顾筱望着夏夏，不敢流露出同情的目光，说，"如果辞职能让你快乐一点，我支持你。其实凭你的能力，在哪里都会很出色，所以快乐更重要。"

"我也来了！"身后传来章可可洪亮的声音，夏夏和顾筱齐齐转身望着她。"等着你呢。"夏夏笑言。"你们说到哪儿了？我猜，夏夏姐已经知道我也要辞职了吧？"章可可走近她们。夏夏说："对啊，所以你准备什么时候走？"

"下个月吧，我还在实习期，手续什么的不复杂。这个月我有三个片子要拍，如果都能成功，那我离开的筹码就会大很多。"章可可说。"那你会怕吗？"顾筱问。"当然不会，现在的我已经不是以前的我了，而且，我还认识了你这个金牌文案呀！"章可可打趣道。

"说真的，我从来没有像现在这样明白自己要做什么。"夏夏转过身，望着远处说。"我也是。顾筱你呢？"章可可问。顾筱点了点头："以前我只会被动地接受，接受领导布置的工作，接受反馈意见，接受一切指挥和打压，却从来没有想过自己能做点什么，我现在也已经明白了。"

"咦，你们看……"夏夏指着建筑最高处的墙角说，"那里居然也能长出野花。"三人一起望去，发现真的有几株含苞待放的野花在风中摇摆，看似弱小，实则柔韧。

[67]

日子跌跌撞撞地进入了十月，夏夏在各种唏嘘声中离开了集团大楼。第二天，她便踏着一双"恨天高"迈进了广告公司大门。

由于之前没有自媒体经验，夏夏被几个项目经理推来挡去，让自媒体主管很是为难，夏夏也无比尴尬。恰巧一个汽车品牌的项目经理前来诉苦，主管随口提了一句："老赵，你的项目不是缺人吗？这儿正好来了个新人，要不你用呗？"

姓赵的项目经理停下抱怨，回头把夏夏从头到尾打量了一遍，说："就是毫无经验的那个？拜托老大，我们这个项目本来就是难度最大、客户最变态的，你派个小白来不是害我吗？况且……"赵经理悄悄凑到主管身边说："这女人这么漂亮，万一是谁的小蜜呢？惹不起啊。"

即使离得很远，但夏夏还是清楚地听到了对方说的话，她主动站了起来，对赵经理说："赵经理，你好，我是夏夏，虽然在自媒体方面还没有经验，但我愿意学习，愿意加班，愿意多花几倍的时间去提升。我不怕项目苦、项目难，希望你能先试用我，如果不满意，你再退掉我，怎么样？"

赵经理被眼前谦虚坦诚的夏夏震住了，半天没开口，反倒是主管笑着说："你看看人家，态度多诚恳，你就当多个徒弟带吧，我觉得夏夏能行。"赵经理再次确认道："你想清楚，我们这个项目的甲方是一家老牌国企，会真的很难打交道哦。"夏夏笑说："我想清楚了。而且我之前也在国企待过好些年，他们的一些套路我也比较清楚。"

赵经理半信半疑地伸出手，对夏夏说："那……欢迎你。"

这个月，田志忠案发被抓了。据说那天田志忠十分平静，在审讯室里也只承认了自己的问题，没有提及其他任何人。闫度的期待有一点点落空，他开始怀疑程立新的情报和办事能力，并提醒肖强，让他千万提防程立新。

魏国安的内心同样不平静，他回想到那天在书房，和田志忠的最后一番对话。

"你真不怕我败坏你的名声，断了你的前路？"田志忠拍着桌子说。

魏国安望着田志忠，紧紧地闭上眼睛，眼眶却红了起来："老田，当年高大哥为救我们，被运渣车撞死后，你记得我们说过什么吗？"见田志忠没有开口，魏国安继续说，"当时我们说，本来该死的是我们啊！因为未来过的每一天，都是本不该存在的。所以，名声对我而言又有什么意义呢？我这些年踏实工作，争取机会，也是为了要连同高大哥那一份一起好好活着。可是老田，是你走偏了啊，当我发现时，你就已经偏了。你让我怎么办？和你一起搭进去？我做不到，我可以不要名声，不要职务，但我不能活得让自己瞧不起吧？"

多年以前，魏国安、田志忠和比他们大几岁的高建庆一起进入了沁江建设集团。高建庆苦心钻研，勤劳肯干，在集团很受重用，也一直很照顾魏、田二人。后来，在项目部附近的公路上，一辆失控的大卡车冲向三人，已经被提升为项目部执行经理的高建庆推开了他们，自己却再没有醒来。

魏国安不知道，当时的这番话田志忠听进去多少，但他已决定平复内心的波澜，第一次把一切交给不确定。

周五的晚上，千呼万唤的集团歌咏比赛拉开大幕，在倪胜男书记的推荐下，这场比赛的主持人由顾筱和闫新刚担任。

顾筱和章可可在后台，一个在疯狂地练台词，一个在疯狂地记歌词。"你真不需要去和闫新刚再一起练练吗？跑这儿来守着我干吗？"章可可摘下一边耳机，饶有兴趣地望着顾筱问道。顾筱放下手中的台词本，无奈地说："下午练得差不多了，况且人家现在有娇妻在侧，我过去不太好吧。"

"哦……"章可可点了点头，转而盯着顾筱，"顾筱，你化了妆很漂亮哦，你平时要是打扮打扮，一定很好看。""呵呵，我宁愿每天多睡十分钟。"顾筱僵着涂满口红的嘴角笑了笑,接着不自在地抿了抿嘴,问章可可:"你紧张吗? '2'号选手。"顾筱故意把"2"说得很重,章可可顿感扎心,丧着脸说:"哎,你也学坏了。你紧张啊?""是啊,又想上洗手间了。"顾筱皱了皱眉。

章可可走过去给顾筱理了理肆意飘扬的头发,说:"你真是一个奇怪的存在,没上场前紧张得跟只发抖的蛤蟆一样,一上场却又能拿出冲向CCTV的架势。"顾筱被她不按常理出牌的比喻逗笑了,说:"我也不知道是怎么回事,一上台后就进入另一个精神世界了,那个世界里就只有我一个人。"

比赛开始前,顾筱和闫新刚终于会合,顾筱发现闫新刚竟比自己还紧张,于是安慰起他来:"就当下面是一堆萝卜白菜。"闫新刚不好意思地笑了笑,说:"顾筱姐,你化了妆真好看。"顾筱拖着长长的裙摆,踩着高跟鞋,听完这句话腿一软,差点没站稳。

开场很顺利。身着深蓝色长款晚礼服的顾筱和西装笔挺的闫新刚都让人眼前一亮,魏燎的目光更是定在了顾筱身上挪不开。身边的吴心妍一直在开心地说着什么,但他什么都没听进去。

今天的章可可,穿了一套简约大方的纯白色连衣裙,中长发高高束起,她演唱的是梁静茹的《纯真》,嗓音清澈,台风大方,在迷离温暖的灯光下,引人沉醉。

这首歌是刚和潘攀分手时她每晚都会听的,当时不为人道的心情还记忆犹新。又一个间奏时,她缓缓睁开眼,看到了站在台下最远处、一脸微笑的潘攀,却没有看到本该坐在领导看台上的魏国安。一个是说了没空但还是来了的人,一个是说好要来却食言的人,章可可的心情又欢喜又担忧。

顾筱在后台看了章可可的完整表演,还把现场录下来发给了夏夏。在她眼里,舞台上的章可可也和平时大相径庭,如果说平时的章可可是一只热闹的麻雀,那此刻的她就是一只高贵的百灵吧。

结果很快出来了，章可可以明显的优势获得了第一名，将由董事长罗新宇为她颁奖。但就在章可可高举奖杯，转过头和顾筱分享喜悦时，背后的大屏幕上竟赫然出现了一张照片：章可可站在自家门口，神色平静、表情自然，从四周环境和门牌号上，不少人认出了这是魏国安的家。照片旁边还有一行字："恭喜魏总经理之女荣获冠军！"

场内一片喧哗，章可可像被打了一闷棍，眼睛怔怔地盯着屏幕。顾筱也有点傻，但她突然稳住了脚跟，保持住冷静，平静地说："请后台的工作人员将错误的背景替换掉，不要影响比赛的秩序。"

图片被换掉了，但人群中的七嘴八舌已把场馆塞得密不透风。同样透不过气的还有坐在台下的魏燎，局面一度陷入尴尬。大概半分钟后，魏燎拿起放在旁边、准备结束后送给章可可的花，离开座位径直走上了舞台。他在众人的关注下走向顾筱，轻声说："请把话筒借我一下。"顾筱的思绪瞬间乱了，脑中浮现出魏燎和章可可车上相似的抱枕，和章可可对魏燎不合乎常理的熟络感觉，难道……

魏燎将那束花塞到了章可可的手里，随后面向台下说："实在抱歉，耽误大家的时间，但我有事需要解释一下。"魏燎停顿了一下，"刚才那张照片的确是我家，也就是魏总经理的家，但可可……"

"魏燎。"一个低沉的声音响起，众人循着声音望去，才发现之前一直没出现的魏国安已站在了舞台的一侧，面露平静的微笑，向风暴中心走来。他走到魏燎和章可可身边，接过闫新刚主动递上的话筒，对魏燎，也像是对所有人说："没什么好隐瞒的，也不用让大家继续猜测。"

他面向观众席，用比总结发言更轻松的语气说："在这里向各位统一解释，章可可的确是我的女儿，她进入建设集团，也是因为我的推荐。但我需要说明的是，章可可进入集团的整个流程是正规合理的。认识章可可的人可能知道，她是名牌大学广告专业毕业的，

272

曾经放弃过保研的资格,在学校里多次获得征文和广告创意比赛的大奖。凭学历、能力,我想她是够格的。在她进入集团的这段时间里,我尚未收到过关于她的负面反馈。不过既然她是我魏国安的女儿,也希望各位能够更加严苛地监督,如果你们发现她有任何工作上的疏忽和过错,欢迎直接向我反映。请相信,我一定公正处理。"

魏国安说完,全场陷入一阵迷之静谧。顾筱求助地望向台下皱着眉头的倪胜男,倪胜男则微微扬了扬下巴,示意她继续。于是顾筱从魏燎手里拿过话筒,强压着紧张,深呼吸,却不知道下一句话该说什么:让魏经理先下台?还是让董事长上来颁奖?天哪,为什么没有人现在立刻杀了我?

正当顾筱不知该如何是好时,董事长罗新宇微笑着主动走到了台上,轻拍了拍魏国安的上臂,接过话筒,一脸平和地说:"今天是一个很高兴的日子,我们发现了集团里很多能歌善舞的年轻人。我们经常在说,集团需要年轻的血液,需要多样性的人才,而英雄是不问出处的。我们可以接受人才来自贫穷普通的家庭,为什么就不能接受人才是魏总的女儿呢?"

台下的议论声渐渐升腾起来,惊讶的表情写在大多数人的脸上。罗新宇似乎早预料到了这样的反应,淡定地摆了摆手,继续说:"虽然我平日事务比较繁忙,但也会关注新进员工的情况。章可可在实习期的表现十分优秀,我多次听到袁主任对她的夸奖,说她是不可多得的人才。"突然被提到的袁秋霞尴尬地迎接着四周揣度的目光,在确认束光灯偏离自己后翻了个白眼儿。

"所以啊,我们不能单一地抵触'举贤唯亲',如果那个人就是'贤士',那这样的'亲'可以再多一点!"罗新宇慷慨激昂地说完,含笑望向魏国安,撞上了魏国安冰冷的神情。他没有理会,将奖杯颁给了一脸错愕的章可可,并亲切地拍了拍她的肩。

[68]

散场后，章可可不顾魏燎反对，第一时间冲进了主持人化妆室，但里面一个人也没有，她打郝佳的电话也没人接，气得把证书扔到了地上。

而此时的郝佳，正面对着顾筱更尖锐的眼神。"你为什么要这么对章可可？她可从来没对不起你。"顾筱冷冷地说。郝佳嗤笑了一声，说："这件事跟你有什么关系？你凭什么在这儿对我指手画脚？更何况，你凭什么认定是我？"

"那天，可可跟你逛街回来都告诉我了，她那时候已经发现你不正常。那天她穿的正是照片里的衣服，是你送她回家的。不是你，还会有谁？"

"顾筱姐，多管闲事可不是一个明智的选择。"

"怎么，你是要让我今天连同自己的那份跟你一起算吗？"顾筱眼神看不出任何变化，但每一个字都清晰得吓人。"呵，看来你和章可可还真是互通有无啊，你是什么时候怀疑我的？上次改数据的时候？"郝佳问。

顾筱摇了摇头："不，你去项目部的那天。"郝佳愣住了，一丝惊讶闪过瞳孔，她淡淡地问："你知道我调项目部的原因？""我不知道，我只知道你撒了谎，因为蒋言欢的本事还没那么大。"顾筱平静地说，"你只是拿蒋言欢来当幌子，其实你那时已经知道章可可的身份了吧？"

"是啊，蒋言欢没那么大的本事，但章可可有啊。魏国安本事大嘛，刚听说时我都吓了一跳。魏国安把她弄进来了，还往工程管理部送了一个，所以就没我的位置了啊。我就只能滚到项目部了啊！"郝佳说到最后转为了吼。"所以你就假装跟她保持良好关系，好有朝一日回来报复她？"顾筱推测道。

"你别说得好像洞察一切似的。刚认识你们的时候，我以为你们和我一样，都是这里最底层的人，所以我真心把你们当朋友，为你出头。结果呢？随便一个人就能夺走我辛苦争取的位置。我最烦你们这种人了，装得一本正经的，还不是后面有人撑腰？你有章可可撑腰，章可可有魏国安撑腰，我怎么办？我只能靠自己！"郝佳的情绪有些失控，冷笑着说，"不要怪我，我原本也想着好好工作的，但现实就是这么残酷，所以这是我还给章可可的，我只是要夺回属于自己的东西！"说完，郝佳拦下一辆车，钻了进去，将窗户摇了上去。

顾筱站在原地生气，闫新刚跟上来，怯怯地说："顾筱姐，我……我想跟你聊聊。"

坐在路边的长椅上，顾筱不知该用什么样的情绪面对旁边的闫新刚，她索性直截了当地问道："你真的了解她吗？刚才你也听到了，她做的这些事情，你都知道？"

"我……我只知道她对章可可怀恨在心，但一直以为她回到机关心里就能平衡，没想到她还是做了愚蠢的事。"闫新刚接着说，"军训的时候我们并不熟，只觉得她为人耿直，不惜得罪别人也要说真话。在项目部时，她也对我很关心，事无巨细地照顾我，所以……"

"那现在呢？"顾筱担忧地问。闫新刚笑了笑，说："其实说句实话，现在我也没觉得什么大不了，在这种单位就是这样的，人性的贪婪、自私都会被放大，我从小都习惯了。身边的叔叔阿姨们，他们平时都是很好的人，但一到工作中，就变得身不由己，像龇牙咧嘴的饿狼。"

顾筱心里很不是滋味，她谨慎地说："生活、工作在一起，你就不怕她？"闫新刚认真思考了会儿，说："顾筱姐，或许我们看到的不一样吧，你们看到的只是郝佳撒谎、耍心机、背后使阴招。但是，我见过她把生活费攒起来给父母买礼物；见过她把隔壁家遗弃的小猫带回家养；见过她在项目部顶着太阳暴晒，也不会因为自己的偷懒影响进度……所以，呵呵，真的很奇怪，我对她恨不起来。"

顾筱不再说话了，一个人想要活得容易一点，哪有这么容易呢？

临走前，闫新刚对顾筱说："放心吧，顾筱姐，我会跟郝佳好好谈谈，让她彻底远离这些损人又徒劳的事情。我相信，这也不是她想要的。"

回家的车上，章可可不解地问魏燎："为什么郝佳要这么对我？"魏燎想了一会儿："我可能知道原因。""快说啊，你要急死我啊。"章可可催促道。

"你还记得吗？当时郝佳进不了工程部的原因，是另一个人占了她的位置。"

"记得啊，上次和你们部门聚餐，我还想认识一下到底是何方神圣呢，结果那人出差去了。"

"那个人是田叔叔直接给吴宏打的招呼，爸爸只是默许，但不少人以为是爸爸招进来的，连我都听过这样的说法。"魏燎开着车，把收音机的声音关小了点。"哦，那就合理了，郝佳一定是在哪里听说了这件事，把对爸爸的气撒在了我的身上。但是……等等！"章可可突然停住，"她怎么会知道我的身份！"

魏燎转念一想："原来程立新这么早就开始布局了啊……""程立新到底想干吗？他有什么目的？"章可可大惑不解。

"说实话，我也不太懂，他似乎讨厌所有上级，对工作也毫无激情，或许就只是想当一颗老鼠屎，把身边的人和事都搅得乌烟瘴气才舒服吧。"随后，魏燎将闫度用田志忠相威胁的伎俩也告诉了章可可。

章可可还是有点不解，问道："哥，我是魏家的人，这件事真的很严重吗？"魏燎叹了口气，这几天他过得也不轻松："本来是件小事，但现在让大家知道，或许就会演变成大事。可可，你知道吗？爸妈这么多年，其实一直没有领结婚证。"

章可可瞪大了眼睛，如果说她和魏燎的关系是件可以控制的小事，那父母的婚姻才是大事。她木讷地摇摇头，等待魏燎说出答案。

"有件事你一直不知道，我们家的大部分经济来源，其实是咱妈在提供，她是一位成功的商人，只是在家里，贤妻良母的角色盖住了她的光芒。"魏燎认真地说，"爸爸是一个对事业很严谨的人，从没有一分钱的额外收入，凭他的死工资，是没钱给你买 LV 的。但是他们也担心，妈妈的商人身份会引来别人的变相贿赂和利用，所以才一直低调生活，连你也一直没有曝光。"

章可可在慢慢消化这个事实，越来越明白父母这些年那些让她看不懂、但又用心良苦的言行，她顿时感到自己活得太自私了，眼里只有自己的世界，为父母考虑的却少之又少。

"那现在曝光了，会很可怕吗？"章可可惴惴不安地问。

"董事长的反应让人看不懂……"魏燎微微晃了晃头，又像是突然松了口气，"已经这样了，顺其自然吧。"

章可可几乎一夜未眠，她意识到爸爸和哥哥把自己保护得太好了，这几个月只顾着帮顾筱"打怪升级"，自己家的事儿反倒尽添乱了。

郝佳和闫新刚的婚期很快就到了。顾筱本来不想去，没承想章可可坚决要去，为了一起抵御她做傻事的风险，顾筱也拿出了一副舍命陪君子的架势。而令章可可惊讶的是，爸爸居然也要去参加。一般普通员工结婚，领导多是送个红包表示一下，不会亲自出席。她联想到闫新刚不显山不露水的背景，不禁打了个冷战。

"你老实说，车上带武器了没？"坐在车上顾筱四下张望，而后把目光锁定在了章可可身上，好像生怕章可可从长靴里一掏就是一根双截棍。

"喊，小瞧我了吧。"章可可一边开车，一边露出"哥不只是传说"的表情，"我去就是为了让那些人看看，我章可可没尿，不像一些明星，一上热搜就不敢露面了。"

顾筱哭笑不得："行了，姑奶奶，知道你不尿，连董事长都为你正名来着。"

"不过顾筱，"章可可话锋一转，说，"知道真相的你好像并没有受到太大的暴击啊。你是不是不爱我了？"顾筱被逗乐了，想了半天想出一句真诚、严肃、不造作的："我并不关心你是谁的谁，因为在我心里你就是你啊。"

说完，她得逞地发现章可可的表情开始扭曲，正用无比嫌弃的眼神盯着她。随后她自己也被以上言论给恶心到了。

"不过他们俩也太快了吧！短短几个月，从认识到结婚？"章可可把话题绕回到一对新人身上。顾筱想了想说："你记不记得我有一次和闫新刚一起去郝佳的项目部出差？现在想想，好像是有点儿苗头，但当时我完全没感觉。"

"怎么的？快说说。"章可可迫不及待。

"在去的车上，闫新刚一直在向我打听你的事情，我当时还以为他要追你呢。"顾筱笑了笑，"其实那一次，我就发现了郝佳的变化，军训时她正义感十分，性格大大咧咧，但那一次见她，她对我并不热情，像是敷衍。倒是对项目部其他人都很友好，说话做事老练圆滑，对领导更是事事做足，小到拉个凳子、擦个桌子，跟助理似的，项目部的领导很吃这一套。"

"那她对闫新刚怎么样？"章可可问。

"表面客客气气的，私下的联系我就不知道了，但两天下来，感觉他们的确是熟了不少，闫新刚没带水杯，郝佳拿了一个自己的给他用。"顾筱说。

"原来这么早就有奸情！"章可可义愤填膺的表情,逗乐了顾筱。

郝佳和闫新刚并排站在旋转门前迎宾,虽然都是抬头不见低头见的同事,但章可可看他们俩站在一块儿,还是感觉怪怪的。顾筱捏了下章可可的手,提醒她表现得正常一点。

郝佳满脸含笑地迎过来,拉着两人的手说:"你们终于来了,给你们预留了靠前的好位置哦。"闫新刚也忙过来招呼。郝佳的表情游刃有余、天衣无缝,顾筱正担心章可可会稳不住,岂料章可可已把手搭上了新娘的细腰,热络地提高了嗓门儿:"亲爱的,这婚纱太漂亮了！你身材真好,之前也太深藏不露了吧。看你们俩站在一起,真像是穿越了一样。太配了太配了……都在一个单位,什么风把你们吹到一起了呀？哦,我明白了,那句话叫什么？'不是一家人,不进一家门'？管他呢！哈哈。"

章可可啰唆一大堆后,郝佳的笑容像放冷的剩菜一样逐渐僵化,闫新刚也有点稳不住了,顾筱赶紧把章可可拉走了。

"行啊你,敢情今天不是来露脸,是来冲击奥斯卡了呀。"顾筱坏笑了声,"不过你这招不错,郝佳完全演不过你啊。"

"哼,对付这种人只需要发挥三成功力！"章可可愤愤道。

魏家三个人分别坐在了三桌,内场布置精致奢华,一看就不菲。顾筱懊恼地对章可可说:"早知道今天格调这么高,我该穿套小洋装来的。"套着一件嘻哈外衣的章可可瞥了她一眼说:"又不是你结婚,何必把自己搞这么累？"

周泽阳就坐在邻桌,衣装笔挺、发梢上扬,但顾筱的内心早已波澜不惊,就像是对待一个陌生人。听他依旧充满自信地高谈阔论,她也不再心浮气躁,直接选择性屏蔽。反倒是另一桌的魏燎,让顾筱偶尔会控制不住自己的眼神,一次偶然的对视,也会让她的心跳不规律很久。

魏燎又何尝不是呢？他心中想表白的火苗，已经快要包不住了。

趁着仪式还没开始，顾筱去了趟洗手间，刚出来没走几步，就看见了站在走廊拐角处的周泽阳，更让顾筱不安的是，他正似笑非笑地看着自己。"嗨，好巧。"顾筱简洁招呼一句，想应付过去。周泽阳却没有要走的意思，而是带着几分真诚地说了句："顾筱，你越来越棒了！"顾筱有些意外，看了他两秒后，淡淡地笑了笑："谢谢。"看着顾筱果断转身，周泽阳的嘴角露出了一丝不好捉摸的笑意。

国企就是这样，一旦什么事情给捅破了、说明白了，就不好玩了，被捕风捉影、津津乐道的永远是那些亦真亦幻的"传闻"。周围没有人再谈论魏家的事，婚礼的主角理所当然成为八卦的核心。

顾筱和章可可坐的那桌几乎囊括了集团所有的"八卦扩散机"，两人也借机听着。一个总工办的中年女同事煞有介事地说："你们不知道吧？他们俩是在闫新刚去项目部检查的时候好上的，不到一个月，郝佳就被调回来了，真是峰回路转啊。""听说闫新刚是交通集团闫度的侄子，人家有这本事啊，羡慕不来的。"另一个中年女同事附和着。另外几个女生也加入讨论："那这么说，郝佳这么快就和他结婚，多有远见啊。""真说不准，谁不愿意嫁对一个人，少奋斗几年呢？""我看不止几年吧，照这速度，简直要青云直上呢，哈哈……"

章可可和顾筱对望了一下，心领神会地继续吃菜，这一桌酸味十足的猛料已经把她们差不多喂饱了。章可可更是捶胸顿足：早知道猛料在民间，我还找朋友打探个屁啊，天天跟李慕心混不就好了？

婚礼上出现了一个小插曲，原定的证婚人是董事长罗新宇，岂料他临时有事来不了。两位新人急忙找到魏国安，恭请加恳求地希望魏国安能补上空缺，为他们证婚。魏国安心软，虽然觉得不大合适，但架不住他们软磨硬泡，还是答应了。岂料就是这该死的心软，事后却惹火烧了身。

婚礼结束一周后，一封举报信寄到了上级单位，匿名举报闫新刚和郝佳的这场婚礼未经过报备审批、收取同事红包、规模超过标准范围，顿时在业内掀起了巨大波澜。又过了一周，另一封匿名举报魏国安的信也寄达上级单位，举报魏国安支持下属大办婚宴，并担任证婚人，又一阵波澜四起。

章可可果断放弃了本月辞职的想法，她隐隐感到，有人盯上了爸爸，这件事没解决，她不能离开。

"应该和罗新宇有很大关系。"魏燎告诉章可可。"你怎么知道的？"章可可大吃一惊，因为在她看来，罗新宇不像是会掺和进来的角色。"闫新刚事后向爸爸道歉，说那天的确是董事长临时说不能到场。"魏燎停了一下，"当然，还有我们自己的人脉消息，总之，基本已经确定了。他和爸爸早就存在矛盾。"

魏燎又停顿了一下，缓缓吐出一句："我好像知道他在歌咏比赛上为什么要帮我们说话了。""为什么？""依照爸爸的性格，如果董事长怪罪，他辩解无用，一定会生扛下来，不可能愿意当证婚人了。但如果名正言顺地当了证婚人，因为原则问题被举报，罪名比之前严重多了，而且跟他没有任何关系。""啊！你是说，董事长暂且保住爸爸，是为了让他摔得更惨？"章可可反应了过来。

"有这个可能。"

"这样整一个人，未免太卑鄙了吧？居然是一个董事长的作为！"章可可气愤地说。魏燎无奈地笑了笑，安慰她说："每一个层面，都会有不同的斗争方式，像他们那样位置的人，手段也会更高明、更看似无为。"

婚礼过后多日，章可可一直想亲自质问郝佳，但郝佳休了病假，没来上班。倒是闫新刚在一天中午主动找到章可可，说想请她吃饭。章可可一副奉陪到底的态度，跟着闫新刚去了近处的一家餐厅。

刚坐下，闫新刚便诚恳地说："可可，我是来向你道歉的。"章可可淡淡地回："顾筱已经把你们的对话告诉我了。你没有对不起我的地方，不必道歉。如果是帮你老婆道歉，就更不必了，我受不起。"

"可可，我知道郝佳做了错事，所以我替她向你说声抱歉，我不会让她继续这样胡闹了。"章可可心情复杂地望着面前的闫新刚，好奇他是真傻还是装傻："你真的了解你的老婆吗？这是我找人拍的照片，你要不要先看看？"说完把一个牛皮纸袋往闫新刚面前一放。

闫新刚低头看着袋子，叹了口气："可可，我知道袋子里是什么，郝佳已经告诉我了，她也已经明白自己之前很幼稚。""所以呢？"章可可用锐利的眼神盯着闫新刚，"这件事就完了？她利用我对她的信任，转而对我和顾筱进行报复，而我们还必须原谅她？"

"可可，我今天并不是来求你原谅她的。"闫新刚说，"程立新已经自身难保了，他也决不会让郝佳握着他的把柄待在这里，所以……郝佳马上就会辞职。她不敢再面对你，但我觉得我们欠你一个道歉，不管你接不接受。"

章可可有些欲言又止，最后还是问了："闫新刚，我一直觉得你人不错，但是……""但是为什么明知道郝佳这人有问题，还和她在一起，对吗？"闫新刚笑了笑。章可可点了点头。

"郝佳和我们不太一样，她一出生就注定了未来凡事都要靠自己，所以她想要得到的东西，必须拼尽全力地去争取，甚至有的时候，会不择手段。我也没有你想的那么好，我曾经对你靠近，也是有其他目的的，现在都无所谓了，所以才愿意告诉你。"闫新刚说着。

章可可张大了嘴："你……""这都不重要了，一开始，我和郝佳有共同的目标，后来我觉得特别没意思，就放弃了。她现在意识到，报复你和顾筱，并没有让自己觉得更快乐。请你相信，我和她都不是坏人，但我们也都不是完人，所以只好相互纠错、相互弥补。"

眼前的闫新刚表情始终如一，章可可从他的话里找出了最符合自己心境的一句：这都不重要了。郝佳究竟有没有真正知错，她也不想知道了，一个再也无关的人，有什么可好奇的呢？

没过几天，集团接到通知，即将完工的南州大桥项目热度升级，市领导将于近期下来检查走访。通知下发突然，但任务重大。于是集团决定临时抽调各部门的精兵强将去支援一周，魏燎、顾筱、周泽阳和郑姗姗都在名单里。

虽然早有心理准备，但在集合地点见到周泽阳，知道要和他"近距离"共事一周时，顾筱的心里还是不太舒服。毕竟他们的关系已经在集团公开了，虽然已经分手，但仍然残留了些八卦的边角余料。周泽阳似乎并未表现出尴尬，走上前接过她手上的行李箱："这些累活交给男生就好啦。"

在离他们不远处的SUV里，魏燎已经坐了好一阵了，见顾筱已经把头转向另一边，他果断下车快步走过去，拖走了周泽阳身前顾筱的箱子："把行李搬到我的后备厢，今天坐我的车去。"他瞥了周泽阳一眼，扔下一句话。周泽阳一时没反应过来，却也说不上哪里奇怪，只好跟着魏燎向车走去。独留顾筱一人在原地凌乱：他什么时候到的？难道刚才他都看到了？

郑姗姗也从大楼里出来了，帮她放行李的工夫，魏燎对周泽阳说："周经理，你坐副驾驶，两个女生坐后排宽松一些。""不用吧，我也很瘦的，不嫌挤。"周泽阳回应。

"姗姗，你和我坐后排吧，我挑了几件衣服，你帮我参谋参谋颜色。"没等魏燎说话，顾筱便拉着郑姗姗的手说。郑姗姗一愣，忙说："好呀，我品位还不错的。"说着把周泽阳往副驾驶的门口推："周经理你坐副驾驶吧，别打扰女人聊天。"

周泽阳悻悻地望了望顾筱，拉开了副驾驶的门。魏燎浅浅一笑：

看来她的确不再是任人摆布的受气包了，已经学会了掌握主动权。

南州大桥项目部离主城有三个小时的车程，由于都是年轻人，外加郑姗姗是个典型的大话篓子，所以一开始路上完全不寂寞。

见顾筱和周泽阳相处正常，郑姗姗打趣说："你们俩还行啊，分手了还能是朋友。"顾筱一时语塞，周泽阳倒像没事人一样："顾筱是多好的女生啊，做不了情人也要当朋友啊。"郑姗姗又摆出一副八卦表情："不是有句话说：分手还能做朋友，要么没爱过，要么还爱着？你们不会要复合吧？魏经理，你觉得他们配不配？"

魏燎本来就听得窝火，突然又被提问，就换上严肃的语气说："姗姗，这次下项目对你来说是一次很好的锻炼机会，你多请教点专业知识，少八卦别人。""哦……"郑姗姗吐了吐舌头，面露窘意，对顾筱做出了一副"我们老大就这个德行"的表情。"嗨，聊聊天嘛，魏经理对下属真严格呀。"周泽阳笑着打圆场，也不再说什么。

顾筱勉强对郑姗姗笑了笑，便靠在车窗玻璃上酝酿睡意，她觉得车内的氛围实在别扭，特别想拿个睡袋把自己裹起来，这样一想，就觉得越来越困，干脆一路睡了过去。

一到项目部，大家便开始各司其职地忙碌起来。魏燎和郑姗姗主要负责督促现场的施工进度，把控安全，每天在工地上到处跑；周泽阳负责检查和清算项目部财务的各种事宜；顾筱负责后勤，事无巨细，大到资料整理、新闻采写，小到食堂检查、买个凳子。

第一晚特别难熬，由于人手不够，物品采购不齐，项目部的每人只有一床薄薄的被子，但天气已转凉，项目部背靠大山，昼夜温差大。到了半夜，顾筱被冻得睡不着，只好下床，把外套衣裤穿上，还把带来的剩余两件衣服都盖在了薄被上，但还是连着打了好几个喷嚏。

"你也冻得睡不着呀？"郑姗姗从裹得紧紧的被子里露出一双眼睛，"我明天肯定会感冒。这项目部办事太不靠谱了。""是我的问题，被子也算后勤的一部分。"顾筱赶紧说。"哪能怪你呀？你一来就没闲着，是他们没提前准备好，到了晚上才告诉我们被子不够，这黑灯瞎火的哪里有被子卖？"郑姗姗嘟囔着。

顾筱看了看床，沉默了会儿，望着郑姗姗："你介意和我一起睡吗？这床还不小，我们可以把两床薄被子叠在一起盖，但如果……""我愿意啊！"郑姗姗兴奋地坐起来，"我早想跟你说了，怕你不愿意！"说完抱着被子就钻上了顾筱的床。

郑姗姗依然没忘记上午被魏燎打断的问题："顾筱姐，你和周经理真的只是朋友了吗？""朋友算不上，同事吧。"顾筱淡淡回道。"哦……我就说嘛，在同一个单位里谈恋爱特没意思，顾虑特别多，还没有新鲜感。"郑姗姗煞有介事地说。顾筱反倒笑了："你好像很有经验的样子。"

郑姗姗不好意思地说："我哪有什么经验？就是每天看着吴心妍只是单恋都那么辛苦，所以对办公室恋情就提不起兴趣了。""吴心妍？"顾筱大脑里的某根神经紧绷了起来，"是……魏经理？"

"对呀，也不知道心妍怎么想的，条件也不错，非得喜欢我们领导那张不温不火的脸，总觉得有一天他会爱上自己。但魏经理看都没多看过她一眼，怎么爱上她啊？"

顾筱不知该如何接话，但郑姗姗似乎也习惯了尬聊，继续说道："顾筱姐，越了解你，就越发现你的优秀，所以你千万别在建设集团找，把视野放宽点儿，一定能找到更好的。"顾筱笑了笑，帮郑姗姗掖了掖被子，说："睡吧，明天要早起。"

凌晨一点，顾筱还是没睡着，看了眼旁边已经睡熟的郑姗姗，索性起来补充一下明天的采访提纲。隐约听到有敲门声，顾筱以为是幻觉，再三确认后，她走到门边，小声问："谁呀？"

"顾筱，我是魏燎。"门外传来熟悉的男声，顾筱心里咯噔一下，迟疑了一会儿，开了门。魏燎穿着一身冲锋衣站在门口，头发湿湿的，像是刚洗过，手里抱着两床较厚的被子。见顾筱穿戴整齐，笑着说："你还没睡？喏，你们俩的被子。""哪里来的？"顾筱疑惑地说。"刚买的，你快拿进去吧，外面冷。"魏燎说。

门外的风已经飕飕地吹了起来，顾筱见魏燎缩着脖子，忙说："好，谢谢。你们有吗？"魏燎点了点头："都有，我就住你隔壁，有事就叫我。"

顾筱关上门，双手抱着被子靠在门边。如今，每次见魏燎后，她都要让自己缓一缓，不知何故，总有点不知所措。

"谁呀，顾筱姐？"郑姗姗已经迷迷糊糊地坐了起来。"魏经理，说是新买了被子，我看了还挺厚的。我们可以在薄的上面再盖层厚的，就绝不会冷了。"说着她将郑姗姗盖在上面的薄被换成了厚被。

"那顾筱姐，我还能挨着你睡吗？"郑姗姗睡眼蒙眬、一脸期待地望着顾筱。顾筱哭笑不得，只好哄小孩儿似的说："可以啊，你先睡。"

顾筱终于睡了个好觉。第二天她起了个大早，想趁着人少出去看看工地。刚出住宿区的门，就远远看到和朝阳齐平的建筑工地上，穿梭着一个熟悉的身影。虽然安全帽把他的头挡了一半，但他的个人特征太显著了。

这是顾筱第一次看到现场工作状态下的魏燎，除了意料之中的认真外，还有意料之外的严厉。越走越近，顾筱听到了魏燎透着冰锋的声音："昨天已经说了，安全围挡不完整的马上更换，你们倒干脆，直接给拆了。底下这么大一个坑，要是人掉下去怎么办？你以为领导来了只看得到破损的围挡，就看不到这么大一个坑吗？马上拿警示牌放在这里，今天上午之内，把之前破损的围挡该修修、该换换！如果你做不好，我会换一个人来做。"

"是是，我马上办。"安全负责人沮丧地回过头，看到了顾筱，尴尬之余想到了什么。顾筱点点头，对他说："我有广告公司的联系方式，你把围挡的内容和尺寸发给我，我联系那边尽快做。"待安全负责人走后，顾筱对魏燎说："我看大门口的安全展板的内容也很旧了，要不这次一起重新做吧？我之前保存过另一个项目部的安全展板素材，这次可以直接套用。"魏燎看着顾筱，说："可以，我待会儿和项目经理开会时一并说这件事，请你先准备吧。"

"好。"顾筱正要转身，魏燎的声音突然柔了下来："昨晚睡得好吗？"顾筱不知为何有点慌，急忙应着："挺好的，你被子送得太及时了。"没说两句话，魏燎又被另一拨人叫走了，顾筱看着他在泥土河沙的工地上来回奔波，有一种不真实感。或者说，是自己在机关里待太久了，忘记了这才是建筑行业本该有的景象。

回到项目部办公室，顾筱向项目部的小何表示感谢："小何，辛苦你们了，昨天那么晚还去给我们买被子，找了不少地方吧？"小何露出憨厚的笑容："顾筱姐，哪是我们呀？昨天晚上十点魏经理加班回来，得知被子不够，说不能让女生冻着，亲自开车到镇上买的，回来都凌晨了。"

顾筱愣住了，脑中突然想到了昨晚，冲锋衣下魏燎的脖子处被冻出的颗粒状皮肤。她的嘴张了张，却什么也没说出来。

这些天顾筱也没闲着，作为被派遣的唯一一名行政部门人员，走之前书记就告知她："你不光要做办公室的事情，还要做工会和党工部的事。"于是她到项目部后，不仅要负责后勤保障、文件资料的审订修改，还要负责慰问物品的发放、新闻稿的撰写和重要文件的讲解和学习。顾筱一贯是勤奋肯干、踏实好学的，所以这几天里帮助项目部解决了很多问题。晚上大家聚在一起吃饭，项目部的老员工们总夸她："小顾一来，我们感觉有家了呀。"也有人大胆地说："小顾，你就留在我们项目部吧，我们去集体请愿，让你当项目支部的书记。"

顾筱吓了一跳，忙说："书记可不是谁想当就能当的，我还差

287

得远呢，但谢谢大家这些天的配合了。"

旁边的周泽阳也跟着说："你们的小顾对机关办公室重要着呢，哪是你们想留就能留的哟？"这下大家更起哄了："周经理，我看是你舍不得吧！"说完笑成一片。顾筱更为尴尬，无意中，她瞥见了不远处还在给项目人员讲解着什么的魏燎，他一脸冷漠，似乎并没有听见。

来项目部已经四天了，今天难得事情少，吃过晚饭，顾筱在项目部周边转了转，岂料碰到了刚从另一边现场回来的周泽阳。

"怎么在这儿？"周泽阳问。"就随便走走。"顾筱答。"那我陪你走走。"周泽阳很热情的样子。顾筱却吓得不轻："不用了，你忙你的吧。哦，还有……我觉得我们还是只做同事就好，不用有超出工作的接触。"周泽阳饶有兴致地看着她，似乎想把她的想法看透："顾筱，你真的没看出来，我想挽回点什么吗？"顾筱平静地望向他："不管有没有看出来，都没什么好挽回的，周经理何必白费苦心呢？"

顾筱的冷淡让周泽阳有点愕然，他甚至怀疑眼前的这个顾筱是被章可可附了体，否则这短短几个月，她为何像脱胎换了骨？"顾筱，你以为这样就没人欺负你、没人使唤你了吗？你不就是演讲比赛得了个奖？两年前你也是亚军，结果怎么样呢？"周泽阳理了理被风吹乱的头发，"到后来，你还不是要找个靠山？"

再次听到这些耳熟的言辞，顾筱的挫败感已经消失不见。她毫无畏惧地直视眼前的男人，一字一句地说："周经理，这就不劳你费心了。即使我未来还会受到很多欺负，我也不怕了，我会面对它、解决它，用我自己的能力。如果实在解决不了，我就把它记住，然后下次小心。"说完，顾筱冲周泽阳微微一笑，离开。

不远处，郑姗姗终于追上了健步如飞的魏燎，却发现魏燎正站在半道一动不动，望着前方的两个人影。郑姗姗循着他的视线看去，明白了大半："魏经理，你说顾筱姐会和周经理复合吗？"魏燎才知郑姗姗已到身边，下意识地说："我不知道，你觉得呢？"郑姗姗郑重地摇了摇头："我觉得不会，以前觉得顾筱姐配不上周经理，但现在很奇怪，我觉得周经理配不上她。好奇怪，可能是顾筱姐在演讲大赛上太亮眼了吧。"

　　不知为何，魏燎的心情居然好了一些，他侧过身问郑姗姗："看这各走各的架势，可能好不了。""领导，看不出来你也很八卦嘛。"郑姗姗坏笑道，"不过周经理挺高调的，项目部好多人都知道周经理想复合了。""那如果失败了岂不是很丢脸？"魏燎瞥了一眼那个还在原地的男人。郑姗姗回："不知道，但周经理就是这样啊，对什么东西都势在必得的样子。"

　　由于工程一直在赶工，所以通宵浇铸混凝土也是常事，魏燎经常会守到下半夜再回去休息。一天夜里，工地上的一台照明灯坏了，没有备用的，最近的市场也至少有十公里远。顾筱提出由司机师傅带路，去最近的市场买。

　　半小时后，魏燎问项目部的人："大灯买回来了没？""小顾和周师傅去买了。"项目部的人答。"顾筱？"魏燎带着怒意说，"你们让一个女生大半夜出去买东西？项目部没有人了吗？"见周围人一脸的茫然，加之工程进度的巨大压力，魏燎将手里的对讲机一把砸到地上，旁边的人也被震得不敢吱声。

　　这时，执行经理的对讲机里传来声音："颜经理，在国道往项目部拐弯的路口，刚才发生了一起严重车祸，一辆大货车倾倒下去，把一辆小汽车埋里面了。你赶紧确认一下，是不是刚才项目部派去采购的那辆车。"

　　众人的心瞬间提到了嗓子口，魏燎瞬间被击中，努力保持理性站稳后，他大声吼道："愣着干什么！快打电话啊！"

[69]

魏燎一次又一次地拨打顾筱和司机周师傅的电话，但都无法接通。他内心的恐惧越来越深。

对讲机再度响起："现在还不能确定是不是他们，但另一辆汽车也正在往项目部驶来。""我开车去看看。"魏燎扔下自己修了一半的对讲机，急匆匆地往停车场跑去。旁边人说："魏经理怎么这么激动？"郑姗姗也忍不住了："人命关天！怎么可能不激动？！"

还没跑到项目部停车场，魏燎就看见一辆车停在了离自己不远的地方。顾筱从车上下来，和周师傅道别后准备回住宅区，周师傅则载着大灯继续往工地现场开。

"顾筱。"魏燎快步走向她。顾筱回过身看到了魏燎，笑着说："魏燎，你也在这儿啊。"顾筱还没说完，魏燎已经闪到身前，将她一把揽在自己的怀里："你没事吧？我听说有车祸。"

顾筱的大脑停转了几秒，在那几秒里，她感到魏燎的拥抱越来越紧，温度越来越高，空气里弥漫着既陌生又暧昧的气息。人在不清醒的时候容易说胡话，于是她支支吾吾地说："是，我们刚才经过时看到了，那辆小车被轧得好惨，也不知道里面……还有，我……昨天没洗头。"

就在顾筱想"礼貌"地推开魏燎以化解尴尬时，魏燎的手臂力度却更大了些，丝毫没有给她逃脱的空间，然后俯身在她耳边说："我忙到现在，一身汗，还没有洗澡。"

在忙碌中，一周很快过去了，领导的视察也顺利过关。周五中午，所有项目部的人员和援助人员一起吃了顿饭，下午，援助人员就要回城了。饭后，顾筱在宿舍里收拾衣物，这时顾腾的电话打来，一接通就听出了对方的哭腔。

顾筱立刻乱了分寸，忙站了起来："腾腾，怎么了？有事慢慢说。""姐……"顾腾在电话那头几乎在哭喊，"妈工作时晕倒了，送医院后医生说……是突发性脑出血，说没救了……姐，我该怎么办啊？"顾筱瞬时血气上涌，整个人瘫坐在地上。她努力让自己平静，对顾腾说："腾腾，让医生尽全力救治，你让妈妈等着，我马上回来！"

　　她跌跌撞撞地敲开魏燎的门，毫无逻辑地说了这一切。魏燎听后，向项目部说明了情况，便开了车带着顾筱火速往回赶。顾筱从来没有想过，如果妈妈离开自己会怎么样，爸爸已经离去，她不相信，老天会这么不公，让妈妈也难以健康长寿。魏燎专心开着车，两人一路上没说一句话。

　　人最恐惧的不是自己拥有的东西渐渐失去，而是一直以来认为丢不了的东西突然就丢了。

　　当妈妈被盖上白布推出手术室时，顾筱感觉像是来到了另一个维度，那个维度里没有任何人，包括她自己，四周都是白色的，白得耀眼，白得让人发冷，却没有任何悲伤，似乎悲伤是那个维度里并不存在的东西。她的沉默吓坏了一旁的亲戚朋友，他们纷纷劝导："哭出来吧，哭出来要好受些。"但顾筱哭不出来。

　　她慢慢揭开妈妈头上的白布，看到了那张安静苍老的脸，那张有时温暖和蔼、有时也会扭曲任性的脸。她觉得妈妈似乎是睡着了，早晚会再醒来。

　　见顾筱面无表情、动作木讷，旁边的几个亲戚看不过去了，推搡着顾筱："顾筱，你怎么没反应啊？你看看啊，那是你妈妈啊！""你妈虽然总说你，但她养你这么大，她很爱你啊，你怎么这么无情啊！"

　　旁边的魏燎挡在了几个亲戚前面，张开手臂，无言地拦住他们的下一步动作。一旁的顾腾终于听不下去，大吼一声："你们知道什么！我们家最需要帮助的时候，你们在哪里？现在看热闹不嫌事大吗？我和姐姐知道该怎么做！"

周围瞬间安静了。顾腾和魏燎扶起蹲在地上的顾筱，顾筱转过身，平静地对身边人说："感谢大家的关心，但妈妈醒不过来了。爸爸的后事就是从简，这也是妈妈一直的想法，所以我和腾腾会处理好的。"

　　一天后，顾筱姐弟处理好了妈妈的后事，捧着骨灰盒回了家。当年爸爸走的时候，没钱买墓地，骨灰撒到了长江里，妈妈曾说她今后也要这样，这样就可以找到爸爸了。

　　坐在沙发上，顾腾望着茶几上的骨灰盒，问顾筱："姐，我们什么时候把妈妈的骨灰撒进长江？""过几天吧，让妈妈和家里告个别。"顾筱说着，将顾腾揽靠到自己的肩膀上，眼泪终于滑落了下来，她轻声问道："妈走之前有说什么吗？"

　　"有，这几天我一直没来得及说。"顾腾打开钱包，拿出一张储蓄卡，"最后清醒的时候，妈跟我说她屋里床边抽屉里有一张卡，里面存的是我读大学的费用和你的嫁妆，一人一半，密码是爸爸的生日。看你太累，我自己去银行查看了一下，里面有十万。"

　　顾筱涌出一阵心酸："十万……她是怎么攒出来的啊？""姐，听和妈一起做清洁的工友说，妈妈在工作间隙还接了两个工地的活儿，但她都没告诉我们。"顾腾的眼睛已经肿了两天，还处处体谅她的感受，弟弟的坚强同样让顾筱心疼。

　　"腾腾，你是不是已经知道了？"顾筱低声问道。顾腾两行热泪再次涌出："姐，其实我早知道了，但爸妈和你都对我这么好，给了我一个家，是不是亲生的有什么关系呢？""今后我们要相依为命了，姐姐会努力的。"顾筱的脸颊渐渐全湿了。顾腾反手抱住了顾筱，哭着说："姐，今后我来照顾你。"

　　章可可和夏夏也很快知道了顾筱家的事，得知顾筱希望低调处理、不被打扰，并拒收一切慰问金后，她们并没有贸然前往。几天后，顾筱回来上班，章可可给了她一个大大的拥抱，心疼地问："我能为你做点什么呢？""就抱紧一点吧。"顾筱将疲惫的身体靠在章可可的身上，汲取着力量。

至于魏燎。

从项目部回来后，他和顾筱似乎又回到了原点，也许他们都觉得现在还不是合适的时候。顾筱最近总被传要和周泽阳复合，虽然她已极力否认，但仍不想魏燎在这个时候被扯进来，哪怕是他自己闯进来的。而魏燎也顾及章可可的身份刚刚公开，不想因为自己让顾筱受到无端的困扰。他们像两只并排航行的帆船，虽然没有表白，没有统一的路线图，但是因为在茫茫大海上，保持着默契的距离，反而能清楚地看见彼此。

章可可最近似乎攒足了运气，事事顺风顺水，继照片得到肯定后，她凭自己的实力又拿下了第一个宣传片的拍摄机会。她找到了之前工作室的摄像杜杨，利用工作之余策划、准备、拍摄、处理后期……在反复确认客户需求、一遍遍修改后，他们的片子最终得到认可。随后她又得到了第二个机会，开始了前期策划。

朋友们想为她庆祝，专门在瞻春准备了一个聚会趴。章可可兴致大好，于是也爽快地答应了。聚会上，她有了一种别样的感受：朋友还是那群朋友，但自己似乎变了。当他们聊到摩托车、化妆品、度假旅游的时候，自己已经没了太多兴趣；可当他们聊到如何赚钱、如何晋升、如何嫁接资源时，她却如获至宝，恨不得拿个笔记本来逐一记下。身边的潘攀打趣地说："怎么着？活了快二十五年，终于爱学习了？"

就连章可可自己都觉得，嗯，本小姐有点开悟了。

这时，一个高中同学走了过来，问章可可："可可，听说你现在在沁江建设集团啊，怎么想着去那儿了？""去学习的呀，"章可可做出一副认真的表情说，"我在里面学到好多东西呢。"

潘攀已经不忍直视她的虚伪了,对方也一脸听完瞎话后的尴尬,接着说:"你们的董事长是不是叫罗新宇啊?""是啊,怎么了?"章可可心想,该不会是跟你有什么关系吧。

"那你们集团也好不了,董事长就是个品行不正的人。"高中同学嘲讽地笑笑。"为什么?快说说。"章可可丝毫没介意这嘲讽中有她的一份,反倒非常好奇。"罗新宇的情人是我姨妈,表面道貌岸然的,其实就是个猥琐男,仗着有点官职就不想出钱。""他欠你们家钱?"章可可感觉有好戏。

"是这样的,我姨妈早年丧偶,但长相漂亮,显年轻,所以他们一认识,罗新宇就不放手了。但他是有家室的人,所以我姨妈一直没名分。本来说得好好的,每月给我姨妈三万,结果不到一年,他正房察觉了这事,钱就被没收了。现在我姨妈啥也没捞着,你说亏不亏?"

"那你姨妈为什么还要和他好?"章可可不解地问。"他有权力呗,"高中同学说,"好歹也是董事长啊,前几年还把我姨妈的儿媳妇,就是我的表嫂子给提拔起来了。咳,不过最近我表嫂子也离婚、辞职了。估计罗新宇和我姨妈也好不了多久了,谁知道呢?"

"辞职?"章可可脑中的弦绷了起来,因为集团的人才流动并不频繁,"你表嫂叫什么名字?""现在是前表嫂了,叫夏夏,名字倒是挺好听的,就是人高冷了一点。"

章可可和潘攀对视了一眼,万般感受也只能先硬生生地憋回去了。

[70]

夏夏如今的生活规律而忙碌,一早起来收拾好自己后,给女儿穿衣洗漱,吃完早餐后喂奶,再匆匆忙忙赶地铁去公司。

她所在的项目组果然是全公司最惨的，上个月已经被甲方换掉了三个项目经理、两个策划、一个文案外加一个美编。其他组交流的都是"谁谁今天的那条文案不错""那个项目营销策划有问题"，而他们组聊的却是"你觉得谁是下一个被换的"。

进组后，夏夏也思考过这背后的原因。据她了解，各组的成员执行能力其实大体均衡，自媒体运营水平也差不太多，那么唯一的解释是：甲方的要求不同。之后她更是深有体会，一个简单的活动宣传文案，甲方的大领导让改标题，二领导让改时间，并且又把标题改了回来，大领导最后看看，说时间还没确定……就这样兜兜转转，文案越改越糟，创作者的内心也越来越迷茫。

这天，夏夏刚到公司，就听到同组的两个策划在气愤地抱怨，她上前去问，一同事说："方案又被打回来了呗。""昨天那组海报他们主任不是很满意吗？"夏夏问。

"他们主任是满意了，但听说分管领导不满意，今天下午他们的分管领导也要过来，说是要看着我们改方案。还让不让人活了呀……"另一个策划瘫在了椅子上。"我觉得吧，那个主任和分管领导多半有过节，不然为什么意见这么不一致？"同组的美编也走了过来。

夏夏认真想了想，发现的确有问题。因为只要他们交文案或策划上去，主任就会提出各种各样的修改意见，直到他满意为止；但他满意的东西，却总被分管领导骂得狗血淋头。他们最后只能拗出一个左不像妈、右不像爹的尴尬玩意儿，等到两位领导都耗累了才勉强过关。

今天两位领导还会同时出现，就这辩论赛的架势，岂不是通宵都回不去了？

项目经理也焦头烂额。作为文案，夏夏也不轻松，照这样下去，灵感再多也被耗没了呀，得想个办法。她结合之前发生的种种事情，初步推测出：主任和分管领导是相互不对付的，但主任受限于职位，只能忍让，这让他很不爽，只得尽可能地和领导较真、拖时间、磨精力，以证明自己还是有发言权的。唉，真够无聊的。但这样的人，她在建设集团也见了不少。

作为乙方，他们的目标是明确的，就是让成果得到分管领导的肯定，那怎么样才能绕过主任的这道低能障碍呢？夏夏想了想，觉得有个办法或许可行。

抱着试一试的心理，她依照分管领导的喜好，写了一条非常用心的文案，然后依照主任的喜好，写了四条高度雷同、水平也一般般的文案，把它们作为备选。下午开会时，她将五条文案亮出来，分管领导果然手一挥，让主任先谈谈意见。主任认真读了每一条文案，皱了皱眉，说："这四条的内容有点相似啊。"然后指着另一条说："就这条还不错。"分管领导看了看那条"鹤立鸡群"的文案，果断拍板道："的确不错，那就是它了。"

一屋子做好加班准备的人都惊呆了。讨论会结束后，项目经理笑着对夏夏说："看来你的策略是对的。"一群人纷纷围着夏夏问究竟，夏夏不好意思地说："也没什么，就是我把四条文案故意写得雷同，这样那条精心写出来的文案就突出了，主任虽然难缠，但要是这点水平都没有，他也不好混啊。"

"哦……你是让他被动选择了分管领导喜欢的那条，哈哈，高明！"美编感叹道。"夏夏是我们按时下班的功臣啊，这么开心的事情，要不要聚一聚？""好啊好啊。"众人附和着。"你们去吧，我还有其他事情。抱歉啊。"夏夏一边收拾着包一边笑说。

夏夏离开后，剩下的几个人议论道："这个女人不简单啊，总觉得有好多故事呢。""是个有能力的主，但感觉不好接近啊。""也不知道私下为人怎样……"

"你们议论什么呢？"许浪突然出现在众人背后，抬高嗓门说了句，大家被吓了一跳。"我们在说夏夏挺有本事，今天三下两下就解决了甲方的内部矛盾，是个厉害角色。"项目经理解释着。"那就都好好学着点儿！"许浪手里的文件夹砸到了一个男生的头上，扔下一句"这周谁被换下来了要扣工资的啊"，便走开了。

"最惨项目组"按时下班，许浪的心情也大好，他和几个同事说说笑笑地来到停车库，却看到一个男人在拉扯夏夏，夏夏在极力挣扎。

"喂喂，你干什么呢？"许浪健步冲上去，一把将那男人拉开了。他挡在夏夏面前，指着男人说："你谁啊？大庭广众之下欺负女人啊？"另几个同事赶了过来，扶住了夏夏。

夏夏的前夫王旭扯了扯被许浪拉歪的衣领，理所当然地说："你靠边儿，我在处理家事。"许浪愣了一下，转过头问夏夏："他是谁？"夏夏一脸冰冷，说："我们已经离婚了。"

许浪会意地点点头，轻蔑地望着王旭说："哥们儿，都翻篇儿的账你还想回头算啊？不应该各自安好吗？大老爷们儿的，你这样做会显得你很低级。""低级个屁！没老婆了才低级呢，你让开，我要带她回去！"王旭言辞激烈地说。

许浪露出了极不耐烦的表情，索性把外套脱了，扔给一旁的同事，用凌厉的眼神瞪着王旭，一字一句地说："哥们儿，我平时不爱管闲事，但你现在在我公司的停车库，欺负我公司的人，不管还不行了。你说这事儿怎么办吧？是文批还是武斗？"

王旭没遇到过这么嚣张的人，一时没了主意。这时潘攀的车停在了旁边，章可可和顾筱从车上下来了。顾筱快步走到王旭面前，指着他鼻子骂道："王旭你还要不要脸？老婆还在哺乳期，你就和别的女人出轨开房。离婚的时候，夏夏只要了孩子，其他什么都没拿，你现在又想干吗？想让更多人看看你出轨男的丑陋嘴脸吗？"顾筱神色激动，王旭节节后退、面露尴尬。

原来夏夏的离婚原因这么令人唏嘘……章可可一边感叹顾筱居

然有这么痛快的一面，一边也开始心疼起夏夏来。潘攀在旁跃跃欲试，问章可可："需要去支援吗？"章可可看着前方霸气侧漏的顾筱，笑笑说："不用，战斗力足够了。"

"夏夏，我不是来闹事的，这个家需要你，女儿也是需要爸爸的。我只想和你好好谈谈，不过看今天不太合适，我先走了，你想好了给我电话。"说完这话，王旭转身要走，夏夏清楚地说了一句："我和你之间，永远都没有合适的时间。"

待在原地的同事纷纷散去，章可可、顾筱他们也都上前，许浪走过来对夏夏说："你没事吧？""没事，谢谢许总。"夏夏笑了笑。

许浪若有所思地耸了耸肩，突然认真了起来："夏夏，你的工作能力让我刮目相看，处理家事的果断干脆，我也很欣赏，非常高兴你能加入我的公司。今后有任何问题，我都愿意提供帮助。请不要拒绝。""好的，许总。"夏夏感激地点点头。

许浪走后，章可可话中有话地打趣着："这个许总对你很不错嘛，而且一看就是高富帅。"夏夏坏笑道："这么好啊，那你上啊。"

章可可赶紧转移话题，转过身对另外两人说："快走了走了，那家店经常爆满！今天谁都别先跑，不醉不归！"

[71]

今晚是夏夏要请大家吃饭，却没料想到上演这一幕，好在顺利解决，几人的心情并未受到影响。没过多久，魏燎也过来了，径直坐在了顾筱旁边的位子上，夏夏一副看破不说破的表情。

大家举杯恭喜夏夏逃离"苦海"，开始新的事业。不知不觉中，所有人都多喝了两杯。听了高中同学的爆料，又撞见了今天夏夏面临的处境，章可可感慨地说："夏夏姐，之前只觉得你很优秀，但没想到你这么不容易。别人只知道背景论、关系论，但没人了解真心想努力的人，他们到底经历了什么。一切的一切，都被那个背后的光环掩盖掉了。"章可可说着还比了个大大的光环，逗笑了其他人。

夏夏也笑了，笑着笑着就哭了，她已记不得上次当着别人面哭是什么时候，但管他呢！"多数人不会管你是怎么想的，他们只会关心你做了什么，然后用他们的预设立场去评判你的处境。但没人会在乎你的真实想法。"

一开始顾筱还在一旁劝着，到后来她也开始无所顾忌了："你们都棒棒的呀，别忘了还有我这种哦，沉沉浮浮、死死活活都没人管的背锅侠，我也很努力地在生活呢，我也从来没放弃过呢。"顾筱的眼泪也簌簌地往下落，一颗颗砸进了酒杯里。章可可紧紧抱住顾筱，涨红着脸说："顾筱，你很好，你真的很好，知道我为什么要帮你吗？因为我心疼你，我真的心疼你啊！"章可可收不住自己的情绪，"但是谁又容易呢？你看我，看似衣食无忧，还有钱买这种……"说着把她的包拎过来甩了两下，"这种破包包。但那是我爸妈的钱啊，不是我的！这都不是我的！我是谁啊？我是章可可！我要奋斗！我要靠自己奋斗！"潘攀赶忙拽开章可可激动的胳膊，说道："好了好了，顾筱姐理解你了，你动作轻点。"

魏燎望着顾筱几分迷醉的脸颊，在旁静静地喝着酒，他不知道自己该怎么做，才能好好爱这个女生。

中间，潘攀出去接电话了，夏夏和魏燎在相对理智地继续碰杯。

夏夏问魏燎："你本打算撒谎说可可是你女朋友，对吗？"魏燎无奈地笑了笑，说："我当时已经慌了，想了个下策。""要真挖了这个坑，顾筱怎么办？"夏夏直截了当，让魏燎有些措手不及。"夏夏姐，原来你……"魏燎苦笑着又喝了一杯，沉默了半晌，说："我不知道，当时没有想到别的办法。"

章可可和顾筱还抱在一起，章可可半醉半醒地说："顾筱，我马上要离职了，但我走之前，一定要再做件事。""什么事？"顾筱抬起沉重的头，眯着眼望着她。"我要实名举报罗新宇，已经在搜集证据了。"章可可一字一句地说，"我要让他为自己做的一切付出代价。"顾筱呆了几秒，却连问原因的力气都没有，就合上了重重的眼皮。

见顾筱已经睡着，章可可转头对一旁的魏燎笑说："哥，你爱上顾筱了，是吗？"夏夏和魏燎停住了谈话，魏燎怔怔地看着沉睡的顾筱："对，但还要再等一等。""有什么好等的？是你告诉我，人这一辈子遇到真爱是件奢侈的事。""等……"魏燎犹豫了一下，"等到我的爱，不会再伤害到她的时候吧。"

章可可无奈地说："真的很滑稽，年少的时候总把爱挂在嘴边，而当遇到真爱的人，却怎么也说不出口。"安静地倚靠在门口的潘攀掐灭了手中的烟，淡淡的笑意浮起在刚吐出的最后一个烟圈里。

第二天到办公室，章可可和顾筱便听到了一个重大消息：程立新离职了，并且他出轨部门下属的事情已人尽皆知。章可可叹了口气，她不知最终是谁把他逼到了绝路，但对她而言这一点都不重要，她的目标明确，就是罗新宇。

"可可，你昨晚告诉我，你要实名举报董事长，无论如何，我都有必要提醒你，这件事一出，你也没得混了，这是实话。"午饭后，顾筱将502室的大门和顶灯都关上，在黑暗中小声地对章可可说。"我知道啊，但我马上要辞职了，我不怕。"章可可说。

"那你想怎么处理证据？"顾筱把章可可问住了，她茫然地说："难道不就是直接交给纪检办公室吗？""不是的。"顾筱解释道，"如果你想这封信能引起最强烈的反响，不妨从外面邮寄到集团，这样这封信来源明确、有据可查，还会先经过综合办公室，在党委工作部备案后再转到纪检办公室。这样兜一圈下来，全集团的人就知道得差不多了。""好主意啊顾筱，"章可可兴奋地说，"那就照你说的做。"

顾筱顿了一下，问："我能知道原因吗？"章可可认真思考了下，问她："你真想知道吗？"顾筱点了点头，生怕章可可看不见，又轻声"嗯"了一下。

…………

"原来，我们集团有这么多事儿。"顾筱若有所思地说。

"据说爸爸这次，通报处分是免不了的。我不是为我爸爸开责，而是觉得罗新宇这样做太有心计，让我忍不住要以牙还牙了。"

"可是你这样做，会不会对魏总和魏经理产生影响？"顾筱问道。

"只要董事长一倒，没人会拿这件事说事儿。我辞职后，这件事很快会过去。"章可可想到了什么，突然将顾筱拉过来坐在椅子上，郑重其事地对她说："顾筱，你知道吗？我哥之前为了让程立新不找你麻烦，居然答应他要去项目部待三年。三年啊！"

顾筱惊得说不出话来，她知道去项目部对于一个机关中层意味着什么。

"所以我想问的是，你……喜欢魏燎吗？"章可可追问道。顾筱停顿了几秒，猛地从椅子上站起来："我，我不想聊这件事。"章可可心领神会地点点头，露出了几分狡黠的笑容："那我就心里有数了……"

"我……我去复印东西了。"顾筱拿起桌上的一摞资料，打开了办公室锁上的门。她的心控制不住地怦怦直跳。这样不齐的心率是从什么时候开始的？大概是从昨晚听到魏燎的回答后开始的吧。

[72]

南山的后山顶有一个看日出的绝佳位置，曙光能第一时间把山上成片的松树照亮。章可可靠在潘攀的怀里问："我可以等你吗？"潘攀以为自己听错了："你是认真的吗？""天策哥说，等待从来都是一个人的事情，所以不管你还回不回来，我都要等到我不能等了为止。"章可可说。"放心，我不会让你等很久的。"潘攀把章可可搂紧了些，"等我，我会尽快回来。""还有……"章可可补充道，"加拿大美女很多，那边有黄金海岸，比基尼成片成片的。"

"所以呢？"潘攀露出阳光般的暖笑，在章可可还没反应过来前，深深吻住她。章可可半恼半羞地推着潘攀，含混不清地说："臭流氓，临走了还占我便宜！"

"既然加拿大诱惑这么多，"潘攀的笑意更深了，"你还不赶紧盖个章？"

上级单位的演讲大赛决赛就要开始了，顾筱紧张地准备着。当然，其间并没有妨碍她拦截了章可可的举报信。

十月三十一日在期待中到来了。这次身边没有了一直为她加油打气的章可可和夏夏，但她调整好了自己的状态，迎接自己这五年来的第一场，也是最后一场鏖战。她明白从现在开始，一切需要靠自己了。

这时，魏燎出现在会议厅侧门，向她走来。

"魏燎，你怎么来了？"顾筱有点出乎意料。"往届选手可以申请来观战，不会给你带来压力吧？"魏燎说。"不会的。"顾筱有些难为情。"那……我去后面了。"魏燎指了指后排位置。

"好。"

顾筱闭上双眼，调整呼吸，脑海中回想起这近半年来的一幕一幕，起伏跌宕、酸甜苦辣，自己曾被命运压低了头，但是又从泥地里爬了出来，并且现在越发清楚自己的期待。想着想着，她笑了起来，再也不觉得紧张和慌乱了。

比赛还有半个小时就要开始，大多数人都已就坐，等待领导进场。女主持人突然找到顾筱，着急地说："顾筱，你的PPT一打开就闪退，你能过来看一下吗？"

顾筱走到幕后电脑前，双击桌面上的图标，但PPT的确在弹出空白页面后被强制退出。顾筱顿觉背后爬上一层冷汗，干涩的紧张感直逼咽喉。

"昨天彩排的时候不是还好好的？"男主持人也凑了上来。

"昨天用的是顾筱前几天发给我的版本，而这个是她昨天发给我的最终修订版，之前那一版已经删掉了。"女主持望向顾筱，"U盘里还有备份吗？"

"有，我去拿。"

但U盘里的PPT，也有同样的问题。顾筱不得不打电话回办公室，让章可可查看自己电脑里的PPT。

"天哪！这个也闪退！"章可可难以置信地望着屏幕，"顾筱，你好好想想，昨天你保存时遇到过什么问题吗？"

顾筱焦急地回想，最终的版本是昨天下午才确定好的，当时……顾筱眼中闪过一道微弱的光，闷闷地吐出一句："保存是没什么问题，但昨天下午，徐慧借用过我的电脑。"

"我去她大爷的！"章可可一拍桌子站了起来，怒视对面办公室，却想起来徐慧今天请假了，急得直跺脚。

"你也别急，我再想想办法。"顾筱深知急也没用，仔细想想，夏夏和魏燎那里都有自己定稿前的PPT，之前让他们帮忙参谋。夏夏那一版是一周前发的，和最终版本差别不大，正好夏夏的电话也来了："你先别急，你发给我的PPT在我家电脑上，回去就要一个小时，肯定来不及。你家电脑上有没有？我借辆车去取。"

"有，但是你公司到我家，也要一个多小时，赶过来还要一个小时。"顾筱望了望魏燎的座位，发现已经空了。她的情绪开始低沉，甚至觉得这也许就是可怕的宿命吧。挂了电话，她望着工作人员，苦笑一声说："实在找不到，我就只好弃权了。"

"找到了。"

顾筱和众人回头，发现魏燎站在身后，手里拿着一个U盘。他走近顾筱，对她说："但这应该是比较原始的版本了，没关系吗？"

顾筱欣喜地望着魏燎："我还以为你离开了。""可可给我打电话了，但U盘放车上了，我过去取了一趟。"魏燎说。

"没关系，PPT的内容没怎么变，之后主要是在提示框里加了一些文字。"顾筱接过U盘，脸上恢复了自信，"但那些我都记得，看不看都无所谓。"

"那就好。"魏燎笑了笑。

顾筱点开魏燎的U盘，里面很多工作相关的文件夹，但其中一个文件夹名字最短，两个字："顾筱"。再点开，顾筱有点头晕，里面列着十几个她在工作中发给过魏燎的新闻、公文和会议纪要。

"哇，我看错了没，我们魏大经理的U盘里，有一个顾筱的专属文件夹哦。"女主持和其他工作人员跟魏燎都很熟，迅速闻到了八卦的味道。

顾筱脸上的淡妆也盖不住她的窘意，她只好迅速把PPT下载下来，确认打开无误后，将U盘拔出还给魏燎。

赛前小惊吓结束，工作人员都各自就位，继续忙碌，魏燎也准备回到座位。

"魏燎。"顾筱叫住了他。

"嗯？"

"谢谢你。"

魏燎笑眼望着她，第二次伸手将她搂进怀里，轻轻拍了拍她的背："加油！"

　　下午三点，章可可坐在办公室里，忐忑不安地等待着结果。手机震动，是魏燎发来的微信："第二名，恭喜，你们胜利了！"

　　章可可激动得就像当年刚赚到第一桶金，她正准备把这个好消息告诉夏夏，李慕心激动万分地跑进来说："出大事啦！"

　　"怎么了？"

　　"董事长被人实名举报啦！现在全集团都知道了！"李慕心的兴奋藏也不藏。

　　"嗯……我已经有……"章可可刚想表现出泰然处之的豁达，却被李慕心焦急地打断了："真没想到顾筱表面柔柔弱弱的，原来是这么有胆量的人！""顾筱？"章可可彻底蒙了。

　　"是的呀，顾筱是实名举报，证据、照片都很齐全，说是和别的女人长期保持不正当关系。"李慕心说，"董事长已经被上级单位叫去谈话了，回来时一脸乌云密布。"

　　袁秋霞走了进来，看了看顾筱的办公桌，问道："顾筱比赛还没回来呢？""没呢，不过她成绩很不错，得了第二名！"章可可赶紧说。袁秋霞表情有些微妙："如果她今天还回来，让她来找我。""主任，"李慕心煞有介事地说，"顾筱举报董事长，自己会不会受影响啊？"章可可也很关心这个问题，便默默盯着袁秋霞。

　　袁秋霞轻叹了一声，将手里的一个牛皮纸信封放到章可可的桌上，说："也许她早已为自己打算好了吧。"章可可一看，信封上写着"辞职信"。但她很清楚，这并不是顾筱之前写的那封，而是另外一封。

　　顾筱那天没有再回办公室，比赛结束后，她去学校接了周末放假的顾腾，带他去吃了心心念念的汉堡王，然后看了一场评分很高

305

的电影。所以看到和章可可、夏夏三人微信群的信息时，已经是晚上十点了。

面对两人的关心和疑问，她对着手机，面带微笑地说："多大点事儿啊？既然明白了自己的所长和所想，换一个地方有何不可呢？"章可可着急地把电话打过来，问："你这么做，不光是为了我吧？"

"你现在接的私活儿还太少啦，所以继续留在集团磨炼吧，等你羽翼丰满了，我给你大摆辞职酒。而且我当然不只是为了你。"顾筱坦然地笑了，"在众人眼里，你还是魏总的女儿、魏燎的妹妹，所以我这么做，也是为了他。我不想让他受到影响。"顿了顿，她又补充说，"如果说，人生本来就是一场接一场的战役。幸好，我们有枪炮，我们也有柔情。"

挂了电话，顾筱平躺在床上，塞上耳机听歌。这首《继续，给十五岁的自己》是根据魏燎曾告诉她的那句歌词搜到的，那句话给了顾筱重新开始的勇气。

> 我们要相信自己，
> 永远都相信，
> 来到这个世界不是没有意义，
> 我们做过的事情，
> 都会留在人心里，
> 会被回忆而珍惜。

魏国安很少在家和家人一起过周末，但今天例外，魏太太特意做了一大桌菜，家里封存已久的红酒杯也被摆了出来。魏燎和章可可被这副架势震慑住了，纷纷问今天是不是某个纪念日。

举杯相碰，魏国安笑盈盈地对家人说："今天的确有一件好事要向各位宣布：我的病退申请已经批下来了，我忙活了大半辈子，也要休息休息。剩下的日子，我就和你们的妈妈在家做做饭、出门旅旅游。世界是你们的，未来也是你们的，我们做你们强有力的后盾！"

魏燎和章可可始料未及，不过也很快反应了过来。魏燎说："爸，我支持你，健康和快乐，是别的东西买不来的。""是呀爸爸，"章可可也说，"今后我会赚好多好多钱，让你和妈怎么花都花不完！"

"谁要你赚好多钱啦？"魏太太宠爱地看着女儿，"你们俩工作的同时，也把个人问题尽快落实了，我和你爸才能放心。"

"别担心，妈，我马上就要有嫂子啦。"章可可嬉笑着说。"我看还是你先正式把潘攀带家里来吧，爸妈又不是没见过。"魏燎以言还言，绝不轻饶。

"爸，你走后，真的不担心集团吗？"饭后，魏国安和魏燎在书房里喝茶聊天。魏国安眯着眼笑道："上级领导自有安排，我已经举荐了战立，上面也基本确定下来了，他为人刚直、办事讲原则，比肖强好太多了。""那闫度……"魏燎欲言又止。魏国安端起茶杯，品了一口："闫度这个人，虽然手段有时激进，但作为那个位置的领导，他的能力和水平还是够的。毕竟哪里都有斗争，在所难免，只要本心不歪就行了。"魏燎沉思了一会儿，心领神会地点了点头。

这些天，顾筱感到了前所未有的轻松，以前，她一直在马不停蹄地奔跑，如今步调慢了下来，她反而有了前行的动力。

妈妈过去老说一句话："你如果随意地对待生活，生活就会随意地对待你。"现在看来，似乎确有几分哲理。若是对生活得过且过，陷在狭窄的格局里，那生活就会像一个不受控制的弹力球，从任何方位给你以暴击；而妥协退让得来的片刻安稳，也只会让自己手中的武器越发禁锢，最终成为一堆破铜烂铁。

是时候了，以一种自主的态度去面对生活，把控自己的每一次成长，每一次改变，每一次痛快的放手，和每一次期待的约会。

这几天，魏燎的手机像是长在了手上，他将与顾筱的对话框开了又关，关了又开，仍不知该如何打破这个僵局。他气馁地躺在床上，痛恨着自己的言笨词拙。

就在他一咬牙、一闭眼地再度举起手机时，顾筱的信息却先一步跳了出来："明天有时间吗？我想看部电影。"

像是在高原上缺氧的病人，魏燎深深地吸进一口气，以压住自己就快跳出来的心脏。

"好。只要你愿意，我随时都有时间！"抖着手将信息发送，魏燎痛快地扑到床上，感觉世界正美得天旋地转。

天被白光撕开了一道口子，整个世界揉着惺忪睡眼，卫国路9号这栋中规中矩的建筑开始了又一个朝八晚五的轮回。

楼顶墙角边，那几株野花开得正盛。

图书在版编目（CIP）数据

新奋斗时代 ／ 唐与桉著 . —— 杭州 ：浙江文艺出版社，
2019.1

ISBN 978-7-5339-5446-8

Ⅰ . ①新… Ⅱ . ①唐… Ⅲ . ①长篇小说－中国－当代
Ⅳ . ① I247.5

中国版本图书馆 CIP 数据核字 (2018) 第 250007 号

新奋斗时代　XIN FENDOU SHIDAI

唐与桉 著

责任编辑	瞿昌林
装帧设计	斐一龄
排版制作	苗向伟
责任印制	朱毅平

出版发行	浙江文艺出版社
网　　址	www.zjwycbs.cn
联系电话	0571-85152727
经　　销	浙江省新华书店集团有限公司
印　　刷	杭州佳园彩色印刷有限公司
开　　本	880 毫米 ×1230 毫米　1/32
字　　数	251 千字
印　　张	10
版　　次	2019 年 1 月第 1 版　2019 年 1 月第 1 次印刷
书　　号	ISBN 978-7-5339-5446-8
定　　价	39.80 元

読蜜传媒

图书　版权　影视

作家之家,IP之巢
Writer's home and IP's incubator